O ESCÂNDALO da ESTAÇÃO

SOPHIE GEE

O ESCÂNDALO da ESTAÇÃO

Tradução de
MARCELO MENDES

EDITORA RECORD
RIO DE JANEIRO • SÃO PAULO
2008

CIP-Brasil. Catalogação-na-fonte
Sindicato Nacional dos Editores de Livros, RJ.

G264e

Gee, Sophie, 1974-
O escândalo da estação / Sophie Gee; tradução de Marcelo Mendes. – Rio de Janeiro: Record, 2008.

Tradução de: The scandal of the season
ISBN 978-85-01-07930-5

1. Pope, Alexander, 1688-1744 – Ficção. 2. Fermor, Arabella, 1696-1737 – Ficção. 3. Petre, Robert Petre, Baron, 1689-1713 – Ficção. 4. Classe alta – Londres (Inglaterra) – Ficção. 5. Londres (Inglaterra) – Usos e costumes – Século XVIII – Ficção. 6. Novela australiana. I. Mendes, Marcelo. II. Título.

08-1461

CDD – 828.99343
CDU – 821.111(94)-3

Título original inglês:
THE SCANDAL OF THE SEASON

Foto de capa: Veronique Rolland

Direitos exclusivos de publicação em língua portuguesa somente para o Brasil adquiridos pela
EDITORA RECORD LTDA.
Rua Argentina 171 – Rio de Janeiro, RJ – 20921-380 – Tel.: 2585-2000
que se reserva a propriedade literária desta tradução

Impresso no Brasil

ISBN 978-85-01-07930-5

PEDIDOS PELO REEMBOLSO POSTAL
Caixa Postal 23.052
Rio de Janeiro, RJ – 20922-970

A MEU PAI, CHRISTOPHER GEE

1941-2003

COM AMOR

Um pouco de história

No século XVI, a Inglaterra passou de católica a protestante quando Henrique VIII dissolveu os monastérios e confiscou os bens da Igreja. Mas o catolicismo nunca foi de todo erradicado; embora a religião oficial do país passasse ao protestantismo, um grande número de ingleses permaneceu fiel à fé católica. Os católicos hostilizavam os protestantes que lhes haviam pilhado riquezas e privilégios, e os protestantes temiam um levante católico que pudesse derrubá-los do poder. Ao longo dos duzentos anos seguintes, a Inglaterra padeceria de grande tensão religiosa.

Por volta de 1711, o país finalmente recuperaria certa normalidade. A rainha Ana — protestante mas descendente dos Stuart — ocupava o trono e, pela primeira vez em dois séculos, protestantes e católicos podiam conviver em relativa harmonia. A perseguição aos católicos arrefeceu. A Inglaterra se encontrava às vésperas de inédita prosperidade.

Mas um problema se colocaria com a morte da rainha, que não tinha herdeiros: quem a sucederia? Uma aliança clandestina havia se formado entre aqueles que apoiavam a volta de um monarca Stuart. Os aliados se autodenominavam jacobitas. Conspiravam secretamente para trazer de volta à Inglaterra o rei católico

Jaime III, à época exilado na França. Todos os estratagemas até então concebidos pelos jacobitas haviam sido descobertos e frustrados, mas os protestantes no poder não tinham como presumir quando viria uma nova rebelião, nem tampouco se os rebeldes por fim alcançariam o sucesso desde muito almejado.

Quanta injúria do amor advém,
Quanta sanha à conta de um vintém.

Alexander Pope, "A Violação da Madeixa"

Prólogo

Londres, 1711

A algazarra se fazia ouvir a muitas ruas dali. Lufadas de música, torvelinhos de risos e conversas, ainda mais sonoros quando os convivas transbordavam para o pátio. Novos estrídulos da festa ecoavam amiúde no ar da noite. Era o baile de máscaras do embaixador francês.

A embaixada da Strand Street resplandecia com o lume das velas. Todas as janelas da fachada encontravam-se iluminadas, e o pátio cercava-se de tochas flamejantes. Mais tochas formavam um corredor até o rio, onde uma plataforma recebia os convidados que chegavam de barco. Todos estavam fantasiados: figuras carnavalescas, príncipes russos, mercadores chineses, borboletas e ursos, pastores de flauta em punho. Caixas de vinho eram abertas, e a ceia circulava em bandejas de prata. Os mascarados dançavam à solta. Grupinhos se isolavam no pátio, conversando em inglês ou francês, muitas vezes numa mistura das duas línguas. Mais risadas, mais burburinho; um interminável vaivém de carruagens.

Um padre franzino deixou a embaixada e tomou a direção de um coche de aluguel estacionado do outro lado dos portões. Vendo que ele partia, uma dupla de senhoras mascaradas virou-se para se despedir.

— Boa noite, padre.

Ele fez uma mesura e entrou no carro.

Duas figuras ainda no pátio berraram algo para o cocheiro e em seguida, gargalhando e tropeçando, correram rumo ao coche. Vestiam as longas túnicas de seda e os capuzes pretos dos dominós que tantos ali também usavam; as dobras negras da fantasia lhes encobriam o corpo quase por inteiro. Atrapalhado com o capuz que ameaçava cair, um dos homens berrou ao amigo para que ele o esperasse.

— Deixe o maldito capuz para trás! — gritou o outro de volta, com um carregado sotaque francês. — Padre, o senhor nos faria a gentileza de... — ele começou a dizer. — Meu amigo e eu...

Sem esperar pela resposta, o francês abriu a porta e entrou. Ainda na calçada, o retardatário parou para reverenciar uma dama e mais uma vez tentou aprumar a fantasia. Por fim alcançou o coche e entrou às pressas. O cocheiro açulou os cavalos.

O vozerio e o brilho da festa prosseguiam a todo vapor.

O padre sorriu cautelosamente para os encapuzados, que ainda riam, ofegantes. Tranqüilizou-se ao ouvir o sotaque do francês: decerto eram católicos. O coche ganhou as ruas e seguiu sacolejando sobre as pedras do calçamento.

Depois de um momento de silêncio, o padre falou:

— Para onde estão indo, senhores?

Nenhum dos dois respondeu.

O coche dobrou para a direita. Agora eles se encontravam numa rua coberta de palha a fim de abafar o tropel dos cavalos, e o coche subitamente se tornou mais silencioso. A rua estava vazia e escura; os lampiões já haviam se apagado desde muito. O padre podia ouvir a respiração dos homens, rápida e dura, mas não via nada do rosto deles. Estranhava que não rissem mais. A escuridão cingia seus olhos como uma venda. Começou a sentir medo. E se o francês soubesse quem ele era?

Tentou manter a calma, ouvindo a própria voz ecoar no negrume intenso quando repetiu a pergunta:

— Para onde estão indo?

Mais uma vez não obteve resposta. Sentiu a garganta se apertar. Era bem possível que eles tivessem invadido o coche premeditadamente. Não seria tão difícil assim que duas figuras de dominó passassem despercebidas na confusão do pátio e ficassem ali, à espreita. Ele havia sido bastante imprudente na visita daquela noite.

— Pelo amor de Deus, quem são vocês? O que querem?

Nenhuma palavra ou movimento por parte dos desconhecidos. De repente ele ouviu um farfalhar de seda e um ruído de pés se mexendo. Recuou, mas deu com as costas na parede do coche. Já ia escancarando a boca para gritar quando uma mão irrompeu da escuridão para silenciá-lo.

Jogado ao chão com violência, bateu a nuca contra o banco e sentiu uma onda de tonteira. Um dos homens se escanchou sobre ele, imobilizando-o. O outro, a julgar pelos ruídos, fechava as cortinas do coche — inutilmente, já que não havia ninguém para vê-los na rua deserta. Mas o gesto deu ao padre a impressão de que uma sombra lhe encobrira a vida.

Ele se desvencilhou do braço que o apertava.

— Chegaram tarde — disse. — Outros já sabem. — Tratava-se de um blefe; as chances de sucesso eram mínimas.

Seguiu-se um átimo de silêncio.

— Ele está mentindo — disse afinal o que não era francês. Sotaque inglês, aristocrático.

Antes que pudesse dizer qualquer coisa, o padre sentiu o frio da lâmina de aço que lhe haviam apertado contra o pescoço.

Tentou manter a lucidez. De novo abriu a boca, mas sentiu a ponta da faca espetá-lo feito uma agulha. A garganta, antes rígida de medo, relaxou-se de repente, e o sangue começou a jorrar, tão macio quanto a seda. A pele e as roupas foram ficando quentes e pegajosas à medida que se encharcavam. Os homens assistiam mudos à vida dele se esvair. O padre, sem forças para se debater, sentia os braços e as pernas pesarem, e mal conseguia formular um pensamento. Por mais que se agarrasse à vida, acabou sucumbindo à escuridão. Seu fim havia chegado.

Capítulo 1

Como pode ser audaz o diminuto homem.

O pior da vida no campo era o frio das casas. Alexander sentava-se tão perto da lareira quanto podia sem obstruir o acesso dos pais ao fogo modesto. Suspeitava que pelo menos a mãe sofria, mas se mantinha afastada para deixar mais calor para o filho. Nevava ou chovia, Alexander não sabia ao certo. O céu se encontrava escuro desde as três horas da tarde. O almoço fora servido ao meio-dia, e o chá, às quatro; eles só se deitariam dali a três horas. O pai não lhe permitira voltar ao quarto para escrever, pois o fogo havia sido negligenciado durante a tarde e já se apagara. Alexander não havia terminado sequer vinte versos desde o Natal, quase um mês antes.

As *Geórgicas* encontravam-se abertas em seu colo, e fazia duas horas que ele lia o mesmo poema. Virgílio caía muito bem quando Alexander se sentia capaz, ele também, de escrever um poema tão bom quanto a "Eneida", mas naquela noite os versos joviais do poeta romano pareciam repreendê-lo. "Será sempre assim caso eu continue a obedecer a meu pai?", ele perguntou a si mesmo. Ouviu a mãe tossir e achou que ela estava prestes a adivinhar os seus pensamentos.

— O Sr. Anthony Englefield pede que você vá visitá-lo — ela disse, estendendo uma carta. — Oferece para mandar a carruagem. Aconselho que vá, Alexander. Por acaso Teresa e Martha Blount não se encontram em Whiteknights?

Ele não respondeu. Mas sentiu o coração palpitar diante do nome de Teresa e levantou a cabeça, ciente de que corava. As irmãs Blount tinham aproximadamente a mesma idade de Alexander. Moravam do outro lado do Tâmisa, numa propriedade chamada Mapledurham, mas visitavam o avô, o Sr. Anthony Englefield, em Whiteknights várias vezes ao ano. Assim como Alexander e sua família, os Blount eram católicos romanos.

— Não dou fé da vida das irmãs Blount — ele disse, tão prosaicamente quanto possível.

— Mas você e o Sr. Anthony não se vêem desde o início de dezembro... — replicou a mãe. — Sua saúde já está boa o bastante. E você deve se esforçar por ser agradável às mulheres — ela acrescentou.

Ah, se ela soubesse o quanto ele desejava agradar a Teresa, pensou Alexander. Disse, no entanto:

— Acho que o Sr. Anthony escreveu esta carta *para mim.* — Apesar da incipiente aflição, o ânimo de Alexander se espevitou. Era sempre assim. Teresa gostava de atormentá-lo, mas sempre com um sorriso maroto que o seduzia ainda mais. Sem querer se revelar ansioso demais por responder ao convite do Sr. Anthony, ele se virou para o pai, que lia o jornal, e perguntou: — Então, quais são as novidades da cidade?

— Um padre foi assassinado. Abandonaram o corpo em Shoreditch.

Alexander ficou alarmado. Shoreditch! Os pobres católicos ainda realizavam seus cultos por lá, secretamente, em capelas improvisadas no sobrado das tabernas.

— Assassinado? — repetiu Alexander. — Um padre?

Agora ele jamais obteria do pai a permissão para ir à cidade outra vez. Fizera uma breve visita dezoito meses antes, logo após a publicação dos primeiros poemas, e desde então queria voltar. Mas a capital seria para sempre assombrada pelas perseguições que os pais dele conheciam de perto. Eles haviam sido escorraçados pelo Decreto das Dez Milhas, que proibia os papistas de habitarem nas cercanias da cidade. Anos já haviam se passado, e os católicos começavam a voltar para Londres, mas o pai de Alexander permanecia inarredável. Filho seu jamais moraria na cidade. Alexander sabia que Londres havia mudado: por três gloriosas semanas ele pudera constatar isso com os próprios olhos. Mas... e se ele afrontasse a imposição dos pais apenas para se meter em apuros?

Pediu o jornal e pôs-se a ler a história.

— O homem não era padre, senhor! — exclamou. — Talvez nem fosse católico. Diz aqui que ele vestia uma fantasia eclesiástica para ir à mascarada do embaixador francês. Um ingresso para o baile foi encontrado em seu bolso. — Ele levantou os olhos com um sorriso. — Está vendo? — concluiu. — Os assassinos se enganaram!

O pai de Alexander abriu um sorriso triste.

— Se acharam que o sujeito era um padre católico — disse —, agora pouco importa que não o fosse. A cidade é um lugar perigoso, meu filho. Fiquei preocupado ao ver você tão ansioso por visitá-la no ano passado.

Alexander sentiu a réplica brotar no peito.

— Mas fiquei só três semanas, senhor! — explodiu. — E ainda por cima em Westminster, com meu amigo Charles Jervas! — Dissera ao pai inúmeras vezes que Jervas era protestante e que seu contato com os católicos havia se limitado às poucas e abastadas famílias que mantinham casas em Westminster e St. James's. Nada de missas secretas nos sótãos das cervejarias. Eles sequer haviam falado de religião. — A rainha Ana é uma Stuart! O senhor mesmo disse que não temos nada a temer enquanto ela estiver no trono!

— Não fiquei nem um pouco tranqüilo durante sua ausência, Alexander — disse o velho, circunspecto. — Seria uma decepção saber que pensa em voltar.

Pai e mãe se levantaram para rezar, e Alexander se viu obrigado a acompanhá-los. O pai escureceu a sala, um antigo hábito com o intuito de impedir que alguém os visse. Observando-o de cabeça derreada, movendo os lábios serenamente, Alexander sentiu uma pontada de remorso. Afinal, os velhos haviam sido escorraçados de casa como se fossem nômades, forçados a abandonar a cidade onde haviam vivido tão dignamente. Que direito tinha ele de desdenhar de tanto sofrimento, de querer voltar a um lugar de lembranças tão sombrias? Envergonhado, baixou a cabeça e tentou sentir a fé que sabia apropriada.

Terminadas as orações, perguntou ao pai se ele poderia permanecer na sala com as velas acesas a fim de trabalhar.

— Ficará doente de novo se dormir tarde — respondeu o velho. Esperou que o filho recolhesse os livros e depois o acompanhou escada acima.

Alexander deu boa-noite, fechou a porta do quarto e puxou um tapete contra a fresta para mascarar a luz da vela. Sabia que a preocupação do pai tinha fundamento: o frio estava terrível, mas ele precisava terminar pelo menos dez linhas antes de dormir. Jogou um cobertor sobre as costas e pôs-se a trabalhar. Escreveu durante uma hora, ignorando a dor de cabeça e a garganta inflamada que começavam a incomodar. Não teve dificuldade para fazê-lo. Depois de tantos anos, aqueles sintomas pareciam velhos e conhecidos inimigos, instigando-o a redobrar os esforços, lembrando-o de que o tempo era curto.

Alexander adoecera aos 14 anos. A doença cobrira-lhe a memória como uma cortina, empanando as semanas e os meses de dor que haviam se sucedido numa escuridão sufocante. De início os médicos haviam achado que ele não sobreviveria, mas aos poucos Alexander foi melhorando, e sofrendo com a recuperação muito mais do que sofrera durante os dias e noites de torpor febril que a precederam. Sua lembrança mais vívida era a daquela manhã em que por fim conseguira se levantar e caminhar até a janela. Do outro lado da vidraça, as primeiras marcas do outono começavam a cobrear a paisagem, deixando-o triste por ter perdido um verão inteiro. Os pais haviam entrado no quarto, seguidos do médico. Conduzido de volta à cama, ele recebera a notícia: embora tivesse sobrevivido à doença, teria o crescimento afetado por ela. As costas ficariam cada vez mais arqueadas, e com o tempo ele não conseguiria mais andar. O médico não sabia precisar quando isso aconteceria. Talvez por volta dos 30 anos, mais tarde se ele tivesse sorte.

Sorte não lhe faltou. Aos 23, sofria com as costas empenadas, mas bastava empertigar o tronco para que ninguém notasse nada. Não era alto, mas acreditava ter um rosto bonito. Além disso, era rápido e espirituoso. Quando gozava de boa saúde, sabia que podia ser bastante encantador.

Sobreveio-lhe então uma imagem de Teresa, correndo a seu encontro numa longínqua tarde de verão. Ele já havia se recuperado por completo da doença, era o Alexander de sempre, e ela devia ter seus 15 ou 16 anos — isso se dera antes da morte do Sr. Blount. Teresa o havia tomado pela mão para contar uma história sobre o convento em que passara a viver e estudar. Como era linda naqueles dias! Como era linda sempre! Tão logo alcançasse a fama com sua poesia, ele a pediria em casamento, certo de que mais uma vez seria recebido de braços abertos. Olhou para as páginas sobre a mesa. Ainda estava longe de chegar ao fim daquele poema. Precisava de um novo assunto, algo que trouxesse à tona toda a extensão de seu talento. No íntimo, sabia que jamais encontraria inspiração em Binfield. De algum modo, de qualquer modo, precisava ir para Londres.

Dois dias depois, a carruagem do Sr. Anthony levou-o até Whiteknights. Assim que se aproximou da velha casa, Alexander viu que era Martha Blount, e não Teresa, quem esperava para recebê-lo. Ele desceu, e ela veio a seu encontro, sorridente e enrubescida.

— Minha querida Martha — ele disse, tomando-a pelas mãos. — Está com ótimo aspecto!

— Alexander! — ela exclamou. — Esperávamos por sua visita, mas você chegou cedo demais! Meu avô não se encontra, foi ver um inquilino. — Ela varreu do rosto uma mecha de cabelos, que escorregou novamente, e novamente foi varrida, dessa vez com um risinho: um gesto que ela fazia desde menina.

Martha conduziu Alexander através do imponente vestíbulo até a sala de estar onde vinha trabalhando. Acomodando-se ao lado dela, Alexander percebeu-se quase feliz com a ausência da irmã mais velha. O vestido de Martha sarapintava-se com fiapos de linha do bordado, mas ela não havia notado. Teresa os teria limpado imediatamente. Alexander estava determinado a não perguntar sobre ela e arruinar aquele momento que ele e Martha desfrutavam juntos.

— Está frio demais para que o Sr. Anthony se aventure a sair — observou. Mas não se conteve e, depois de uma pequena pausa, perguntou: — Sua irmã saiu também?

— Está escrevendo cartas lá em cima — respondeu Martha, visivelmente decepcionada. — Decerto não sabe que você chegou. — Mas antes que Alexander pudesse dizer o que quer que fosse, ela se recompôs e abriu um sorriso. — Que tal irmos atrás dela? — sugeriu, largando o bordado.

Eles subiram e encontraram Teresa em seu gabinete particular, lendo uma carta à escrivaninha junto da janela. A pálida luz do sol banhava-lhe o rosto e as dobras do vestido de seda. Sobre a mesa via-se um pequeno vaso com galantos e narcisos, que Alexander supunha terem vindo da estufa. A curva do braço de Teresa repousava ao lado das flores, e as espirais escuras dos cabelos pendiam soltas da cabeça inclinada sobre o papel.

— Teresa! — exclamou Martha. — Alexander chegou. Veja... ele veio nos ver.

Teresa não se virou de imediato, e o sorriso revelou-se bem menos afável que o da irmã. Um sorriso malicioso, zombeteiro. Mas como estava linda!

— Já? — foi o que ela disse. — Não é decoroso, Alexander, visitar uma dama antes das onze horas. Se quiser viver na cidade, terá de aprender coisas assim.

Maravilhado com a provocação, ele sorriu de modo jocoso e devolveu:

— Não suportaria, estando tão perto, ter de esperar para ver o mais luminoso par de olhos de toda a Inglaterra!

Teresa arqueou uma das sobrancelhas.

— Alexander está bastante encantador esta manhã, Patty — observou, desviando o olhar e chamando a irmã pelo apelido.

— Meu ofício é encantar aquelas que encantam o mundo. — Alexander fez uma pequena mesura, mas logo se arrependeu: estava agindo feito um tolo. A verdade era que Teresa o desconcertava.

Martha assistia ao colóquio com atenção. Imaginava que Teresa estava nervosa ao rever o velho admirador; sabia que a irmã recorria à perversidade sempre que se pilhava insegura. Corou por ela, ou pela visível ansiedade de Alexander. Admirava-se com a ingenuidade dele.

Mas Teresa e Alexander já iam voltando às turras.

— Em vista de tantos galanteios — ela disse —, imagino que esteja tentando imitar seu amigo de Londres, Charles Jervas, de quem você tanto se orgulha. Está sempre copiando os modos dos que o cercam.

Alexander era esperto o bastante para não se deixar abalar.

— Assim sendo — redargüiu —, seguramente hei de imitar os seus. De tão reluzente, sua sagacidade para mim equivale ao ouro.

Teresa desviou o olhar.

— Receio que, como o ouro, não estarei tão disponível quanto gostaria — disse. — Minha irmã e eu vamos para Londres amanhã.

Alexander sabia que traía no rosto a grande decepção que sentia no peito. Não havia esperado por isso.

Martha interveio bruscamente:

— Contávamos lhe dar a notícia ainda esta manhã, Alexander. Vamos passar a estação na cidade, com mamãe, numa casa em King Street.

— Seu avô não teme pela segurança de vocês? — perguntou Alexander, virando-se para Martha com um olhar de súplica.

— Claro que não! — respondeu Teresa. — O que você acha que pode acontecer? Peste? Incêndio? Ninguém mais tem medo de Londres, Alexander.

Apesar de acostumado à ingenuidade impulsiva de Teresa, Alexander não sorriu.

— Ele está falando do recente assassinato em Shoreditch — disse Martha, interrompendo a irmã. — Chegamos até a pensar em adiar a viagem, mas Shoreditch fica bem longe de St. James's. Crime tão odioso não teria nada a ver com o nosso círculo de relações.

Contrafeita com a repentina seriedade da conversa, Teresa jogou os cabelos para o lado, juntou as cartas sobre a escrivaninha e sugeriu um passeio ao ar livre.

O dia estava frio, mas os três dispunham de golas e regalos de pele; além disso, seriam protegidos do vento pela sebe de teixos que abraçava os jardins. Alexander e Teresa seguiram na frente. Já estavam fora por alguns minutos quando Alexander sorriu e disse:

— Fosse eu um sujeito bonito, Teresa, creio que seria capaz de lhe fazer um grande bem.

— Fosse você um sujeito bonito — respondeu Teresa em tom de mofa —, eu não hesitaria em devorá-lo, como fiz a todos os demais. Sua preservação se deve justamente a essa bizarrice de pessoa que você tanto lamenta ser. Tal como está, você não tem nada a temer: continuo procurando alhures por meu alimento.

Martha ficou se perguntando se Alexander falava mesmo a sério quando retrucou:

— Nesse caso sugiro cautela, senhorita. Pois o bonitão que rastejará a seus pés por alguns meses será o marido negligente de muitos anos. O criado sabujo de hoje é o lorde soberbo de amanhã.

Teresa permaneceu calada por um instante, imaginando, tal como suspeitava Martha, os prazeres de se ter um lorde como marido, soberbo ou não. No entanto foi isto que ela respondeu:

— Fico feliz, Alexander, só de pensar nas cartas que receberei de você quando formos para a cidade. Você tem um jeito muito divertido de se expressar.

Antes de dizer qualquer coisa, Alexander virou-se para Martha e abriu um sorriso retorcido, como se pedisse desculpas pela profusão de galanteios.

— Na verdade, Teresa — falou enfim —, quando penso nas inúmeras vezes que tão abertamente declarei meu amor por você, fico até um pouco ofendido que minha correspondência não tenha sido sumariamente proibida.

Todos sorriram com a observação, cientes de que ela encerrava boa dose de verdade.

Voltando do passeio, constataram que o Sr. Anthony já havia retornado da visita aos inquilinos. Ele saudou Alexander e o conduziu até a biblioteca, abandonando as netas durante a meia hora que ainda faltava para o almoço.

— Hoje você foi mais ríspida com Alexander que de costume, Teresa — disse Martha assim que elas se viram sozinhas.

— Sou sempre ríspida com ele — defendeu-se Teresa. — É isso que ele espera; acharia estranho se eu me comportasse de outra forma. — Ela fingiu ajustar as mangas do vestido de modo que não precisasse encarar a irmã.

— Sempre acho de antemão que Alexander terá pavor de lhe dirigir a palavra. Mas sua rispidez parece enternecê-lo ainda mais.

— Geralmente os homens gostam das mulheres que eles temem — retrucou Teresa de modo evasivo. — Trata-se de um paradoxo do sexo. Atormento Alexander com o único intuito de me preparar para os cavalheiros que conhecerei em Londres.

Martha percebeu certa apreensão na voz da irmã; tomou-a pela mão e disse:

— Está preocupada com a viagem? Achei que estivesse entusiasmada.

Teresa se adiantou para abrir a porta da sala e, depois de um risinho, respondeu:

— Bem... estou a um só tempo receosa e entusiasmada. Assim como Alexander em relação a mim.

O sol já não batia no cômodo, mas as velas ainda não haviam sido acesas. Do lado de fora, o chão já se cobria de sombra, muito embora ainda não passassem das duas horas. Elas se acomodaram no sofá onde Martha havia abandonado o bordado, que Teresa alcançou para retirar dali. Martha aproveitou a chance para mais uma vez tomar a mão da irmã, que dessa vez não se esquivou. Esperava convencê-la a falar um pouco mais sobre Alexander. Mas antes que pudesse formular uma pergunta foi interrompida por Teresa, que resmungou baixinho:

— Acha que as pessoas vão me achar rústica demais? Vou circular com os amigos de Arabella, e receio que eles me achem sem graça. Aqui todos me acham bonita, mas na cidade... será uma grande vergonha se me acharem insípida.

Martha contemplou o rosto da irmã; a penumbra triste daquele início de tarde conferia-lhe um aspecto vulnerável. Então era isso que a preocupava. Não Alexander, mas a prima delas, Arabella Fermor.

— Você cativará as pessoas ainda mais se for fiel à própria natureza — argumentou Martha.

— Não as pessoas de que estou falando — insistiu Teresa, agora bem mais alto. — Os rapazes que vão para a cidade querem evitar a natureza, não querem ser cativados por ela. A simplicidade é vista com a mais profunda desconfiança, e a sinceridade, com algo muito próximo do horror.

Martha não pôde deixar de rir. Não era à toa que Alexander admirava a sagacidade e a rapidez de Teresa. E não era sempre que ela, Martha, tinha ocasião de presenciar esse lado da personalidade da irmã.

— Ora, Teresa, você terá uma infinidade de admiradores! Muito mais que Arabella, pode acreditar! — Martha ficou surpresa com a sugestão de que Teresa e Arabella estivessem trocando cartas. Não detectara nenhum traço visível de afeição entre elas nas vezes em que as vira juntas no passado. Percebera, em vez disso, uma competição recíproca e velada para saber qual das duas era a mais bela ou a mais espirituosa. Arabella não teria se oferecido para circular com Teresa pela cidade caso não se julgasse superior em ambos os quesitos.

Elas foram interrompidas pela criada que entrou para acender as velas e espevitar o fogo da lareira. O crepitar da lenha, que minutos antes causava tanta tristeza, agora novamente convidava à alegria.

— Quer dizer então que Bell tem escrito... — disse Martha assim que a criada saiu.

— Não recentemente — respondeu Teresa depois de uma pequena pausa. — Mas contei a ela sobre nossa viagem, então suponho que passaremos um bom tempo juntas.

Martha não disse nada; sabia quanto a irmã sonhava com uma companhia acostumada às altas-rodas. Seria cruel aplacar as esperanças dela com um comentário cético sobre uma possível amizade com Arabella.

Teresa também permaneceu calada, perdida nos próprios pensamentos. Ao ver Alexander entrar no gabinete naquela manhã, sentira o ânimo se renovar, mas contivera-se, recusando-se a dar qualquer mostra de alegria. Queria pensar nele apenas como um amigo do passado, mostrar-lhe que agora as coisas eram diferentes. Estava determinada a fisgar um belo partido na cidade. No entanto... quanta diversão Alexander lhe havia proporcionado na juventude! As troças, as cartas, os galanteios engraçados. Tudo sempre muito cativante. Ah, se ao menos ele alcançasse algum sucesso, refletiu Teresa. Alexander era católico, um perfeito cavalheiro. Além disso, pelo menos na avaliação do avô dela, tinha considerável talento como poeta. Era bem possível que um dia usasse roupas muito caras. Mas Teresa logo perdeu as esperanças. Um homem tão esquisito, sempre com dores de cabeça ou mau humor, sempre escrevendo poemas ou falando de Virgílio, mas de bolsos sempre vazios... Por que então ela sentia tamanho sobressalto no coração quando o via?

O silêncio se quebrou quando as moças foram convocadas para o jantar. Assim que elas se acomodaram à mesa, o Sr. Anthony propôs um brinde ao jovem convidado.

— Minhas felicitações, Alexander, pela publicação dos versos. Que ademais foram editados pelo grande Jacob Tonson, o melhor de Londres.

Alexander fez uma mesura e agradeceu ao anfitrião.

— Mais um de meus poemas — disse — será publicado muito em breve. Por um velho amigo de escola que entrou no ramo. "Ensaio Sobre a Crítica", é esse o título.

O Sr. Anthony mirou-o por um instante e depois disse:

— Um poema não publicado por Tonson...

— Não se trata de um poema comum — adiantou-se Alexander. — Achei que Tonson não fosse gostar.

— Minha dúvida é se você de fato leva a sério o projeto de ter a poesia como profissão — disse o Sr. Anthony, apreensivo. — De modo geral os poetas são figuras lúgubres, sem eira nem beira, que vivem rodeando a corte em busca de mecenato. Não gostaria de vê-lo no meio deles.

Alexander teve a impressão de que o Sr. Anthony deliberadamente havia deixado para dizer aquilo quando Teresa estivesse presente. Sentiu um repentino desconcerto, e corou ao perceber que ela o fitava com um sorriso de escárnio. Fez o que pôde para falar com descaso:

— O principal problema com os poetas é que poucos chegam a escrever algo que mereça ser lido. Homens perfeitamente versados nas letras, que se expressam numa prosa eloqüente e vivaz, transformam-se em verdadeiros pacholas quando recorrem ao verso. Quando não decantam os prazeres da primavera com uma profusão de epítetos empolados, salivam sobre o colo sinuoso que entreviram sob as rendas de uma dama qualquer. São reduzidos pelo verso a eunucos ou devassos, todos eles.

— Está se referindo ao sucesso que Thomas D'Urfey alcançou com "Paid for Peeping"? — perguntou Teresa prosaicamente. — Um escândalo, de fato. Mas sou capaz de apostar, Alexander, que apesar dessas suas tantas farpas, seu exemplar está bem gasto nas pontas.

Alexander animou-se com a provocação.

— Jamais leria os versos desse fulano, como jamais escreveria à maneira dele — respondeu. — Os poemas de D'Urfey são como os sonoros traques que ele deixa escapar sem nenhum pejo: divertidos, porém asquerosos.

Todos riram, e Alexander olhou para Teresa com um afetado ar de autocensura, satisfeito com o sucesso da piada. Com renovada confiança, ele disse:

— Seja como for, Jacob Tonson não precisa de minha ajuda para fazer fortuna. Encheu a burra desde que comprou os direitos de *Paraíso perdido.*

— Devo confessar que ainda não o li — disse o Sr. Anthony. — Uma vergonha, eu sei.

Para o deleite de Martha, Alexander lançou-lhe um olhar de camaradagem. Por diversas vezes eles haviam conversado sobre o poema de Milton, o preferido de ambos.

— Concordo plenamente com sua avaliação sobre as agruras da vida de poeta, senhor — disse Alexander em seguida —, mas Tonson e outros do mesmo jaez são minha melhor aposta para um futuro de bonança.

— Mas certamente herdará a casa de seus pais em Binfield... — disse o Sr. Anthony.

— Sim, claro — respondeu Alexander sem hesitar. Seu pai havia alienado a casa em favor de dois primos protestantes, que a herdariam em nome de Alexander. Talvez fosse isso que ele devesse ter respondido; assim o Sr. Anthony ficaria sabendo que o amigo das netas não herdaria nada diretamente.

Teresa ficou de pé para se retirar. Martha, por conseguinte, fez o mesmo, mas antes de deixar a sala olhou para trás algumas vezes, contrariada. Vinha seguindo com bastante interesse a conversa dos homens.

*

Lamentando-se pela partida das moças, Alexander virou-se para o Sr. Anthony e disse:

— A situação de suas netas não é muito diferente da minha, afinal. Tanto elas quanto eu vivemos de apostas, e das mais arriscadas! Suas netas contam com a beleza e o bom coração para encontrar um marido rico. Quanto a mim, aposto meu talento de poeta numa grande roda de jogo. Não é à toa que tanto ansiamos por Londres, onde a especulação financeira é a última moda.

Anthony Englefield refletiu um instante.

— Vou lhe confidenciar uma coisa, Alexander — disse por fim. — As meninas logo se verão numa situação bastante difícil. Ano passado, quando o irmão delas herdou Mapledurham, descobrimos que a propriedade tinha dívidas muito maiores do que imaginávamos. Quando se casar, Michael decerto não terá meios de sustentar a mãe e as irmãs. Ainda não contei nada às meninas, claro. Elas não devem pensar que estão sendo despachadas para Londres para serem vendidas.

Fossem outras as circunstâncias, Alexander talvez tivesse observado que nada daria mais prazer a Teresa Blount do que saber que estava prestes a ser vendida a um marido rico. Mas ele soube se conter, e refletiu com mais cuidado sobre as implicações da novidade. O Sr. Anthony decerto tinha consciência das poucas chances de sucesso daquele projeto.

— Naturalmente o Sr. Blount não deixará as irmãs sem dote, nem a mãe sem um sustento decente — ele insistiu.

— As despesas de manutenção de Mapledurham são enormes — retrucou o Sr. Anthony. — Ainda somos taxados em dobro, você sabe. Mapledurham consumirá quase toda a renda de Michael.

Deixando-se levar por um repente de fúria, Alexander exclamou:

— Mas nunca está fora do alcance de um homem fazer o que é certo!

— Neste caso talvez esteja — disse o Sr. Anthony. — Nos dias de hoje, um católico só abre mão de suas terras quando não vê outra saída, se está numa situação de total desespero. Não, a propriedade deve ser mantida a qualquer custo.

— Mas as meninas foram criadas com toda espécie de luxo e têm as mais extravagantes expectativas! — protestou Alexander. — Foram educadas em Paris, viveram nas melhores companhias! E confiam cegamente no sucesso que terão perante os mais cobiçados pretendentes do país! Não é justo que sejam jogadas no mundo dessa maneira, ignorantes da própria situação. Todo sacrifício deve ser feito para que...

— É exatamente por isso que espero que elas se casem o mais cedo possível, Alexander. Sei que é uma coisa terrível de se dizer, e dificilmente me abriria dessa forma com outra pessoa. Mas rezo para que minhas netas encontrem um bom partido antes que o infortúnio delas se torne conhecido de todos. Só digo isso porque sei que tenho diante de mim um homem do mundo.

Alexander já estava mais calmo quando respondeu:

— Pois é como homem do mundo que posso afirmar, senhor: não há barão vivo que se casará com uma moça sem dote, esteja ele mais apaixonado que o próprio Romeu.

No fim do dia, quando trocavam despedidas, Martha virou-se para Alexander com um olhar esperançoso e disse:

— Talvez você possa nos visitar na cidade.

Apesar de toda afeição e simpatia que tinha por ela, Alexander tentou responder com reserva, ciente de que era observado por Teresa.

— Receio que seja difícil — disse. — Minhas obrigações no campo...

— Deixe de bobagem, Alexander — interveio Teresa. — A única obrigação que alguém tem no campo é a de ir embora o mais rápido possível. Você já disse que seu amigo John Caryll volta e meia lhe oferece um lugar no coche dele. São meros cinqüenta quilômetros...

Embora repreendesse a si mesmo pela alegria que sentira ao ouvir aquelas palavras de estímulo, por mais casualmente que elas tivessem sido ditas, Alexander não se conteve e fez uma mesura como se pedisse por mais.

No entanto foi Martha quem disse:

— O Sr. Caryll é mesmo bastante gentil com você, Alexander. E tem sua família em altíssima conta. A estima de um homem assim é de grande valor.

Como o Sr. Anthony, John Caryll era um católico dono de terras, cuja propriedade, Ladyholt, ficava a uma curta distância da residência de Alexander em Binfield. Mas a estima de Caryll pouco importava a Alexander naquele fim de tarde. Mesmo assim, ele procurou falar com serenidade:

— É certo que não há no mundo lentes de aumento mais poderosas que nossos próprios olhos, sobretudo quando voltados para nós mesmos. No entanto nem esses vêem em mim o grande Alexander com quem o Sr. Caryll é tão gentil: vêem, antes, o pequeno Alexander de que as mulheres riem tanto.

Martha apertou ligeiramente o braço de Alexander e deu-lhe um beijo de despedida. Tentou encontrar um meio de fazê-lo sorrir, mas murchou quando Teresa disse:

— Já sei, Alexander: hoje você resolveu representar aquele velho papel de cachorro tristonho. Espero que já tenha desistido dele quando nos virmos outra vez. De modo algum aceitarei dançar com um dinamarquês em plena crise de melancolia.

Alexander empertigou o tronco e entrou na carruagem do Sr. Anthony.

Durante a viagem de volta, refletiu mais uma vez sobre as adversidades que as irmãs Blount encontrariam em Londres. Apesar de toda a pretensa sofisticação de Teresa e de toda a sensatez de Martha, elas nunca haviam vivido no mundo. A sociedade de Londres não daria meio xelim por um par de moças bonitas e bem-criadas sem qualquer expectativa. A corte já era um lugar suficientemente precário para as filhas dos muito ricos, sempre vulneráveis aos desígnios de aventureiros jovens e sem nenhum coração. Mas para moças adoráveis e sem fortuna, cercadas por homens criados para pensar que tinham direito a toda espécie de gratificação, o perigo era ainda maior.

Embora tivesse refutado os receios do pai quanto a Londres, Alexander sentiu um calafrio ao pensar no convidado para o baile do embaixador, assassinado ao ser confundido com um padre. O pobre homem chegara à festa para uma noite de prazer inconseqüente, sem a menor idéia do que estava para acontecer. Talvez tivesse se acotovelado com os assassinos o tempo todo; talvez tivesse permanecido na ignorância até o último momento, quando uma faca lhe perfurou a garganta. No entanto, seria de fato uma vítima do destino? Ou guardaria ele algum segredo caro aos anticatólicos?

Capítulo 2

Ele viu, ele quis, e ao prêmio aspirou.

Alexander encontrou a casa imersa na escuridão, salvo por uma vela que ardia na cozinha, onde um prato com pão e queijo havia sido deixado sobre a mesa. Sentou-se próximo ao forno para se esquentar. O relógio soou as onze horas, e ele ficou ali, ouvindo as badaladas ecoarem no oco da casa. Esperara encontrar a mãe acordada, mas ao que parecia, todos dormiam. A chama bruxuleante da vela projetava nas paredes longas sombras que dançavam a seu redor como os dedos de uma mão grotesca. Alexander lembrou-se das noites, já na fase final da doença, em que ele jazia acordado em meio ao silêncio da casa, ilhado entre os mundos dos vivos e dos mortos.

No quartinho de cima, contudo, a vela queimava com firmeza, iluminando vultos conhecidos: a cama, os livros, a lareira. Assim que entrou, Alexander se despiu, embrulhou-se na camisola de dormir e foi sentar-se junto ao fogo baixo. Não havia sido esquecido pelos pais. Dali a pouco levou a vela para a escrivaninha e mais uma vez examinou os versos do poema que vinha escrevendo. Por alguns minutos debateu-se com uma parelha, riscando uma palavra, trocando uma rima e arrependendo-se da troca logo em seguida. Por fim, desistiu.

Ele não poderia continuar ali. Aquela casa, e os hábitos antiquados dos pais, a rotina sufocante da religião deles, até mesmo os ares do campo, com aquele frio e aquela umidade que invadiam os ossos — pouco a pouco, tudo isso acabaria por matá-lo. Durante as semanas em Londres, no ano anterior, ele se vira com mais energia do que julgara capaz de conter na estrutura miúda. Mas, novamente em casa, ia ficando cada vez mais fraco com o passar dos meses.

Só agora ele se dava conta disto: Whiteknights era a única coisa que o prendia ali, o prazer de ver Teresa, a esperança de recuperar a feliz intimidade da juventude deles. Mas até onde persistiria esse prazer diante da resistência que ela vinha opondo ultimamente? Além disso, em breve Teresa partiria para Londres, e Martha também. Martha: sempre tão paciente, tão perspicaz na compreensão das coisas. Alexander pensou nos pais: sempre abrindo mão dos próprios confortos em benefício dele, ano após ano curvando-se à saúde delicada do filho. Emocionado, viu-se de olhos marejados, mas sabia que os velhos não podiam fazer mais nada por ele — acreditava que eles também já percebiam isso.

Não importava que ele fosse católico. Tampouco importava a debilidade física. Medo e dúvidas não deveriam detê-lo. Alexander decidiu ali mesmo: iria para Londres em busca de sua fortuna.

Retirou da gaveta uma folha em branco e escreveu para John Caryll, perguntando se podia acompanhá-lo na próxima viagem até a cidade. Selou a carta e, retomando a pena, escreveu uma segunda carta para Charles Jervas, perguntando se podia se hospedar com ele. Disse que não contava ficar mais do que três semanas, mas no íntimo sabia que sua estada seria bem mais longa.

No dia seguinte, não encontrou forças para dizer aos pais o que tinha feito, e decidiu esperar até que os arranjos estivessem todos confirmados.

Não esperou muito. Encantado com a carta, Caryll logo respondeu, dizendo que eles partiriam assim que as estradas secassem. Jervas, de sua parte, instou-o a vir o mais cedo possível, para ficar quanto tempo quisesse. Alexander por fim se viu obrigado a enfrentar o pai.

Encontrou-o sentado junto à lareira e, para sua grande surpresa, não foi recebido com pedras ao lhe dar a notícia.

— Meu querido — disse o velho, o rosto crispado de tristeza —, como posso demovê-lo dessa idéia? Você está certo; sei que está. É filho de comerciante, de um católico romano. No entanto vai se hospedar na casa de um artista protestante. Londres está mesmo muito mudada; pudesse eu revê-la, suponho que não a reconheceria. Vivemos, eu e você, em mundos díspares. Vá para a cidade com John Caryll, meu filho. Escreva seus poemas. Sei que sonha com a fama; rezo para que a encontre. Rezo também pela sua segurança.

Alexander se abalou muito mais com essas palavras do que teria se abalado com um acesso de fúria por parte do pai. Comovido, chegou a pensar em permanecer na estabilidade de Binfield, na companhia daquelas pessoas que ele tanto amava, mas sabia que precisava seguir em frente. Seu futuro, para o bem ou para o mal, estava em Londres. Era lá que seu talento seria colocado à prova. Ele ansiava pelo êxtase da glória; por fim chegara a hora de enfrentar a terrível possibilidade do fracasso.

Alguns dias mais tarde, quando Caryll chegou para buscá-lo, Alexander já estava aflito por partir. Caryll apertou-lhe a mão com entusiasmo e abraçou-o pelos ombros num gesto caloroso e paternal.

— Senhor. Senhora — disse, cumprimentando os pais de Alexander sem maiores formalidades. Só então Alexander se lembrou de que Caryll tinha aproximadamente a mesma idade do pai. — Que bom que consentiram nesta viagem. Por outro lado, quem há de preferir Londres à calma deste lugar? Terão o filho de volta muito em breve. — Alexander desvencilhou-se do abraço protetor. Até então não via em Caryll mais que um meio de transporte para Londres; surpreendeu-se, portanto, ao se deparar com uma personalidade muito mais forte do que era capaz de se lembrar. Conhecia a reputação que ele tinha como um político hábil: anos antes, um tio de Caryll havia sido acusado como traidor jacobita numa conspiração contra a coroa, e fora o sobrinho quem evitara que a família perdesse tudo.

— O senhor leu sobre o padre assassinado em Shoreditch? — perguntou o pai de Alexander.

Caryll ficou sério de repente.

— A cidade ainda tem lá os seus perigos, senhor — ele respondeu.

Alexander levantou os olhos com interesse, subitamente desconfiando de que o patrono soubesse mais sobre o tal assassinato do que dava a entender. Mas o rosto de Caryll não revelava nada.

Terminadas as despedidas, e já a caminho da cidade, Alexander viu-se tomado de grande entusiasmo. A paisagem invernal resplandecia ao sol nascente: gelo branco e sombras róseas misturavam-se aos resquícios de neve que preenchiam os sulcos do solo feito lã. Os dias de bom tempo haviam deixado a estrada seca e sólida. Um vapor de orvalho alçava-se do chão em razão do calor e roçava as pernas das ovelhas friorentas, assestadas contra o sol ainda pálido da manhã. Um par de cervos, abrigado num bosque de carvalhos, assustou-se com o trote esperto dos cavalos ou com o rangido das rodas e fugiu em disparada, os cascos quentes levantando uma cintilante esteira de geada sobre a relva. Muito ao longe, Alexander avistou os campanários de Londres, que rebrilhavam à luz do primeiro sol.

— Então, como está, Alexander? — perguntou Caryll. — Ansioso por chegar à cidade, aposto. Faz um bom tempo desde sua última visita. Não precisa ter pressa para voltar para casa. Seus pais sobreviverão à sua ausência. — Ele sacudiu Alexander num gesto brincalhão, mais amigo do que pai.

Alexander estranhou que ele tivesse falado de modo tão diferente aos velhos sobre a viagem. Achava difícil dizer quando o Sr. Caryll estava sendo realmente sincero. No entanto, sem querer se predispor com ele, disse:

— Meu pai estava preocupado com esta viagem, mas o senhor soube acalmá-lo com habilidade.

A resposta de Caryll, contudo, foi fria:

— Não se esqueça, Alexander, das coisas que seu pai e eu vimos em Londres. Sua geração não testemunhou as execuções que se seguiram ao assassinato de Edmund Berry Godfrey. Homens com quem eu havia crescido foram esquartejados bem diante dos meus olhos, ainda com ar nos pulmões. Os protestantes não hesitaram em mandar cinqüenta homens para a forca tão-somente por terem dito que o primogênito do rei tinha direito ao trono.

Alexander corou.

— Receio que me tome por impertinente, senhor. Mas cheguei a ver um queima-papa certa vez, e jamais me esquecerei do que vi. Desculpe-me se pareci leviano.

A cena, desde muito varrida para os confins da memória, voltou-lhe à mente com toda a clareza. Tivera lugar pouco antes de sua família fugir de Londres. Alexander acompanhara o pai até as docas para examinar uma partida de linho recém-importada que ele queria comprar para a loja. Voltando para casa, eles haviam se deparado com uma barreira de homens e mulheres que, trocando empurrões e cotoveladas, bloqueavam a rua quase por inteiro. Minutos depois foram engolidos pela multidão e sugados pela maré do tumulto, forte demais para encontrar resistência no porte miúdo do pai.

Alexander fora içado para os ombros dele e, do alto, avistou mais adiante um estranho grupo de pessoas fantasiadas, que de início pensou ser uma roda de freis, monges e padres, semelhantes às figuras que ele conhecia dos livros de sua própria religião. Mas depois percebeu que eles seguravam canecas de cerveja e trocavam abraços licenciosos, rindo e berrando desabridamente. O pai tentava se desvencilhar da confusão. Mas a certa altura tropeçou e foi obrigado a se deixar levar pela turba, que os empurrou até um gramado onde pessoas cantavam e dançavam em torno de uma fogueira de chamas altas e crepitantes. Um grupo de músicos tocava gigas, e os dançarinos se contorciam em movimentos selvagens, inebriados.

Alexander levou um enorme susto com o que viu então. O papa se encontrava ali, bem à sua frente.

Sentado numa cadeira, usava a mesma batina escarlate e a tríplice tiara que os livros retratavam. Ao lado dele encontrava-se uma figura que Alexander não reconhecia, mas supunha tratar-se de um rei: se da Inglaterra ou da França ele não sabia dizer. À plataforma subiu um terceiro homem vestido de preto, com dois chifres e uma longa cauda caindo da cintura. Alexander ficou apavorado. Era o diabo. A multidão o saudava com vivas e aplausos.

Alexander sequer piscava, ofuscado pelo fogo e pela expressão de júbilo no rosto das pessoas. De repente, dois homens abriram caminho até a plataforma, carregando sacas que oscilavam a cada troca de passos. Os espectadores se puseram a urrar extasiados: "Bichanos! Bichanos!" Só então Alexander se deu conta de que as sacas estavam repletas de gatos vivos. Os homens rasgaram os peitos do papa e do rei e socaram os animais para dentro: as figuras eram de pano. Alexander virou o rosto, aterrorizado. Os gatos seriam jogados ao fogo? Assassinados a sangue-frio? Incapaz de se conter, ele voltou os olhos para a plataforma e viu o diabo empurrar contra as chamas os bonecos de estofo felino.

— Fogo aos papas na Inglaterra! — gritou o diabo, secundado por nova onda de vivas. O papel fino e as roupas do papa e do rei logo se incendiaram, e Alexander ouviu os berros estridentes e agônicos que aparentemente saíam da boca dos dois bonecos de pano: eram os gatos pressentindo as chamas que não tardariam a alcançá-los.

— Fora, católicos! — berrava a multidão. — Viva o Decreto das Dez Milhas!

O pai de Alexander cambaleou para trás, desceu o filho dos ombros e abraçou-o com força. Sentia o rosto arder em brasa.

— Meu Deus! — exclamou, por fim se livrando da baderna. — Não estamos seguros. Creio que jamais estaremos seguros outra vez.

Não voltaria a falar com o filho sobre o que tinham visto. No entanto, semanas depois, Alexander foi acordado durante a noite com estrépitos misturados aos berros furiosos do pai. A mãe veio apaziguá-lo, dizendo que ladrões haviam tentado invadir a loja, mas que o pai os havia afugentado. Na manhã seguinte, contudo, Alexander viu o pai mirar desolado para as vidraças quebradas e para a lama imunda que havia sido arremessada contra o chão da loja. Algumas palavras haviam sido rabiscadas na parede: "Fim aos papas", ele leu em voz alta. Pouco depois a família abandonaria a casa em que Alexander havia passado a infância, e o pai jamais voltaria à cidade.

Alexander mal podia imaginar o que teria sido de sua vida caso não tivesse se mudado para o campo. Se não tivesse ido para Binfield, jamais teria conhecido o Sr. Anthony — e tampouco Teresa. Era estranho que ele e ela agora estivessem indo para Londres, igualmente (sempre igualmente) movidos por esperanças e ambições, ainda que de naturezas bastante distintas. Ele buscava a glória. Ela, por sua vez, contava ser apresentada aos amigos ricaços da prima Arabella, tida como uma das maiores beldades de seu tempo. Decerto um exagero, pensou Alexander. Mesmo assim ele estava curioso para conhecê-la.

A carruagem já havia alcançado os arredores da cidade. Eles passaram por uma horta abandonada e logo depois por um matadouro, onde um grupo de garotos revirava o chão à procura de ossos para jogar nos transeuntes. A estrada margeava-se de valas profundas que escondiam da vista toda sorte de surpresas desagradáveis: assaltantes, andarilhos, talvez até cadáveres, especulou Alexander. Mais à frente, diante de uma taberna, um numeroso grupo de pessoas esperava no frio para embarcar numa diligência.

À custa de algum esforço, Alexander novamente se virou para Caryll e disse:

— Fico feliz por não estar entre eles. Foi muito gentil de sua parte, senhor, oferecer-me um lugar neste coche.

— Será sempre bem-vindo, Alexander — retrucou Caryll. — Também fico feliz, pois se você embarcasse com eles seria levado para muito além de onde pretende chegar. Estão indo para Liverpool.

— Liverpool! — exclamou Alexander, perplexo. — Quanto chão a percorrer! Dias e dias de uma terrível viagem!

— Que talvez seja apenas o começo. Alguns certamente seguirão de navio para a África ou para o Novo Mundo.

— Dizem que o tráfico de escravos pode resultar em fortunas incalculáveis, mas por nenhum dinheiro do mundo eu me disporia a tanto. Meses a fio num barco atulhado, doenças por toda parte, e sobretudo a incerteza de voltar a ver a terra natal. Um ordálio sem fim.

— Ordálio muito maior para os escravos! — devolveu Caryll, rindo.

Logo em seguida, a atenção de Alexander se virou para dois camaradas, lado a lado em seus respectivos cavalos no quintal de um estábulo próximo. Um deles encontrava-se num estado lastimável: barba desde muito por fazer, capa puída, botas enlameadas. Mas o outro era um cavalheiro, alto em comparação ao primeiro, e refreava nas rédeas um belo alazão. O cavalo, tão distinto quanto o dono, lançou um olhar alerta para a carruagem que se aproximava e pisoteou o chão com autoridade.

Alexander aquilatou com interesse as vestes do cavalheiro. As botas, limpíssimas, eram talhadas num estilo que ele adivinhava obedecer à moda mais recente: cano até o meio das panturrilhas e debrum de couro fino. Decerto ele acabara de chegar de Londres. Estava muito bem-vestido para alguém que tivesse vindo do campo. A sobrecasaca ajustava-se perfeitamente ao corpo, com uma abertura para a espada e bolsos enormes, que por pouco não alcançavam a bainha. Desanimado, Alexander deu-se conta de que o estilo de seus casacos e bolsos seguramente já havia caído em desuso.

Continuou a perseguir o homem com os olhos enquanto ele se afastava: queria lembrar-se de todos os detalhes das vestes dele. Viu-o retirar uma das luvas e alisar a gola da sobrecasaca, de pele densa e encorpada, e admirou que ele o tivesse feito num gesto controlado, porém imperativo, como se tocasse o pêlo de um animal que desejava aquietar. Imaginou-se então alisando o pescoço longilíneo de seu próprio cavalo, demonstrando autoridade e total domínio sobre a montaria.

A carruagem seguiu adiante. Alexander mais uma vez pensou no gesto do cavalheiro e se viu, rico e seguro, fazendo a mesma coisa diante de Teresa. No entanto, era bem possível que ela apenas risse.

Caryll o acordou do devaneio.

— Acho que temos uma hora pela frente, no máximo.

— Onde costuma se hospedar, senhor? — perguntou Alexander.

— Na casa de lorde Petre, na rua Arlington — veio a resposta.

Lorde Petre, repetiu Alexander para si mesmo. Filho do barão Petre de Ingatestone. Herdeiro de uma das mais abastadas famílias católicas de toda a Inglaterra.

— Se não me engano, o senhor era o tutor dele, não era?

— Até que ele atingiu a maioridade, dois anos atrás — respondeu Caryll.

Alexander havia se deparado com Petre certa vez, na casa de John Caryll em Ladyholt, quando ele não devia ter mais que 18 ou 19 anos. Uma cena difícil de esquecer. Petre encontrava-se a caminho de Londres, e Alexander vira-o apear do cavalo, displicentemente entregando as rédeas a um serviçal e caminhando a passos largos e seguros para cumprimentar Caryll e a mulher. Era muito alto. Alexander observava-o timidamente de um canto, até que por fim foi percebido pelo recém-chegado. Ainda se lembrava com clareza da expressão nos olhos dele. Petre encarara-o por alguns instantes, surpreso, e depois tentara disfarçar seu incômodo com um falatório vigoroso. Alexander procurara se aprumar de modo que a corcunda não pudesse ser vista, mas, claro, não tinha como escondê-la de todo. No campo as pessoas já haviam se acostumado com ele; em Londres, contudo, cenas como essa certamente voltariam a acontecer. Outros o olhariam do mesmo modo que Petre havia olhado.

— Porventura ele se encontra na cidade? — perguntou Alexander.

— Ainda está no campo, a recreio — respondeu Caryll.

Alexander ficou aliviado por não ter de se encontrar com Petre outra vez. Cogitou se ele havia se casado: que belo prêmio para a esposa, casar-se com partido tão nobre! Tentou imaginar o tipo de mulher por quem Petre, que podia ter nos braços quem bem quisesse, teria se apaixonado. Uma mulher extraordinária, claro.

Estava prestes a perguntar a Caryll sobre a vida do barão quando a carruagem deu um solavanco violento e ingressou nas ruas de Londres. Sofrendo com as pedras do calçamento, os eixos rangiam como se ameaçassem quebrar ao meio. E lá se foram eles, balançando e sacudindo cidade adentro. Coches de aluguel circulavam por toda parte, freando e partindo de modo súbito, cabriolando sobre as molas bambas, os passageiros se esforçando por manter um aspecto minimamente digno. A lama das ruas respingava nas laterais e janelas da carruagem. Alexander começou a se sentir incomodado.

Reconhecia a generosidade de Caryll ao sujeitar sua carruagem a tantas provas, mas preferia não ter de estar sempre em dívida com este ou aquele amigo. Detestava ser aquele tipo de homem que sempre dependia de favores; sabia que ninguém ia muito longe pela via da caridade. Quem inspirava dó não fazia inimigos, e ninguém jamais havia alcançado a fama sem que fosse plenamente invejado ou execrado.

Assim que eles pararam diante da casa de Jervas, o mordomo Hill apressou-se para ajudar no desembarque de Alexander, que já ansiava pelo fogo e ótima comida que o esperavam lá dentro. Suspeitava, aliás, que parte do prazer que Jervas tinha em receber hóspedes advinha da oportunidade que isso lhe dava para abusar um pouco mais da bebida e da comida.

— Boa tarde, Hill — disse Alexander, alojando uma moeda na mão do mordomo antes que ele o tomasse pelo braço. Esperou pela partida de Caryll e foi conduzido até o vestíbulo.

— Seja novamente bem-vindo à cidade, senhor — disse Hill. — Muito frio hoje, não?

Quanta civilidade naquela casa, pensou Alexander ao seguir entrando. Móveis elegantes, de gosto forte e masculino; excelentes quadros no corredor e nos salões de recepção; ótimo cozinheiro e criados gentis; um pequeno ateliê no andar de cima, onde Charles Jervas pintava suas telas. Era exatamente assim que deveria ser a residência de um cavalheiro. Tão logo viu o amigo descer a bela escadaria para recebê-lo, Alexander sentiu uma pontada de inveja. Jervas, de roupão e chinelos de veludo, sem peruca, estendeu-lhe a mão com aquela segurança fácil e inconsciente que resultava de uma boa educação e vida feliz.

— Meu caro Pope! — exclamou o anfitrião. — E a viagem, como foi? Passei a manhã inteira marchando de lado a outro nesta casa, tentando aquecê-la a ponto de lembrar os trópicos, achando que você mal estivesse vivo quando aqui chegasse!

— Minha saúde nunca esteve melhor, Jervas — mentiu Alexander. Achava que o amigo costumava se exceder um pouco na representação daquele papel de anfitrião. Tanto ele quanto os companheiros abusavam do charme, involuntariamente fazendo com que os hóspedes tivessem consciência de sua própria falta de charme.

— Ora, ora. Você era um homem morto há menos de duas semanas! — insistiu Jervas.

Alexander pensou em responder com escárnio, dizendo tratar-se de um exagero, mas decidiu se conter. Jervas falara de modo simpático, mas também com um verniz inconfundivelmente citadino. Instigara Alexander a provar sua própria sofisticação.

— Nesse caso, meu caro Jervas, devo ser o Messias — ele disse. — Pois cá estou, perfeitamente ressuscitado de corpo e espírito.

— Não acredito numa palavra sua, Pope, mas estou disposto a fazer vista grossa — concedeu Charles afinal, sorrindo com boa vontade para o recém-chegado.

Alexander retirou a almofada de seda contra a qual Charles o havia especado na pequena *chaise*.

— Você mantém um belo fogo, Jervas — falou.

— Bem, por que não, meu caro Pope? — Charles ajustou sua própria almofada em busca de mais conforto. — Não sou afeito aos prazeres do campo. Meu ideal de vida é estar tão próximo dos ingleses, e tão distante do clima deles, quanto permitem os tempos atuais. Uma boa mesa, bons vinhos, teatro de primeira linha, e os melhores parceiros de conversa: é só o que peço. A rusticidade é a pior das afetações. Se alguém pode atravessar a semana em meias de seda e sapatos de dança, comendo aspargos, por que desejaria o metro de lama e gelo que soterra nosso campo de maneira tão lastimável? Pense nos coitados que são obrigados a chapinhar por lá!

— Na qualidade de hóspede desta casa, Jervas, devo dizer que tenho como anfitrião o mais sensato dos homens.

Jervas notou os modos estudados de Alexander e sorriu, imaginando que alguém o tivesse informado de que os floreios retóricos eram a última moda em Londres. Preferiu não fazer troça, avaliando que o amigo logo perceberia por conta própria que devia mudar o jeito de falar.

— Está me bajulando, Pope, e você sabe disso. Mas convenhamos: os luxos da modernidade fazem pleno jus à reputação que têm. Recentemente, por exemplo, adquiri um conjunto de torneiras. Agora tenho água corrente dentro de casa, a não ser nos dias de muito gelo! O que acha disso?

— Acho que os ganhos de tanto luxo serão contrabalançados pelo ônus de um hóspede que jamais irá embora — respondeu Alexander, sorrindo.

— Pois agora quero lhe oferecer uma taça do meu vinho — disse Jervas. — Mandei trazê-lo especialmente para a ocasião. Sua presença me dá motivo para abri-lo, mas não quero beber sozinho.

Sem esperar pelo lacaio, Jervas escolheu duas taças no aparador, levantou-as com uma das mãos e com a outra despejou o borgonha. O vinho espiralou contra o cristal, refletindo o fogo da lareira. Jervas entregou uma das taças a Alexander e ergueu a sua.

— Aos prazeres da estação — brindou, e eles beberam juntos.

O almoço incluía um prato de peixe, outro de ótima carne, além de queijos excelentes. Alexander perguntou a Jervas se poderia ver os quadros dele depois da refeição.

Os criados preparavam-se para recolher a louça, e Jervas para conduzir Alexander ao ateliê, quando eles ouviram um visitante no corredor. Jervas aguçou os ouvidos, feliz com mais aquela oportunidade de se mostrar hospitaleiro.

— Douglass! — ele saudou o homem bem-apessoado que emergira à sala de jantar. — Que faz por aqui? E que desculpa dará por ter chegado tão tarde para o almoço e tão cedo para o chá?

— Uma bem simples, Jervas — disse o outro. — Almocei ao meio-dia em Westminster e pretendo tomar meu chá em Picadilly. Não poderia passar por sua porta sem lhe fazer uma visita.

Jervas virou-se para Alexander, que também havia se levantado.

— Este aqui é meu jovem amigo Alexander Pope, recém-chegado de Binfield — disse. — Douglass acabou de chegar do estrangeiro — emendou.

Douglass aparentemente assustou-se com a figura de Alexander, mas foi logo dizendo:

— Binfield! Então veio pela estrada de Windsor, imagino.

Alexander fez que sim com a cabeça.

— Pope — repetiu Douglass. — Um belo nome católico, senhor.[1]

Alexander se desolou com o comentário: mal chegara a Londres, e o primeiro desconhecido que encontrara havia aludido à sua fé. No entanto, algo no tom de voz empregado pelo visitante fez com que Alexander o observasse com mais atenção. Teria ele outro motivo para indagar sobre o nome Pope?

Como se pressentisse a curiosidade de Alexander, Douglass disse:

---

[1]*Pope*: papa, em inglês. (*N. do T.*)

— Também passei por aqui a fim de entregar um convite para a mascarada de terça-feira no Spring Garden. — E sorrindo, emendou: — Você, Jervas, sabe muito bem o que se passa nessas noites. Quanto ao Sr. Pope, cabe a ele imaginar o que fazem homens e mulheres quando se acreditam totalmente disfarçados, imunes a qualquer possibilidade de reconhecimento.

Jervas riu e disse que pretendia comparecer.

Alexander, quase sussurrando, disse que daria asas à imaginação.

— Ele não precisa imaginar nada, Douglass, pois logo verá com os próprios olhos — interveio Jervas, percebendo o constrangimento de Alexander. — Mas ouça! Estávamos prestes a subir ao ateliê; quero mostrar ao Sr. Pope minhas telas mais recentes. Vem conosco?

Douglass aceitou o convite e jogou as luvas sobre uma cadeira no corredor, onde também havia deixado a sobrecasaca. Já na escada virou-se para Alexander e perguntou:

— E a estrada, como estava hoje? Encharcada, suponho, nesta época do ano.

— Pelo contrário — respondeu Alexander, novamente redobrando a atenção. — Estava seca, e bastante vazia. As geadas mantiveram as vias em ótimo estado, para a alegria dos caçadores.

Indiferente ao tom cauteloso do amigo, Jervas interveio:

— Não fale a Douglass de geadas e caçadas. Receio que ele não tenha colocado os pés no campo desde os tempos de escola, quando éramos colegas. As variações climáticas simplesmente não lhe dizem respeito. Além disso, imagino que em toda a vida não tenha matado um único animal, bípede ou quadrúpede.

— Charles tem toda razão — disse Douglass, olhando de relance para o interior de um cômodo onde se via um enorme espelho junto à porta. Ajustou os punhos da camisa e, como se não pudesse evitar um pequeno gesto de arrogância, levou a mão ao colarinho e ajustou-o também. Alexander, que assistia a tudo, respirou fundo e buscou o olhar dele no espelho. Douglass inicialmente não esboçou qualquer reação, mas, vendo que Alexander continuava a encará-lo, deixou escapar um olhar de compreensão. E logo se recompôs.

— Nada me induziria a deixar a cidade nesta época do ano — disse com segurança. — Não suporto a umidade de uma casa de campo. Aos olhos da minha imaginação, a estrada para Londres sempre fica intransitável no inverno e, como jamais a verei por meio de outros olhos, intransitável ela está.

Com isso eles alcançaram o ateliê, e, atraído pelos quadros de Jervas, Alexander pôs de lado as idéias que começava a ter sobre Douglass.

O lugar em nada havia mudado desde a última vez que ele estivera ali: uma deliciosa miscelânea de desenhos e retratos trazidos do continente, telas por terminar, um par de bustos romanos, uma estatueta encontrada na Grécia. Via-se, contudo, um número maior de obras do próprio Jervas, retratos de pessoas imponentes que Alexander imaginava ser os patronos do amigo. As finanças dele decerto iam bem.

— Sequer cabe falar de *semelhanças*, Jervas! — exclamou Alexander. — Nenhuma mulher de carne e osso se compara a estas divinas criaturas. Espero que os patronos o estejam pagando devidamente!

Mas Douglass se interpôs na conversa.

— Ah, um retrato de lorde Petre. Muito bom, aliás. Conhece bem a família dele, Jervas?

Alexander olhou para o retrato apontado por Douglass e constatou que de fato se tratava do garoto que ele encontrara na propriedade de Caryll muitos anos antes. Mas o que se via ali agora era um homem feito, sem nenhuma disparidade entre o frescor das feições e a imponência dos trajes de corte usados ao posar. Um belo quadro. Para Alexander, o que mais saltava aos olhos era a expressão no rosto de Petre: alheio ao cenário em que Jervas o havia colocado, um aparente desdém pelos brocados da roupa. Ele desferia um olhar seguro, talvez um tanto irônico, que só cabia a Alexander admirar.

Jervas respondeu a Douglass:

— Conheci Petre em St. James's, e ele comprou algumas telas minhas. Mas um reles artista, por mais poderosos que sejam seus patronos, não costuma freqüentar os salões das famílias de alto prestígio deste país. Tudo é alegria quando me encontro com Petre: ele é pródigo nos elogios e quase me faz acreditar que sou o pintor mais talentoso do mundo. Mas quanto à vida particular dele só me resta fazer inferências. Os Petre têm muito dinheiro, claro. Permaneceram papistas, mantiveram títulos e terras. Poucas famílias podem se gabar de tanto.

— Mantiveram todas as propriedades, é? — perguntou Douglass, interessado. — Pois então lorde Petre deve ter herdado uma enorme fortuna!

— Suponho que sim — disse Jervas. — Mas ainda não se casou. Uma rara manifestação de ganância por parte dele: nenhuma mulher em Londres nos dispensará um mísero olhar até que Petre esteja fora do páreo.

Então Petre não era casado. Mas todas as moças o queriam. Alexander ficou preocupado, pensando em Teresa.

Douglass informou que estava atrasado para seu compromisso em Piccadilly, e Jervas o acompanhou à porta, deixando Alexander no ateliê.

Olhando abstratamente para um quadro, ele pensou: o desconcerto de Douglass ao vê-lo à mesa não havia sido provocado pela corcunda, mas pela menção à estrada de Windsor. Naquele instante Alexander não dera muita importância ao fato. Mas depois, assim que viu Douglass levar a mão ao colarinho, começou a ter dúvidas. Antes de entrar no ateliê, olhou escadaria abaixo e viu a sobrecasaca de Douglass jogada sobre a cadeira. Lá estava a gola de pele, enroscada como uma criatura viva sobre as dobras do pano.

Mas o que pensar disso? Douglass havia contado sem rodeios onde estivera naquela manhã e deixara bastante claro que não tinha a mais pálida idéia do que era uma estrada rural num dia gelado de janeiro. Alexander passaria por louco se dissesse a Jervas que pensava tê-lo visto da carruagem. E fazendo o quê? Falando com outro homem. O que poderia importar a Alexander que um desconhecido tivesse mentido sobre onde havia estado?

Jervas voltou ao ateliê, tomado de entusiasmo pelo baile da terça-feira.

— Nunca me diverti tanto quanto na última mascarada — disse, refestelando-se numa poltrona e convidando Alexander a fazer o mesmo. — Música, dança, vinho... e as mulheres mais lindas do que todas que você já viu na vida — emendou, apontando displicentemente para os quadros a seu redor. — As damas ficam bem mais afáveis quando disfarçadas!

— Conte-me mais sobre essas criaturas gloriosas que habitam por aqui — disse Alexander, esquecendo-se de Douglass e postando-se diante de uma das telas já terminadas: o retrato de uma jovem, com seus 18 ou 19 anos, muito bonita. Mas não era a beleza da moça que o impressionava, mas o frescor e a vitalidade com que ela se portava, o brilho com que olhava para o mundo, o sorriso que insinuava nos lábios.

— Esta é Lady Mary Pierrepont — informou Jervas. — Filha do conde de Kingston.

Nobre e protestante, pensou Alexander.

— Herdará uma fortuna — continuou Jervas —, mas dizem por aí que é um tanto irrefreável. Tem um espírito forte demais para o pai, que não consegue convencê-la a receber os pretendentes que interessam a ele. — Dando de ombros, acrescentou: — Então ele encomendou este retrato para mostrar aos homens!

Alexander sorriu e passou para a tela que se encontrava sobre o cavalete, um retrato pronto a não ser pelos detalhes finais de uma coluna corrugada, contra a qual, de maneira bastante improvável, uma jovem se recostava.

— Pois *esta* é uma das mais belas que já pintei — disse Jervas, igualmente admirando o quadro. — Faz dois anos que a imprensa popular a aponta como uma das "Beldades Reinantes" de Londres. Chama-se Arabella Fermor.

— Ah! — exclamou Alexander, dando um passo atrás e fitando Jervas. — Então *esta* é a famosa Srta. Fermor! É prima das irmãs Blount, de Mapledurham. Elas já mencionaram a Srta. Fermor diversas vezes, mas admira-me que a beleza dela não tenha sido descrita com o devido entusiasmo.

— Raramente o é — disse Jervas — quando a descrição é feita pelas mulheres.

Capítulo 3

Garbo maior, sequer em festa de rei.

Arabella Fermor olhava-se no espelho, cogitando em qual das faces aplicaria a mosca naquela manhã. Recuou um pouco de modo que Betty, a criada, pudesse atar os laços do espartilho. Shock, o cãozinho de colo, deixou o cesto, despertou-se com uma sacudidela e trotou para o outro lado da cama. Assim que Betty deu o último retoque no vestido, Arabella tomou o cachorro nos braços e saiu, abandonando o quarto na mais completa desordem. Ao sopé da escada, recebeu das mãos de um lacaio o manto com capuz e, sem dizer palavra, entregou Shock. O lacaio, por sua vez, passou o animal a outro criado e foi ajudá-la a subir na carruagem.

Arabella, chamada de Bell pelos amigos, havia sido abençoada com um rosto e uma silhueta quase perfeitos, pelos quais vinha colhendo elogios desde a infância. Apesar disso, não permitira que a beleza lhe afetasse o caráter. Sabia que era muito bonita, mas esse saber em nada havia subtraído sua capacidade de perceber e compreender as coisas, de modo que, aos 22 anos, Arabella Fermor combinava beleza e sagacidade em medidas praticamente iguais.

Era muito bem-educada, tendo contado na infância com uma aia e, mais tarde, com alguns anos bastante dispendiosos num convento-escola em Paris. Mas não era a educação formal que fazia dela uma pessoa tão notável. Arabella distinguia-se sobretudo pela capacidade de observação e pela sensatez, aprendidas não nos livros, mas na vida em si. Aqui também ela tivera sorte. Os pais haviam se instalado na elegante paróquia de St. James's e concedido à filha tanto acesso à vida (pelo menos à vida que se vivia naquele pequeno canto do mundo) quanto ela poderia ter desejado. Arabella tinha boas maneiras, ótima conversa e extraordinária habilidade para a observação social. Estava, portanto, plenamente capacitada para dar aos talentos o fim para o qual eles haviam sido cultivados: a aquisição de um marido rico.

Encontrava-se em Londres quando recebeu a carta da prima Teresa, informando que ela e Martha estavam a caminho da cidade. Teresa e Arabella haviam estado em Paris na mesma época, oportunidade em que Teresa pudera admirar a desenvoltura e sofisticação da prima. De volta à Inglaterra, elas haviam continuado a se encontrar periodicamente, unidas pelos laços de família e religião, embora jamais tivessem sido amigas íntimas. Teresa passava quase todo o seu tempo na companhia de Martha; Arabella, por sua vez, era muitos anos mais velha que as irmãs e quase não as via. Com a mesma infreqüência via os pais, ocupados que eram com suas próprias obrigações sociais. Mas gostava daquela autosuficiência e tocava sua vida em Londres praticamente ao largo da família e dos amigos de infância. Desde muito nutria a esperança de encontrar um belíssimo partido que provocasse a inveja dos círculos católicos, sempre tão fechados e, na opinião dela, sempre tão estultificantes. Mas, depois de duas estações na cidade, Arabella ainda não havia encontrado ninguém que lhe inspirasse a tão desejada paixão e repudiava pretendentes que outras garotas não hesitariam em acolher. Conhecera homens ricos; conhecera homens belos. Mas não se apaixonara.

Arabella não havia demonstrado grande interesse ao receber a carta de Teresa, mas com o passar dos dias foi se vendo cada vez mais ansiosa pela chegada da prima. A despeito de tantas diversões e da invejável independência, ela havia sucumbido ao tédio. Não acreditava que Teresa lhe proporcionasse a lufada de ar fresco de que tanto precisava, mas ocorrera-lhe que, ao mostrar a cidade para a prima, talvez ela pudesse encontrar novos cenários que lhe animassem o olhar já tão cansado do mundo.

Pois naquela manhã de sexta-feira arrumara-se mais cedo justamente porque ia buscar Teresa para uma visita às lojas do Royal Exchange; já fazia alguns dias que as irmãs Blount haviam chegado.

A carruagem parou diante da casa da King Street onde elas estavam hospedadas, e pouco depois Teresa desceu à calçada.

Arabella cumprimentou-a com dois beijinhos.

— Olá, Bell — disse Teresa. — Como estou feliz em revê-la. — Aquilatando a prima, constatou a contragosto que ela estava mais linda do que nunca.

Arabella percebeu a centelha de inveja nos olhos de Teresa e, só por um instante, culpou-se pelo prazer que sentia nisso.

— Onde está Martha? — perguntou.

— Saiu com mamãe e nossa tia — respondeu Teresa. — Foram visitar a Sra. Chesterton, exatamente o tipo de enjoação de que Martha tanto gosta. Seu vestido é lindo, Bell — disse. — É aquele que usou em Mapledurham no ano passado?

Arabella já havia notado antes que a prima ficava extremamente competitiva quando se sentia pouco à vontade.

— Não — ela retrucou. — Faz tempo que me desfiz dele. Este aqui é outro, num estilo mais novo, sem babados. — Ela ajeitou a borda de renda da manga e achou por bem devolver o elogio da prima. — Seu penteado está um primor, Teresa. Suponho que a criada de sua tia a tenha ajudado.

— De modo algum — protestou Teresa. — Trouxemos nossa própria criada.

— Ah — foi só o que Arabella disse de volta. Isso explicava o estilo tão ultrapassado do tal penteado. Talvez fosse o caso de advertir a prima; com muito tato, naturalmente.

Mas a carruagem deixou a Cheapside Street para entrar na Cornhill, e ambas as moças desviaram a atenção para o prédio do Exchange. Deixando de lado a inveja e o desconforto, Teresa não se conteve e exclamou:

— Meu Deus, como é lindo! Já havia me esquecido!

A carruagem apequenava-se ainda mais diante da colossal fachada de pedras, das arcadas e colunas que aparentemente roçavam o céu, do grande arco da entrada principal. As enormes janelas do segundo pavimento estendiam-se na direção de uma sóbria balaustrada, e a torre do relógio, sobrelevando a tudo, badalava o meio-dia na City londrina.

Assim que abriu a porta para descer, Teresa foi tomada de assalto por uma profusão de ruídos e cheiros. Ouviu o tilintar do sino que o vendedor de muffins agitava no ar enquanto abria caminho na multidão com sua bandeja; o baque pesado dos fardos de tecido que eram jogados de uma carroça sobre a calçada; o tropel de cascos sobre a palha enlameada quando as carruagens paravam; o vapor chiando do lombo suado dos cavalos; o constante estridular dos apitos dos meninos mensageiros. Sorveu o perfume das castanhas torradas, o cheiro acre da fumaça exalada pelos braseiros; o aroma das cidras requentadas; o fedor pungente do estrume fresco. De pé sobre o estribo da carruagem, o hálito transformado em vapor pelo ar frio, ela admirou todo o cenário. Por fim chegara aonde queria! A Londres, naquela manhã gloriosa, a estada inteira pela frente! Então saltou à calçada, determinada a fazer daquele passeio um verdadeiro sucesso.

Ainda na carruagem, Arabella reatou o capuz e ajeitou as dobras do manto. Um senhor em trajes militares correu a seu encontro para lhe oferecer a mão, e, aquiescendo com um sorriso, ela saltou. O homem se despediu com uma mesura e seguiu adiante.

— Quem era aquele, Arabella? — perguntou Teresa enquanto elas atravessavam o arco rumo ao pátio.

— Não faço a menor idéia. Mas era muito distinto, não era? — Arabella agora se sentia bem mais animada. Tomando a prima pelo braço, disse: — As lojas de cima são sempre as melhores, mas acho que você vai gostar das barraquinhas de baixo também. Da última vez que estive aqui, comprei um metro de fita de seda. Mas não sei se encontraremos a vendedora.

As arcadas do pátio se descortinaram diante delas, regurgitando de vendedores e pregoeiros, misturados a pessoas de todas as ocupações e todos os níveis sociais. Homens e mulheres caminhavam de braços dados com amigos ou faziam novas amizades pátio afora. Dois homens de chapéus de pele de castor cumprimentaram Arabella, que dizia:

— Ah, sim! Lá está a senhora da seda novamente!

Teresa virou-se para ver a velhinha miúda que estendia um corte de pano contra a brisa, deixando-o tremular feito as águas de uma corredeira. O sol de inverno, refletindo-se nas dobras, fazia-o reluzir.

— Que lindo! — exclamou Teresa, maravilhada, e teria parado caso Arabella não tivesse se adiantado no pátio. Precisou apertar o passo para alcançá-la.

— Decerto você não sabe que Maria Granville está para se casar com Tommy Hawkins — disse Arabella, e Teresa se deu conta de como a vida no campo a deixava ignorante das novidades.

— Maria Granville? — disse. — Desde Paris que não tenho notícias dela.

— Causou um grande escândalo no ano passado. Descobriu-se que ela e Edward Fairfax tinham um *affaire*.

— Um *affaire*? — repetiu Teresa. — Você está dizendo que eles eram... amantes?

Arabella fez que sim com a cabeça e depois disse:

— Mas Fairfax acabou se casando com a filha de lorde Chester, e Maria foi abandonada na rua da amargura.

— E agora vai se casar com Tommy Hawkins... — disse Teresa, pensativa. — Não pode haver muita graça em se capturar uma presa já tão abocanhada pelas moças de Londres. Ele já apresentava um aspecto carcomido quando o vi no campo dois anos atrás. Decerto estará reduzido à metade quando Maria o receber no altar.

Arabella riu.

— Fico surpresa que ela tenha conseguido se casar — disse. — Umas vinte mulheres poderiam tê-la advertido sobre a patifaria de Fairfax. Mas a tolinha se acreditava apaixonada!

Elas contornaram um pedinte que erguera a muleta para lhes obstruir a passagem; num gesto hábil, Arabella jogou as saias para o lado.

— A certa altura ouvi dizer que Tommy Hawkins estava no seu encalço, Teresa. Mas você o despachou, claro. — Arabella não tivera a intenção de zombar da prima; simplesmente se entregara àquele tipo de conversa que tantas vezes ouvira nas rodinhas que costumava freqüentar. Para sua surpresa, Teresa rapidamente se adaptou ao estilo.

— Pois Charles Stafford, segundo me contaram, ameaçou se matar caso você não se casasse com ele, Bell — ela falou. — Uma bela conta no seu rosário de pretendentes! Parece que ele vale uns cinco mil ao ano.

— Então receio que em breve teremos a notícia da morte de Charles Stafford. — Ambas riram. Começavam a se divertir. —

Oh! — exclamou Arabella. — O fruteiro está aqui! Que tal comprarmos um pouco de alcaçuz?

Elas correram para uma barraca onde cestos e caixas transbordavam de maçãs de Kent, *pearmains*, limões e romãs. Sabiam da bela figura que faziam ao admirar as frutas, rindo dos gracejos do fruteiro. Arabella pediu o equivalente a um penny de um gengibre cristalizado que jamais comeria, ciente do encanto que provocava ao vasculhar a bolsa em busca de uma moeda. Percebeu que dois cavalheiros muito elegantes as observavam da arcada.

Ela ainda procurava pelo penny quando um deles se aproximou. O homem entregou uma moeda ao fruteiro, recebeu o embrulho de gengibre e passou-o a Arabella. Levantando os olhos com surpresa, ela viu que ele usava luvas caras e que o casaco se adornava com uma rica gola de pele. Agradeceu, e ele meneou a cabeça em resposta, sem dizer palavra. Mais interessada nos cavalheiros do que havia previsto, Arabella virou-se na direção do outro.

Quando os olhares se cruzaram, ela sentiu um involuntário tremor de excitação. Deu-se conta de que o conhecia. Ele era alto e tinha uma testa larga, nariz e boca retos e distintos. Em vez de peruca, usava uma fita preta para prender os cabelos escuros na altura da nuca. Exibia uma expressão calma e controlada, por certo já estava acostumado a ser observado, mas quando sorriu para ela foi com o sorriso franco de um menino.

— Robert! — exclamou Arabella. — É você, não é?

O homem se assustou. Mas assim que pisou no pátio deixou escapar dos olhos um brilho de reconhecimento.

— Como vai, Srta. Fermor? — disse. — Ficou muito bonita.

— Desculpe, esqueci que não somos mais Robert e Bell — ela retrucou, recompondo-se. — Como vai, milorde?

— Muito melhor quando você me chama de Robert — respondeu lorde Petre.

Arabella levou uma das mãos à nuca.

— Estávamos no berçário quando nos vimos pela última vez — disse.

Petre deu mais um passo à frente antes de responder:

— No berçário? Dificilmente! Eu era um importantíssimo homem de 18 anos, recém-saído da escola e convicto de que o mundo não tinha nada a me ensinar. Não se lembra de como eu costumava me pavonear com a espada e a caixinha de rapé?

— Pelo menos essas, ao que parece, você guardou — caçoou Arabella.

— Não me deixe envergonhado daquilo que me tornei — protestou Petre, e Arabella mais uma vez admirou o garbo dele, a espada que reluzia sob o sol frio do inverno. — Quando nos conhecemos, você era a ninfa mais resplandecente daquele parque, o alvo da cobiça de todos os rapazes. Agora é uma linda dama, mas suspeito que em pouco tenha mudado desde então.

Arabella arqueou as sobrancelhas e disse:

— Tem razão, mudei muito pouco.

— Tenho passado a maior parte do tempo no campo desde que meu pai morreu — disse Petre, pensativo, como se procurasse entender por que eles não se haviam reencontrado antes.

Teresa não sabia ao certo o que fazer ou dizer. Foi gradualmente sendo empurrada para trás enquanto Petre e Arabella conversavam, até que o arco do vestido bateu contra a barraca do fruteiro. Sentia-se tola, queria sair dali, e tentou contornar Arabella de modo que pudesse pelo menos esperar na companhia do amigo de lorde Petre. Mas ele havia sumido, e em seu lugar agora se encontrava um acrobata cigano com um macaco nos ombros, espiando o grupo com um sorriso mal-intencionado. Assustada, Teresa saltou para trás e se esborrachou contra a banca de frutas.

— Cuidado aí! — berrou o fruteiro, fazendo com que uma dezena de homens e mulheres se virasse para Teresa. Tão vermelha quanto as maçãs a seu redor, ela apontou muda para o macaco. Lorde Petre afugentou o cigano com um simples abano da mão esquerda, a direita firmemente plantada no punho da espada.

No entanto o bom humor deu lugar à irritação quando ele se inteirou do sumiço do amigo.

— Onde está Douglass? — perguntou, olhando ao redor com atenção. — Mal havíamos nos encontrado quando vimos a senhorita — disse a Arabella, sem deixar de procurar o amigo. — Por acaso não viu para onde ele foi? — perguntou novamente. Arabella balançou a cabeça com frieza, desapontada com a mudança nas maneiras dele. Lorde Petre baixou a cabeça e depois de alguns segundos voltou a esquadrinhar o pátio, dando a impressão de que podia sair no encalço do amigo a qualquer momento. Subitamente se recompôs e disse: — Bem, não há nada a fazer. Suponho que ele tenha encontrado algum conhecido. — Fez um esforço para sorrir, mas Arabella estava convencida de que ele ainda pensava no sumiço do outro. Só então Petre disse: — Não vai me dar a honra de apresentar sua amiga?

Arabella mais uma vez ficou desapontada: achava que ele sequer havia notado a presença de Teresa. E se Petre sorrisse para a prima do mesmo modo que havia sorrido para ela minutos antes? Sem grande entusiasmo, disse:

— Esta é minha prima, a Srta. Teresa Blount de Mapledurham.

Petre levantou os olhos com real interesse e exclamou:

— Mapledurham! Um lugar adorável, numa das dobras mais bonitas do rio. Invejo a senhorita por ter crescido numa paisagem dessas.

Arabella não gostou nem um pouco do que ouviu; esquecera-se por completo de Mapledurham. Era evidente que lorde Petre conhecia a propriedade. Cogitou dizer a ele que Mapledurham pertencia ao irmão de Teresa, que a prima não tinha nenhum patrimônio próprio, e surpreendeu-se com aquele repentino acesso de ciúme.

Teresa, de sua parte, percebeu que seu momento finalmente havia chegado. Tendo permanecido calada por tanto tempo, riu com gosto, porém mais alto do que pretendera.

— Mas o senhor cresceu em Ingatestone, milorde — disse. — Um lugar de que o mundo inteiro já ouviu falar. Que lindo parque vocês têm por lá!

Petre fez que sim com a cabeça e disse:

— Seu irmão já visitou minha família em Ingatestone, não visitou? É excelente caçador, se bem me recordo.

— É, sim! — disse Teresa. — Monta como ninguém!

— Vejo que é uma irmã devota — retrucou Petre com amabilidade. — E a senhorita, também gosta de montar?

— Costumava cavalgar com Michael em Mapledurham.

— Ela está sendo modesta — interveio Arabella. — Teresa é exímia montadora. Espero ter a oportunidade de vê-la cavalgando pela cidade, prima.

O comentário não havia sido de todo ingênuo: Arabella sabia muito bem que Teresa não possuía um cavalo em Londres.

— E você, Srta. Fermor, monta também? — Petre perguntou afinal.

— Apenas quando estou no campo. Na cidade, só de garupa. A mulher que monta sozinha em Londres declara ao mundo que não dispõe de carruagem nem de cavaleiro. Mas de garupa é outra coisa. Como é agradável cavalgar nas sombras do parque pela manhã, confortavelmente acomodada atrás de um amigo... É como se estivéssemos no sofá de casa, prestes a tomar uma xícara de chá.

— Uma cena bastante pitoresca — observou Petre. — Tanto que cheguei a pensar em me oferecer como cavaleiro. Mas, supondo que a senhorita dificilmente admiraria um homem capaz de cair numa armadilha preparada bem debaixo do nariz dele, devo me conter e deixar que outro caia nela.

Arabella imediatamente recobrou o ânimo de antes.

— Então se o mundo chegar a ver milorde preso numa armadilha, eu, pelo menos, saberei que o engenho se encontrava muito bem escondido — ela respondeu, mordendo o lábio para abafar o riso. — Bem, receio que Teresa precise ir — emendou, virando-se para a prima. — Viemos apenas para comprar luvas. Que tal subirmos para a Fowler's agora, Teresa?

— Não precisamos permanecer aqui — disse Teresa com malícia, sem gostar muito de que Arabella a tivesse usado como degrau para flertar com Petre. — Por que não vamos para aquela loja na Cheapside em que mamãe sempre compra suas luvas?

Mas Teresa não era páreo para Arabella, que disse:

— Ah, mas a Fowler's é infinitamente melhor. As luvas são bem mais elegantes, e o estoque, mais novo. Essa loja da Cheapside é bastante decadente, não acha?

Lorde Petre disse que as acompanharia e ofereceu um braço a cada uma das moças, mas olhava para os lados de modo distraído enquanto as conduzia para as galerias de cima.

— Sua discrição chega a me enlouquecer, Teresa — disse Arabella, inclinando-se para falar à prima. — Preciso saber quem são seus pretendentes na cidade. Nada mais razoável que você me aponte aqueles que particularmente deseja evitar.

Teresa respondeu com rispidez:

— Quero evitar a todos, Arabella.

— Sua discrição é louvável, prima, mas lembre-se disto: se uma dama é discreta *demais*, as pessoas começam a suspeitar de que ela não tem nada a esconder.

— Há um conhecido meu, recém-chegado à cidade, por quem estou disposta a abrir uma exceção — concedeu Teresa, olhando de relance para se certificar de que Petre estava ouvindo.

— Um velho amigo, que caminha a passos largos rumo à fama. É poeta — arrematou, já inteiramente corada.

— Eu *sabia* que você guardava um segredo! — exclamou Arabella. — Um poeta! Talvez ele a imortalize em seus poemas!

— Creio mesmo que ele tenha todas as chances de sucesso nessa profissão — continuou Teresa. — Já foi publicado por Tonson e está para terminar outro poema, bem mais longo. Foi saudado pela *Tatler* como o novo Denham.

— Pois como se chama esse cavalheiro? — quis saber Arabella.

— Alexander Pope — respondeu Teresa, mais segura.

— Pope? — Arabella não pôde conter o tom de deboche. — Aquele homenzinho estranho que você conhece do campo?

Teresa recriminou-se pela própria tolice: a prima seguramente se lembraria da deformidade de Alexander.

— Sim... Suponho que seja esse mesmo — falou.

— Mas você não disse que o considera repugnante?

— O Sr. Pope não é meu pretendente, Arabella. É um velho amigo de família, só isso.

— O Sr. Alexander Pope é um jovem poeta de certo renome — interveio Petre.

Mas Arabella sequer ouvira.

— Seria um grande deleite — ela disse — inspirar a heroína de um poeta galante. Suckling ou Lovelace, por exemplo. Até mesmo Rochester, embora fosse tão fescenino. O nome "Pope" tem um quê de mórbido.

— Não dê ouvidos à Srta. Fermor — disse Petre. — Um homem não pode ser censurado tão-somente por um infortúnio sofrido na infância. Lembre-se deste excelente adágio, Srta. Fermor: "A beleza seduz os olhos, mas só o mérito conquista a alma."

— Essa é mais uma daquelas mentiras absurdas que vêm à tona de tempos em tempos — devolveu Arabella —, mas nas quais ninguém acredita. Quanto puritanismo, milorde! Custa-me crer que um homem na sua posição realmente veja no mérito a verdadeira fonte da felicidade!

Lorde Petre deu a impressão de que tinha uma réplica pronta para a observação de Arabella, mas foi impedido de proferi-la pela chegada à loja de luvas. As duas moças adiantaram-se rumo ao balcão, e a caixeira, de nome Molly, fitou-as com visível desprezo. Mas saudou lorde Petre com certa impertinência, curvando-se numa pequena mesura e abrindo um sorriso de discreta cumplicidade. Petre, por sua vez, mostrou-se indiferente a ambos os cumprimentos, como se nem os tivesse visto. Notando isso, Arabella ficou curiosa: estava claro que eles se conheciam, por mais que Petre tentasse dar mostras do contrário.

Molly havia exalado um suspiro de desânimo ao ver Arabella entrar; observadora atenta de suas clientes, sabia muito bem o que estava por vir. Por certo Arabella andaria a esmo pela loja, conversando com a amiga, examinando as luvas de couro e jogando-as com displicência sobre as mesas; exigiria que buscassem caixas e mais caixas do estoque, daria uma simples olhadela nos produtos e, com absoluto desdém, pediria uma cor da qual eles não dispunham; pegaria o mais caro dos leques somente para abri-lo e fechá-lo num rápido golpe, mesmo sabendo que um dano custaria à vendedora todo o pagamento de um mês. Por fim, compraria uma reles fita, talvez para um capuz que jamais contasse usar outra vez.

Naquele dia, contudo, Arabella não estava nem um pouco disposta a se demorar ali. Rapidamente escolheu três pares de luvas de pelica, um molho de penas de avestruz para o regalo de primavera, e depois ficou à espera de Teresa, que comprava dois pares de luvas idênticas às suas. As primas já se dirigiam à porta quando, sem fazer alarde, Petre foi até o balcão e entregou à caixeira uma moeda de um xelim. No entanto, vendo que ele se mostrava tão apressado quanto Arabella, Molly não respondeu com a habitual faceirice: simplesmente meneou a cabeça e esperou que ele lhe desse as costas para se juntar às moças.

Na galeria, sem saber ao certo para onde ir, eles se depararam com uma senhora rechonchuda que agitava no ar o retalho de um delicado tecido.

— Sedas florais, minha gente! — ela apregoava. — Finas sedas de Mântua! Brocados de prata e ouro! Veludos de Genebra, veludos ingleses, veludos bordados!

Irritada, Arabella disse:

— Que gritaria mais odiosa! O problema deste lugar é que não conseguimos sair dele tão facilmente quanto entramos. Nisto, pelo menos, têm razão os clérigos que comparam Londres às chamas do inferno!

— Por mais justa que seja a comparação — respondeu Petre —, o Royal Exchange ainda conta com uma vantagem sobre o inferno, Srta. Fermor: dele podemos escapar rapidamente por meio de carro ou liteira. Permite que eu a acompanhe até um coche?

Petre conduziu as primas rumo à saída dos fundos, do outro lado da qual se encontravam os coches de aluguel.

O caminho era obstruído por uma turba de fétidos e suarentos: franceses negociando com judeus, clientes esbravejando com mercadores holandeses sobre a carga encomendada das Índias, prostitutas acintosamente se oferecendo à clientela masculina. As moças caminhavam na frente enquanto Petre cuidava da retaguarda.

Eles já estavam próximo da rua quando Petre exclamou:

— Douglass! Até que enfim!

Arabella virou-se para trás e localizou mais adiante o homem da gola de pele, sorrindo e afastando-se de um sujeito que berrava algo num francês coloquial e indecifrável. No entanto, assim que viu Petre e as moças, Douglass apagou o sorriso e voltou à *nonchalance* de antes, que aos olhos de Arabella o deixava ainda mais atraente. Ela viu quando ele alcançou o amigo e sussurrou:

— Aquele era o nosso homem...

Mas, apontando discretamente para as moças, Petre interrompeu-o e disse:

— Onde esteve esse tempo todo?

Douglass meneou a cabeça para Arabella e Teresa, abrindo um sorriso que prenunciava troça.

— Fui levado por uma caterva de italianos! — respondeu, valendo-se de uma das célebres falas de Ward.[2] — Você, sem dúvida, estava com as caixeiras nas galerias. Aquilo lá é o harém dos mercadores! Por cinco xelins qualquer uma delas se dispõe a obedecer às leis da natureza. Ou a desobedecer-lhes por um guinéu, o que é melhor ainda!

Arabella abafou o riso, mas Teresa virou o rosto.

Petre, por sua vez, ficou irritado. Varreu do rosto uma mecha dos cabelos, e só então Arabella percebeu quanto as feições dele pareciam juvenis se comparadas aos traços mais rudes do amigo.

— Estou a caminho do Pontack's — ele disse, mudando de assunto. — Minha fome é tanta que suponho ser capaz de comer um ganso inteiro. Ou dois. Não me acompanha, Douglass? O que acha de um assado de cabeça de vitela com ragu?

— As senhoritas vão com milorde? — perguntou Douglass.

Para a surpresa de Arabella, Petre não respondeu imediatamente, mas hesitou um pouco antes de se virar para elas e dizer:

— Ficarei encantado se puder dar um "sim" a meu amigo Douglass.

Arabella não poupou altivez ao retrucar:

— Não faço minhas refeições à luz do dia. De qualquer modo, nunca penso em comer algo antes das quatro. Às onze ainda estava de camisola, tomando o meu chocolate no quarto.

---

[2]Ned Ward, escritor e taberneiro inglês, autor de *O espião de Londres*. (*N. do T.*)

— Os cabelos em perfeito desalinho, a camisola franzida com esmero, aposto — brincou Douglass. — A Srta. Fermor simplesmente quer dar a saber que recebe seus admiradores no quarto, como prescreve a moda para as damas de hoje. Caso a prática de receber visitantes à cama não permitisse às mulheres se mostrarem tão tentadoramente despidas, ninguém suportaria o desconforto de se sentar em lençóis amarfanhados antes do meio-dia.

Lorde Petre olhou de relance para Arabella e se desculpou com um sorriso.

— Felizmente para nós dois — disse —, os olhos da imaginação podem visitar o quarto da Srta. Fermor a qualquer hora do dia. Luxo que deve compensar a total improbabilidade de voltarmos a ver com olhos reais qualquer uma destas senhoritas, ainda que estejam inteiramente vestidas e a muitos passos de distância. Mesmo que fossem adeptas desse notável hábito, a Srta. Fermor e a Srta. Blount receberiam no quarto apenas os amigos mais íntimos, quanto a isso não há dúvida. E quanto a isto também não: a partir de hoje, nenhuma delas estará em casa quando souberem que somos nós quem está batendo à porta.

Sabendo que um homem tão experiente quanto Petre jamais faria semelhante discurso sem total consciência de seu provável efeito, Arabella concluiu que o passeio não havia sido de todo um fracasso.

Depois de agradecerem o convite para o almoço, ela e Teresa embarcaram num coche e seguiram de volta para St. James's. Àquela altura já estavam cansadas, sobretudo uma da outra, e recebiam de bom grado as distrações das ruas naquele início de tarde, que as desobrigavam de conversar.

Um mascate aproximou-se de uma das janelas abertas e berrou:

— Doze *pence* pelo celamim de ostras! — Teresa levou um susto.

— Réstias de cebola por ótimo preço! — berrou outro, do lado em que se sentava Arabella.

— Basta ignorá-los — ela instruiu Teresa, pelejando para erguer o caixilho e desabando de volta no banco sem consegui-lo. — Será que nunca sairemos desta baderna? — disse, e mais uma vez tentou, sem sucesso, fechar a janela. Então voltou a seu canto e ficou ali, ruminando o encontro com lorde Petre. Que tipo de vínculo ele poderia ter com alguém como Douglass? Por que o convidara para almoçar? Aparentemente eram amigos, mas Petre demonstrava infinita superioridade em relação ao outro. Refletindo mais sobre o assunto, ela encontrou uma única explicação possível: Lorde Petre estava entediado com o velho conhecido, e consigo também, do mesmo modo que ela própria estivera antes da chegada de Teresa. Com um sorriso nos lábios, lembrou-se das botas de cano altíssimo que ele usava (como as pernas ficavam fortes dentro delas!) e do hábito de sacudir o punho da espada quando se deixava levar pelo entusiasmo. Ficou bastante impressionada ao constatar como se comportava um homem privado de aventuras.

Teresa interrompeu-lhe os pensamentos.

— Lorde Petre tem cabelos muito vistosos, não acha? — ela perguntou.

Arabella queria concordar com a prima, rir com gosto e comentar sobre a beleza dele, admitir quanto desejava voltar a vê-lo. Mas era orgulhosa.

— Decerto os ajeita diante do espelho todas as manhãs — foi o que disse. — Um vaidoso, isso sim.

— Mas é muito bonito, Arabella. Até você deve ter notado. — Ainda remoendo a maneira como havia sido tratada pela prima diante de Petre, Teresa queria pelo menos fazê-la admitir que o admirava.

— Lorde Petre faz de tudo para que sua beleza seja notada — retrucou Arabella com desdém. — É estranho que se preocupe tanto com a aparência, já que todas as moças de Londres o cobiçam de qualquer forma.

— *Todas* as moças? — repetiu Teresa com malícia.

— Bem, é só um jeito de falar. Em "todas as moças" não está incluída aquela que fala.

Isso posto, ambas se calaram.

Tão logo se viu diante de casa, Teresa desceu apressadamente do coche, mas, temendo ser excluída de futuros passeios, virou-se para trás e perguntou:

— Nos vemos no baile de máscaras de terça-feira?

— Você por certo me verá — respondeu Arabella sorrindo —, pois minha fantasia não será das mais comuns. Talvez eu seja a única que não estará de pastora.

— Suponho que haverá um número suficiente de camponesas e criadas para confundir as pessoas — disse Teresa, satisfeita ao perceber que a prima também buscava sua amizade.

— Como vou reconhecer *você*, Teresa? — perguntou Arabella, já se preparando para fechar a porta do coche.

— Irei como a Viola de Shakespeare, naquela cena em que ela se disfarça como o pajem de Orsino. Minha irmã será o próprio Orsino. Tomamos emprestadas algumas coisas de Alexander para compor os trajes. — Por mais que tivesse tentado afetar indiferença, Teresa não conseguiu esconder o entusiasmo que nutria em relação às fantasias. Arabella, por sua vez, sequer piscou.

Capítulo 4

Visto senão por olhos lestos e poéticos.

Arabella estava certa, claro. Lorde Petre havia reconhecido Molly imediatamente. Eles já haviam gozado de certa intimidade, por dois ou três meses no máximo, cerca de um ano antes. Um período do qual Petre se lembrava com carinho. Na verdade, Molly era uma moça bastante ordinária, uma caixeira disposta a levantar as saias para qualquer um que pagasse por isso. Mesmo assim, despertara em Petre uma poderosa atração. Era bonita, tinha um maxilar anguloso e maçãs salientes que lhe conferiam um aspecto selvagem. Mas isso não era tudo: pesava a seu favor o modo como olhara para Petre naquela primeira vez em que fora convidada a subir na carruagem dele. Não se deixara intimidar pelas roupas refinadas, tampouco pelo comportamento nobre. Rira ao ser beijada, fazendo com que Petre se sentisse um escolar nos braços de uma duquesa.

Era curioso que ele tivesse reencontrado Molly justamente naquele dia. Desde muito não se sentia fisicamente tão atraído por alguém. A não ser por Arabella Fermor, assim que deitara os olhos sobre ela no pátio do Exchange. Ao ver Douglass se adiantar e pagar pelo gengibre, pensara em derrubá-lo ali mesmo.

Ficou aliviado quando ela partiu na companhia da prima. Preocupara-se em demasia com Douglass, e agora temia que Arabella o tivesse na conta de um tolo. Ainda pensava nisso quando chamou o coche.

— Para o Pontack's — disse ao cocheiro, e entrou. Douglass subiu em seguida e fechou a porta com delicadeza.

Douglass havia dito de antemão que eles deveriam tomar um carro de aluguel depois do encontro; só assim teriam certeza de que não seriam ouvidos por ninguém. Petre virou-se para ele, esperando pelas novidades. Tentou demonstrar circunspecção, mas na verdade era entusiasmo, tanto quanto idealismo, o que lhe corria nas veias naquele momento. Suspeitava que isso tivesse alguma coisa a ver com o ressurgimento de Arabella, mas procurou não pensar no assunto.

Estava prestes a dizer algo quando foi atropelado por Douglass:

— Bela moça, essa Arabella Fermor.

Petre levou um susto: aquilo não era o que ele esperava ouvir. Mas àquela altura já deveria saber, claro, que Douglass se regalava na perversidade. Lembrou-se da noite em que eles haviam se conhecido, apenas algumas semanas antes, semanas que agora pareciam meses. Ele havia se aproximado de Douglass discretamente, esperando ser conduzido para uma conversa reservada. Em vez disso, fora saudado no meio do salão, Douglass gabando-se de ter acabado de dançar com uma condessa. Era o baile de máscaras do embaixador francês, a noite em que um dos convidados seria morto mais tarde. Petre e Douglass não eram os únicos ali a guardar um segredo. Como era macabro pensar que os assassinos haviam perambulado na escuridão, esperando que o padre deixasse o baile. A vítima poderia ter sido qualquer um dos presentes, qualquer um que eles suspeitassem ser papista.

Naquela noite Douglass havia dito que eles se encontrariam regularmente ao longo dos meses seguintes, além de explicar os detalhes do plano. Talvez agora se comportasse daquele jeito porque ainda não havia recebido as informações que esperava. Provocava Petre porque gostava de provocar as pessoas, ou talvez porque quisesse medir a paciência dele.

Petre não se importou com o comentário sobre Arabella: no que dizia respeito às mulheres, sentia-se bastante seguro de si.

— A Srta. Fermor é a mulher mais linda que já vi em Londres — disse. — Éramos amigos de infância, nossas famílias se visitavam com freqüência, mas eu não a via desde a morte de meu pai.

— Sorte sua tê-la reencontrado — disse Douglass —, pois imagino que ela esteja bastante inclinada a brincar no seu quintal novamente. E quem não gostaria de participar de qualquer brincadeira concebida pela Srta. Fermor? — ele emendou. — Imagine só uma visita aos aposentos dela pela manhã: a camisola escorregando dos ombros... o colo níveo se oferecendo a nossos olhos... uma das mãos deslizando sobre a coxa...

— Basta, Douglass! — exclamou Petre, sucumbindo ao ciúme.

— Milorde é muito acanhado — retrucou Douglass. — Por isso eu não esperava. E suponho que Arabella Fermor também não, se me permite dizer.

— Sobre o que falou antes, Douglass, creio que não poderia estar mais equivocado. Uma mulher como a Srta. Fermor não se deixa cair nas garras de homens como eu. Está na cidade há tempo suficiente para saber que a reputação é o mais volátil de todos os papéis: na véspera, incrivelmente valorizada; hoje, completamente depreciada. A Srta. Fermor não permitirá que a dela flutue ao sabor de mercado tão tempestuoso.

— Milorde falou como um jovem tonto de paixão. Mas vejo que não se entregará às forças do sentimento.

— Como sétimo barão da casa dos Petre, não sou rico o bastante para me deixar levar pelas emoções — disse Petre, sério. Chegou a imaginar quanto valeria o dote de Arabella. Talvez quatro ou cinco mil; ela tinha várias irmãs mais jovens, e todas careceriam de um acordo matrimonial. Na qualidade de primogênita, Arabella fazia jus ao quinhão maior. No entanto, se estivesse certo quanto às posses da família Fermor, Petre jamais receberia a permissão da mãe para desposá-la.

Douglass havia se voltado para a janela, mas diante da observação de Petre, virou-se bruscamente e disse:

— Não é rico o bastante? De que diabos está falando?

Petre notou o tom apreensivo na voz dele. Só então se deu conta de que aquela conversa não havia sido de todo despropositada. Douglass vinha tentando descobrir até onde ia a fortuna dos Petre. Um lembrete salutar dos interesses que eles tinham um pelo outro: Douglass queria o dinheiro de Petre tanto quanto Petre queria um lugar nos planos de Douglass.

— Só me casarei com uma mulher cujo dote possa fazer alguma diferença até para um patrimônio como o nosso — ele respondeu, com a segurança do aristocrata que de fato era. — Uma obrigação que tenho para com meu próprio título. Vivi meus 23 anos no mais desregrado luxo, e agora sou escravo desse mesmo luxo.

Douglass balançou a cabeça com um sorriso.

— Escravo do luxo... Sinto muita pena de milorde.

— Quis dizer tão-somente que me deixo apaixonar apenas por moças como Molly Walker, quando não há nenhuma expectativa de casamento — explicou-se Petre. Mas logo se arrependeu de ter mencionado Molly, um gesto nada cavalheiresco de sua parte. Ainda tinha muito que aprender sobre o trato com pessoas da cepa de Douglass.

— Molly? Da loja de luvas?

— Não há homem em Londres que não tenha confiado seu coração àquela mulher. É espantoso que as horas do dia lhe bastem para acomodar tanta bajulação. Todavia, já que nenhum de seus devotos admiradores pensa em tomá-la como esposa, imagino que ela sempre terá folga para novas declarações.

Apesar da prudência que julgara necessária, lorde Petre não podia resistir à diversão que lhe proporcionava a franqueza de seu interlocutor.

— É verdade — disse Douglass sorrindo. — A pobre Molly está à mercê de um batalhão de jovens basbaques. — Depois de uma sonora gargalhada, ele emendou: — Imagine se a tal de Arabella Fermor estivesse aqui para ouvi-lo! Eu daria um dedo das mãos para contar a ela o que milorde acabou de dizer, apenas com o intuito de acrescentar um pouco de calor àquele sorriso tão gélido. No entanto, é como diz o vulgo: frias no sorriso, tórridas na...

Petre riu com gosto e cobriu o companheiro de tapinhas nos ombros.

— Sua companhia me faz muito bem, Douglass! — disse.

O cocheiro freou de repente, e os passageiros teriam caído ao chão se não tivessem levado as botas ao banco da frente. Antes de descer, Douglass virou-se para Petre e, enfim sério, falou:

— Nenhuma novidade ainda, milorde. Mas é esperar para ver.

— Esperar para ver... — ecoou Petre, e Douglass saltou em seguida.

A entrada do Pontack's, na Abchurch Lane, regurgitava de homens como eles: bem-vestidos e ávidos por uma boa conversa. No interior do restaurante, as mesas se dispunham em filas ao longo de um amplo salão, e os lambris das paredes reverberavam o tilintar de louças e talheres, bem como o vozerio da clientela.

Caminhando à frente do companheiro, lorde Petre dirigiu-se à mesa do centro, e um arrastar de cadeiras somou-se à algazarra quando diversas pessoas se levantaram para cumprimentá-lo. "Bom dia, milorde" foi o que mais se ouviu, por vezes seguido do nome de um conhecido qualquer, singularizado por Petre. Aprazia-lhe que Douglass estivesse ali para ver aquilo tudo; lamentava que Arabella Fermor não estivesse também.

— Vejo que Richard Steele está sentado do outro lado do salão — ele disse. — Como é inteligente esse camarada! Sua *Tatler* era de uma vivacidade ímpar, e a *Spectator*, segundo dizem, é ainda melhor.

Douglass, varrendo as mesas com os olhos, disse:

— Pois ele está acompanhado de um jovem poeta que conheci recentemente: Alexander Pope.

Petre ficou surpreso. Não contava que Douglass fosse leitor das gazetas literárias de Steele, e muito menos que conhecesse os poemas de Pope. Teria ele algum motivo especial para notá-lo?

Aquela era a primeira vez que Alexander pisava no Pontack's, bem como a primeira vez que almoçava na companhia do notável periodista Richard Steele. Sentava-se com o tronco muito ereto, estampando no rosto o sorriso perene de alguém que pensa em mil coisas além daquelas que ouve do interlocutor. Meio restaurante havia ficado de pé para cumprimentá-los à chegada, adiantando-se para felicitar Steele pelos primeiros números da *Spectator*. Alexander cogitou rapidamente se deveria pagar pelo almoço, decidiu que não, e em seguida ponderou se deveria interferir na escolha dos pratos ou apenas fingir, prosaicamente, que não tinha nenhum interesse no assunto. Passeava os olhos pelo salão, certo de que ali se encontrava um sem-número de pessoas importantes. Não seria Robert Harley, o primeiro-ministro da rainha Ana, quem estava sentado bem à frente deles? E com Harley não estaria... Sim, era ele... Só podia ser... Alexander não se conteve:

— É o Dr. Swift! O Dr. Jonathan Swift! Ali, sentado com o ministro!

Steele sorriu e disse:

— Sim, sim, é ele mesmo. Estão sempre almoçando juntos. O que é difícil de entender. Swift é um grande amigo meu, costumava escrever para a *Tatler*. Mas Harley... Um Tory intratável, o pior ministro que já tivemos. Sequer posso imaginar o que leva Swift a dividir uma mesa com ele. Mas talvez possamos chamá-los até aqui e...

Ele interrompeu o que ia dizendo e pediu a comida. A julgar pelos pratos que escolheu, tinha uma acentuada preferência pelas carnes de preparo elaborado.

— Suas "Pastorais" alcançaram certo sucesso, Pope — continuou. — Espero que em breve sua pena nos dê algo que tome esta cidade de assombro! — Steele agitou o guardanapo no ar como se festejasse o talento de Alexander para a poesia. — Se isso acontecer, você terá lugar certo nas páginas da *Spectator*. Muitos em Londres já admiram seus versos. Ouvi seu nome circulando em diversas festas a que... — Ele se distraiu por um instante e depois disse: — Ah. Vejo que o conde de Kingston está aqui, almoçando com Clotworthy Skeffinton, aquele pulha. Kingston provavelmente espera dar a filha, Lady Mary Pierrepont, em troca da fortuna de Skeffinton. É curioso como as pessoas agem de modo estranho quando os próprios interesses estão em jogo. — Ele riu, esquecendo-se por completo dos elogios que vinha fazendo à poesia de Alexander.

Mas Alexander não se importou, pois naquele momento acreditava que suas estrelas estivessem perfeitamente alinhadas. Lá estava ele no célebre Pontack's, convidado por Richard Steele, escritor e fundador de um dos periódicos mais respeitados do mundo. Steele havia mencionado Lady Mary Pierrepont, cujo retrato jazia no ateliê de Jervas. Aparentemente todos a conheciam!

Alexander ficou curioso, mas antes que pudesse crivar Steele de perguntas foi interrompido pelos pratos que chegaram à mesa: frango ao bacon, acompanhado de outra ave amplamente embebida num molho cremoso. Salivando, Steele arrancou a coxa da ave mais próxima e embarcou numa nova história; Alexander, por sua vez, continuou a sorrir e balançar a cabeça, sem saber ao certo como proceder.

— Mas o melhor vem agora, Pope, pois ela disse que... — era o que falava Steele quando mais uma vez se deixou distrair: — Ah, veja só quem está aqui também: o barão Petre!

Alexander levantou os olhos e viu o homem retratado por Jervas caminhando na direção deles. Steele ficou de pé e recebeu-o dizendo:

— Estou aqui com meu jovem amigo, o Sr. Pope, que é poeta. Talvez milorde já o conheça.

Alexander empertigou-se tanto quanto possível.

— Receio que... — disse Petre, já balançando a cabeça negativamente, mas de um segundo a outro mudou de expressão e tratou de se corrigir: — Acredito, *sim*, que já nos conhecemos. — De tão perplexo, chegou a assustar Alexander. Lembrara-se do rápido encontro que eles haviam tido em Ladyholt. — Mas naquela ocasião, senhor, eu não sabia que estava diante de um poeta da vida rural. — Ele sorriu graciosamente, sem contudo colocar em risco o ar de superioridade.

Admirado com a memória e o traquejo de Petre, Alexander virou-se para o companheiro do barão. Mal o havia percebido antes. Para sua grande surpresa, viu que se tratava de James Douglass.

— Também tive a oportunidade de conhecê-lo, Sr. Pope — disse Douglass.

Alexander arregalou os olhos, estupefato. Seria possível que tivesse se enganado quanto à identidade dele? Douglass aparentemente não percebeu sua aflição.

— Pensa em ir ao baile de máscaras de amanhã, Sr. Steele? — perguntou Petre, afável. — Espero que escreva sobre a festa na *Spectator* e nos cubra a todos com a devida fama.

— Até poderia escrever, milorde — respondeu Steele com humor —, mas quanto à fama... Os convidados estarão de máscara, como saberei quem está presente e quem não está?

— Isso pouco importa, senhor! — exclamou Douglass. — Todos gostamos de ser lembrados, mesmo quando disfarçados. Afinal, raramente revelamos nossa identidade verdadeira, mesmo no quotidiano da vida!

Enquanto falava, Douglass havia levado a mão ao pescoço, e Alexander concluiu que não havia se enganado. Involuntariamente olhou para Petre, mas viu-o rindo sem peias enquanto Steele respondia:

— Pensamos da mesmíssima forma, senhor. Quem se importa com o real caráter de alguém? O que nos interessa mesmo é a maneira como esse caráter se apresenta ao mundo, não é verdade?

Alexander baixou os olhos. Ninguém além dele parecia acalentar a menor suspeita em relação àquele curioso tipo chamado Douglass.

Terminado o colóquio com Steele, Petre tomou a direção de sua mesa, seguido de Douglass. E a meio caminho foi abordado por Robert Harley, que se levantou para saudá-lo.

— Como vai, Harley? — devolveu Petre. — Parabéns pela aprovação da lei para os importados. Uma grande vitória para nosso partido.

Eles seguiram adiante; assim que se sentaram, Douglass exclamou:

— Aquele era o primeiro-ministro Robert Harley! Milorde o conhece bem?

Petre virou-se para ele; espantava-o que Douglass ainda duvidasse de sua posição na sociedade.

— Conheço-o pouco — respondeu. — Costumamos nos encontrar em Westminster. E aqui também, claro. Mas você não precisa fingir que se surpreende com minhas relações, tampouco que as admira, só para me bajular. Pretende fazer uso delas, e é isso mesmo que deve fazer.

Douglass fez que sim com a cabeça, mas Petre ainda não havia dado o assunto por encerrado.

— Os ricos e poderosos aos poucos vão se acostumando à vital importância que têm para aqueles que os cercam — ele acrescentou, porém num tom de voz mais contido. — Se você não desse valor à minha posição, eu me sentiria tão ofendido quanto uma mulher bonita ao ser cumprimentada pela excelência do caráter. Veja, por exemplo, este nosso Dr. Swift, que tanto se empenhou por se tornar um clérigo respeitado. Mas daqui a cinqüenta anos quem se lembrará da dignidade de seus sermões ou da sapiência de sua teologia? Ele será lembrado apenas como o amigo de Robert Harley, o homem que bebia clarete e comia carneiro no Pontack's na companhia do primeiro-ministro da rainha.

Douglass simplesmente deu de ombros.

Petre acenou para o garçom; pouco depois, ostras e vinho foram servidos. Douglass ergueu a taça e declarou:

— À gloriosa causa, milorde.

Refocilado pelo brinde, Petre devolveu:

— A mais gloriosa de todas. — E eles beberam.

Douglass devorou um bom número de ostras.

— Muito boas! — disse. — Que tal pedirmos o ganso com uma garrafa de Ho Bryan? Trata-se de um novo vinho da França. Mas desta vez sou *eu* quem vai pedir.

Todavia, antes que o garçom pudesse ser chamado, eles foram abordados justamente por aqueles de quem vinham falando. Lorde Petre levantou-se de imediato.

— Acabamos de elogiar a excelência de suas sátiras, Dr. Swift — disse. — Que a mordacidade delas afugente por muitos anos os Whigs do nosso Parlamento!

— Muito agradecido, milorde — respondeu Swift, dobrando-se numa mesura. — No entanto, por mais desejável que seja a extinção dos Whigs, confesso que meus esforços como satírico têm perseguido outro fim, bem mais nobre. Sempre que me chamam a Londres para rabiscar alguma coisa, meus paroquianos na Irlanda são poupados de ouvir os *meus* sermões... e eu, de ouvir aos paroquianos.

— Quer dizer que não é afeito aos sermões, Dr. Swift? — perguntou Petre, tentando disfarçar a surpresa.

— Não quando se trata da religião — respondeu Swift, sorrindo. — Meus talentos não bastam aos assuntos da fé, sobretudo aos da fé irlandesa. Se um homem quer acreditar que o corpo do nosso Salvador é um artigo comestível, a ser servido à nação como desjejum nas manhãs de domingo, meu arsenal retórico nada pode para convencê-lo do contrário.

Petre abriu um meio-sorriso, decidido a fazer vista grossa para sua própria adesão ao catolicismo. Swift, afinal, referia-se à Irlanda.

— Mas fico surpreso com a natureza política dos seus escritos — disse. — Acreditava que os clérigos eram obrigados a se ater aos assuntos da teologia caso quisessem galgar os degraus da hierarquia eclesiástica.

— Milorde tem toda razão — concedeu Swift. — Os jovens clérigos estão sempre tentando publicar sua filosofia. No entanto algo em mim custa a acreditar que um ensaio intitulado "Breve Exposição Sobre o Padre Nosso e o Decálogo, Acrescida da Doutrina dos Sacramentos"[3] possa se tornar uma sensação literária da

[3]Alusão ao ensaio "A Brief Exposition of the Lord's Prayer and the Decalogue, to Which is Added the Doctrine of the Sacraments", de Isaac Barrow (1630-1677). (*N. do T.*)

noite para o dia — acrescentou, e sorriu com desânimo. — É difícil explicar os disparates da vida eclesiástica aos homens do mundo. Eu poderia labutar durante anos para produzir uma singela monografia com o título "Sobre o Ser e os Atributos de Deus", e ela seria publicada de modo obscuro, com uma tiragem de no máximo cinqüenta exemplares. Mas meus colegas da Igreja avançariam sobre ela feito glutões diante de uma lingüiça bolonhesa. E por muitos meses se reuniriam à noite para dividir uma garrafa de vinho entre os oito do grupo, ouvir a viola dedilhada por alguém e ruminar minhas reflexões gastas sobre a essência de Deus, todas roubadas de um tratado homônimo de 1684. Cerca de um ano depois, um deles cuspiria um panfleto em resposta: "Algumas Reflexões", ou talvez "Observações Oportunas... Sobre estas Idéias Recentes do Dr. Swift". E todo o circo começaria de novo: o vinho, a viola, o falatório sem fim.

Harley e Petre riram, mas Douglass se mostrava inquieto, aborrecido com a conversa.

— Bem, devo confessar que tenho certa dificuldade para acompanhar as disputas teológicas — comentou Petre.

— *Acompanhar?* — exclamou Swift com sarcasmo. — Os clérigos andam de um lado para o outro, rinchando e relinchando uns com os outros nesta estranha língua eqüina que nenhum homem de juízo é capaz de compreender, e não obstante as pessoas se acham obrigadas a acompanhá-los de olhos bem abertos, fingindo que entendem cada palavra daquele desvario.

— Suponho que em Londres, pelo menos, o senhor busque mais a companhia dos escritores que a dos clérigos — disse Petre, e Swift respondeu afirmativamente com uma mesura.

— Pois agora estamos entre escritores — disse Douglass. — Um jovem poeta está sentado logo ali, na companhia de Richard Steele.

Swift virou-se para trás e localizou Alexander.

— Não o conheço — disse. — Escreve sátiras?

— De modo algum — respondeu Petre. — Prefere as éclogas, como o jovem Virgílio. Talvez um dia nos brindará com um épico.

— Ah! De minha parte, não disponho da seriedade de espírito que requer um épico — retrucou Swift —, e ao que parece nosso jovem poeta não compartilhará minha inclinação para o ridículo. Receio, portanto, que nossos caminhos jamais se cruzarão.

A conversa terminou pouco depois. Assim que Swift e Harley partiram, lorde Petre disse:

— Swift não demonstrou grande interesse pelo tal sujeito, o Sr. Pope.

— Creio que Pope escreve sobre o campo — disse Douglass —, onde passa quase todo o tempo. Sabe tudo o que há para saber sobre a condição das estradas e das caçadas. Por sorte terá um cavalo para montar sempre que quiser, pois ainda levará um bom tempo para montar uma mulher. Ainda assim terá de subir na puta do mesmo modo que sobe numa égua: com uma banqueta que o ajude a sair do chão.

Petre deu uma risada e pediu mais vinho ao garçom, vendo que Douglass não dava o menor indício de que pediria o Ho Bryan, afinal.

Na manhã seguinte Alexander foi se encontrar com Jacob Tonson na livraria da Bow Street a fim de ouvir a opinião dele sobre as primeiras linhas de um novo poema. Estava apreensivo não só em razão do que poderia dizer o velho editor, mas também porque havia omitido que submetera o seu "Ensaio Sobre a Crítica" a um velho amigo de escola para publicar. Fizera isso por insegurança, mas tão logo entrou na loja deu-se conta de que poderia ser tomado por arrogante ou indiferente ao bom juízo de Tonson.

Um rapaz de óculos levantou os olhos das contas e papéis espalhados sobre a mesa, que ele examinava muito seriamente, para cumprimentá-lo. Por certo conferia se o velho Tonson não vinha pagando seus escritores em demasia pelos direitos autorais, pensou Alexander. Por que ele o havia cumprimentado com tanta graciosidade e condescendência? Decerto sabia das notícias desagradáveis que Tonson lhe reservava. Alexander notou que sua *Miscelânea* de poemas ocupava lugar de destaque sobre a mesa e teve certeza de que ela havia sido colocada ali pouco antes de sua chegada.

O funcionário de Tonson viu-o olhando e disse:

— Vendemos muitos exemplares, Sr. Pope, desde que saíram as críticas favoráveis na *Tatler*. O Sr. Tonson tem mostrado este volume a todos os clientes.

Alexander meneou a cabeça mas não disse nada, receando ter notado uma ponta de escárnio na voz do sujeito. Subitamente ficou enciumado ao perceber a nova edição de *Paraíso perdido*, empilhada em torres muito mais altas sobre a mesa, acompanhada de um cartão que informava com orgulho tratar-se da nona edição do poema pela casa num período de vinte anos. E dessa vez com ilustrações ricamente gravadas. Nove edições. Nem Dryden havia tido tantas.

Por fim, surgiu o próprio Tonson, trazendo nas mãos um livro que Alexander ainda não havia visto.

— Como vai, senhor? — ele disse, sentando-se e depondo o livro de modo que Alexander não pudesse vê-lo. — Aceita um refresco? Agora temos chá, sabia?

Alexander disse que aceitaria apenas uma taça de vinho e espichou os olhos na direção do volume que o velho tentava esconder.

— Li os novos versos que o senhor enviou — começou Tonson —, mas antes de falarmos sobre eles tenho alguns cumprimentos bastante lisonjeiros para lhe passar. São de um cavalheiro que se refere ao senhor como o "Pequeno Rouxinol".

Pope esboçou um sorriso, amaldiçoando-o por dentro.

— Ah, sim! — exclamou. — É o meu amigo, o Sr. Wycherley. Espero que ele esteja bem, senhor. Wycherley me chama de "rouxinol" somente a título de mofa, porque costumo cantar... o senhor sabe, feito os poetas clássicos. — E depois de uma pausa, ajuntou: — O "pequeno" se deve à minha estatura.

— Wycherley... — disse Tonson. — É uma lástima que tenha perdido a memória em razão da doença, pois foi um dos maiores dramaturgos de seu tempo.

— Eu costumava segui-lo pela cidade com a mesma obstinação que meu cachorro me segue no campo.

Tonson olhou de relance para o pequeno livro e bebeu do vinho.

— Gosta de cachorros, Sr. Pope? — disse em seguida.

— Gosto — respondeu Alexander, baixando a guarda. — Meu favorito é um cãozinho miúdo, bem magricela, e sem nenhuma elegância no porte. Semelhança gera afeto, tal como dizem. Ele se deita quando me sento, está sempre andando a meu lado. Infelizmente não posso dizer o mesmo de muitos amigos.

Jacob Tonson observava Alexander como se o aquilatasse, jamais sorrindo ou franzindo as sobrancelhas, mas prestando absoluta atenção a cada palavra do jovem poeta.

— Passemos agora a seus versos — ele interrompeu. — O senhor deu a esta nova composição o título de "A Floresta de Windsor" e aparentemente a escreveu enquanto estava no campo.

— Em Binfield, sim.

— Pois bem. Acho que dá ao campo demasiado relevo. Tudo em seu poema palpita e estremece com a perspectiva da morte: os camponeses, as lebres, as pombas, as trutas, os veados... Do início ao fim, não há nada além de um rústico massacre.

— O grande intuito de quem vive no campo é matar tanto quanto possível — voltou Alexander, com um sorriso de ironia.

— Trata-se de um sentimento grosseiro demais para meus leitores, Sr. Pope — observou Tonson. — Quem está confinado numa grande cidade prefere imaginar as delícias rurais, como a tribo dos emplumados, dos escamados, dos lanígeros... e assim por diante. Não quer ser informado de que esses animais são privados da vida ainda na infância por homens munidos de armas ou varas de pescar. Em duzentas linhas, o senhor dizimou mais da metade de Berkshire.

— Foi esse mesmo o meu propósito, Sr. Tonson.

— A vida rural é tema ultrapassado nos dias de hoje, Sr. Pope. E o comércio? A mercancia? Os espólios do império que diariamente chegam dos quatro cantos do mundo a Londres? Ah, Londres! Uma grande cidade, renascida das cinzas como uma fênix! Deixo ao senhor os detalhes da composição. Isso mesmo! O que o senhor escreveu deve ser apenas o começo de um poema muito mais longo. Chegamos do campo com os cestos repletos de... como foi que disse? Ah, sim: de "percas de olhos vivos" e "abibes plangentes". Que tal chegarmos à cidade enriquecidos com os frutos dos Alísios? Rubis cintilantes, ouro suculento, âmbar picante? O senhor conhece o estilo melhor do que eu.

Alexander ouviu com repugnância as metáforas absurdas de Tonson, mas respondeu com o máximo de tato.

— Senhor, um poema há de conter um veículo que transporte o leitor desde... desde a tribo lanígera, como o senhor mesmo propôs, até a cidade... picante — ele disse. — É uma insânia passarmos subitamente do campo à cidade sem um fio condutor que facilite a transição. As regras da poesia não o permitem.

— Então mude as regras da poesia, ora — disse Tonson. — Se Londres não estiver à espera acolá destes versos, meus leitores não se darão ao trabalho de atravessar a floresta de Windsor com o senhor.

Alexander ficou imóvel na cadeira, mirando seu editor. Havia trabalhado em "A Floresta de Windsor" por quatro anos, ainda que intermitentemente. Tratava-se de uma imitação especialmente sagaz do estilo inicial de Virgílio, como Tonson bem sabia.

— O senhor deve dar algo novo a meus leitores — continuou o velho. — Seus primeiros poemas eram muito bons para alguém de tão pouca idade, mas agora o senhor precisa mostrar um talento mais vigoroso.

Pope engoliu a seco sua decepção.

— Mas tenho um enorme carinho pelos versos da minha juventude, carinho que nada pode aplacar — ele retrucou, procurando se recompor. Receava ver a mão tremendo caso levantasse a taça de vinho. — As imagens da minha infância se perderam para sempre, assim como as cores vivas que então eu via com os olhos fechados. Naqueles dias, cada colina ou cada riacho tinha... como posso dizer?... a glória e o frescor de um sonho. Uma idéia que daria um belo poema, suponho.

— Os leitores de hoje não estão interessados em imagens da infância — disse Tonson, ríspido. — Vivem num mundo em que tudo é novo. Deixe que eles sigam em frente, Pope! Outro poeta, em outros tempos, os levará de volta àquilo que foram um dia. Mas, pelo amor de Deus, não vá entregar seus versos novos àquele patife do Lintot! — Alexander riu da ressalva, e Tonson finalmente trouxe à tona o livro que até então vinha escondendo.

— "Ensaio Sobre a Crítica". Impresso para W. Lewis na Russel Street, Covent Garden — ele leu da capa. — Isto aqui é seu? O autor permanece anônimo, mas o estilo é indiscutivelmente o do senhor.

Exultante em ver um livro só seu, não apenas um poema perdido numa coletânea qualquer, Alexander por pouco não avançou no volume, mas se conteve em razão da imensa vergonha que sentia por não ter dito nada a Tonson. Percebeu então que a troça com Lintot havia sido intencionada como uma reprimenda.

— Nem mesmo eu tinha visto a coisa pronta — murmurou.

Tonson permaneceu sério.

— De fato, as páginas ainda estão quentes das prensas — falou. — O Sr. Watt, que também trabalha para mim, imprimiu-o para Lewis, que o senhor naturalmente conhece. Foi ele quem me mostrou. Muito pequeno, este nosso mundo. — Tonson calou-se e, depois de um instante, ainda sério, disse: — Li o poema de fio a pavio, Sr. Pope, e gostei muitíssimo.

Alexander sorriu.

— Ah, Sr. Tonson, dou extremo valor à sua opinião.

— Tem lá as suas falhas, o senhor compreende.

— Creio que sim — replicou Alexander, mais seguro depois da elogiosa sentença do editor. — Compreendo, claro.

— Falhas que podem ser corrigidas numa segunda edição — acrescentou Tonson, piscando um olho veterano.

Alexander fez uma modesta mesura.

— Mas não ouso alimentar a fé de que um tratado desta natureza, que apenas um leitor a cada três é capaz de entender, seja reeditado — ele disse, esperando que Tonson o corrigisse.

E Tonson, pela primeira vez, cedeu:

— Acho muito provável que chegue a uma segunda edição, pois criará um rebuliço na nossa Grub Street.[+] Imagino que, quando o Sr. Dennis, para citar apenas um, descobrir que o senhor menosprezou a escola de crítica que ele abraça, não descansará até que escreva uma de suas réplicas habituais. — O Sr. Dennis era um crítico de renome na cidade, sempre associado aos ataques que fazia aos escritores de quem não gostava.

— As réplicas do Sr. Dennis são daquelas que não podem ser adequadamente respondidas senão com o auxílio de uma

[+]Grub Street: rua de Londres que nos séculos XVIII e XIX abrigava editoras e livrarias de pequeno porte, por onde circulavam poetas e escritores em início de carreira. (*N. do T.*)

arma de madeira — disse Alexander. — Eu poderia tê-lo presenteado com um bastão talhado no melhor carvalho inglês: o da floresta de Windsor.

Tonson riu, apesar do esforço para manter o ar severo.

— Pope — disse —, vejo que tem um apetite para o perigo. O Sr. Dennis não se importa que o senhor seja jovem e brilhante, já que é tão velho e alquebrado quanto eu.

Alexander não pôde conter o riso ao responder:

— Caso a fúria do Sr. Dennis proceda apenas de seu zelo em demover os autores jovens e inexperientes de prosseguirem na escrita, ele deveria nos amedrontar com sua poesia, não com sua prosa.

Tonson devolveu-lhe um sorriso e depois respondeu com sobriedade:

— O senhor precisa aprender a não rir tão sonoramente dos próprios gracejos, Sr. Pope.

— Só o faço porque estou convencido de que rirei por último — retrucou Alexander, levantando-se para sair.

Tonson pensou em rebater essa última demonstração de atrevimento, mas em vez disso deu de ombros. Estava certo de que o jovem Alexander ainda encontraria muitas agruras ao longo da carreira. Aliás, amealhara sua fortuna justamente porque sabia que, no mundo da Grub Street, isso era meia batalha vencida.

Capítulo 5

Ou manchar sua honra, ou a seda brocada,
Esquecer-se das rezas, faltar à mascarada,
Ou perder, num baile, coração ou colar.

Arabella tanto se acostumara a colher admiradores que de início sequer percebeu quanto havia sido afetada pelo encontro com lorde Petre. Disse a si mesma que não havia nada nos avanços do barão que ela não tivesse visto antes, mas os dias foram se passando, e ela não teve mais notícias dele. Àquela altura outros homens já teriam escrito bilhetes galantes ou melosos, rogando-lhe a atenção. Teriam procurado por ela e confessado seu arrebatamento, crivando-a com um olhar de súplica. Quanto ao barão, no entanto, tudo indicava que nenhum olhar de súplica estava por vir.

Decidiu então que não pensaria mais no tal encontro, um encontro fortuito que para todos os efeitos jamais havia acontecido. Mas antes que pudesse esquecê-lo deu-se conta de que nunca havia tido encontro mais agradável. Jamais havia recebido o olhar de um homem e visto nele o olhar de um semelhante. Lembrou-se da firmeza com que o barão havia proferido o comentário final sobre as visitas masculinas no quarto de uma mulher. Não se via nada do galanteador no caráter dele; lorde Petre não era dado a bajulações. Caso desejasse algo dela, jamais suplicaria.

Arabella murchou ao constatar o espaço que Petre agora ocupava em seus pensamentos. Pensar nele era excitante, mas ao mesmo tempo deixava-a apreensiva. Apesar das bravatas, ela tinha perfeita consciência de que se encontrava numa situação repleta de incertezas. Era católica. Em contrapartida, era bonita e rica, mas não o bastante para eliminar do caminho todo e qualquer obstáculo. Por dois anos havia sido considerada o prêmio mais cobiçado de toda Londres, mas agora não conseguia pensar em outra coisa que não fosse o ardor com que desejava ver em Petre o premiado. Receava ser dominada por esse desejo e sabia que precisava afrontá-lo. Não poderia se deixar levar pela paixão, sobretudo quando o alvo dessa paixão era um homem aparentemente governado por emoções tão complexas e contraditórias quanto as suas.

Na noite da terça-feira do baile de máscaras, ela admirava a rua do alto de sua janela. Os lampiões haviam sido acesos mais cedo, depois de muitas horas de escuridão, e agora deitavam um lume débil sobre as calçadas e as fachadas das lojas. Decerto já estariam quase apagadas quando ela saísse de casa. À porta, James preparava a carruagem, recebendo de um criado o cobertor de pele que a família sempre levava consigo nas noites de inverno. Arabella assustou-se quando uma lufada de vento fez chocalhar a vidraça da janela; teria de dizer a Betty que a ajustasse com mais firmeza nas jambas. Vendo que já estava tarde, levantou-se para tocar a sineta.

Antes de alcançá-la, casualmente viu sua própria imagem refletida no espelho do toucador. Então parou e olhou de novo, assustada com a beleza daquele reflexo, achando por um átimo que estivesse diante do rosto de outra pessoa. Tão logo voltou a si, começou a observar os arranjos pessoais que a deixavam tão encantadora. Pouco antes ela havia tirado o vestido do dia e agora usava apenas um camisolão. Retirara os grampos dos cabelos, que tanto a vinham incomodando, e as mechas ligeiramente desalinhadas caíam-lhe naturalmente sobre os ombros. O único adorno, além das pérolas que pendiam dos lóbulos, era a mosca sobre uma das bochechas.

Arabella queria que lorde Petre a visse exatamente daquele jeito, e ainda pensava nisso quando Betty entrou no quarto trazendo nos braços a fantasia daquela noite. Uma fantasia de cisne. Um vestido cinza havia sido confeccionado especialmente para a ocasião: bordado com milhares de penas de um branco luminoso, contava também com um capuz revestido de penugens (tão macias quanto as do pescoço de um cisne) e encimado por uma pequena torre de penas cinza atrás da coroa. A máscara, em estilo veneziano, era laqueada em preto e amarelo-gema de modo que lembrasse o bico de um cisne.

Ela havia escolhido essa fantasia com o intuito de deslumbrar. Mas algo havia mudado, e agora ela olhava para o vestido com dúvidas. Via nele um disfarce elaborado demais para o humor em que se encontrava. Receava parecer excessivamente fria e altiva naquela imaculada plumagem, límpida demais para os prazeres inebriantes de uma festa. O que ela queria de fato era uma roupa que capturasse a mesma confusão e o mesmo desalinho que a haviam surpreendido de modo tão agradável quando ela se vira de relance no espelho.

Arabella não foi inteiramente honesta consigo mesma ao cogitar a mudança de fantasia. De início tentou se convencer de que o salão estaria quente demais para tantas penas, de que não conseguiria dançar. Pensou ainda que não queria ofuscar as primas Teresa e Martha, para as quais aquele seria o primeiro baile da temporada. Por fim, decidiu que a fantasia seria exuberante demais para uma mascarada pública e que faria melhor se a guardasse até poder exibi-la com a devida pompa num baile particular. Mas em nenhum momento deixou que pesasse na decisão a certeza de que lorde Petre estaria presente, de que um vestido incomum aumentaria suas chances de capturar a atenção dele. Jamais admitiria semelhante concessão.

Ela se sentou diante do toucador, ainda atulhado com os apetrechos da toalete matinal. Pequenos frascos de perfume com tampas de prata; uma caixinha marchetada com rico forro de seda. Jóias e penduricalhos da Índia e do Extremo Oriente, tremeluzindo à luz das velas. Diante do espelho, um ramalhete de precoces flores primaveris, compradas naquela manhã em Covent Garden e entregues pelas mãos de um admirador. Caixas de grampos; um novo estojo de pó-de-arroz; uma estola de pele, abandonada ali em razão do atraso para a hora do chá. Mas quando novamente olhou para si mesma, Arabella não viu aquela beleza despojada que vira antes, mas uma centelha de insegurança. Perplexa, decidiu que o mundo jamais veria a Srta. Fermor insegura.

Virou-se bruscamente para Betty e disse:

— Resolvi usar aquela fantasia confeccionada para o baile de Lady Seaforth, no início da temporada. Irei como a deusa Diana, com um arco de caça pendurado ao braço. Papai guarda um no estábulo. Quero um penteado rústico; mande buscar um pouco de palha limpa para entremearmos nas tranças.

Betty, que pela manhã havia passado três horas espargindo vapor sobre as penas da fantasia de cisne, ficou um tanto agastada com a mudança de planos.

— Mas esta roupa foi feita especialmente para o baile de hoje! — argumentou. — Sua mãe ficará furiosa quando souber. O céu se turvará nesta casa por muitas semanas!

— Mal consigo explicar para mim mesma, Betty — disse Arabella, altiva, evitando o olhar da criada. — Mas o cisne não é para hoje. Ficará para outro baile, mais tarde na estação, e mamãe não se importará nem um pouco com a troca. Eu mesma falarei com ela. — A mãe de fato não se importaria. Tinha pouquíssimo interesse nos arranjos da filha.

— Aposto que *madame* espera encontrar alguém neste baile, um cavalheiro que por certo prefere as deusas — disse Betty.

Arabella permaneceu em silêncio.

A criada riu e pôs-se a pentear os cabelos da ama, tão rudemente que Arabella protestou:

— Mais cuidado com esta escova, Betty! Assim Diana chegará calva ao baile!

Às dez horas daquela noite, a Charing Cross Road encontrava-se intransitável em razão das carruagens, liteiras e coches de aluguel que se acumulavam à entrada dos salões. Arabella havia convidado Teresa e Martha para acompanhá-la, achando por bem chegar à festa num grupo de pessoas. Para as duas últimas, tratava-se de uma novidade sair à noite sem a mãe ou a tia para vigiá-las; Arabella, desde muito acostumada à ausência dos pais, não ligava ao fato nenhuma importância. Escoltava-as a cavalo um tio distante de Arabella, Sir George Brown, um sujeito rechonchudo e falastrão que naquela noite, assim como em todas as ocasiões sociais, se cobria de uma fina película de rapé.

— Por sorte não vim de cisne — disse Arabella ao descer. — Minhas penas seriam moídas pela multidão.

— Bicho mais emplumado, o tal do cisne — observou Sir George, com um tapinha na caixa de rapé. Arabella ignorou-o.

Martha, no entanto, virou-se para ele e com um sorriso gentil disse:

— Ah, sim! Os cisnes têm... têm... muitas penas!

Teresa olhava a seu redor, aturdida pelo esplendor da cena.

— Vejam só o urso dançarino, descendo do coche de três parelhas! — exclamou.

— Sir Paul Methuen, só pode ser! — informou Arabella sem titubear.

Um grupo de varredoras de rua e confeiteiros passou por elas, rindo alto, correndo ao encontro de um monge e um frei.

— Não ficará com frio vestida assim, Srta. Fermor, como pastora? — perguntou Sir George.

— Não sou pastora — rebateu Arabella. — Sou Diana, a deusa das caçadas. Não está vendo meu arco?

As moças se apertavam num único grupo. Teresa e Martha olhavam amiúde para Arabella em busca de orientação, apesar dos esforços de Teresa para disfarçar a própria ansiedade: ela examinava com interesse os demais convidados que chegavam, como se a qualquer momento fosse encontrar um conhecido.

Depois de um instante, Arabella apontou para a entrada dos salões e disse:

— Aquele ali, Teresa... não seria seu amigo, o Sr. Pope? Está usando um rufo.

Teresa e Martha olharam juntas. Lá estava Alexander, convite à mão, conversando com o amigo Jervas, que havia se vestido de senador romano.

Martha tomou a direção deles. Vendo que Teresa não a seguia, virou-se para trás e disse:

— Como ele está diferente! Do que será que está fantasiado? — Sem receber qualquer resposta da irmã, ela emendou: — Vou perguntar eu mesma!

Mas Teresa disse:

— Melhor não, Patty. Suponho que não seja apropriado reconhecer amigos em ocasiões como esta.

Martha imaginou que a expectativa de passar uma noite inteira na companhia de Arabella deixava a irmã ansiosa; no entanto não tinha a menor intenção de menosprezar Alexander por causa da vaidade de Teresa.

— Mal o vimos nestas três semanas! — argumentou. — A não ser quando fomos pedir a espada!

Martha já se distanciava quando Arabella olhou para Teresa, esperando que ela seguisse na esteira da irmã. Mas Teresa permaneceu onde estava.

— Você tem razão quanto ao Sr. Pope, Bell — disse. — Hoje ele está especialmente ridículo. Por sorte estaremos mascaradas; só assim não teremos de cumprimentá-lo.

À guisa de resposta, Arabella fulminou-a com o olhar, mas elas seguiram de braços dados rumo à escadaria.

Alexander irrompeu num largo sorriso assim que viu Martha, e estendeu os braços para recebê-la.

— Patty! — exclamou. — Sua fantasia... é linda! Mas sugiro que vista a máscara. Em princípio não devo reconhecê-la.

— E você, Alexander, está fantasiado de quê?

— Fico surpreso que não tenha percebido! — ele respondeu com um ar zombeteiro. — Sou o afamado poeta Alexander Pope, que chegou a Londres sem qualquer indumentária para um baile de máscaras. O rufo foi empréstimo de Jervas. Um belo toque, não acha?

Martha percebeu quando os olhos dele se desviaram. Alexander empertigou o tronco e ajustou o casaco: decerto tinha visto Teresa.

Foi então que Jervas se aproximou e disse:

— Sugiro que faça essa troça o maior número de vezes. Pois quando de fato se tornar um poeta famoso terá de encontrar outro alvo para sua ironia.

Alexander esboçava uma réplica quando viu o amigo deitar os olhos sobre Martha.

— É uma lástima que devamos permanecer incógnitos — disse Jervas —, pois não posso pedir que me apresente a este seu camarada, o cavalheiro mais garboso que já vi na vida. Gostaria muito de conhecê-lo. Devo advertir, no entanto, que haverá nesta reunião um senador romano disposto a flertar sem o menor pejo.

Para surpresa de Alexander, Martha corou e olhou timidamente para os dois.

— Creio que disponho de juízo e virtude para me defender de qualquer avanço — ela disse sorrindo. — Mas se ambos me faltarem hei de recorrer a esta espada, que me foi emprestada por um amigo querido. — Só então vestiu a máscara.

Alexander pegou Jervas pelo braço e conduziu-o rumo à porta. Chegando ao salão, virou-se à procura de Martha, mas ela havia sumido na multidão.

Enquanto Martha falava com Alexander, Arabella desfrutara de um encontro só seu. Perto de onde ela estava, um homem subia a escadaria ao mesmo tempo que vestia um turbante de príncipe otomano. Arabella reconheceu lorde Petre e imediatamente desistiu de atar a máscara que já ia vestindo. Viu quando o barão saudou um amigo e depois virou o rosto para esquadrinhar a multidão. Teve a impressão de que ele a havia localizado. Petre não chegou a fitá-la, e Arabella tampouco fez qualquer menção de cumprimentá-lo, mas, percebendo com alívio, que seu vestido já havia sido observado, finalmente cobriu o rosto. Lorde Petre fez o mesmo e logo em seguida foi sugado pelo vagalhão de convivas.

Assim que os homens entraram, Martha voltou à companhia de Arabella e Teresa.

— É estranho que tantas mulheres tenham vindo sozinhas — observou. — Vejam aquela espanhola ali. Tão elegante, mas sem nenhum parceiro.

Teresa não havia notado, tão preocupada que estava, ela também, com a presença de lorde Petre. O turbante otomano conferia a ele um aspecto ainda mais distinto que os trajes quotidianos. Ela o tinha visto na escadaria e acreditava ter sido percebida por ele também. Afinal, pensara, ele parecia ter ficado bastante impressionado ao conhecer a Srta. Blount de Mapledurham naquela manhã no Exchange. Virando-se para a irmã, ela sentenciou:

— Decerto é uma mulher da cidade, Patty. Veio na esperança de encontrar um consorte. De qualquer modo, é aceitável que uma mulher chegue sozinha a um baile de máscaras. Os que vêm em grupo separam-se no salão e devem se mostrar receptivos a qualquer um que lhes dirija a palavra. A graça toda está aí. Há salas para as quais as pessoas podem se retirar e mostrar o rosto, se assim o desejam.

Nesse instante, tragadas pela turba, elas atravessaram as portas e finalmente alcançaram o salão.

Teria sido impossível preparar-se para a explosão de ruídos e cores que as tomou de assalto. O deslumbrante fulgor de uma centena de velas... jóias cintilantes... máscaras suntuosas... sorrisos fúlgidos... mas nenhum rosto. A assuada das conversas misturada às marés da música; duas orquestras sobre plataformas em cada extremidade do salão. Adereços empoleirados como pássaros nas cabeças; penas de pavão, plumas de avestruz. Perucas empoadas e torres de cabelos, verdadeiras obras de confeitaria. Diamantes reluzentes. Um constante tropel de saltos sobre o assoalho, o ruge-ruge das anáguas, o estrépito dos leques. Lufadas de calor, luz e som. Venezianos, espanhóis, turcos. Limpadores de chaminé, açougueiros, cocheiros, mascates. Almirantes, cortesãos, juízes, reis. Uma horda de desconhecidos, uma profusão de fantasias. Aqui e ali, o preto-e-branco dos dominós, cabeça e rosto ocultos pelos volumosos capuzes de seda.

Assim que entrou no salão, Arabella constatou que não era a única representante da Antiguidade Clássica ali presente. Foi cumprimentada por um homem bem-apessoado e atencioso, vestido de Febo, que ela identificou como Charles Luxton, um velho conhecido. Luxton imediatamente a convidou para dançar, e ela aceitou, sabendo que os movimentos dariam realce ao vestido. Fazia anos que eles se conheciam, e Arabella permitia o cortejo de Charles Luxton nas ocasiões públicas tão-somente em razão da beleza dele, que ombreava a sua própria. Sabia, no entanto, que ele herdaria apenas uma pequena propriedade num rincão qualquer do país, e que portanto tomaria como esposa alguém de posses bem inferiores às dela e de feições bem menos louváveis.

Eles mal haviam terminado de dançar quando lorde Petre se aproximou de Arabella. Subitamente atenta a cada um de seus movimentos, ela virou a cabeça para ele num gesto malicioso, que a um só tempo denotava convite e repúdio.

Ele a cumprimentou com uma mesura.

— Ah, como me arrebata tanto brilho!

Arabella gostou do que ouviu. Na verdade, ficou exultante, mas se conteve ao responder:

— As palavras não são suas; são de Robert Herrick. Mas o senhor por certo contava com minha ignorância.

Surpreso, Petre devolveu:

— Eu mal lembrava os versos de Herrick, ou pelo menos não os compreendia, até que a vi vestida assim. Desde então não sou capaz de pensar em outra coisa: "Penso então no fluxo plácido / das águas-sedas de teu vestido."

Embora conhecesse os versos, Arabella jamais os havia apreciado tanto quanto agora. Todavia mudou de assunto:

— Já que pertence ao mundo otomano, o senhor não será capaz de adivinhar qual das deusas romanas eu represento.

— Uma deusa, a senhorita? Eu a havia tomado por sereia.

— E este arco, o que faria nas mãos de uma sereia? Sou Diana, a rainha das caçadas, a deusa da castidade.

— Pensei que o tivesse roubado daquele cupido junto ao

bufê — retrucou Petre. — De mãos vazias ele passará a noite inteira sem espetar um único coração. Talvez a senhorita possa lhe oferecer o seu, já que não precisa de instrumento algum para jogar ao chão sua caça.

Ouvindo isso, Arabella viu em Petre um barão ainda mais bonito. Alto, poderoso. Mas recusou-se a admiti-lo.

— Conheço, por experiência própria, o curioso dom que as caças têm para fugir justo quando as damos por capturadas — ela respondeu. Estava negaceando, claro, embora não soubesse ao certo o que esperava ouvir em seguida.

— Vejo que conhece bem o esporte.

— Naturalmente. O senhor também, imagino.

— Os ardis, conheço-os todos. Mas poucas vezes encontrei um objeto digno de ser perseguido.

— Diz-se, contudo, que o grande prazer das caçadas deve ser auferido na perseguição em si, e não no valor dos despojos. Talvez o senhor devesse experimentá-lo, apenas a título de investigação.

— Por certo que sim. E quando o fizer posso garantir à senhorita que terei em mente esta nossa conversa — arrematou Petre, despedindo-se com uma segunda mesura.

Arabella ficou decepcionada por não ser tirada para dançar; perdida em seus pensamentos, beliscou displicentemente a corda do arco, que reverberou em contraponto à música. Lorde Petre, ainda por perto, virou-se para trás e abriu um sorriso jocoso: prova de que havia se afastado a contragosto, de que também estava negaceando. De ânimo renovado, Arabella misturou-se à multidão.

Alexander, enquanto isso, percorria o salão na companhia de Jervas, que havia buscado uma taça de vinho e uma fatia de bolo para cada um e agora observava com a costumeira desenvoltura o vaivém dos mascarados.

— Aquela ninfa faria figura bem menos triste se não falasse como uma rameira — ele comentou. — E veja aquele *quacre* junto do aparador, bebendo de duas garrafas ao mesmo tempo. Os mascarados deveriam ficar mais próximo de seus personagens, pelo menos até a meia-noite.

Eles foram ouvidos por um homem embrulhado numa fantasia muito justa de bufão, que lembrava bastante Richard Steele.

— Eu lhe daria toda razão, senhor, se ainda há pouco não tivesse confiado meu coração a uma dama de tal modo graciosa ao dançar que poderia ser tomada por uma condessa — disse Steele. — No entanto minutos depois pude vê-la junto das mesas, escondendo acepipes entre os seios e nos bolsos, e em seguida saindo furtivamente por uma porta lateral. Suspeito que minha "condessa" more muito próximo a Covent Garden e que tenha vindo ao baile apenas com o intuito de reabastecer a despensa.

Jervas riu e retrucou algo que Alexander não ouviu, pois sua atenção havia sido capturada por um jovem pajem que passava por perto: Teresa. Como estava linda naquelas roupas de menino! Conversava com um turco que só podia ser... lorde Petre! Alexander aguçou os ouvidos. Encontrava-se perto o bastante para ouvir o que eles diziam, embora tivesse certeza de que Teresa não o havia visto.

— Sua fantasia lhe cai muito bem, senhorita — dizia o barão. — Espero que colha bons frutos com ela.

— Já colhi — respondeu Teresa, experimentando com o burlesco. Mas o excesso de deferência a Petre fez com que Alexander se condoesse dela.

— Pois fez excelente escolha — devolveu Petre, jocosamente. — Tenho grande admiração pela *Noite de reis*. — Puxando pela memória, ele declamou: — "Se a música o amor nutre, tocai./ Fartai-me de música, pois, farto,/ O apetite míngua, e então morre."

— Não gosta do amor, senhor? — perguntou Teresa.

— Não especialmente. O cervo que está sendo caçado não quer cair numa armadilha.

Alexander percebeu então que não era o único a bisbilhotar a conversa de lorde Petre com a Srta. Blount. Uma pessoa em trajes de dominó também havia estacionado junto da dupla.

— Acho que este homem de túnica preta nos ouviu — sussurrou Teresa. — Sabe quem é?

Petre virou-se para conferir.

— Ah, não é um homem — disse sorrindo. — Veja as fitas dos sapatos... não são peculiares? Sou capaz de apostar que pertencem a Charlotte Bromleigh, mulher de lorde Castlecomber. Já a vi com eles antes.

Alexander afastou-se, receando que sua presença fosse percebida. Pois então Teresa havia escolhido lorde Petre como seu alvo na cidade! Certamente seria frustrada nas suas esperanças, ele refletiu aliviado. Mas quase de imediato sentiu um peso no coração. Lorde Petre havia encetado a conversa, e Teresa a alimentara com vivo interesse. Alexander jamais a tinha visto tão disposta a agradar, nem tão lisonjeada pelas atenções de um homem.

Não mais que cinco minutos depois, entretanto, surpreendeu-se ao avistar lorde Petre conversando com a mulher em trajes de dominó do outro lado da porta que dava para o salão principal. A natureza do colóquio não era difícil de imaginar: eles cochichavam com visível intimidade. Mas quando a figura de preto voltou ao salão, Alexander notou que os sapatos não tinham fitas. Não se tratava de Charlotte Bromleigh, afinal! Lorde Petre havia conversado com um homem! Alexander seguiu o dominó com os olhos até perdê-lo de vista na multidão.

Inutilmente tentou reencontrá-lo. Os convidados andavam de um lado para o outro em torrentes vorazes. Observando-os, Alexander enfim se deu conta de que muitos usavam os hábitos da Igreja Católica. Vários faziam troça de seus personagens: freis empunhavam garrafas de vinho; um padre perambulava de braços dados com uma rameira de trajes exuberantes. Mas outros facilmente poderiam se fazer passar por clérigos de verdade. Lembrando-se do convidado assassinado em Shoreditch, Alexander ficou apreensivo e correu os olhos pela voragem de rostos, as expressões ocultadas pelas máscaras glaciais.

Perto de onde ele estava, Arabella chegava ao fim do minueto que havia dançado com o urso dançarino, proprietário do coche de três parelhas. Não se dava conta de que era observada por um dos muitos dominós de rosto encoberto pelo breu do capuz.

Subitamente, no entanto, sentiu a presença dele às suas costas e rodopiou para ver quem era.

— Não o conheço! — exclamou. — O senhor me assustou!

O dominó não disse nada, mas depois de um instante retirou o capuz e a máscara. Era James Douglass.

— Ah! O amigo de lorde Petre, do Exchange — constatou Arabella.

— Exatamente, senhorita — disse Douglass, curvando-se numa mesura. — Ouvi o que disse há pouco sobre os disfarces.

Arabella fitou-o com atenção, esperando que ele continuasse. Algo naquele homem dava-lhe calafrios, mas ela estava curiosa, queria ouvir o que ele tinha a dizer a respeito daquela estranha relação com lorde Petre.

— Um mulher mascarada é como um prato tampado — prosseguiu Douglass. — Desperta a curiosidade e o apetite dos homens, ainda que, na ausência da tampa, venha a deixá-los de estômago embrulhado.

Arabella deu um passo atrás, perplexa com a crueldade do comentário.

— Vejo que tem as mulheres em baixa conta, senhor — respondeu.

— Pelo contrário, dou a elas inestimável valor — retrucou Douglass, encarquilhando os olhos num sorriso malicioso.

Arabella chegou a desejar que ele fosse embora. Mas não resistiu à vontade de ouvir mais sobe o barão.

— Somente às partes que lhe falam aos olhos, eu suponho — falou, determinada a não deixar que Douglass a desconcertasse.

— São exatamente *estas* que definem o valor — ele disse. — O valor do ouro, por exemplo, não é mais que o preço que se pode obter por ele. O mesmo se dá com as mulheres.

Arabella fez um esforço para rir e decidiu tentar um último argumento.

— Creio que o senhor não diria o mesmo sobre os homens — disse. — Por certo não julga os amigos, pelo menos estes, unicamente pela aparência. Há de procurar neles as qualidades mais profundas.

— Qualidades profundas não me interessam — respondeu Douglass. E, fitando Arabella diretamente nos olhos, emendou: — São as *ações*, e apenas elas, que definem um homem.

— No entanto muitas vezes as pessoas disfarçam seus verdadeiros motivos e reais intenções — ela devolveu. Assustada com a súbita seriedade de Douglass, desviou o olhar e procurou um meio de escapar da conversa.

Mas Douglass continuou a encará-la como se quisesse fazê-la ouvir com atenção.

— A senhorita está enganada — disse. — Quando um homem realmente tem algo a esconder, não comete a sandice de recorrer a disfarces. As mulheres são vaidosas, imaginam que podem penetrar os segredos de um homem exclusivamente por meio da intuição. Mas sempre se enganam.

— Bobagem! — exclamou Arabella, afastando-se. — Uma mulher arguta é capaz de apreender perfeitamente o real caráter de um homem.

Douglass deu de ombros e meneou a cabeça para um grupo de dançarinos que passava por perto. Lorde Petre encontrava-se entre eles, dançando com uma mulher esplendidamente vestida de nobre veneziana. Arabella virou o rosto de modo que Douglass não pudesse ver a decepção em seus olhos.

Alexander, por sua vez, ainda refletia sobre o encontro de lorde Petre com o desconhecido quando Jervas se juntou a ele, encarando-o com uma interrogação no olhar. Só então se deu conta de que o havia abandonado de modo um tanto abrupto.

— Que bom reencontrá-lo, Jervas — disse. E vendo o otomano passar com a veneziana entre os braços, perguntou: — Quem é esta que dança com lorde Petre? É muito elegante.

— Se fosse arriscar um palpite — respondeu Jervas —, eu diria que é Lady Mary Pierrepont. Vejo que Edward Wortley os observa com a mais absoluta atenção, tão enciumado quanto o mouro Otelo. Faz anos que tenta desposá-la, mas, pelo que sei, não consegue chegar a um acordo com o pai da moça quanto ao dote.

— Ah! Então esta é Mary Pierrepont! — disse Alexander. — Faz pleno jus ao retrato que você pintou!

— Inteligentíssima. Língua afiada. Uma das mulheres mais atrevidas de Londres.

— Suponho que possa tomar todas as liberdades que quiser — disse Alexander —, já que é protestante e filha de conde.

— E liberdades ela toma, disso você pode ter certeza. Ouvi Wortley dizer que Lady Pierrepont conhece todos os homens de prol desta cidade... alguns, até demais.

Alexander queria prosseguir nas perguntas, mas sua atenção foi capturada por nova e adorável visão. Entre os que dançavam a seu redor encontravam-se Martha e Teresa, de frente uma para a outra, ocupando lugares masculinos na gavota executada pela orquestra. Ambas se deleitavam com a novidade de se apresentar em público com roupas de homem. Teresa, como era de esperar, dançava bem melhor que a irmã: exibia especial talento para adaptar os trejeitos graciosos de uma dama aos passos viris de um cavalheiro. Martha, por outro lado, debatia-se com a espada: a cada rodopio ou meneio era fustigada pelas cordas do punho e se atrapalhava toda, lembrando um adolescente ainda verde nas artes de salão.

Todavia, absorta no prazer da dança propriamente dita, ela nem se dava conta de que era observada e exibia nos olhos a felicidade de uma menina alheia aos rigores da etiqueta. Alexander ficou de tal modo comovido com o espetáculo que ameaçou chorar lágrimas de afeto, mas teve de se conter, pois a dança já chegava ao fim. As irmãs trocaram mesuras, e Martha correu ao encontro dele. Teresa preparava-se para fazer o mesmo (e Alexander sentiu o coração palpitar neste momento) quando foi interpelada pelo dominó que pouco antes se revelara James Douglass. Parou para conversar com ele.

Alexander e Martha retiraram suas máscaras, pois já passava da meia-noite.

— Como vocês duas estavam lindas dançando, Patty — ele disse.

— Obrigada — disse Martha. — Estamos bastante animadas com nossa volta a Londres. Muito embora, na opinião de Teresa, eu não seja talhada para as diversões da metrópole.

— Ah, mas você não pode voltar para o campo agora. Quem rirá das minhas bobagens na sua ausência?

Martha sorriu e disse:

— Sei que você se encontrou com o Sr. Tonson alguns dias atrás. Ele gostou dos versos novos?

— Nem um pouco, sinto dizer. Mas teceu elogios ao meu "Ensaio Sobre a Crítica".

— É mesmo? Parabéns, Alexander! Eu sabia que ele seria admirado!

Teresa alcançou-os por fim, e Alexander recebeu-a com uma expressão de seriedade.

— Está especialmente alegre hoje — disse.

— Isso é um cumprimento, Alexander? — ela perguntou com displicência. — Seus elogios são de tal modo apagados que para mim seria um alívio ser enxovalhada logo de uma vez.

— Uma idéia interessante. Tomarei nota dela: a Srta. Blount não se importa de ser enxovalhada com elogios apagados.

Eles riram juntos, e Martha se sentiu excluída.

Teresa, indiferente aos sentimentos da irmã, exclamou:

— Quanta diversão nesta noite! A companhia não poderia ser melhor. Todos parecem tão felizes... Um único baile em Londres me deu mais prazer do que meses a fio no campo.

— Talvez porque os prazeres da cidade lhe sejam novos — arriscou Alexander, novamente sério.

— Discordo — ela retrucou sem titubear. — Arabella também está se divertindo à larga, e já está em Londres há muitos anos.

— A Srta. Arabella Fermor jamais seria pilhada com ares de enfado ainda que estivesse passando pelas três horas mais desagradáveis de sua vida.

Jervas juntou-se à conversa.

— Devo presumir então que você foi apresentado a ela? — perguntou.

— Não fui apresentado — respondeu Alexander —, mas tive chance de vê-la. O que decerto é o maior benefício de tê-la como amiga.

— Eu já não havia dito, Pope, que a Srta. Fermor é uma das criaturas mais lindas deste mundo? — exclamou Jervas, esquecendo-se por um instante da presença das irmãs Blount. — Ela resplandece tanto quanto o sol!

— Excelente comparação, Jervas — disse Alexander, ainda meio casmurro, desapontado que estava com o pouco-caso de Teresa. — Percebo na beleza da Srta. Fermor certa constância que de fato lembra a do sol. Os sorrisos não apresentam nenhuma diversidade; são como os raios solares: incidem sobre todos da mesma maneira.

— Está enganado, meu amigo. Sei que ela brilha muito mais quando está diante do barão Petre. — Jervas os tinha visto conversando mais cedo.

— Nesse caso — disse Alexander —, faz isso porque sabe que o barão é tolo o bastante para sair ao sol quando ele está a pino. Outros homens permaneceriam à sombra, receosos de uma insolação.

Capítulo 6

Mas quando à traquinagem os mortais se inclinam...

Como de hábito, lorde Petre sentia-se impaciente. Agastava-o ter de sorrir e conversar com mulheres cujos rostos não podia ver. Não se incomodara de dançar com Lady Mary, que era muito bonita, além de muito agradável. Embora a conhecesse desde muito, jamais sucumbira a uma atração mais séria — felizmente, pois a família dela era de Whigs protestantes, e a dele, de Tories católicos. Não conhecia mulher mais inteligente, e, sendo ele muito inteligente também, era de esperar que ficasse fascinado. No entanto lorde Petre não compartilhava o gosto de outros homens por mulheres intelectuais, por mais belas que fossem. Percebia em Lady Mary certa inquietação de espírito, um constante desejo de provocação que chegava a enfastiá-lo.

Refletia sobre isso apenas vagamente, com o único propósito de afastar da cabeça sua nova preocupação, Arabella Fermor. Desconcertava-se com a maneira cabal com que ela o havia cativado. Volta e meia se pilhava relembrando detalhes dos momentos que eles haviam passado juntos: o brilho do vestido folgado, a concentração com que ela havia colocado a máscara, a conversa sobre cervos e caçadas, o sorriso encantador.

Conhecia-a desde a infância, e já àquela época ouvia os comentários de que Arabella Fermor se desabrocharia numa linda mulher. Mas havia conhecido outras lindas mulheres no passado e sabia que a atração por Arabella era diferente: deixava-o fisicamente faminto. Perto dela, precisava conter o desejo urgente e avassalador de arrebatá-la e devorá-la assim como um predador faz à sua presa. Jamais havia passado por semelhante experiência. Sentia um misto de fúria e excitação, algo muito próximo do desespero. Entretanto não lhe restava outra coisa a fazer senão comportar-se com a devida elegância, trocando amenidades, afugentando da mente a imperiosa vontade de tomá-la nos braços.

Ele deixou o salão de baile e passou à sala de jogos. Parou diante de uma das mesas de baralho e ali ficou, observando. Na verdade não via nada. Ainda se ocupava inteiramente com as lembranças de Arabella: a pontinha da língua que roçava os dentes enquanto ela falava; as mechas que lhe caíam sobre o rosto, inocentes como as de uma criança, para depois serem conscientemente, sedutoramente recolhidas. Mesmo sabendo que era impossível, como ele queria subjugar aquele vulto sinuoso e quente, e esmagá-lo num vigoroso amplexo!

Petre lembrou a si mesmo de que deveria voltar ao salão. Tinha amigos ali, além de conhecidos da família. Precisava circular. Não podia mostrar qualquer excentricidade de comportamento, nada que chamasse a atenção para a sua conduta, especialmente levando-se em conta que o real motivo de sua presença no baile era o encontro marcado por Douglass para logo mais. Ele tateou os bolsos; as cédulas estavam lá.

Antes que pudesse sair, no entanto, percebeu que Sir George se encontrava a seu lado, volumoso e maçante, embora fosse um amigo digno de consideração. Debruçava-se sobre a mesa de jogo, respirando tão forte sobre um dos jogadores que fazia tremular os fios da peruca do homem. Lorde Petre teria rido não fosse a súbita lembrança de que Sir George era primo de Arabella. Em vez de rir, exalou mais um longo e apaixonado suspiro. À custa de certo esforço, falou:

— Como vai o senhor?

Sir George se empertigou de repente, por muito pouco não derrubando a peruca do outro.

— Magnificamente, magnificamente... — ele respondeu, bufando como sempre, levantando o rapé salpicado sobre o corpanzil. — Nunca estive melhor, meu caro. Este turbante... acredite, cai-lhe perfeitamente bem. Talvez eu devesse ter feito algo parecido com minha própria fantasia. Veja só quem vem ali! Meu amigo Dicconson, bem ali! Ei, senhor! William!

Dicconson era outro conhecido católico, recentemente casado com a filha de um baronete. Já havia visitado Ingatestone algumas vezes, à época em que o pai de lorde Petre ainda era vivo, mas Petre nunca havia gostado dele. A contragosto, Dicconson por fim atendeu ao chamado de Sir George e veio ter com ele.

— Minhas felicitações pelo casamento — disse Sir George, afável. — Lady Margaret é uma mulher encantadora.

Dicconson sacudiu os ombros com indiferença.

— Faz um mês que nos casamos — falou. — Mas o senhor provavelmente já ouviu dizer que ela tentou pular fora. Disse ao pai que eu me excedia na bebida. Quando ele veio falar comigo, olhei bem nos olhos dele e disse: "Senhor, sua filha se excede na putaria, e eu não me oponho." Ele riu, claro, sabia tão bem quanto eu que tudo era verdade, e engordou meus cofres com outros mil. Tudo continuou como estava, sem maiores amolações. Um belo arranjo, no fim das contas.

Dicconson não havia feito qualquer menção de cumprimentar lorde Petre ao se aproximar do grupo, mas de um segundo a outro virou-se para ele e, num tom acusatório, perguntou:

— E o *senhor*, milorde, quando pretende se casar? Há muitas moças aqui hoje, algumas até bem ricas.

Lorde Petre não disse nada, mas Dicconson prosseguiu infrene:

— Minha prima, por exemplo, a Srta. Catherine Walmesley. Sou o tutor dela, o senhor sabe. Os pais morreram no ano passado, não deixaram outros filhos. Ela deve estar com seus 15 anos, calculo. Mais devota do que Nossa Senhora. Quanto ao rosto... melhor não olhar muito se não quiser passar mal. Mas vale cinqüenta mil. Dunkenhalgh, a residência dela em Nottinghamshire, é tão escura que o senhor sequer teria o desgosto de enxergá-la. Deveria se casar com Catherine.

— No presente momento não penso em me casar — disse lorde Petre, dando-lhe as costas e saindo da sala. Sir George correu na esteira dele, as lapelas do casaco abanando contra a pança. Petre, mesmo sabendo que a ironia passaria despercebida pelo companheiro, comentou: — Uma família encantadora, os Dicconson. Especialmente o pai.

Sir George concordou.

A caminho do salão da ceia, eles passaram por uma série de pequenas câmaras à margem do salão principal. A porta de uma delas encontrava-se aberta, permitindo que lorde Petre e Sir George espiassem o que se passava no interior. Um casal fornicava no sofá, máscaras, sapatos e meias espalhados por toda parte sobre o chão. As saias da mulher se enfunavam em torno da cintura enquanto o amante a apertava num inebriado abraço; eles gemiam e resfolegavam sem o menor receio de que estivessem sendo observados. O que se via ali era um transbordo de alegria. Petre seguiu adiante, mas não conseguiu apagar da mente aquela confusão de coxas brancas, roupas emaranhadas e sorrisos extasiados.

Tudo isso trouxe de volta as emoções que ele havia sentido antes, mas agora acrescidas de outro componente: a autocensura.

O salão da ceia regurgitava de convivas. Ao fundo, uma rodinha de homens cercava de perto alguém que lorde Petre não podia ver, mas que, a julgar pela atitude deles, só podia ser uma mulher. E muito admirada. Curioso, ele se aproximou para ver quem era.

E quando viu descerrou um sorriso. Tratava-se de uma mulher alta, de cabelos escuros e brilhantes que lembravam as crinas de um cavalo, além de maçãs salientes que lhe conferiam um aspecto altivo e igualmente eqüino. Ela ouvia os homens com uma expressão distante, quase enfastiada, mas não mexia um músculo sequer. Embora usasse uma túnica de dominó, havia baixado o capuz, deixando que os ombros e o pescoço se emoldurassem pela luminosa seda preta. Carregava a máscara numa das mãos.

Lorde Petre seguiu em frente até se colocar diretamente na linha de visão dela, mas não foi visto de imediato, pois os admiradores, tagarelando feito garotos, formavam uma cerrada barreira em torno da admirada. Depois de um tempo, contudo, ela levantou os olhos e se deparou com lorde Petre. À guisa de cumprimento, inclinou a cabeça quase imperceptivelmente e, no lugar do sorriso, permitiu-se apenas um discreto latejar das narinas. Então, de moto próprio, como se cruzasse o caminho de um bando de pavões, atravessou placidamente a barricada de admiradores, afugentando-os. Sem lhes dar a menor atenção, seguiu adiante na nigérrima túnica, trazendo à luz as fitas dos sapatos. Lorde Petre cumprimentou-a com uma mesura.

— Lady Castlecomber.

— Lorde Petre.

Nesse instante, Petre viu Arabella entrar no salão. Ela também o viu e congelou à porta, vigilante.

Mas ele continuou a falar com o novo par.

— Como tem passado seu marido, lorde Castlecomber? — perguntou

Num gesto gracioso, Lady Castlecomber afastou do pescoço as dobras do capuz e disse:

— Está na Irlanda.

— Na Irlanda? — repetiu o barão, surpreso.

— Sim — ela disse sorrindo. — Ainda ficará um tempo por lá.

Lorde Petre podia sentir o olhar fixo de Arabella; era como se ela estivesse logo ali, às costas dele, próximo o bastante para fazê-lo sentir a respiração também. Mas o que lorde Petre sentiu foi o próprio peito arder em brasa diante daquele pensamento. Movido pelo desejo, renunciou à cautela e perguntou:

— Porventura Lady Castlecomber recebe visitantes na ausência dele?

— Só os que ela quer — ela respondeu, quase sussurrando. Lorde Petre deu um passo adiante e com o dorso da mão fez um carinho no pulso dela. Charlotte baixou os olhos, curiosa em saber para onde iam aqueles dedos.

— Conta me fazer uma visita, milorde? — ela perguntou.

— Se a senhora permitir... — ele respondeu. Charlotte sorriu novamente, e Petre se despediu com uma mesura, cuidando para não cruzar olhares com Arabella. Mal podia acreditar que tivesse marcado um encontro com outra mulher.

Lorde Petre freqüentava a cama de Charlotte havia muito, desde o casamento dela, e já havia encontrado o casal numa festa na cidade. Não eram amantes do ponto de vista sentimental; Petre suspeitava que ela jamais tivesse se apaixonado por alguém. Charlotte não era esse tipo de mulher, e por isso mesmo o encantava. Abria-lhe as pernas do mesmo modo que fazia todo o resto: pelo prazer do momento, sempre com abandono e perfeição.

Petre colheu uma taça de vinho no bufê, esvaziou-a de um só gole e a depôs com exagerada força.

Arabella, por sua vez, foi sentar-se ao lado de Sir George. Virou-se e sorriu para ele, esperando ouvir algo que a permitisse rir e inclinar a cabeça para o lado onde se encontrava o barão. No mínimo esperava que o primo a fitasse com admiração — e provasse a todos os possíveis espectadores que Arabella Fermor era irresistível, até mesmo para o rechonchudo Sir George Brown. No entanto, para sua decepção, lorde Petre afastou-se subitamente do bufê e deixou o salão.

Ela havia se desarmado por completo ao vê-lo flertando com Charlotte Bromleigh — agora Lady Castlecomber, lembrou-se Arabella, que a conhecia, ou ouvia falar dela, desde sempre. Os homens invariavelmente se deixavam encantar pela tal Charlotte, mas na opinião de Arabella a mulher mais parecia um cavalo. Mesmo assim, lorde Petre lhe havia acarinhado a mão, e em nenhum momento tentara fazer o mesmo com ela. Sequer a havia tirado para dançar.

Alexander percebeu a desatenção de Arabella e logo adivinhou o que se passava. De todas as observações que tivera a oportunidade de fazer ao longo da noite, essa era a que mais o interessava. Arabella Fermor aparentemente havia decidido conquistar o barão; era impensável que tivesse de buscar o apoio de tropas auxiliares, e muito menos o *daquele* primo.

Foi então que Teresa entrou na sala de braços dados com Douglass, um tanto trôpega, lançando olhares sedutores para o acompanhante. Eles se sentaram juntos, e, olhando de soslaio, Alexander podia ver os movimentos rápidos e entusiasmados que ela fazia ora com as mãos, ora com o rosto. Douglass a fitava como se tivesse a seu lado uma tentadora iguaria: ansiava por uma mordidinha, mesmo sabendo que corria o risco de passar mal depois. Do outro lado de Alexander, Martha conversava com Jervas.

Ainda corava em razão da dança, e os cabelos começavam a despencar em torno do pescoço. Com freqüência, Jervas buscava uma garrafa de vinho, enchia sua própria taça e a levantava diante de Martha, oferecendo-lhe um gole. E sempre que aceitava Martha olhava inconscientemente para Alexander.

Impaciente, ele ficou de pé e ameaçou sair. Deteve-se, no entanto, quando viu James Douglass levantar-se também, esboçar uma mesura e deixar o recinto às pressas.

Procurando esconder o rosto subitamente pálido, Teresa baixou a cabeça, alisou o casaco e pôs-se a desatar o nó apertado que havia dado na fita da máscara.

Alexander virou-se para Martha e Jervas e, em voz alta, disse:

— O Sr. Douglass certamente estava ansioso por ir embora.

Teresa, magoada e constrangida, percebeu o tom de triunfo na voz de Alexander e disse:

— É o jeito dele. Sempre faz isso. — Ela se referia ao encontro no Exchange, em que Douglass havia repentinamente abandonado lorde Petre.

Alexander estava prestes a responder quando algo lhe ocorreu. Passeando os olhos pelo salão, tentou localizar lorde Petre, mas não o encontrou. Ele não estava mais com Lady Castlecomber, que agora conversava com o urso dançarino junto do bufê. Tampouco estava com Arabella. Não, tinha saído. Pouco antes de Douglass. Tão abruptamente quanto o próprio Douglass, Alexander saiu também, evitando o olhar interrogativo de Jervas.

Atravessou o salão de baile, agora vazio e cavernoso. Apenas uma das orquestras tocava, as notas reverberando desconexas nos lambris. Apesar do lume fraco das poucas velas que ainda não haviam queimado por inteiro, Alexander pôde ver que o barão não estava ali. Quatro ou cinco dominós encapuzados vagavam na penumbra, compridos e escuros feito sombras.

Apertando o passo, ele desceu a escadaria até a calçada onde esperavam coches e cocheiros. Mais uma vez, nenhum sinal do turco. Embora não tivesse a menor idéia do que esperava encontrar, Alexander se viu tomado de um súbito medo. Levantou a hipótese de que Douglass tivesse encontrado Petre desprevenido e o atacado na escuridão. Receou então que tivesse o mesmo fim. Lembrando-se das advertências do pai, hesitou um instante. Mas, vencido pela curiosidade, foi em frente e contornou o prédio. Viu apenas algumas carruagens abandonadas pelos cocheiros no breu da noite. Enfastiados, os cavalos ora ciscavam o chão, ora vasculhavam o embornal, exalando o vapor das narinas no frio da madrugada. Mas nenhum ser humano por perto. Constatando que os homens haviam escapado, Alexander decidiu voltar para o salão.

A meio caminho, no entanto, viu de relance um clarão e se virou para ver o que era: uma lanterna havia sido apagada e agora alguém abria a porta de uma carruagem por dentro. Alexander ficou imóvel. Sabia que sua respiração podia ser ouvida ao longe; estava certo de que podia ser visto também, apesar da escuridão. Um longo momento se passou. Até que dois vultos desceram da carruagem, mascarados porém inconfundíveis: o dominó, com sua túnica sinistra, e o turco, de turbante. Alexander tremeu e cambaleou um pouco até recobrar o equilíbrio. Tinha certeza de que seria flagrado.

Mas a noite estava muito escura. Ele teve a impressão de que os homens caminhavam em direções opostas: a julgar pelo ruído dos passos, lorde Petre voltava para o salão, e Douglass seguia por uma ruela estreita. Alexander engoliu a seco e sentiu as pernas enfraquecerem. Esperou um minuto, depois outro, ouvindo a respiração curta e ofegante sob o peito trêmulo. Além dela, apenas silêncio. Por fim retomou seu caminho. E de repente viu o turco a poucos metros de distância, conversando com o lacaio, dando ordens ao cocheiro. Escondeu-se atrás das rodas de uma carruagem e, assim que pôde, subiu correndo a escadaria do prédio.

Indo embora do baile, lorde Petre não conseguia pensar em outra coisa que não fosse o encontro que acabara de ter com Douglass. Ficara abalado, empolgado, muito mais do que havia previsto.

— Muito obrigado, milorde — dissera Douglass ao receber as cédulas. — Chegaram bem a tempo. Ainda hoje vou me encontrar com nosso agente.

— Não foi fácil consegui-las.

Depois de certa hesitação, Douglass perguntou:

— Estão todas aqui?

— Creio que sim.

— Quando o rei subir ao trono, milorde saberá que cumpriu com sua parte. Poucos poderão dizer o mesmo.

— Poucos terão tido a oportunidade — devolveu Petre. — Muitos doaram a vida pela causa. Quanto a mim, não doei mais que algumas centenas de libras.

— Se formos bem-sucedidos nesta rebelião — disse Douglass —, podemos esperar por tempos muito difíceis à nossa frente.

— Nada em comparação ao que meus companheiros de fé já sofreram — argumentou Petre. — Você luta em nome dos Stuart, Douglass; e eu, em nome dos mártires católicos. Nosso sofrimento já se arrasta por duzentos anos. — Depois de uma pausa ele perguntou: — Foi com um agente que você se encontrou outro dia, no Exchange?

Douglass ficou confuso por um instante, mas depois respondeu:

— Ah. Trata-se de Dupont, um amigo. Mercadeja com um artigo tão precioso quanto o ébano, porém de serventia muito maior para boa parte dos ingleses.

Lorde Petre inicialmente não compreendeu. Do que Douglass poderia estar falando? Por fim, concluiu:

— É mercador de escravos, certo? Mas o que um homem desses pode ter a ver com nossa empresa? Que interesse poderíamos ter no tráfico de humanos ou na pessoa do traficante?

— Receio que em pelo menos um aspecto, milorde, nossa empresa e a de Dupont sejam idênticas — disse Douglass. — Como ele, estamos dispostos a pagar um ótimo preço pelo transporte seguro de nossa carga humana.

Eles permaneceram calados por um tempo.

— Milorde tem medo de prosseguir? — perguntou Douglass, afinal.

— Certamente que não — respondeu Petre.

— Fico aliviado, pois seu papel neste drama será ainda mais relevante e de heroísmo bem maior que o de Dupont ou o de qualquer outro. Milorde será nosso elo com a corte.

— A corte? — repetiu lorde Petre, rindo desabridamente. — Bem... você não poderia ter escolhido alguém que conheça melhor aquele mundo ou que o admire menos.

— Folgo em sabê-lo.

— Não há nada que você possa me pedir em relação àquele mundo de falsidade, hipocrisia e traição que eu não faça de ótimo grado.

— Nada mesmo, milorde?

— Nada, Douglass.

— E se eu dissesse que em nosso grupo há homens que desejam ver a rainha morta?

Petre respirou fundo. Por certo já havia imaginado que algo dessa natureza havia sido planejado. Como Jaime III poderia voltar a um trono ainda ocupado pela rainha Ana? Mesmo assim, não pôde deixar de se assustar com as palavras de Douglass. Presumira que a rainha seria deposta por meio da coerção diplomática.

— Mas a rainha é uma Stuart também! — protestou. — Além disso, não tem herdeiros.

— Mas está nas mãos de conselheiros que não apóiam a causa dos Stuart — disse Douglass com frieza.

Então era este o plano: assassinar a rainha antes que se decidisse quem a sucederia. Petre sucumbiu momentaneamente ao pânico. Não se julgava capaz de participar de semelhante trama. Por outro lado, aquela seria a primeira oportunidade real que ele teria para dar provas de sua determinação. Os protestantes haviam assassinado os católicos a sangue-frio. Tinham privado o trono inglês de seu legítimo herdeiro. Os tempos futuros se lembrariam dos jacobitas não como assassinos, mas como heróis, como homens honrados. Petre viu à sua frente o caminho do heroísmo, e com firmeza disse:

— Caso me convença de que tal manobra conduzirá ao resultado que almejamos, não haverá nada que eu não faça pela causa de Sua Majestade Jaime Stuart.

Em seguida ele abriu a porta da carruagem. Precipitou-se por uma fração de segundo. Um descuido, pois Douglass ainda contava as cédulas. Naquela noite, entretanto, não haveria ninguém por perto para observá-los. E mesmo que houvesse, ninguém poderia imaginar o motivo daquele encontro: as pessoas faziam o que bem entendiam nos bailes de máscaras.

Era nisso que pensava o barão quando subitamente ele chegou à residência de Lady Castlecomber.

Quando Alexander deixou o salão para seguir no encalço de Douglass e Petre, nenhuma das irmãs Blount deu muita atenção ao fato. Teresa juntou-se a Martha e Jervas logo após a saída de Douglass, e Jervas continuou a falar, virando-se ora para uma das moças, ora para outra, cobrindo a ambas de elogios e gracejos. Mas elas já haviam perdido o ânimo, encontravam-se murchas e caladas, desprovidas das energias da alegria.

Vendo que o salão se esvaziava, Teresa disse à irmã:

— Que tal chamarmos Arabella para irmos embora?

E Martha retrucou:

— Talvez o Sr. Jervas possa nos acompanhar até a carruagem.

Elas saíram à procura de Arabella, encontraram-na, e as três foram conduzidas por Jervas até a calçada.

Tão logo as viu partir, Jervas voltou ao salão em busca de Alexander, esperando que pelo menos ele estivesse disposto a espichar a noite.

Na carruagem, Arabella sacudiu o cobertor de pele para jogá-lo sobre as pernas das três. Mas, vendo que ele não era grande o suficiente, cobriu-se com todo conforto e deixou que as primas se apertassem rígidas de frio sob o quinhão restante. Depois de um tempo de silêncio, falou:

— Ouvi dizer que o pai de Lady Mary Pierrepont pensa em casá-la com Clotworthy Skeffington, herdeiro do visconde Massereene. Mas corre à boca pequena que Lady Mary disse ao pai que daria a mão ao fogo muito antes de dá-la a Skeffington.

— Pois *eu* ouvi dizer — emendou Teresa — que secretamente ela ficou noiva de Edward Wortley. Mas se levar esse noivado a cabo não herdará uma única moeda. Ao que parece, Wortley está perdidamente apaixonado... Mas você sabe que Lady Mary é herdeira de uma imensa fortuna, não sabe?

A carruagem passou por um buraco profundo, e elas foram impelidas para frente. Teresa, num gesto rápido, firmou as pernas para não cair. Sabia que se portava com elegância nas carruagens, feito uma amazona com total domínio sobre a montaria: muito melhor que Arabella, que agora pelejava por se reacomodar no banco.

— Só mesmo Edward Wortley para se julgar merecedor de tamanho sacrifício — ela acrescentou. — Um sujeito emproado, presunçoso...

— O tipo de homem por quem as mulheres feito Mary Pierrepont se deixam fascinar — disse Arabella, já refeita do susto. — Desprovido de qualquer encanto, malvestido... até a peruca é malcuidada. Além disso, está sempre alardeando a vilania dos Tories e a nobreza dos Whigs como se isso fosse uma verdade universal com a qual devêssemos todos concordar. Não tem um repertório de salão, não sabe falar de amenidades, nunca cumprimenta as mulheres pelo vestido e tampouco se oferece para nos buscar um refresco. Em suma, é o tipo de homem brilhante que vê no próprio brilhantismo a redenção de todas as suas falhas. E muito provavelmente Mary Pierrepont é de tal modo convicta de suas próprias qualidades que se permite acreditar nele.

— Seguramente ela sabe que não é tão fácil assim abrir mão de uma vida de riqueza e luxo — interveio Martha, já cansada dos mexericos das outras duas —, ao contrário do que ela espalha aos quatro ventos. Suponho que não se casará com Wortley quando for chegada a hora.

Teresa virou-se para ela e com toda segurança afirmou:

— Pois se *eu* estivesse prometida a Clotworthy Skeffington, veria no segundo filho de um lacaio um prêmio muito mais cobiçável.

— Wortley tem lá os seus encantos — retrucou Martha sem hesitar. — Por certo irá para algum canto do mundo como embaixador inglês, caso um dia os Whigs voltem ao poder. Para a França, para a Alemanha... quem sabe até para a Turquia, o que seria uma novidade até para Lady Mary. Tenho certeza de que ela leva isso em conta quando pensa num futuro com ele.

Faltava pouco para a casa das Blount, e àquela altura as três moças já estavam inquietas, incessantemente reclamando do cansaço, do sono e do frio. Quando por fim chegaram, Arabella despediu-se das primas sem o menor entusiasmo, mal olhando para elas, preferindo reacomodar o cobertor sobre o corpo enregelado.

E assim que entrou na própria casa, tremendo e bocejando, entregou a capa a um criado sonolento e subiu as escadas apressadamente. Decidiu que não chamaria Betty, pois queria evitar as perguntas que ela sempre fazia quando era acordada no meio da noite. Entrando no quarto, deparou-se com o cãozinho Shock dormindo no cesto ao lado da cama, e também com o fogo que ardia na lareira, brando porém cortês, como um amigo fiel que tivesse esperado semi-acordado pela volta dela. Todavia, em vez de apaziguá-la, esse cenário doméstico serviu apenas para reavivar a determinação que havia sido amainada pela visão de lorde Petre afagando a mão de Lady Castlecomber.

Eles haviam falado com visível intimidade, ainda que por pouco tempo. Arabella levara um choque, mas um choque acompanhado de uma inesperada reação. Além da angústia do ciúme e do orgulho ferido, ela havia sentido uma ilícita admiração pelo comportamento deles: desejara ser capaz de agir da mesma forma; ter o mesmo desdém pela etiqueta, a mesma sofisticação, a mesma informalidade que lhes denunciava o convívio de longa data. Charlotte Bromleigh era a filha mais velha de uma abastada família católica, mas o pai dela, cuja filiação a Roma não ia muito além de suas ambições mundanas, havia decidido afastar a filha do pequeno e fechado círculo de pretendentes carolas ao qual todos pensavam que ela pertencia. Providenciara a união de Charlotte com o protestante lorde Castlecomber, herdeiro recente de um título de nobreza e ávido de recursos para restaurar seu castelo. Lorde Castlecomber, que ligava pouca ou nenhuma importância aos ditames da religião, recebera de bom grado a oportunidade de se casar com a filha, rica e bonita, de uma das famílias mais antigas da Inglaterra. E foi assim que Charlotte Bromleigh se tornou a esposa de um nobre.

Arabella gostava de se acreditar impermeável ao ciúme, mas agora reconhecia a inveja que tinha de Lady Castlecomber. Em parte invejava a segurança que o casamento lhe havia dado, a tranqüilidade de saber que, uma vez casada com um nobre, tanto a fortuna quanto a posição social estavam asseguradas. Mais que isso, no entanto, invejava o fato de que lorde Petre a havia tocado. A intimidade do relacionamento deles era evidente. Assistindo àquela cena no baile, Arabella instantaneamente soube que queria o mesmo para si.

Mas Lady Castlecomber era casada e Arabella, não. Uma mulher solteira e sem berço nobre não dispunha de nenhuma liberdade efetiva. O que ela poderia fazer para se tornar uma candidata possível ao posto de baronesa de Ingatestone? Ainda menina conhecera a mãe de Robert, uma mulher fria e obstinada, mas que à época a tratara com toda cordialidade. Agora, contudo, a situação era bem outra: ela seria implacável na defesa da posição da família, jamais se deixaria dobrar por sentimentalismos a ponto de permitir o casamento do filho com alguém que não dispusesse de, no mínimo, dez mil libras.

Por outro lado, pensou Arabella, lorde Petre era maior de idade e podia muito bem afrontar a família, casando-se com quem bem entendesse. Mas logo ela murchou novamente. Vira com os próprios olhos que lorde Petre já tinha acesso a todos os prazeres e gratificações. O que poderia levá-lo a se casar com Arabella Fermor?

Lorde Petre gostou de sentir Charlotte Bromleigh mordendo-lhe o ombro quando chegou ao orgasmo. Embora não tivesse ouvido uma profusão de gemidos, sentiu nas mãos, plantadas nas coxas dela, o tremor dos músculos daquelas pernas que o prendiam pelo torso. A cintura ainda estava quente em razão do espartilho de rendas. Erguendo-se na cama, ele jorrou no abdômen dela.

Charlotte riu e disse:

— Se meu marido estivesse na cidade, você poderia ter se esvaziado dentro de mim. Eu preferiria que o título fosse passado a um filho seu, e não dele. Mas aquele homem é um cão esperto, desconfiado. Seguramente descobriria tudo.

— Ah, gosto da sua barriga do mesmo jeito — respondeu Petre. — Se fôssemos mudar as coisas agora, eu ficaria com saudades dos velhos tempos. — Ele despejou o próprio corpo sobre o dela e assim ficou por alguns minutos. Quando enfim percebeu que estava a ponto de sufocá-la, rolou para o lado com um sorriso nos lábios.

— E da minha boca, você gosta também? — ela perguntou, dando continuidade à conversa de antes.

Petre beijou-a calorosamente.

— Gosto muito — sussurrou em seguida, e beijou-a de novo.

Desvencilhando-se do abraço, Charlotte deslizou até a parte inferior da cama e por pouco não enlouqueceu Petre quando colocou a mão, e depois os lábios, em torno do membro dele.

"Mas é disso que eu gosto mais", pensou o barão, devolvendo o olhar fixo dela.

Em seguida eles permaneceram na cama, Charlotte deitada de costas, e Petre a seu lado, passeando os dedos pelo nariz dela, pelas pálpebras, pelas bochechas... De repente ele disse:

— Não acredito que você deteste seu marido tanto quanto afirma.

Surpresa com o comentário, ela ergueu o tronco, apoiou-se nos cotovelos e com absoluta naturalidade retrucou:

— Não detesto meu marido. Sou indiferente a ele. Claro, quando nos deitamos, fico com medo de pegar alguma doença das putas que ele costuma freqüentar. Fora isso, não me importo com o casamento. Jamais tive a esperança de me casar com alguém tão luminoso quanto você — ela arrematou, buscando o olhar do barão.

Petre olhou para Charlotte e tentou vislumbrar-se casado com ela. Eles teriam uma relação fácil, pensou, embora soubesse que a facilidade da relação atual se devia sobretudo à ausência de um ardente desejo por parte de ambos. Tratava-se de uma relação ilícita, e portanto deliciosa, mas ele jamais havia se sentido vítima de uma tentação irrefreável, e tampouco se via arrebatado por nenhuma espécie de êxtase quando estava com ela.

— Creio que seria um casamento bastante prazeroso — disse, por fim. — Penso que não vou suportar nenhuma das mulheres escolhidas por minha família. O que acha que devo fazer, Charlotte?

Ela puxou os cabelos para trás e abriu um sorriso sincero.

— Exatamente aquilo que todos nós esperamos — respondeu. — Case-se com a mulher escolhida por sua família e vá buscar seus prazeres alhures. Trata-se de um excelente sistema, Robert, já em vigor por muitos séculos, e com todo sucesso.

— Mas... e se eu quiser encontrar meus prazeres no casamento?

Ela riu e disse:

— Então deve esperar por uma existência bem menos prazerosa do que esta à qual já se acostumou. Mas não estou reconhecendo você, Robert. Aos ouvidos de uma mulher, parece que está apaixonado. Será esse o caso?

— Eu seria um tolo se me deixasse apaixonar por alguém, como você bem sabe — disse Petre depois de uma breve pausa.

Mas Charlotte retrucou de pronto:

— Sei muito bem que você não é um tolo; por outro lado, não pude deixar de notar os olhares abobalhados que você lançava para a tal pastora no baile desta noite. Por que ela carregava um arco afinal?

— Não era uma pastora — disse Petre, confirmando a observação dela. — Era Diana, deusa da castidade.

— Então sugiro que atente para o importante significado desta fantasia — devolveu Charlotte —, pois estou quase certa de que era Arabella Fermor quem estava do outro lado daquela máscara. Uma mulher que merece todo o seu respeito.

Ouvindo isso, Petre ergueu-se também e olhou para Charlotte com espanto.

— Não esperava que você tomasse o partido dela neste caso — disse.

— Tomo o partido da Srta. Fermor porque vejo nas circunstâncias dela um reflexo do que poderiam ter sido as minhas próprias — ela respondeu; até então não havia falado com tamanha seriedade. — Arabella não tem o arrimo de uma grande fortuna, nem de um berço nobre.

— Que nada — ele respondeu sem hesitar. — Arabella sabe se cuidar perfeitamente bem. Quanto a isso não preciso me preocupar.

Charlotte franziu o cenho, e Petre anteviu uma discussão. Mas depois ela serenou as feições, sacudiu os ombros e disse:

— Para preservar nosso bom humor, vou conceder que você esteja certo. Seja como for, a beleza e os modos recatados de Arabella bastam para afugentar qualquer pretendente menos obstinado.

— Apesar desse seu jeito esfuziante e irreverente, Charlotte — ele observou —, você é bastante sensata. Lorde Castlecomber é afortunado por ter como esposa uma mulher tão sábia.

— Não se esqueça de que também sou afortunada por tê-lo como marido — ela emendou, séria. — Eu não poderia receber você na minha cama se não fosse casada. Teria de me dedicar inteiramente à defesa da minha reputação.

Petre esparramou-se novamente, passou o braço em torno da cintura de Charlotte e beijou-a no flanco da coxa.

— Você nunca estará a salvo dos ataques, minha cara — disse em seguida. — Este rosto, estes peitos, estas pernas... são tentações às quais nenhum homem é capaz de resistir.

Ela descruzou as pernas e se recostou também, oferecendo o rosto para ser beijada.

— Ponha sua mão na minha cona, Rob — falou. — Quero que me faça vir outra vez. — Ele deslizou os dedos até a virilha dela e ouviu-a sussurrar: — Viu? Está toda molhada, esperando por você.

Capítulo 7

E paixões secretas lhe obravam no peito.

Nos dias que se seguiram ao baile de máscaras, as geadas cessaram e deram lugar a um verdadeiro dilúvio.

Jervas descia do quarto para tomar o desjejum, amarrando a faixa do roupão, arrastando os chinelos nos degraus da escadaria. Podia ouvir o jato d'água que açoitava o calçamento ao despencar da calha, mas estava determinado a sair de casa e a não deixar que a chuva lhe abalasse o ânimo. Assim que alcançou o sopé, ouviu ruídos na sala de visitas. Espiou e viu que Alexander já se encontrava lá, debruçado sobre um livro com uma pilha de papéis na mesa ao lado. Eram apenas nove e meia. Deparar-se com o hóspede já de pé fez com que ele se sentisse um tanto preguiçoso.

Alexander levantou os olhos ao perceber a presença do anfitrião, mas não disse nada. Jervas caminhou até a esplêndida lareira, atiçou as brasas e deu as costas para o fogo, cruzando as mãos atrás de si. Observando Alexander, espantou-se que, apesar da saúde frágil, ele fosse capaz de ficar tão obstinadamente parado num único lugar, lendo seu Homero linha por linha, raramente consultando o dicionário a seu lado. Deu-se conta de que ele não havia sorrido ao vê-lo chegar. Não era possível que ainda o censurasse pelo episódio de Martha Blount e do vinho. Dois dias inteiros já haviam passado.

Alexander de fato vinha se comportando de maneira reservada com Jervas desde o baile, irritado com a excessiva desenvoltura e o humor sempre afável do anfitrião. Tudo isso fazia com que ele se sentisse ainda mais deslocado do que naturalmente já se sentia, envergonhado do afinco que dedicava à consecução de suas ambições mais prementes. Jervas jamais saberia o que era depender da generosidade dos amigos. Pensando nisso, Alexander recriminou-se de imediato: não fosse a generosidade do amigo, ele sequer estaria ali naquele momento. No entanto não pudera conter o impulso de espezinhá-lo com uma ostensiva demonstração de sua própria diligência e disciplina. Ouvindo-o descer a escada, baixara os olhos para o livro e redobrara a concentração, feliz com a oportunidade de ser pilhado já de pé e trabalhando. Pousara os pés no banquinho à sua frente e ficara ali, esperando que o anfitrião surgisse à porta. E por fim chegara Jervas, sorrindo como sempre. O mesmo sorriso que repetidas vezes ele havia descerrado para Martha enquanto despejava vinho na taça dela. Alexander não se importava com os galanteios de Jervas, tampouco com as gabolices que ele contava sobre os gracejos dispensados às criadas dos amigos ou às taberneiras. Martha Blount, no entanto, era outra história. Como ela poderia saber que Jervas tinha aquele hábito de flertar com as mulheres sem jamais se apaixonar? E se ela acabasse se afeiçoando a ele apenas para descobrir que não era correspondida?

Alexander assoou o nariz com estrépito. Acordara com uma terrível gripe na manhã seguinte ao baile e agora supunha que ela não sumiria tão cedo. Como Jervas havia sido rude naquela madrugada do baile, quando ele, Alexander, insistira em ir embora! Na carruagem, amuara-se num canto feito uma criança mimada, muito embora o salão já estivesse quase vazio. Alexander não fizera o menor esforço para reanimá-lo; em vez disso, aproveitara o momento de paz para refletir sobre o que tinha visto na calçada. Douglass e Petre haviam se encontrado às claras, no Pontack's, menos de uma semana antes: que motivo teriam então para se encontrar furtivamente na calada da noite? Uma coisa não batia com a outra.

Alexander e Jervas foram despertados de suas respectivas reflexões pelo tilintar das xícaras e do bule de chocolate que o criado colocava à mesa na sala adjacente. Jervas suspirou aliviado, as costas já esquentadas pelo fogo. Novamente olhou para o hóspede, derreado na cadeira, debruçado sobre o livro. Viu então que até mesmo Alexander era capaz de fraquejar: o indicador dele havia empacado numa das linhas do texto.

— Aha! — exclamou Jervas, irrompendo num sorriso. — Eu *sabia* que você não estava tão concentrado quanto parecia! Admita, Alexander: apesar de todas as virtudes, Homero é uma grande maçada!

Levantando os olhos, Alexander viu que Jervas o observava feito um enorme e faminto texugo, batendo as patas nas laterais do roupão. A contragosto, riu e pôs o livro de lado.

— Pode ser que sim — concedeu. — Mas o prazer de já tê-lo lido é tão grande que a leitura pode ser encarada como um mal necessário.

Só então os dois amigos passaram à sala onde havia sido servido o desjejum.

— Os males necessários você os conhece de perto, Alexander — continuou Jervas. — Tem mais prática com a força moral do que muitos homens que conheço com o dobro da sua idade. —

Ele se jogou numa das cadeiras, tirou uma rosca quente do prato coberto e passou-o a Alexander. — Faz tanto tempo que você peleja com a saúde, mas nunca perde a paciência. Por acaso não teme os efeitos de uma doença tão prolongada?

Alexander sorriu e disse:

— Uma enxaqueca, uma febre, uma dor nas costas... ora insuportáveis, ora quase imperceptíveis. Esses sintomas não passam de demonstrações externas de uma doença prolongada que todos nós suportamos com paciência: uma doença que atende pelo nome de *vida*.

— Uma excelente maneira de ver as coisas, Pope — observou Jervas, afável. — A leitura lhe proporciona um jeito apurado de se expressar. De minha parte, estou sempre tropeçando: aqui e ali encontro as palavras certas, mas em geral não me lembro muito bem do que acabei de ler. — Ele levantou-se e foi até a sala, de onde berrou: — Falando em leituras, lembrei-me de um artigo que queria muito lhe mostrar. — Jervas voltou à mesa brandindo um exemplar da *Tatler*. — Guardei para você — disse. — É muito divertido: uma sátira sobre as anáguas de arco. Joseph Addison a escreveu como se fosse um juiz, decretando sua sentença sobre o despropósito dessa peça de vestuário.

— Conheço bem o artigo — disse Alexander. — É um ensaio famoso.

— Mas certamente não se lembra dos detalhes. Notou a licenciosidade do texto? Ouça isto: "e sem demora...", vou pular alguns trechos, "e sem demora a Anágua foi introduzida na Corte. Ordenei que o Engenho fosse colocado sobre a Mesa, e dilatado de tal modo que a Peça mostrasse sua máxima Circunferência; no entanto meu amplo Tribunal não se revelou amplo o bastante para o Experimento..." Não é cômico, Pope? Addison está fazendo troça com as partes íntimas femininas!

— Eu sei, Jervas — disse Alexander. — É muito engraçado, sim.

— Você deveria escrever no mesmo estilo.

— O Sr. Addison tem um jeito tão leve de pensar as coisas que essa leveza acaba se refletindo na sua prosa. Mas o estilo não é o meu.

— Hoje você está um cão azedo, Alexander — reclamou Jervas. — Não vou descansar até reanimá-lo. Há uma nota no *Daily Courant* sobre o baile de terça-feira. Uma noite esplêndida, de genuína alegria, não acha?

Alexander surpreendeu-se ao constatar que Jervas já havia esquecido os dissabores daquela madrugada. Quando ele, Alexander, se irritava com alguém, permanecia irritado até que o assunto fosse inteiramente esclarecido entre as partes. Mas respondeu a Jervas dizendo:

— De fato me diverti bastante. Sobretudo com James Douglass. O que você sabe acerca dele?

— De Douglass? Muito pouco. Conheci-o na escola; era um dos meninos mais espertos, mais inteligentes do lugar. Fez sua fortuna infantil desenhando círculos na terra: os outros meninos ficavam loucos para jogar gude dentro deles. E depois bolou um plano para a compra de doces na cidade: organizou uma espécie de serviço de estafeta. Na época era tudo uma grande pândega. Ele morou fora por muitos anos. Na França, nas Índias Ocidentais... Só Deus sabe onde mais.

— A amizade dele com lorde Petre parece bem improvável, não acha?

— Na verdade, não — respondeu Jervas. — Sou capaz de apostar que Petre precisa de Douglass em algum negócio importante. Um investimento conjunto no mercado de títulos, talvez. Douglass sempre anda pelo Exchange. Mas espero que não se deixe enganar pela afabilidade de Petre. Esses nobres são sempre muito simpáticos, mas nunca se esquecem de que você não é um deles.

— Minha impressão é que Douglass sabe muito bem cuidar de si mesmo.

— Nisso você tem toda razão, Pope.

Jervas voltou para o jornal.

— Outra fuga de escravos em Londres — ele anunciou, lendo da seção de avisos públicos. — "Uma escrava negra, com seus 16 anos, pintalgada de cicatrizes de varíola, fluente no inglês, lóbulo esquerdo arrancado por um cachorro." Os negros nunca vão muito longe; alguém sempre os encontra a tempo. Por isso as recompensas são tão módicas. — Ele levantou a xícara, mas, impaciente, sequer a levou à boca. — Por onde andará Hill com nosso chocolate? Dispensei Andrew e a irmã por uns dias, porque o pai deles faleceu na sexta... mas aparentemente a casa está acéfala! — Ele se levantou de repente. — E esta chuva, não vai parar nunca? Não suporto chuva! — exclamou, e saiu à procura do mordomo. — O tempo já abriu novamente! — ele anunciou dali a pouco, ainda no corredor.

Olhando pela janela, Alexander constatou que a chuva havia dado uma pequena trégua, mas o céu ainda se encontrava encoberto e pesado. Um vento soprava forte na rua, revirando as placas suspensas e fazendo com que as telhas soltas chocalhassem violentamente.

— Quero dar uma caminhada antes de passar na confeitaria ao meio-dia — arrematou Jervas. — Hill, meu casaco de lã e o guarda-chuva, por favor. Em poucos minutos estarei pronto.

Sequer fazia meia hora que Jervas havia saído quando o céu clareou novamente, e os pobres pedestres se viram obrigados a chapinhar na sujeira acumulada nas ruas, ainda encharcadas pelo último aguaceiro. Da janela de casa, Alexander viu quando um varredor, com lama até as canelas, finalmente encontrou o que entupia o bueiro: o cadáver putrefato de um gato, que foi imediatamente arremessado para um canto da rua. Por fim Jervas surgiu na esquina, o casaco ensopado, a peruca murcha e tombando para o lado, as meias inteiramente enlameadas.

— Santo Deus! — ele exclamou ao entrar. — Nunca vi nada igual! Um bêbado vomitou sobre nossa cidade e, não satisfeito, mijou sobre todos nós. As enxurradas de esgoto estão alcançando as canelas. Sou capaz de jurar que pisei na bosta de um cachorro quando atravessei a Albermarle.

— Jervas, você está com lama até no avesso da gravata! — disse Alexander, observando o amigo se aliviar do sobretudo.

— Um casquilho desmiolado, na vã tentativa de salvar os sapatos, acertou-me com a ponta da bengala imunda que ele apertava sob o delicado bracinho. Foi sujeira para todos os lados, até nas minhas costas!

Depois de retirar as roupas molhadas, Jervas subiu ao quarto, resmungando sem parar. Alexander subiu atrás dele, acompanhado do lacaio Hill. Eles seguiram direto para o *boudoir*, um cômodo aconchegante onde Jervas se sentava para ler quando queria se isolar dos criados e dos hóspedes. A pequena coleção de pinturas eróticas ainda se encontrava lá; Alexander, que já a tinha visto na última visita, mais uma vez se perguntou onde Jervas poderia ter comprado aquelas telas e imaginou com sarcasmo o rebuliço que causaria em Binfield caso resolvesse pendurar semelhante coleção na parede de seu próprio quarto.

— Aquela confeitaria, a Will's, não é nada se comparada ao que já foi — disse Jervas, dando as costas para Alexander enquanto se debatia com a peruca diante do espelho. — O café aparentemente é coado com as águas do Estige; até Belzebu se recusa a beber. Sugiro que passemos primeiro na White's, onde podemos tomar uma xícara sem nenhum medo de esticar as canelas.

Enquanto Jervas e Alexander se preparavam para sair, Arabella se esparramava languidamente numa das poltronas de seu próprio quarto. Já havia recebido a cota de *billets doux* daquela manhã, enviados por homens que costumavam escrever para todas as mulheres indistintamente, na esperança de que uma delas mordesse a isca. De modo geral, Arabella os encarava como uma lisonjeira distração do real propósito de encontrar para si mesma um pretendente, mas dessa vez leu nas entrelinhas algo quase maldoso: alusões zombeteiras à sua condição de solteira.

Pela centésima vez relembrou a conversa que havia tido com lorde Petre. Uma conversa interessante porém breve demais, da qual ela não havia tirado nenhuma informação essencial. Cogitou arquitetar um encontro reservado entre eles, mas por fim desistiu, dando-se conta de que tal manobra teria por único efeito ridicularizá-la. Remoía essas idéias quando a porta do quarto se abriu, e Betty entrou com uma carta na mão.

Arabella imediatamente reconheceu o brasão sobre o selo e sentiu o coração palpitar. Betty fitou-a com curiosidade, naturalmente esperando que a carta fosse aberta ali mesmo. Mas Arabella já havia resolvido que não dividiria seus sentimentos com ninguém. Sobranceira, levantou-se da poltrona e deu as costas à criada, instruindo-a para deixar o envelope sobre a cômoda e ajudá-la com os arranjos finais do penteado. Isso feito, pediu-lhe que levasse o cãozinho Shock para um passeio no interior da casa, recomendando que tomasse especial cuidado com a escada. Esperou que Betty saísse e só então abriu a carta, com mais voracidade do que havia demonstrado em qualquer outra tarefa ao longo dos últimos dois dias.

"Cara Srta. Fermor", lia-se no alto da página. Depois de relembrar o encontro de ambos no Exchange e tecer elogios à extraordinária beleza de Arabella, Petre lamentou que ela não tivesse adornado qualquer outro espaço público desde o baile de máscaras, mas manifestou o desejo de revê-la na noite seguinte, na estréia da nova ópera do Sr. Handel no Queen's Theatre de Haymarket. E, sem nenhum floreio adicional, concluiu com alguns versos de Rochester.

Com a chegada da missiva de lorde Petre, o panorama social e sentimental de Arabella mudou radicalmente. Ela havia sido convidada para o *Rinaldo* do Sr. Handel por Martha e Teresa, que iriam na companhia da tia enfadonha e do intolerável amigo Henry Moore. Planejara recusar o convite. Mas de repente pôs de lado os aborrecimentos dos últimos dias e se viu tomada de entusiasmo e ansiedade. Pela primeira vez na vida, contudo, ficou insegura quanto ao que era esperado dela: estava prestes a abraçar uma situação inteiramente nova e não sabia ao certo como se comportar. O que resultava numa deliciosa sensação de inquietude.

Arabella não suportaria continuar em casa, mas havia pouco que pudesse fazer. Poderia comprar algo novo para usar quando o visse, mas talvez não causasse a impressão desejada. Poderia se preparar para o encontro na ópera e ainda assim ser tomada de surpresa. Ela não conseguia se aquietar. Depois de um instante, tocou a sineta e foi logo dizendo quando Betty entrou:

— Não tenho mais nenhum par de meias! Vou sair às compras assim que a chuva parar.

Betty sabia muito bem que a Srta. Fermor tinha uma inesgotável provisão de meias; afinal, na semana anterior ela própria havia surrupiado um dos melhores pares da ama para usar na taberna e no teatro. Mas era esperta o bastante para não corrigi-la nas questões de vestuário.

Arabella havia planejado passar o dia inteiro em casa, recebendo a visita de velhos amigos da mãe, e para tanto escolhera o vestido azul-claro que agora usava, pouco apropriado para sair às ruas num dia chuvoso. Mesmo assim decidiu não trocar de roupa;

agora lhe parecia de suma importância estar impecavelmente vestida sempre que fosse vista em público. Pediu a Betty que lhe trouxesse o regalo e a capa nova de lã *frisée*. Sabia que se tratava de uma péssima escolha, pois as felpas ficariam arruinadas em caso de chuva. Mas a peça era nova, caía-lhe muito bem, e portanto representava uma tentação irresistível para o recente entusiasmo que lhe invadira o espírito.

Depois de receber a sombrinha das mãos do criado que lhe abrira a porta de casa, Arabella preparou-se para descer à rua e constatou desolada que as pedras do calçamento se escondiam sob uma espessa camada de lama. Agora teria de trocar os sapatos por um par de tamancos, mesmo sabendo que as solas de madeira a fariam parecer um cavalo ao andar. Mas achou que dificilmente encontraria algum conhecido nas ruas de St. James's naquela manhã. Manteria a capa de lã mesmo assim, apenas por precaução.

Quando por fim chegou a Piccadilly, já bem menos apresentável, ela abriu a porta da loja de meias e imediatamente avistou Lady Castlecomber, que havia chegado pouco antes, acompanhada de dois lacaios: um para segurar a sombrinha, o outro para levantar as saias do chão. Assim como Arabella, ela usava uma capa de lã *frisée*, porém impecavelmente seca. Arabella olhou para os lados desesperada, tentando encontrar um meio de evitá-la. Chegou a desejar que Lady Castlecomber não se lembrasse dela, o que não era de todo impossível, mas depois concluiu que isso seria um desfecho ainda mais humilhante para os acontecimentos. Então procurou se acalmar. Não tinha nada a temer. Se alguém deveria se afligir com aquele encontro, esse alguém só poderia ser Charlotte: o que aconteceria se, movida pelo rancor, Arabella contasse a lorde Castlecomber sobre o *affaire* com lorde Petre? Sorrindo, ela se virou e cumprimentou a rival.

— Bom dia, Srta. Fermor — respondeu Lady Castlecomber. — Que linda a sua capa! *Pena* que tenha se molhado. Nada pior que este tipo de lã num dia de chuva, embora eu também não tenha resistido. Porventura está indo para a *levée*[5] de Lady Salisbury? Se estiver, faço questão de que vá em minha carruagem.

— Infelizmente não trouxe outros sapatos além dos que estou usando — disse Arabella. — Portanto, só me resta agradecer seu amável convite. — Ela virou o rosto para que Charlotte não percebesse seu desconforto. Não havia sido convidada para a recepção, e sabia que os Salisbury eram amigos de lorde Petre. Vira-o conversando com Lady Salisbury no baile de máscaras.

— Tive inveja dos seus tamancos assim que os notei — devolveu Lady Castlecomber, simpática. — São a única coisa possível de se usar num dia como este!

Rapidamente olhando para os pés de Lady Castlecomber, Arabella viu que ela usava sapatos de couro e salto, tão imaculados quanto a capa de lã. Em seguida mordeu o lábio, recriminando o olhar fixo que Betty lançava da porta, curiosa que estava para saber o que deixara a ama tão constrangida.

Por fim, seguiu rumo ao balcão onde se encontravam as meias mais caras, mas se deteve a meio caminho, achando por bem esperar pela saída de Lady Castlecomber. Sentia-se uma tola ao examinar os produtos daquela forma, a esmo, como se não soubesse o que queria comprar. Por outro lado, jamais deveria ser vista fazendo uma compra extravagante na véspera de um evento em princípio tão bobo quanto a estréia de uma ópera: daria a impressão de que visava às atenções de um cavalheiro qualquer.

Lady Castlecomber enfim se despediu e foi embora.

---

[5]*Levée*: recepção matinal, geralmente em casa nobre ou real. (*N. do T.*)

A chuva já havia se transformado em chuvisco quando, depois de alguns minutos, Arabella e Betty saíram da loja com o pacote de meias novas. Não tinham caminhado mais que uns dez metros quando Charles Luxton, o modesto herdeiro com quem Arabella havia dançado no baile, passou de carruagem pela Piccadilly. Vendo-a, Luxton parou, desceu à rua sob a chuva e ofereceu a mão para que Arabella subisse. Em seguida, acomodou Betty no banco de trás e entrou também, declarando que levaria a Srta. Fermor de volta para casa em toda segurança.

Assim que fechou a porta, inclinou-se para Arabella e, vermelho de ansiedade, encantado em revê-la, disse que precisava confidenciar-lhe algo. Exaurida pelas atribulações da manhã, já sentindo nas têmporas o prenúncio da enxaqueca que estava por vir, Arabella recuou e deu com as costas na lateral do coche. Não havia contado com aquilo. Sequer chegara a pensar em Charles Luxton como um pretendente, muito menos como um homem capaz de se declarar. Dançara com ele apenas uma vez no baile e, antes disso, passara meses inteiros sem vê-lo. Não suportaria receber uma inflamada declaração de amor minutos depois de ter sido lembrada da intimidade de lorde Petre com Charlotte Castlecomber. Mas Charles não se deteve. Gaguejando ligeiramente, lutando contra a timidez, inclinou-se ainda mais e contou a Arabella que estava prestes a se tornar o homem mais feliz do mundo.

— Srta. Fermor... nem sei como dizer... — ele tartamudeou. — Mas gostaria muito de abrir meu coração! Mal consigo pensar em outra coisa. Nesta manhã pedi permissão para me casar com a Srta. Emily Eccles, uma prima distante, que admiro desde muito. E a permissão, veja só, foi concedida! — Luxton falou com tanta sinceridade e ardor que sua testa, já úmida de chuva, rebrilhou ainda mais, por pouco não embaciando o vidro das janelas.

Arabella ficou surpresa com a própria reação. *Claro* que não queria se casar com Charles, mas sequer receber uma proposta? Impensável! Ela havia se enganado por completo quanto aos motivos dele para resgatá-la da chuva. Tentou se recompor de modo que pudesse responder adequadamente à notícia.

— Pois a pessoa que se casar com o senhor deverá ter sempre em mente a boa ventura que lhe foi reservada — ela disse, ao mesmo tempo que se lembrava de que já havia visto a Srta. Eccles uma ou duas vezes no campo no ano anterior. Achou divertido que Charles tivesse acalentado dúvidas quanto à aceitação de sua proposta.

Mas Charles, que se revelava sempre mais gentil e generoso do que Arabella era capaz de se lembrar, disse de volta:

— Quando for apresentada à dama em questão, Srta. Fermor, verá que neste caso a boa ventura recaiu inteiramente sobre mim.

Tão logo a carruagem chegou à Albermarle Street e parou diante da casa dos Fermor, Luxton saltou à calçada e acompanhou Arabella até a porta. Ao vê-lo curvar-se numa mesura e voltar sorrindo para o carro, ela inesperadamente sentiu uma pontada de tristeza. Que estranha manhã! O enlevo ao receber a carta de lorde Petre... A humilhação ao encontrar Lady Castlecomber a caminho da recepção de Lady Salisbury... Tudo isso lembrou-a mais uma vez da precariedade de sua posição. Por um instante, Arabella desejou que o amável e terno Charles Luxton bastasse como esposo. Estabelecer-se; conquistar a tão desejada segurança. Mas ela sabia que essa união jamais poderia ter futuro; observando-o retornar à carruagem, não pôde conter o riso ao vê-lo caminhar todo desengonçado, os pés apontando para fora, a cabeça balançando feliz de lado a outro. E quando entregou a capa de lã a um lacaio e pediu que ele visse o que era possível fazer a respeito, concluiu que ficara contente ao saber do noivado de Luxton com Emily Eccles. Tivesse herdado uma fortuna maior, Charles de fato poderia ter feito um excelente casamento. Mas era bom saber que, embora fosse mais pobre do que aparentava, ele havia encontrado uma mulher com quem acreditava poder ser feliz.

Capítulo 8

A paixão dos astutos, a glória dos soberbos.

A chocolataria White's, na extremidade da St. James's Street próximo ao palácio, era um lugar que Alexander jamais visitaria em missão literária. Seus conhecidos no mundo das letras viam St. James's como um antro de hedonismo aristocrático que trazia devastação a qualquer viajante que lhe cruzasse o limiar. Freqüentemente falavam da região e de seus habitantes com altivez e desdém: "Seus poemas são frívolos, e a prosa, grosseira. Mora na St. James's, claro." Tal afetação incitava em Alexander algo muito próximo da fúria contra seus colegas de pena. Por que eles não eram capazes de reconhecer a inveja que tinham dos ricos e poderosos como o resto do mundo se contentava em fazer?

Jervas e Alexander entraram juntos e foram saudados por dois amigos de escola de Jervas: Harry Chambers e Tom Breach. Harry convidou-os à mesa e com um amplo sorriso de boas-vindas retirou o regalo que ocupava uma das cadeiras vagas. Tom ofereceu-se para buscar as bebidas e perguntou aos recém-chegados se eles preferiam café ou chocolate, fitando Alexander com um olhar indagativo como se desconfiasse de que ele jamais tivesse ouvido falar de nenhuma das duas coisas. Jervas pediu chocolate, e Alexander, chá preto.

Eles mal haviam se acomodado quando Harry ressaltou:

— Sua peruca está perfeitamente cacheada, Charles, apesar deste maldito tempo. Decerto a comprou das mãos de Monsieur Duvillier. Seu perdulário!

— Nem mesmo vou a Paris para comprar perucas — negou Jervas. — Mas confesso que esta é a segunda do dia. Hoje de manhã levei um banho nas ruas.

— E esta é minha segunda camisa! — condoeu-se Harry. — Semana passada usei umas quinze, e não ficaria nem um pouco surpreso se nesta forem vinte. — Ele retirou a caixinha de rapé, bateu de leve na madeira e só então abriu a tampa. Percebendo o olhar surpreso de Tom, que já havia voltado com as bebidas, tratou de se explicar: — Esta é a moda hoje em dia, meu caro: bater na caixinha antes de abri-la. Não posso fazer uma demonstração aqui, mas se estivéssemos na ópera você veria que umas vinte mulheres já teriam se voltado para mim ao ouvir o barulho.

— Sempre um fiel servo da moda, não é, Harry? — devolveu Tom com um sorriso de enfado. — Mas o cavalheiro debruçado sobre o balcão está alguns passos à sua frente, pois está usando sapatos vermelhos durante o dia.

Incrédulo, Harry bufou e espichou o pescoço para conferir os injuriosos sapatos.

— Mas se olhar bem — retrucou — você verá que ele também está usando dragonas nos ombros. — O que significava que o tal homem era de uma vulgaridade inconcebível.

Alexander ficou satisfeito que Jervas o tivesse trazido à White's e lhe dado a ocasião de testemunhar os absurdos da conversa entre Harry e Tom. Cogitou se eles poderiam servir de inspiração para um novo poema. Mesmo Tonson teria de admitir que os leitores se divertiriam com semelhante tema: não havia quem não gostasse de ler sobre personagens reconhecíveis. Mas como poderia fazê-lo? Nos poemas, os diálogos nunca se valiam do linguajar comezinho do dia-a-dia. Mais que isso, a poesia, mesmo a moderna, jamais tratava dos assuntos do quotidiano, muito menos para ridicularizá-los. Alexander contemplou Jervas, que sorria para a dupla de amigos sem dar o menor sinal de que ironizava o teor do colóquio entre eles. Naturalmente jamais lhe ocorreria fazer troça de homens como Tom e Harry. Jervas não se interessava pela pintura satírica; na verdade, tinha demasiada reverência pelos usos burgueses para caçoar deles. Ele perguntou a Tom quais eram as últimas novidades na cidade.

— Quarta-feira passada fui fazer uma visita a Lady Purchase e fui informado de que ela não se encontrava em casa — respondeu Tom, bocejando. — Mas lá estava ela, encarapitada numa das janelas, enquanto o criado me recebia à porta.

— Lady Purchase só recebe visitantes nas terças e nas quintas — disse Harry com descaso, ao mesmo tempo que esticava as meias. — Portanto não me surpreende que ela não quisesse vê-lo. Trata-se de uma regra a ser fielmente observada. Lady Sandwich, por exemplo, irrita-se de tal modo com esse tipo de infração que vai à porta e pessoalmente diz ao infrator que não está em casa. — Ele terminou com as meias e novamente se recostou na cadeira.

— Não posso acreditar que Lady Sandwich ainda consiga mover a boca para dizer o que quer que seja — salientou Tom. — Tem exagerado tanto no pó e nas tintas...

— Tom, não me venha dizer que desconhece os artifícios das mulheres! — ladrou Harry. — Você, Charles, que é artista, sabe muito bem como elas fazem. Pintam um rosto pela manhã e à noite o apagam com água e sabão! É ou não é?

Jervas era suficientemente esperto para saber que não devia se meter. Em vez de opinar, disse:

— Prefiro ouvir as *suas* considerações sobre o assunto, Harry.

— As minhas não são nada quando comparadas às de Dicconson — disse Harry, ainda com o mesmo tom de desdém. — Você o conhece, Charles? Ótimo sujeito, sempre disposto a nos pagar uma bebida. Jura que nunca tinha visto o rosto da mulher até se casar com ela. A pele era tão danificada pelo uso excessivo dos cosméticos que, quando Dicconson a viu pela manhã, teve a impressão de ter acordado com a mãe da mulher que tinha levado para a cama na véspera.

— Isso não é nada! — exclamou Tom. — Certa mulher que conheci pintava-se com tanto exagero que eu evitava suspirar diante dela por medo de lhe soprar a casca! Deitar-se com ela era o mesmo que entrar num cômodo recém-pintado. O cheiro era insuportável!

Alexander ouvia aquilo tudo com o mais absoluto deleite, mas Tom subitamente mudou de assunto.

— Harry — ele advertiu. — Um senhor mais idoso está vindo na nossa direção; o casaco parece ter sido confeccionado há meio século. Creio que seja William Wycherley.

— O dramaturgo? — perguntou Harry. — Deixe de sandices, Tom. A *mulher do campo* foi encenada quarenta anos atrás. Decerto o homem morreu junto com Shakespeare!

— Não, acho que é ele mesmo! — disse Tom. — E, se não está morto, pelo menos está cego, pois nem percebeu que estava sentado na parte reservada aos criados.

Alexander virou-se para trás e, aflito, constatou que de fato era William Wycherley quem se aproximava da mesa. Não havia como tomá-lo por outro. Muito alto e corpulento, vestia-se em trajes formais que haviam estado em voga trinta anos antes e manquejava em razão da gota, certamente agravada pelo excesso de carnes que ele era obrigado a carregar nas andanças pela cidade. Por sorte Alexander havia escrito para informá-lo de sua chegada em Londres, mas dera a entender que a saúde fraca tornaria difícil um encontro entre eles. Envergonhou-se de ter usado a própria doença como desculpa, pois sabia que o velho dramaturgo também andava mal. Tonson já havia dito que ele vinha perdendo a memória. Alexander corrigiu a postura relaxada que inconscientemente havia copiado dos companheiros e se empertigou na cadeira.

Três ou quatro anos antes ficara extasiado ao saber que Sir Anthony Englefield se dispunha a apresentá-lo a Wycherley, mas logo no primeiro encontro soube que a amizade entre eles não seria aquela que ele tanto havia esperado. Wycherley já se encontrava bastante debilitado à época e, embora tivesse sido o maior dramaturgo de seu tempo, ansiava claramente pela admiração de um jovem e talentoso poeta. Pedira a Alexander que o ajudasse a preparar um volume de poemas para publicação e, mesmo sabendo que os versos eram de qualidade inferior, Alexander dera o melhor de si para torná-los mais respeitáveis, convencido de que era uma honra poder ser útil a tão grande escritor. Ficara de tal modo chocado com o estado do velho que sequer conseguira admiti-lo de modo consciente.

— Sr. Wycherley! — exclamou, ficando de pé tão logo ele o alcançou.

Wycherley havia engordado ainda mais desde o último encontro entre ambos um ano antes. O corpanzil apequenava o já miúdo Alexander, que se dobrou numa igualmente apequenada mesura. O dramaturgo encarou-o sem dizer nada. A peruca, volumosa e elaborada, tombava ligeiramente para um dos lados. Ele se encontrava acompanhado do pajem, um senhor de meia-idade que Alexander já conhecia. Alexander corou. Sabia que eles eram observados por todos no salão e por um instante receou que Wycherley fosse perfurá-lo com o olhar. Mas o pajem enfim se adiantou e disse:

— É o Sr. Pope, senhor. Seu jovem amigo.

— Ah, Sr. Pope! — disse Wycherley imediatamente. — Já não enxergo tão bem quanto antes. Está visitando a cidade com o Sr. Caryll?

— Não, senhor. Estou hospedado com meu amigo Charles Jervas, que o senhor provavelmente conhece. — Jervas reverenciou-o com a cabeça, mas achou por bem permanecer fora da conversa.

Wycherley, aparentemente sem notar a presença de Jervas, perguntou:

— E como vai o Sr. Caryll?

Alexander ficou sem saber se devia corrigi-lo e dizer que não tinha visto Caryll por três semanas. Mal conseguia encará-lo, horrorizado que estava com mais aquela prova de deterioração. Poucos anos antes, Wycherley ainda era um homem imponente, mas agora era objeto da zombaria alheia: ser visto em público por pouco não representava uma afronta à sua dignidade. Como a glória era efêmera, pensou Alexander.

— Vai muito bem, senhor — ele respondeu. — Este ano preferiu ficar no campo. — Seguiu-se então um arrastado momento de silêncio. Alexander virou-se discretamente para Jervas e arregalou os olhos num velado gesto de súplica.

Mas de um segundo a outro Wycherley voltou a si e com toda a segurança falou:

— Fico feliz em ver que recobrou a saúde, Sr. Pope. Achei que não fosse ter forças para desfrutar os prazeres da estação. Soube pelo Sr. Tonson que muito em breve seu "Ensaio Acerca da

Crítica" irá para o prelo. — Já não se via nele nenhuma tinta da confusão mental de pouco antes. Alexander ficou impressionado.

— O "Ensaio Sobre a Crítica", sim. Estou muito entusiasmado, senhor, e ao mesmo tempo apreensivo com a recepção dos leitores — retrucou Alexander, nem um pouco apreensivo naquele momento, apenas aliviado com a volta de Wycherley a um comportamento aparentemente normal.

— Quando tiver a felicidade de ler o seu novo poema, Sr. Pope — disse o velho com afetação —, serei pródigo nos elogios.

Alexander respondeu com o máximo de deferência que pôde reunir:

— O prazer que porventura encontrar naqueles versos verdes, senhor, será o prazer de um homem que vê os primeiros brotos da árvore que ele mesmo plantou. Qualquer felicitação de sua parte será para mim um motivo de constrangimento.

— Mesmo assim não me privarei dessa satisfação — devolveu Wycherley, caprichando na retórica —, por mais que ela o desconcerte. Lembre-se de que o incenso é sempre mais doce para quem o oferece do que para a Divindade à qual foi oferecido, já que nenhum perfume A alcança nas alturas.

Percebendo o desconforto de Alexander e esperando dar fim àquela conversa, Jervas interveio e perguntou a Wycherley para onde ele estava indo, oferecendo-se em seguida para levá-lo de carruagem. Sem hesitar, Wycherley aceitou o convite e disse que estava a caminho da confeitaria Will's. Jervas despediu-se de Tom e Harry e imediatamente saiu na companhia dos demais.

Alexander precisou se conter para não rir da cena: três homens tão cabalmente díspares, tanto no físico quanto na natureza, pelejando para aparentar conforto enquanto se apertavam no exíguo espaço do coche. Alexander e Jervas, espremidos contra as portas flanqueavam Wycherley como se precisassem escoltar o grandalhão. Sendo, deduziu Alexander, a única pessoa no coche ainda com acesso irrestrito ao aparelho respiratório, Wycherley foi o primeiro a tomar a palavra:

— Por que nosso amigo Caryll vem tão raramente à cidade? — perguntou a Alexander.

— A família de Caryll é um tanto arredia, senhor — respondeu Alexander, suspeitando que Caryll viesse a Londres muito mais do que Wycherley ficava sabendo. — Eles não gostam do rebuliço da cidade, e Caryll jamais viria sozinho.

Wycherley bufou com escárnio, o que serviu para espremer os outros dois ainda mais em seus respectivos cantos, e argumentou:

— O mais provável é que a fortuna da família ainda não se tenha recuperado por inteiro das extravagâncias daquele tolo e finado tio. Caryll não tem posses para vir à cidade.

Embora admitisse que Wycherley não havia passado muito longe da verdade, Alexander não tinha a menor intenção de alimentar o apetite do dramaturgo para os mexericos. Portanto, com o máximo de decoro que lhe permitia a posição, disse:

— Eu não descreveria como extravagâncias, senhor, os infortúnios sofridos pelo velho lorde Caryll. Ele foi injustamente preso durante a Conspiração Papista, sem ter tomado nenhuma parte nela, e depois perdeu as terras em razão de um assassinato do qual ele nada sabia.

— Nada sabia? Bobagem! Lorde Caryll era jacobita. Confessava-o publicamente. Mais que isso: viveu na França quando a corte de Jaime II se exilou por lá. Ouvi dizer até que era secretário de Estado do rei. Seguramente estava envolvido nos planos para trazê-lo de volta.

Contrariando o hábito de não dar pistas quanto à sua filiação religiosa, Alexander disse:

— O que quer que tenha feito o tio, John Caryll sofreu injustamente nas mãos dessas pessoas que desejam a ruína da Igreja Católica.

— Eu não sabia que o senhor era defensor dos jacobitas, Sr. Pope.

— Sou defensor dos amigos que tenho na família Caryll, senhor.

— E dos católicos também, aposto. Bem, suponho que não lhe reste outra coisa a fazer. Mas por que John Caryll simplesmente não ficou fora do assunto? Ouvi dizer que também chegou a ser preso, e agora a família inteira é hostilizada por traição.

— Caryll ficou preso apenas por duas semanas, vítima de uma acusação infundada — contrapôs Alexander, exaltado.

— Pois se a fortuna e a família fossem minhas, eu já teria me convertido ao protestantismo há muito tempo — disse Wycherley, complacente. — Todos esses dissabores teriam sido evitados.

— Não creio que Caryll deva ser censurado por proteger a família — disse Alexander. — Tampouco o velho lorde Caryll, por ser jacobita. Aquela geração de católicos sofreu imensamente. A relativa segurança dos católicos nos dias de hoje deve-se exclusivamente ao fato de que eles... quer dizer, nós... aprendemos a nos calar.

Alexander ficou surpreso com o agastamento que sentira diante do ataque de Wycherley. Jamais vira a si mesmo como um defensor dos jacobitas, nem da própria religião, mas Wycherley o havia forçado a uma inusitada lealdade. Afinal, ele havia sido impedido de freqüentar uma universidade, privado de seus direitos à propriedade e à ascensão social. Era muito fácil esquecer-se de tudo isso agora que estava hospedado na casa de Jervas em Westminster, mas apenas algumas semanas antes esses mesmos fatos pareciam obstáculos intransponíveis para suas ambições. Alexander sentiu um prazer perverso quando viu Wycherley tropeçar ao desembarcar à porta da confeitaria. Engrolou uma despedida qualquer, voltou ao coche e bateu a porta.

Jervas, por outro lado, parecia de excelente humor.

— Quanto conforto, agora que o paquiderme desceu! — exclamou.

Mas Alexander permaneceu amuado, encarando a janela e martelando o chão com um dos pés. Depois de um tempo, irritado com o barulho, Jervas incumbiu-se de dar fim à mudez do amigo.

— Os comentários de Wycherley sobre Caryll tinham algum fundo de verdade, Pope? — ele perguntou.

Ainda olhando pela janela, Alexander respondeu:

— Sim e não. O velho lorde Caryll era jacobita, mas não creio que o sobrinho esteja envolvido no movimento. Mesmo que apoiasse a causa, não correria o risco, em razão das suspeitas que já recaem sobre a família.

— Que mundo estranho e antiquado é este em que vivemos — observou Jervas. — Conluios de um lado, conluios do outro, prisões, traições... Para mim, o velho lorde Caryll, Wycherley e até mesmo seu amigo John Caryll parecem homens de outra época.

Alexander foi ríspido ao responder:

— Sorte sua vê-los assim, Jervas. Mas o jugo do papismo ainda pesa nas minhas costas também; acho que jamais ficarei livre dessa carga fatídica.

— Não consigo ver quais são os atrativos do jacobitismo. Os partidários ricos ficam pobres, e os sãos, dementes. Está mais do que claro que Jaime III jamais será entronado, e mesmo assim, ano após ano, homens jogam sua fortuna, e a de suas famílias também, nas águas do Canal, acreditando que o dinheiro vai bater na costa da França e trazê-lo de volta.

— Não é exatamente assim que operam os jacobitas — recriminou Alexander. — Para você, que não tem nada a perder com a ação deles, os jacobitas não passam de um bando de risíveis sandeus. Mas suponha que as perseguições comecem novamente. É bem possível que ninguém queira publicar meus poemas.

A vontade de Jervas era rir do obstinado azedume de Alexander, mas ele se conteve e disse:

— Você pensa assim porque está chovendo e ainda não comemos.

Mas para Alexander não havia consolo.

— Quando me vejo na companhia de homens como Wycherley, minha energia para a poesia se esvai por completo. Os versos e as peças dessa gente são tão fracos quanto leite de asna. Mas como posso ser bem-sucedido se não consigo ser como eles?

Jervas olhou preocupado para Alexander. Nunca sabia o que dizer diante daquelas explosões do amigo e portanto se calou. Mas o silêncio serviu apenas para açular Alexander, que disse:

— Os escritores são quase todos intoleráveis, estão sempre tentando explicar o próprio fracasso: ora não conseguem se adaptar ao estilo em voga; ora não têm o mecenato necessário; ora não são ricos o bastante, nem pobres o bastante; ora não são capazes de se fazer ouvir. Qualquer coisa, em suma, a não ser a absoluta escassez de talento, a total pobreza dos versos.

— Mas seus versos não são pobres, Pope — disse Jervas a título de consolo. — Por acaso Jacob Tonson não disse algumas coisas bem lisonjeiras a seu respeito?

— Não sou de me deixar levar pela bajulação! — rugiu Alexander, engolindo as palavras "como *você* se deixa". Viu Jervas recuar de susto. Sabia que estava se comportando mal, mas a expressão conciliatória no rosto do amigo serviu apenas para frustrá-lo ainda mais. Não podia culpar a si mesmo por não conseguir ser afável com todos e só enxergar as qualidades alheias como fazia Jervas. — Você não tem vontade de denunciar a futilidade e a hipocrisia do mundo? — prosseguiu. — Quando se vê pintando o retrato de um badana à toa e vaidoso, não tem vontade de esmagá-lo com suas pinceladas? Não, não tem! Sequer consigo imaginá-lo julgando o caráter das pessoas que posam para você!

— Porque não sou juiz, Pope. Sou pintor. Graças a Deus! — Jervas deixou escapar um risinho e olhou cautelosamente para Alexander, à espreita da reação dele. — Nunca quis ser juiz, apesar do gosto que meu pai fazia pela magistratura. Que direito tenho eu de apontar os méritos e deméritos dos meus modelos? Sou pago por meus patronos para retratá-los assim como eles gostariam de ser vistos pelo resto do mundo, e não como eu os vejo numa manhã chuvosa, depois de uma orgia de ostras na noite anterior!

— Mas eu sou *poeta*! — devolveu Alexander, com um orgulho tão carregado de incerteza que Jervas novamente precisou conter o riso. — Não sou pago para elogiar ninguém. — Ele se calou por um instante, mas, irrefreável, disse: — O problema com homens do seu feitio, Jervas, é que vocês não se arriscam. Simplesmente *sugerem* as falhas das pessoas; jamais declaram abertamente a aversão que têm por elas. Suponho que vocês tenham medo de arremeter!

Alexander lançou um olhar provocativo para Jervas: esperava, e ao mesmo tempo receava, que enfim o tivesse incitado à raiva. Mas sem perder a compostura, Jervas olhou de volta e disse:

— Medo não é bem o caso, Alexander. Simplesmente não tenho o desejo de ferir.

Alexander prostrou-se no banco, subitamente envergonhado de seu comportamento. Desejava, tardiamente como ele bem o sabia, ter sido capaz de se controlar melhor.

Mas depois de um ou dois minutos Jervas estendeu-lhe a mão e disse:

— Uma bela refeição está à nossa espera em casa: carne de boi, de cordeiro, queijo, pudim... Além de uma lareira para nos esquentar o resto do dia. Agora basta de lamúrias, Pope. Ordeno que você se anime!

Alexander esboçou um sorriso de gratidão e, a título de desculpas, apertou a mão do amigo.

Alguns dias antes, Martha e Teresa Blount haviam convidado Alexander para uma visita, mas, detido pela gripe e pelo mau tempo, ele não pudera ir. Assim que o sol voltou, no dia seguinte à altercação com Jervas, ele decidiu passar para vê-las.

— Ei-lo aqui afinal! — disse Teresa ao recebê-lo na saleta de visitas reservada às irmãs. — Patty já estava achando que você havia iniciado um pequeno *affaire de coeur* com aquela ordenhadora com quem estava conversando no baile. — Ela se levantou para beijá-lo em ambas as faces.

Alexander cogitou o que poderia estar por trás de tanto bom humor. Seriam os ares de Londres ou teria ela se encontrado novamente com lorde Petre?

— Não dê ouvidos a ela, Alexander — disse Martha, percebendo a inquietação do amigo. — Sei que você estava doente.

Mas Alexander, ainda pensando no barão, quis mostrar que ele também podia ser galante quando assim lhe aprazia.

— Sim, sofri dores terríveis com a distância de vocês duas — falou —, além de uma febre hedionda, causada tão-só pelo desejo de revê-las. Mas, sendo eu mesmo o único culpado desses males, não posso andar por aí suplicando a compaixão de quem quer que seja.

— Tem se dedicado à poesia, Alexander? — quis saber Martha.

— Apenas à variedade mais banal e grosseira — ele respondeu —, já que não disponho de musas que me inspirem sentimentos mais elevados.

— Será uma lástima se tamanha inteligência não for registrada para a posteridade — disse Teresa, voltando à habitual ironia.

Involuntariamente, Alexander mordeu a isca.

— Se de fato eu tiver alguma inteligência — disse —, o melhor que faço é escrever para exibi-la ao mundo. Pois, como podem atestar todas as mulheres que já me viram, não tenho muita coisa além dela para exibir.

— Se a toda hora passar o prato em busca de elogios, Alexander, colherá um número bem menor do que merece — foi o que Teresa respondeu. — Fico feliz em poder elogiar seus versos, e Patty não se importa de enaltecer sua pessoa. Mas só quando você não implora de joelhos.

A porta se abriu, e um criado anunciou que a Srta. Arabella Fermor esperava pelas primas na carruagem. O clima na sala mudou imediatamente.

— Santo Deus! Esqueci por completo que Bell viria esta manhã — disse Teresa, saltando para se admirar diante do espelho. — Preciso comprar um adorno de cabeça para usar na ópera hoje à noite. Patty, ontem você disse que nos acompanharia. — Do espelho, ela olhou com autoridade para a irmã.

— Mas Alexander está aqui — argumentou Martha, sem se deixar intimidar —, e ainda não terminamos a costura desta manhã. Acho que vou ficar em casa.

Teresa voltou-se e, num tom acusatório, disse:

— Que atrevimento é este agora, menina? Não use Alexander e a costura como pretextos! Por certo acha que é pecado ser vista numa ópera com um toucado de rendas!

Alexander, que também havia ficado de pé, agora se encontrava entre as duas irmãs, sem saber para qual olhar. Mas queria que Teresa saísse de casa com uma boa impressão a seu respeito, e disse:

— Se a senhorita me permite uma opinião, embora usar um toucado de rendas na ópera possa denotar vaidade e orgulho, seus amigos ficarão eternamente gratos, tomando sua decisão por um inestimável gesto de caridade.

Ouvindo isso, Teresa abriu um sorriso de triunfo para Martha e recolheu suas coisas para sair.

E, para equilibrar a balança, Alexander virou-se para Martha e disse:

— Mas você, Patty, não precisa temer que sua irmã se afeiçoe em demasia aos prazeres da cidade. Muito em breve ela voltará para o campo e para tudo que nele há: o frio, os salões antiquados, as caminhadas matinais, as três horas diárias de orações...

— De modo algum! — protestou Teresa. — Mas se for para não fazermos nada em Londres além de passar o dia inteiro costurando, o melhor mesmo é anteciparmos nossa volta para casa. Que motivo teria alguém para vir à cidade senão ir aos bailes, às festas e ao teatro? E por que ir a esses lugares se não for para fazer boa figura?

— Sugiro que você tome cuidado, Teresa — disse Martha, incisiva. — Daqui a alguns invernos seu rosto na cidade será como um corte de seda desde muito exposto na loja: todos já viram mas ninguém se dispõe a comprar.

Alexander abafou o riso, e Teresa fulminou-o com o olhar.

— Muito engraçadinho, Patty! — ela disse à irmã. — Mas sua analogia faria mais sentido se nela eu figurasse como uma linda fazenda de brocado: boa demais para ser talhada conforme os humores de qualquer um.

Isso posto, ela chispou da sala, deixando Martha e Alexander para trás, parados lado a lado e visivelmente constrangidos. Martha olhou para ele, e Alexander estendeu o braço como se fosse tomar a mão dela, mas subitamente mudou de idéia.

Martha exalou um suspiro e se sentou.

— Teresa está adquirindo de Bell o hábito de acreditar que pode persuadir qualquer homem a admirá-la — disse. — Não consegue entender que onde não há fortuna não há nenhuma possibilidade de persuasão.

Alexander sorriu.

— Só posso dizer em resposta que, se colocássemos lado a lado a teimosia de sua irmã e um maço de dez mil libras, eu veria nas duas coisas uma perfeita equivalência. Qualquer homem que ela não for capaz de dobrar pelo argumento muito provavelmente será vencido pela tentação.

Martha ficou séria.

— Você não acredita que Teresa seria tola a ponto de se envolver num *affaire*, acredita, Alexander?

Ele estava prestes a responder de maneira loquaz quando percebeu que estava particularmente saboreando aquela conversa. Via em Martha uma substância que faltava a Teresa e cada vez mais ansiava pelos conselhos e juízos dela. Perguntou-se desde quando se sentia assim.

— Espero que até mesmo sua irmã tenha miolos suficientes para evitar esse destino — falou, afinal. — Mas se não os tiver, nossa constante proximidade em todos os terrenos perigosos em que ela pisa manterá a distância qualquer possibilidade de risco. — Procurou reconfortar a amiga com um sorriso.

Martha, no entanto, falou baixinho:

— Eu queria apenas que Teresa fosse mais feliz. Ela está sempre almejando algo que nunca poderá ter.

— Tivesse eu algum pendor para a pregação — disse Alexander —, ofereceria a vocês duas, e a mim também, este pequeno conselho: não visar à felicidade mas contentar-se com o conforto.

— Você, Alexander, está sempre dando conselhos nos quais não acredita! — exasperou-se Martha, mas sem deixar de sorrir.

— Bem, talvez não visar *apenas* à felicidade — ele concedeu. — Mas tenho grande respeito pelo conforto. Eu deveria ter nascido barão, pois a meu ver são os barões que mais desfrutam do conforto. Lorde Petre, por exemplo, não tem rigorosamente nada para fazer e entretanto parece sempre ocupado. Seu irmão conhece bem a família Petre, não conhece, Patty?

Martha respondeu sem titubear, como se já tivesse refletido amplamente sobre o assunto.

— Certa vez ouvi dizer que ele estava para se associar ao pai de lorde Petre num certo negócio — disse —, mas Michael não dispunha do capital necessário.

— Que negócio poderia ter um barão com seu irmão?

— Comércio de títulos — ela respondeu. — Há uma empresa chamada Companhia dos Mares do Sul que aparentemente deixará todos os investidores muito ricos, e o pai de lorde Petre queria fazer algo semelhante. Mas os investidores não gostam de colocar seu dinheiro nas mãos dos católicos, e por isso a coisa não foi adiante. Suponho que lorde Petre tenha convidado Michael em razão do bom nome de nossa família.

Alexander ficou surpreso que Martha estivesse preparada para falar com tamanha firmeza sobre os negócios do irmão. Eles nunca haviam conversado sobre isso antes. Onde ela poderia ter adquirido conhecimentos tão sólidos sobre o mundo das finanças? Conhecimentos que Teresa decerto não tinha.

— Por que o pai de lorde Petre teria se importado com o nome de Michael? — ele perguntou, sentindo-se ingênuo.

— Os Blount nunca foram jacobitas.

Alexander ficou confuso.

— Tampouco os Petre, seguramente.

Martha hesitou um instante, acautelou-se, e mais uma vez Alexander se surpreendeu com aquela nova faceta da amiga. Desejou ter dado mais atenção às explicações que o pai havia dado sobre as complexidades do jacobitismo e de suas políticas.

— Você se lembra de que seu amigo John Caryll, ex-tutor de lorde Petre, certa vez se envolveu na restituição de uma propriedade que haviam confiscado do tio dele? — perguntou Martha.

— Ainda ontem eu falava sobre isso com Jervas — ele respondeu. — Mas os Petre não tiveram nenhuma participação no caso.

— Não é bem assim. O velho lorde Caryll havia sido preso por tentar defender cinco lordes católicos aprisionados durante a Conspiração Papista. Todos seriam julgados juntos, e provavelmente decapitados. Você se lembra dos nomes dos demais prisioneiros?

Alexander fez que não com a cabeça, espantado que Martha tivesse esperado tanto para lhe dizer tudo aquilo.

— Stafford, Powis, Arundell, Bellayse e Petre — ela enumerou.

— Petre! — ecoou Alexander. — Lorde Petre?

— O avô do atual barão. Ele morreu na Torre, um conhecido traidor. Os Petre têm essa mancha negra no nome, assim como os Caryll.

— Quer dizer então que os Petre são jacobitas...

— *Foram*, Alexander — corrigiu Martha.

Alexander foi arrebatado por uma torrente de pensamentos.

— Agora começo a juntar as coisas... — disse. — Lorde Petre está sempre na companhia daquele homem, James Douglass, muito embora, até onde sei, eles não sejam amigos. São tão diferentes um do outro, de famílias tão díspares... Mas os vi falando em segredo depois do baile, escondidos numa carruagem vazia.

Martha riu.

— Não entendo uma só palavra do que está dizendo, Alexander! — exclamou.

— Nem eu, Patty. Sempre que vejo Douglass, tenho a impressão de que ele está ocultando algo. Mas não consigo imaginar que tipo de envolvimento ele pode ter com lorde Petre.

— Alexander, não estou seguindo seu raciocínio.

— E se a relação entre eles estiver alicerçada em algum tipo de interesse político? Algo que possa ser tachado de traição? Isso, sim, seria um bom motivo de segredo!

— Alexander! Você está sendo ridículo! Os ciúmes que sente do barão o estão levando a fazer as mais absurdas conjecturas! — Martha calou-se um instante, arrependida das palavras que havia escolhido. Recompondo-se, emendou num tom mais calmo: — Mesmo supondo que esses encontros secretos tenham de fato acontecido, o que não creio, pense no que sobreviria caso lorde Petre fosse descoberto? A família perderia tudo, e ele seria preso, provavelmente executado. Impossível!

Sem mais o que dizer, ela se calou novamente, e os dois permaneceram em silêncio por alguns minutos.

— Já contou a Teresa tudo isso que acabou de me dizer? — perguntou Alexander, afinal. — Talvez fosse o caso de contar.

Observando-o, Martha chegou a sentir pena do amigo. Via com toda a clareza quais eram os sentimentos dele, o desejo de debilitar o afeto que Teresa tão injustamente dedicava ao barão. Seria isso o que estava por trás de toda aquela conversa? Que tentação deveria ser para ele revelar que o admirador de Teresa, Douglass, era um pulha, e o favorito dela, lorde Petre, um traidor!

Depois de um longo suspiro, ela respondeu:

— Estou segura de que suas suspeitas são infundadas. Lorde Petre não é nenhum traidor. Em todo caso, não creio que Teresa dê ouvidos a uma advertência dessas: o mais provável é que conte tudo ao barão com o mero intuito de ganhar a simpatia dele. Sugiro que você guarde suas teses para si.

Alexander desconcertou-se com a sugestão. Concedeu que Martha podia muito bem estar certa, que seu interesse pela relação de Petre com Douglass derivava-se exclusivamente do ciúme.

Ao cotejar o desatino das próprias cismas com a sensatez das opiniões de Martha, ficou envergonhado.

— Você conhece sua irmã pelo avesso, Patty — ele disse. — E a mim também, pelo que vejo. Não contarei nada a ela. Em vez disso, prometo zelar por sua irmã como um daqueles silfos guardiães dos romances de cavalaria, protegendo-a de todas as armadilhas apresentadas pelo mundo da boa sociedade.

— Pois nessa capacidade você terá logo o que fazer — retrucou Martha com uma ponta de ironia. — Hoje à noite Teresa irá à ópera, onde encontrará boa parte dessa tal sociedade, embrulhada em rendas, brocados e dragonas. A pobrezinha decerto não contará com tantas armas.

Capítulo 9

Ao dia, os olhares; à noite, sussurros.

Naquela noite, centenas de pessoas se aglomeravam diante do teatro de Haymarket, acotovelando-se para entrar. Um sem-número de carruagens e liteiras acumulava-se nos dois extremos da rua e, para alcançar o teatro, as senhoras eram obrigadas a fincar os sapatos de seda no tapete de palha e estrume. Uma delas deixou cair ao chão a estola de pele, e o lacaio que a acompanhava precisou afugentar o larápio maltrapilho que se adiantara para roubá-la. Liteireiros pelejavam para desembarcar os passageiros sob a arcada do prédio, vez ou outra espetando os varais nos passantes mais incautos. Um porcariço, sem saber ou se importar que se tratava de uma noite de ópera, invadira a rua com seu ruidoso e agitado rebanho, e os animais imundos, quando não esbarravam os flancos nas saias das mulheres, espargiam lama nas meias de seda, arruinando-as.

Fardados de escarlate por se tratar do Teatro da Rainha, os porteiros à entrada do prédio enfrentavam bravamente o influxo de espectadores, anunciando a plenos pulmões que não era permitida a entrada de comidas e bebidas. Vendedores de laranjas postavam-se ao lado deles, apregoando as frutas podres que poderiam ser jogadas dos balcões se o espetáculo começasse a mostrar-se tedioso. Junto das portas, dois homens berravam: "Proibido o porte de armas no teatro! As espadas devem ser deixadas do lado de fora!", e eram solenemente ignorados. Em meio a uma algazarra de sinos e gritos, a carruagem dos bombeiros chegou com seus tambores repletos de água, caso as luzes incendiassem o palco durante a apresentação.

Jervas havia chegado com Alexander num coche de aluguel. Não só havia perdoado o hóspede pela birra da véspera como também parecia tê-la esquecido por completo, pois agora eles seguiam animadamente juntos, mais afáveis um com o outro do que nunca. Vendo Richard Steele, Alexander cumprimentou-o com entusiasmo, esperando que ele estivesse disposto a conversar.

— Não suporto a ópera italiana — disse Steele, conduzindo Alexander escadaria acima, rumo aos camarotes dos homens. — Por que tantas pessoas comparecem a um espetáculo do qual nada vão compreender?

Alexander riu. O amigo por certo estava de bom humor.

— Que ela seja incompreensível é o primeiro requisito de uma ópera — ele falou com sarcasmo —, pois isso isenta a platéia de qualquer embaraço. Quem viu ou não viu terá o mesmo a dizer quando o pano fechar. O que vale para qualquer modalidade de diversão pública, claro. Mas a ópera italiana, sempre repleta de disparates, é a que mais se afina com a boa sociedade.

— Sequer haveria ópera sem a boa sociedade — disse Steele, pegando Alexander pelo braço e virando-se para cumprimentar um conhecido mais abaixo na escada. — Caso a nobreza não se dispusesse a desembolsar seus guinéus a fim de se pavonear sob a luz superior de um teatro, este Sr. Handel seguramente ainda estaria dando aulas de órgão na Alemanha.

Alexander riu mais uma vez e perguntou:

— Se não gosta da ópera, Sr. Steele, por que a freqüenta?

— Em prol dos nossos leitores, Pope, dos leitores — ele respondeu suspirando. — Precisamos informá-los sobre o conteúdo de modo que mesmo os ausentes possam tagarelar a respeito depois, e com todo conhecimento de causa.

Alexander havia comprado um exemplar do libreto naquela tarde em Covent Garden e pôs-se a folheá-lo assim que se acomodou ao lado de Steele. Cogitava onde poderia estar Jervas, que nessas ocasiões costumava encontrar uma infinidade de conhecidos. Decerto ainda se encontrava ao sopé da escadaria.

— Mesmo sendo apresentada em inglês — ele comentou com o periodista —, a obra de hoje será tão incompreensível quanto qualquer outra. Aaron Hill é o libretista.

— Verdade. Hill não tem nenhum talento para se fazer compreender. O que é uma lástima, pois de outra forma até que seria um bom escritor. Posso ver o libreto? — Steele recebeu a brochura e leu com atenção. Depois de um minuto ou dois, bufou um risinho e disse: — O Sr. Hill informa no prefácio que um libreto deve refletir a excelência da música e "suprir os olhos com Paisagens mais deleitáveis, a fim de proporcionar igual prazer aos Dois Sentidos". Quais sentidos você acha que ele tem em mente?

— Por certo não os mesmos que eu — respondeu Alexander. — Mas, levando-se em conta que ele é o gestor deste teatro, há apenas uma paisagem deleitável que o incentiva a prosseguir em seus esforços: o de um dia poder tomar para si o crédito pelo talento dramático de outrem.

— Mas o Sr. Hill não está mais na direção do teatro — informou Steele com gosto, feliz por ter encontrado alguém com quem dividir a notícia. — O senhor não soube? Foi dispensado no início do mês: os cenógrafos, que não vinham sendo pagos, por fim se rebelaram depois do episódio com os passarinhos.

— Passarinhos? Não estou sabendo de nada. — Alexander se perguntou como o periodista amealhava suas informações. Talvez as pessoas o procurassem com os mexericos na esperança de vê-los publicados na gazeta.

— Um episódio dos mais saborosos para aqueles que gostariam de ver a ópera italiana fazer um triunfal retorno à sua terra de origem — explicou Steele. — Semanas atrás eu estava com Joseph Addison em Covent Garden quando nos deparamos com um rapazola carregando uma gaiola de pardais. Addison, que um dia o senhor terá a oportunidade de conhecer, perguntou a ele que destino teriam os pássaros, e o rapazola informou que eram para a ópera. "Para a ópera?", eu disse. "Como assim? Para serem assados e vendidos?" Enfim Hill teve uma boa idéia para embolsar algum dinheiro, foi o que pensei na hora. Mas não! Segundo o rapaz, os pardais deveriam fazer uma revoada sobre o palco ao fim do primeiro ato.

Alexander arregalou os olhos, pressentindo que o ponto culminante da história ainda estava por vir.

— O senhor bem pode imaginar meu espanto ao ouvir aquilo. Uma ninharia se comparado ao espanto das senhoras na platéia ao constatar que, lá pelo terceiro ato, os pardais já faziam ninhos nos toucados delas. A confusão foi ainda maior na noite seguinte, pois os bichinhos não pareciam entender quando o Sr. Hill, aos berros, os informava de que se tratava de outro espetáculo. Continuaram a entrar em cena nos momentos mais inadequados, apagando velas ao bater as asas e emporcalhando a cabeça de muita gente. No fim das contas, creio que foram eles, os pardais, que fruíram de uma deleitável paisagem, e o pobre Sr. Hill, quem foi assado.

O camarote já se encontrava praticamente lotado quando Steele terminou a anedota, provocando uma explosão de risadas a seu redor. Em meio à azáfama de pessoas que chegavam e se acomodavam nas poltronas, Alexander viu que Jervas havia aparecido na companhia de vários amigos e conhecidos. Entre eles estavam lorde Petre, Robert Harley e Jonathan Swift, além de um amigo de Swift que Alexander conhecia apenas de vista. Steele imediatamente saiu ao encontro do primeiro-ministro e se apresentou. Lorde Petre dirigiu-se ao guarda-corpo e varreu a platéia com os olhos, indiferente ao que se passava atrás dele.

Àquela altura a ópera já havia começado, embora muitos não se dessem conta disso: ainda havia quem falasse e caminhasse pelos corredores como se nada tivesse acontecido. Jervas juntou-se a Alexander e ocupou a poltrona abandonada por Steele.

— Céus! — ele exclamou, mirando o palco. — Quanto estrondo! Difícil saber o que é o quê: serão os tímpanos e o canhão previstos na partitura do Sr. Handel, ou o cenário que os assistentes do Sr. Hill deixaram cair nas coxias?

— Para as pessoas na platéia tanto faz, desde que elas possam cheirar seu rapé, fumar e espiar os camarotes das senhoras — retrucou Alexander. — Quanto ao Sr. Handel, só espero que ele não esteja aqui para testemunhar essa triste cena.

— Antes eu não tivesse em mãos este libreto — comentou Steele, voltando a atenção para o espetáculo. — Diz aqui que o rei de Jerusalém fará sua entrada numa esplendorosa biga puxada por uma parelha de cavalos brancos. No entanto, a julgar pelo que estamos vendo, o mais provável é que ele seja obrigado a vir a pé da cidade.

Levantando-se para ver melhor o palco, Alexander decidiu encontrar um jeito de se aproximar do Dr. Swift; esperava por fim conhecer o famoso clérigo. Queria dizer a ele quanto havia gostado de *A Tale of a Tub*, mas receava que Swift lhe estranhasse a falta de tato. Talvez devesse, em vez disso, fazer algum comentário sobre a ópera. Naquele instante, o renomado *castrato* italiano Nicolini solenemente atravessava o palco a bordo de um barquinho de papelão, cantando sobre as violentas tempestades da mente e do coração. De pé num dos cantos do camarote, Swift acompanhava a cena com um ar de desdém; Alexander postou-se ao lado dele e fingiu fazer o mesmo.

— O senhor não gosta do que está vendo? — perguntou.

Swift respondeu sem hesitar, aparentemente não se importando, talvez sequer lembrando, que eles ainda não haviam sido apresentados.

— Nem um pouco — disse. — Sobretudo do que vejo na primeira fila: meus colegas de hábito, com as partituras abertas sobre o colo. — Ele apontou com menosprezo para o grupo de religiosos na platéia. — Aqueles ali que tanto se esforçam por denotar critério e verniz. Diante de tanta seriedade, poderíamos achar que somente meneando a cabeça e marcando o compasso com os dedos uma pessoa pode se mostrar capaz de ouvir música. Eu riria da cena, não fosse ela uma deplorável demonstração de vaidade. Estes pulhas causam em mim uma brutal indignação.

Alexander ficou de tal modo surpreso com o desabafo de Swift que se esqueceu por completo da prudência ao responder:

— Mas por que embrutecer-se com a falta de dignidade *alheia*?

Swift virou-se de súbito e encarou com rigor o jovem a seu lado.

— Creio que não nos conhecemos, senhor — disse.

Alexander hesitou um instante e, aflito, olhou ao redor para ver se alguém havia testemunhado a petulância de sua réplica.

— Alexander Pope, senhor — apresentou-se.

— Ouvi seu nome algum tempo atrás, Sr. Pope — disse Swift —, e fiquei curioso. Escreve poesia, não?

Enrubescido, Alexander balbuciou:

— Uns míseros versos! Um único volume publicado. — Ele baixou os olhos e, ainda se penitenciando por ter colocado semelhante oportunidade em risco, emendou: — Outro poema irá para o prelo muito em breve, senhor. Mês que vem, espero. — E hesitou novamente: não queria se passar por presunçoso e tampouco dar a entender que contava pedir algum favor ao escritor mais célebre. Inferiu que fora Steele quem o havia informado.

Mas Swift retomou a conversa sobre os clérigos na platéia.

— Trata-se de uma excelente pergunta, essa que o senhor me fez há pouco — disse ele. — Por que esses homens *de fato* me apoquentam? Talvez porque a indignidade deles seja um lembrete de outra ainda maior: a minha própria. Eu me curvo para estar entre eles; assim como aquela corja de pavões, não passo de um lambebotas em busca de uma ascensão que na verdade sequer desejo. E em vez de dar as costas à Igreja lanço mão deste recurso: desdenhar dos meus pares. Eu me embruteço, senhor, quando vejo que não sou capaz de eludir minhas próprias inclinações.

Alexander escutou maravilhado, quase em êxtase, o que lhe dissera Swift. Lembrou-se do desabafo que ele mesmo havia impingido a Jervas.

— Acho que compreendo, Dr. Swift — disse, fitando o clérigo nos olhos. — Eu também começo a perceber as conseqüências de se pertencer a uma profissão e ao mesmo tempo se sentir tão diferente dos colegas de ofício.

Swift, insuflado pelas palavras de Alexander, retrucou:

— Somos todos uns vaidosos! Mas um homem vaidoso deveria marchar por aí como se fosse dez vezes maior que seus pares e precisasse de uma luneta para enxergá-los. Quando nada, isso seria um reflexo fiel dos sentimentos de superioridade que ele acalenta. Mas aqueles vigários da primeira fila externam sua vaidade por meio dos estudos e leituras a que tanto se dedicam. Uma farsa intolerável!

Esperando não deixar escapar uma grande besteira, Alexander disse:

— Procure se lembrar diariamente, Dr. Swift, da grande distância que separa o caminho que o senhor trilha e esse outro por onde seguem seus companheiros de viagem. Afinal, é a ortodoxia que gera a heresia.

— Diga-me uma coisa: no âmbito da religião, o senhor é um conformista?

Alexander ficou surpreso com a pergunta. Não esperava que Swift falasse de religião quando decerto sabia estar diante de um católico. Steele dificilmente teria omitido esse detalhe. Mesmo assim, decidiu responder com franqueza.

— Meus pais são bastante devotos — disse — e, quando estou com eles, são tantas as orações que mal tenho tempo para escrever. Eu diria que sou um conformista ocasional: quando estou na cidade, bebo e escandalizo para me afinar à companhia; e quando estou em casa, fico sério e carola, pelo mesmíssimo motivo. — Tentou não rir da própria piada, mas não conseguiu.

Swift riu também, embora sequer tivesse percebido.

— É muito espirituoso, Sr. Pope — comentou. — Suponho que lorde Petre tenha se enganado ao dizer que o senhor não escreve sátiras.

— Pois não serei eu quem vai corrigi-lo — devolveu Alexander, instigado só de saber que o barão tivesse falado algo a seu respeito. Steele não havia comentado nada, afinal. Só então Alexander percebeu ao lado deles a presença de uma terceira pessoa: o amigo de Swift, um sujeito retaco que foi apresentado como John Gay.

— Sei que é dado às escrevinhações, Sr. Pope — disse Gay. — Li seus versos e os admirei profundamente.

— O Sr. Pope não é escrevinhador — corrigiu Swift. — É poeta. Tem erudição, e um dia nos brindará com um épico nos moldes de Virgílio.

Mas Alexander riu e protestou:

— Assim seu amigo pensará que está diante de um árido e enfadonho acadêmico, alguém que tem por maior ambição escrever um tratado para *The Works of the Learned.*

— *The Works of the Learned*! — exclamou Gay. — Isso lá é um periódico?

— Certamente. Incompreensível de ponta a ponta.

— O título não poderia ser melhor: as obras dos eruditos — entusiasmou-se Gay. — Quanta afetação! Pois tenho uma proposta a lhes fazer: sugiro que nós três fundemos, aqui e agora, uma sociedade virulentamente hostil aos periódicos e aos homens enfadonhos. Nossa publicação há de se chamar *As Obras dos Ignaros*. Circulará com a menor freqüência possível.

— Excelente idéia — disse Alexander, movido pela alegria de seu sucesso com Swift. — Seremos lembrados como os sábios mais ignorantes do nosso tempo!

— Antes isso do que sermos lembrados como os mais eruditos! — secundou Swift.

No palco, um acorde particularmente estridente fez com que a atenção de todos se voltasse para a ação.

Gay, que vinha acompanhando o drama com desdém ainda maior que o de Steele, vociferou:

— Céus! Os assistentes aparentemente se esqueceram de trocar os cenários laterais. Vejam só! Agora temos o oceano incrustado entre as árvores de um bosque! Confesso que fico abismado ao ver aquele rapaz bem-vestido, caminhando de peruca longa sobre o mar e cheirando rapé, sem nenhuma preocupação aparente!

Mesmo diante das gafes da ópera, lorde Petre permanecia inusitadamente calado. Num dos cantos do camarote, remexendo nos botões do casaco, ele tentava se concentrar na cena mas era sistematicamente vencido pelo impulso de esquadrinhar os camarotes das mulheres. Já havia percebido que Robert Harley o observava, decerto cogitando qual era o problema, mas não encontrava forças para se importar com isso, tampouco com seu visível desinteresse pelo espetáculo. Só o que lhe importava era saber se Arabella estava presente e, mais que isso, se ela havia vindo em atenção ao pedido dele.

Disse a si mesmo que faltavam apenas alguns minutos para o término do primeiro ato. Ele deixaria o camarote junto com os outros homens — sem pressa, para não trair aflição, mas também sem grande morosidade, como se estivesse envergonhado de alguma coisa. Cumprimentaria os amigos e depois se aproximaria dela. Só de imaginar Arabella ao alcance dos braços, Petre sentiu um ligeiro aperto na garganta. Algo próximo do pânico, mas que na verdade não passava de desejo. A moda recente permitiria que ele a beijasse duas vezes, uma em cada face.

Mas supondo que ela não estivesse ali, seria um tormento permanecer no teatro e participar das conversas. Não haveria ninguém com quem ele pudesse flertar, tampouco que tornasse suportável a farsa de um flerte. Caso Arabella não estivesse na ópera, ele teria de ir embora.

Petre sequer ouviu quando Richard Steele berrou:

— Os passarinhos! Os passarinhos! Acho até que um deles se empoleirou na cabeça de Lady Sandwich!

Todos se divertiram com mais aquele espetáculo, mas Petre permaneceu em seu canto, impaciente, ansiando pelo primeiro intervalo.

Arabella sentava-se ao lado da tia das irmãs Blount. De onde estava, no camarote das mulheres, ela podia ver claramente lorde Petre do outro lado do teatro, de pé ao lado dos companheiros. Por que os homens sempre ficavam de pé? Talvez para se mostrarem impermeáveis aos encantos da ópera italiana. Efeito que eles alcançavam sem nenhuma dificuldade

Ela viu quando o barão se afastou dos amigos e se virou para examinar o público. Estava certa de que ele a procurava. Exultou que tivesse tomado a precaução de se sentar bem atrás, onde não podia ser vista.

A porta do camarote se abriu, e duas mulheres elegantemente vestidas entraram: Lady Salisbury e sua amiga, a distintíssima Henrietta Oldmixon. Arabella levantou os olhos e sorriu ao vê-las se aproximando: esperava que percebessem sua presença. Elas acenaram a cabeça e estavam prestes a dizer algo quando avistaram outras amigas em meio a uma roda de mulheres à frente do camarote. Arabella notou que neste sofisticado grupo também estavam Charlotte Castlecomber e Lady Mary Pierrepont, e, desapontada, viu Lady Salisbury e a Srta. Oldmixon se adiantarem para cumprimentá-las, deixando-a para trás.

À sua esquerda, podia ouvir os comentários que as irmãs Blount teciam acerca do amigo Alexander Pope. Martha dizia:

— Creio que ele esteja se divertindo, embora faça tudo para aparentar que não está. Quem será o clérigo que está com ele? Alexander o fita com certa aflição.

— Esse olhar de aflição de Alexander é bem cansativo, você não acha? — disse Teresa. — Se ele aprendesse a ver o mundo com mais distanciamento, decerto colheria mais admiradores.

Tia Blount, que vinha bisbilhotando a conversa das sobrinhas, deixou-as de lado e perguntou a Arabella:

— O que acha de Lady Tewkesbury, Srta. Fermor? Que cor vê na renda que lhe cobre o colo? Amarelo ou dourado? Cai muito bem ao lado da pintura do rosto, que também está muito bonita, não acha? E que idade você daria a ela?

Arabella virou-se para Sra. Blount com um sorriso paciente. Precisava aparentar interesse, claro. Respondeu que a renda pendia mais para o dourado, que a pintura do rosto era de fato muito bonita e, resistindo à tentação de dizer que Lady Tewkesbury não devia ter mais que uns 120 anos, calculou que decerto ela ainda não havia completado 45.

— Vejo que a estou aborrecendo... — disse a Sra. Blount, sorrindo.

Arabella levou um susto e esperou que sua expressão de surpresa, pelo menos, tivesse passado despercebida pela astuta vizinha. Não lhe ocorrera que a Sra. Blount podia ser tão observadora.

— Mas você se porta com tanta graça e refinamento, Srta. Fermor — continuou a velha, ignorando a descompostura de Arabella —, que posso dar sua felicidade futura como coisa certa. Durante a última meia hora, por exemplo, não olhou uma única vez para o camarote dos cavalheiros. Infelizmente não posso dizer o mesmo da minha pobre Teresa.

Arabella não sabia o que responder, mas sequer teve a chance de dizer o que quer que fosse, pois a Sra. Blount sorriu e observou:

— Veja! Os cantores finalmente pararam para respirar um pouco! Quando é para fazer barulho, uma platéia sempre vence em estâmina os coitados que estão no palco.

Arabella não teve tempo para refletir sobre o disparate que acabara de ouvir, pois o rebuliço já se formava no camarote com o término do primeiro ato. Em meio à movimentação geral, viu que Mary Pierrepont, Charlotte Castlecomber, a Srta. Oldmixon e Lady Salisbury tomavam a direção do restaurante, e que as irmãs Blount já se levantavam para segui-las. Dali a pouco ela se encontraria com lorde Petre. Permaneceu quieta na poltrona, mas depois de um instante, fingindo ocupar-se inteiramente com os ajustes da estola, seguiu sem nenhuma pressa para o salão onde todos se reuniriam.

Lorde Petre havia se posicionado junto do bufê com Robert Harley, que falava de um decreto sobre a importação de gado da Irlanda, já em vias de ser apresentado ao Parlamento. Mal dando fé do que fazia, colheu duas taças de vinho da bandeja de um garçom e ofereceu uma delas a Harley — apenas para descobrir que o ministro já se servira.

— Faça bom proveito dela, milorde! — disse Harley, rindo. Petre devolveu-lhe um sorriso mecânico e olhou a seu redor. Chegou a pensar em fabricar uma desculpa para sua distração.

Mas foi então que ele a viu.

Já havia evocado a imagem de Arabella uma centena de vezes: tal como a vira no Exchange, na fantasia do baile de máscaras... Durante o dia, lembrava-a de chapéu e luvas; à noite, imaginava-a como Diana: os cabelos soltos à altura dos ombros, tranças fugidias cobrindo-lhe o rosto. Mas ela nunca se afigurava com nitidez nessas evocações: invariavelmente bonita, mas com feições imprecisas; elegante, mas com uma silhueta embaciada. Quando ele se virou para a entrada do salão, no entanto, o que viu foi a Divina Concretude.

A beleza de Arabella era assustadora. Nenhuma extravagância no seu jeito de vestir naquela noite: o mantô, primorosamente talhado às curvas do corpo; a saia de brocado, farta e longa; as mangas, adornadas com adoráveis babados; o decote, deliciosamente sugestivo. Ela era alta, mas não excessivamente; o porte sugeria uma segurança e uma autoridade aparentemente inextinguíveis, mas o contorno do rosto e o frescor da pele prometiam um doce aconchego.

Tanto Arabella quanto lorde Petre haviam decidido de antemão que não olhariam diretamente um para o outro quando se encontrassem. Arabella novamente se lembrou disso ao pisar no salão. Mas ambos se viram no mesmíssimo instante, e nenhum dos dois teve a oportunidade de escapar furtivamente. Quando os olhares se cruzaram, o impulso de se mostrar arredio ou arredia já havia perdido todo o vigor. Os olhos de Arabella faiscaram; ela entreabriu os lábios para sorrir, ou talvez dizer alguma coisa (apesar da ausência de possíveis interlocutores), mas se viu incapaz de

prosseguir. Permaneceu imóvel à entrada e esperou que ele viesse a seu encontro.

Por fim, ele veio. Ofereceu-lhe uma das taças de vinho, que ela aceitou, mas nenhum dos dois levou a bebida à boca, por medo de se pilhar com a mão trêmula.

Foi o barão quem quebrou o silêncio.

— O que a Srta. Fermor achou do primeiro ato? — perguntou.

— Mal consegui despregar os olhos do palco — ela respondeu. — O drama entre os dois amantes era muito intenso. Agora estou ansiosa por saber como tudo vai terminar.

— Os amantes são irresistíveis, não acha? — ele ecoou.

— Muito. — Arabella sorriu, mas não se viu capaz de dizer mais nada.

— Quanta gente esta noite... — observou o barão.

Ela fez que sim com a cabeça, novamente emudecida.

Mas Petre logo sacou outra pergunta:

— A senhorita veio com as irmãs Blount? Eu as vi no camarote.

— Vim na carruagem da tia delas.

Na sua insólita timidez, Petre se deu conta de que não havia cumprimentado Arabella com os dois beijos. Tarde demais, a oportunidade já havia escapado. Ele permaneceu num silêncio taciturno enquanto Arabella corria os olhos pelo salão, afetando pouco-caso.

Eles foram salvos por Richard Steele e Robert Harley, que se aproximaram com o intuito de fazer mais troças com os cantores e o público. Teresa também se aproximou, acompanhada da amiga Margaret Brownlow, e perguntou se Arabella sabia o nome do cavalheiro que conversava com Sir George Brown. À custa de muito esforço, Arabella virou-se para ver quem era.

— Francis Perkins — disse apenas.

— Você o conhece? — insistiu Teresa, determinada a fazer com que a prima desviasse sua atenção de lorde Petre.

— Já nos vimos algumas vezes — respondeu Arabella. E para sua surpresa, em vez da voz da prima ela ouviu a do barão, que disse:

— A senhorita dançou com o Sr. Perkins no baile de máscaras, não dançou?

Arabella precisou conter o impulso de se voltar imediatamente para ele.

— Lorde Petre tem excelente memória — ela disse à prima, com um risinho.

A conversa seguiu em frente, entremeada de muitas risadas. A certa altura, Arabella chegou a pensar que o barão se afastaria na companhia dos homens. Petre, por sua vez, receou que a qualquer instante ela fosse voltar ao camarote com a prima, e que sua chance fosse perdida. Chance de fazer o quê, isso ele não sabia. Nenhum dos dois registrava uma única palavra do que era dito a seu redor; ambos buscavam motivos para se falar, desejando em vão que fossem deixados sozinhos. Por fim, quando as pessoas começaram a voltar a seus lugares, eles se viram cara a cara. Lorde Petre, mudo, fixou os olhos em Arabella, que tentava encontrar algo inteligente que pudesse dizer para quebrar o silêncio.

— Estou curiosíssima para saber o desenrolar da história — foi o que ela disse, afinal, talvez um pouco alto demais.

Lorde Petre continuou a encará-la; demorou-se o suficiente para que Arabella lhe reprovasse a falta de iniciativa. Então, de um segundo a outro, ele disse baixinho:

— Eu preciso vê-la.

Foi Arabella quem agora se viu muda.

— Permitirá que eu a encontre? — perguntou Petre.

Ela poderia ter respondido: "Acho que devemos voltar aos camarotes", ou talvez "Que noite mais agradável!", e nesse caso Lorde Petre teria se contido. Caso ela desse fim à conversa, pensou o barão, imediatamente ele a deixaria em paz. Mas, para sua surpresa, e até certo ponto dela também, Arabella disse:

— Não estou me escondendo de ninguém, milorde. — Ela deu as costas para Petre e foi ao encontro da Sra. Blount, que seguia para o camarote.

De volta a seu lugar, Arabella relembrou cada detalhe da conversa entre eles, uma conversa deliciosa, conduzida por duas pessoas que conheciam plenamente os hábitos e as pequenas nuanças do flerte. Nada de exageros, a não ser pela emocionante súplica do barão: "Eu preciso vê-la." Quanta diferença dos pretendentes mofinos que ela havia sido obrigada a suportar até então, com suas abordagens claudicantes e cumprimentos sem graça! A voz da cautela aconselhava-a a evitar, tanto quanto possível, um encontro a sós. Mas a voz do coração dizia que ela já havia ido longe demais para voltar atrás.

A orquestra já havia recomeçado, e agora a música era encantadoramente doce. A platéia enfim se aquietou, cativada pela história. Do lado dos homens, mesmo Steele havia se calado ao ver o herói jurar que enfrentaria todos os perigos para salvar a amada. Mas as tais juras não se revelaram lá muito confiáveis: dali a pouco ele ouviu o canto de uma sereia e não resistiu à tentação. Alheio à grita dos amigos, Rinaldo abandonou sua heróica viagem. A amada foi abandonada; o herói havia sucumbido.

Muito a contragosto, Alexander percebeu-se embevecido com o drama. Até então não havia notado que o compositor e o libretista haviam encontrado uma história tão adequada à situação da Inglaterra. Tratava-se de um episódio de Tasso: o cerco de Jerusalém pelos cristãos. Uma ótima escolha, pois o enredo retratava muito bem o drama das disputas religiosas. Atentando para a engenhosidade da trama, Alexander sentiu uma ponta de inveja. Como era esplêndida a ária da sereia: tão simples, tão surpreendente, mas ao mesmo tempo ameaçadora, com seu ritmo regular e obstinado. Amofinado, ele viu ali algo muito superior a tudo que já havia escrito. O tal do Sr. Handel devia ser um sujeito bem inteligente, alemão ou não.

Em seu camarote, Arabella inclinou-se para a tia das irmãs Blount e disse:

— Preciso de um pouco de ar fresco. Não me demoro.

A tia, supondo que Arabella precisava mesmo era de um urinol, assentiu e voltou sua atenção para o espetáculo.

Arabella deixou o camarote e se recostou numa das paredes da passagem escura. Onde ela encontraria forças para enfrentar o resto daquela noite? A pergunta de lorde Petre havia sido uma doce promessa de alívio, mas lá estava ela novamente, prensada entre Martha Blount e a tia, sem nenhuma outra expectativa que não fosse mais conversas, mais poses e mais galanteios maçantes. O barão iria embora com os outros homens, e ela, com as mulheres. Por certo eles voltariam a se encontrar só dali a duas semanas, e novamente alheados um do outro, como dois estranhos.

Percebendo que todos os demais acompanhavam o drama, Petre levantou-se da poltrona. Sabia que a coisa certa a fazer era ir ao banheiro e voltar ao espetáculo. Mas como ele poderia se livrar daquela ansiedade? Não estava em condições de se concentrar em nada. Assim que saiu do camarote, entrou no primeiro mictório que viu. Não se espantou com a enorme fila diante dos urinóis, mas não se viu capaz de ficar vinte minutos ali, com um bando de marmanjos mijando ruidosamente à sua frente. Então saiu à rua e se aliviou num beco próximo ao teatro. Provavelmente uma atitude insensata, ele refletiu ao voltar.

No topo da escada, fez uma pausa. Decidiu que, antes de retornar à companhia dos homens, ele passaria rapidamente pelo camarote de Arabella apenas para dar uma espiada através da porta. Voltaria no mesmo pé.

Mas ela se encontrava na passagem.

— Milorde! — exclamou Arabella ao vê-lo entrar.

— Bell — ele disse, e roubou os beijos dos quais havia se esquecido antes. Plantou uma das mãos contra a nuca dela, o polegar roçando o queixo, e com a outra segurou-a pelo ombro a fim de impedir uma possível fuga. Os beijos foram breves; a não ser pela força com que ele a prendia, dificilmente eles teriam sido notados caso estivessem em público.

— Desculpe a falta de modos de ainda há pouco. Vim pagar o que estava devendo.

— Um mero descuido, milorde. Havia muitas distrações a seu redor.

— Havia apenas uma única distração.

Arabella sorriu.

— Bell, você viria comigo agora?

Ela congelou. Ainda poderia se desvencilhar daquela situação sem perder a dignidade; ninguém precisaria saber do que se passara naquela noite, de tudo que ela havia sentido desde que o vira. Tinha plena consciência de que devia recusar o convite, mas não encontrou forças para fazê-lo.

— Minhas coisas estão... — ela balbuciou. — As irmãs Blount vão...

Ele levou o indicador aos lábios dela para silenciá-los.

— Eu cuido das suas coisas — disse, e entrou no camarote.

Curvando-se para a tia das moças, sussurrou:

— Encontrei a Srta. Fermor nos corredores. Não está se sentindo bem... uma tontura, por causa do calor. Vou levá-la para casa, junto com meu lacaio. Felizmente a encontrei, mas a senhora não precisa se alarmar. Tampouco me agradecer. Estarei de volta antes do ato terminar. Pode me passar as coisas dela?

Teresa, que ouvira a conversa, inclinou-se para frente e disse:

— Coitada da prima! Eu já começava a estranhar a demora dela! O melhor é que eu vá junto, milorde, para garantir que ela chegue em casa em toda segurança.

Mas Teresa foi detida pela tia antes que pudesse se levantar.

— Você fica aqui comigo, meu bem. A Srta. Fermor está em ótimas mãos — disse a Sra. Blount, sorrindo para Petre de um modo que ele não soube interpretar. — É muita gentileza sua, milorde.

— Na verdade é um grande prazer, senhora.

Petre voltou a Arabella e lhe ofereceu o braço. Por sorte Teresa não tivera permissão para acompanhá-los, pois Arabella agora demonstrava um vigor que lhe traía tanto a saúde quanto o humor, ambos em ótimo estado.

— Senhorita — disse Petre.

Arabella abriu um de seus impenetráveis sorrisos.

— Milorde — ela retrucou.

Capítulo 10

Acautela-te de tudo, mas do Homem sobretudo!

Esta não seria a primeira vez que Arabella embarcava na carruagem de um homem no adiantado da noite. O costume permitia que as moças fossem conduzidas por seus admiradores até em casa e, enquanto descia a escada ao lado do barão, ela se lembrou de outras viagens afins, que geralmente aconteciam quando o cavalheiro que a acompanhava já havia bebido um tanto além da conta. Os trajetos, portanto, obedeciam a um padrão previsível de ardores apressadamente confessos e avanços atabalhoados. Mas quando lorde Petre a ajudou a subir na carruagem, dando-lhe a mão, ele não pulou para dentro logo em seguida, e por um instante Arabella chegou a pensar que de fato seria despachada para casa sozinha, na companhia do lacaio. Mas ele havia se afastado tão-somente para dar instruções ao cocheiro e, ao vê-lo ressurgir à porta, Arabella empertigou-se no banco e sorriu radiante. Petre sentou-se à frente dela. Não fechou as cortinas, e quem estivesse por perto os veria claramente tomando o rumo da casa de Arabella em St. James's.

O movimento do carro fazia com que eles balançassem para frente e para trás, o que dificultava a concentração. Petre não dava qualquer sinal de desassossego enquanto olhava para os prédios iluminados que se sucediam do outro lado da janela; Arabella, por sua vez, tentava capturar o olhar dele, a fim de provar a si mesma, tanto quanto a Petre, que também não estava com medo. Agora que estavam sozinhos, tinha plena consciência de que havia ultrapassado os limites do decoro. Nos encontros do passado, esse teria sido o momento em que seu admirador arremeteria contra ela, sussurrando numa voz arrastada que jamais havia visto beleza igual, nem encantos tão ímpares. Apoiando-se em qualquer parte do corpo dela que proporcionasse equilíbrio, ele impingiria um beijo e, com sofrível competência, apalparia as curvas de sua presa até onde ela estivesse disposta a permitir ou suportar. De modo geral, esse momento não tardava muito a chegar, e os afagos resvalavam num silêncio amuado que durava até o coche estacionar à porta de Arabella.

Mas, aparentemente, lorde Petre não faria nada parecido. Balançando ao ritmo da carruagem, ele a fitou com placidez e só depois de um instante disse:

— Espero que a Srta. Fermor não esteja de fato indisposta.

Arabella sorriu, embora sentisse o coração retumbar sob as garras do espartilho; estranhou que o olhar fixo do barão a desconcertasse muito mais que os arroubos dos demais pretendentes.

— A disposição da Srta. Fermor depende das circunstâncias em que ela se encontra — respondeu, e esperou que o barão não tivesse notado a rapidez com que ela havia apagado o sorriso dos lábios. — Confesso que me sinto um pouco tonta — emendou. — Está muito abafado aqui.

— Permita-me abrir uma das janelas. A senhorita se sentirá mais à vontade.

Arabella receou ter notado uma ponta de ironia no sorriso que o viu descerrar enquanto abria a janela. Depois de alguns minutos, deu-se conta de que os lampiões do lado de fora tinham ficado para trás e que eles haviam entrado numa ruela deserta. Assustada, sentiu os dedos formigarem, a garganta apertar. Firmou a voz e disse:

— Creio que seu cocheiro se perdeu, milorde. Estamos numa rua secundária, a algumas quadras da residência de minha família. — Achou ter visto o barão sorrir novamente, e novamente com ironia, mas no breu da carruagem tudo era possível.

Petre não fez qualquer menção de corrigir o cocheiro; em vez disso falou:

— A senhorita está certa. Se em breve ele não voltar à rota, chamo-lhe a atenção.

Arabella se assustou ainda mais. O que poderia fazer naquelas circunstâncias? Ninguém sabia onde ela estava.

A carruagem parou dali a pouco noutra ruela igualmente deserta. O lacaio saltou da traseira e abriu a porta, sobressaltando Arabella com o ruidoso clique da tranca. Petre saltou e disse:

— Jenkins, leve-a para dentro.

O lacaio estendeu uma das mãos para que Arabella descesse, e com a lanterna que trazia na outra iluminou o chão úmido da calçada. Ela tentou desembarcar com elegância, ciente de que era observada pelo barão, mas perdeu o equilíbrio e deu um passo em falso. Deixou escapar um gritinho, mas antes de cair foi amparada pelo lacaio. Sentindo a força com que ele lhe apertava o braço, fitou-o com uma incontida expressão de medo. Sem perceber nada, e sem arrefecer a pegada, o lacaio a conduziu ao redor da carruagem até uma passagem no muro do outro lado da calçada. Ofuscada pelo lume da lanterna, Arabella precisou apertar as pálpebras para enxergar melhor os vultos que se formavam à sua frente.

Atravessando a portinhola, ficou surpresa ao se ver no pátio de uma cavalariça. Jenkins agora caminhava alguns passos adiante, permitindo que ela enxergasse com mais clareza. Arabella viu o lacaio dirigir-se a um portão bem maior, para a passagem das carruagens, e ajudar o cocheiro a abrir as folhas de madeira. Parada ali, sozinha, ela começou a tremer, mas por fim Jenkins retornou para conduzi-la até os fundos da casa. Ele pendurou a lanterna num gancho, acendeu uma vela e levou-a até a cozinha, tão escura quanto o pátio.

Foi um alívio entrar em casa: o cômodo de teto baixo encontrava-se quente em razão dos fornos, e os saltinhos de Arabella pisavam com mais firmeza nas lajes do chão. Jenkins apontou para o lanço de escadas do outro lado de uma porta, e eles subiram juntos, a vela formando sombras cambiantes no alvo das paredes. Arabella virava o rosto amiúde para ver onde estava; constatando que se tratava de uma escada exclusiva para serviçais, ficou surpresa. Escadas semelhantes podiam ser encontradas apenas nas construções erguidas após o Grande Incêndio, a não ser nas grandes mansões do século anterior. Os Petre eram bem mais abastados do que ela supunha.

O caminho encontrava-se deserto, claro, mas assim que alcançaram o primeiro pavimento da casa eles ouviram passos. Jenkins retesou o corpo e se espremeu contra a parede junto da porta. Arabella ficou perfeitamente imóvel, receando que ele fosse apagar a vela e deixá-los na mais total escuridão. Via na pequena chama o único detalhe familiar de um grande território desconhecido. Mas os passos logo se dissiparam, e a casa voltou ao silêncio de antes.

Eles subiram ao segundo pavimento, e Jenkins atravessou uma porta à esquerda, que dava para um quarto minúsculo e parcamente mobiliado. Inferindo que se tratava da camarinha do próprio lacaio, Arabella seguiu-o sem hesitar. Nos fundos desse cômodo, outra porta dava para um quarto bem maior, ricamente decorado. Por certo eram os aposentos do barão, ela refletiu perplexa. Rapidamente examinando seu entorno, intimidou-se com o teto alto de vigas aparentes e com os lambris escuros das paredes (via-se que a casa era bem antiga). Deparou-se em seguida com uma cama enorme e alta, de dossel drapejado (exatamente como a dela, não fosse pelo brocado escuro das cobertas), mas rapidamente desviou o olhar, receando que Jenkins notasse sua curiosidade. Um fogo alto ardia na lareira, mas longe da cama, e longe da própria Arabella; o cômodo estava frio, e ela seguiu apressadamente no encalço do lacaio, os saltos tamborilando na madeira velha do piso.

Jenkins abriu mais uma porta, e eles entraram numa saleta adjacente. Recebida por uma lufada de ar quente, Arabella logo viu o fogo que crepitava na grelha, recentemente espevitado. Velas de cera iluminavam o ambiente, e as chamas bruxuleantes se refletiam na nogueira dos móveis: uma papeleira finamente talhada, duas mesas laterais, um sofá comprido e duas cadeiras, estofadas no estilo moderno. Mas ninguém se encontrava ali.

Assim que o lacaio se retirou, Arabella acomodou-se numa das poltronas, rija, aflita demais para se refestelar. Ouvia o tiquetaquear de um relógio e os estalos do fogo, nada mais. Não tinha a menor idéia do que fazer: já não dispunha daquele alegre espírito de afronta que a vinha insuflando até então. Encontrar-se sozinha nos aposentos de um homem era bem diferente de ser levada para casa na carruagem de um pretendente, e os flertes que ela dominava com total maestria num salão de baile pareciam absurdamente fúteis naquele lugar. Mais uma vez ela se abismou com a enormidade do que havia feito, com a tolice de ter achado que poderia controlar a situação. Conhecia as histórias de moças solteiras que haviam caído em desgraça ao fazer justamente aquilo; lembrou-se de Maria Granville, que ela própria havia ridicularizado durante o passeio com Teresa no Exchange. Arabella cruzava as mãos com tanta força que os nós dos dedos já se encontravam esbranquiçados.

Mas, para alívio seu, a centelha de rebeldia que a havia guiado até ali ainda não havia se apagado por completo. Com certo esforço, descruzou as mãos e se afundou nos braços da poltrona. Depois de alguns minutos, ficou de pé e foi se olhar no espelho amplo que encimava a lareira.

Mais relaxada com a proximidade do fogo, beliscou o rosto para reavivar a cor das bochechas e lambeu os lábios para lhes devolver o brilho. Alisou os cabelos, ajeitando as mechas que ladeavam o pescoço, e sorriu para sua imagem refletida, timidamente de início, mas com crescente segurança à medida que foi voltando à poltrona. Mais uma vez se perguntou por que estava ali. Um capricho momentâneo? Um rompante de loucura? Não. Embora soubesse do grande risco que estava correndo, Arabella não se arrependia de nada. Pela primeira vez na vida teve a impressão de que havia encontrado uma aventura de verdade, e só então percebeu quanto havia ansiado por ela.

A porta se abriu, e à soleira encontrava-se lorde Petre. Ele entrou na saleta, sentou-se no braço do sofá adjacente à poltrona, aliviou-se da espada e por fim inclinou o tronco na direção de Arabella.

— Mal posso acreditar que você esteja aqui — disse sorrindo. Arabella gostou de ver que se tratava do mesmo sorriso juvenil que ela tanto havia apreciado no Exchange. Em seguida, Petre buscou duas taças de vinho, entregou a de Arabella e perguntou: — Como está se sentindo agora?

— Bem melhor — ela respondeu, e bebericou do vinho, que desceu suave, reconfortante. A apreensão de antes agora lhe parecia uma tolice. O barão não parecia nem um pouco nervoso.

— Folgo em saber — ele disse. — Se estivesse fraca, eu sugeriria que afrouxássemos o espartilho.

Arabella não disse nada, mas sentiu um novo tremor. Atribuiu-o à ansiedade e deu mais um gole no vinho. Olhando para o barão, viu que ele sorria de novo, agora com malícia, e receou que ele tivesse lido seus pensamentos.

Petre tomou-lhe a taça e largou-a no consolo da lareira.

— Talvez devêssemos fazê-lo mesmo assim — disse.

"Fazer o quê?", perguntou-se Arabella. Ah, afrouxar o espartilho. Então era assim que se fazia, ela refletiu, e de súbito a palavra "sedutor" lhe veio à mente. Pilhou-se ainda mais ansiosa do que antes, mas constatou que se tratava de uma ansiedade boa, quase prazerosa.

— Seria uma grande decepção se a senhorita desmaiasse justo agora que a tenho aqui — continuou Petre, tomando Arabella pelas mãos e içando-a para junto de si.

Com um sorriso maroto, ela disse:

— Infelizmente não tenho muita prática com o espartilho. Betty está sempre a meu lado para ajudar. — Estava tão próxima de Petre que podia sentir a expiração dele nas próprias bochechas. Antecipando-se a um beijo, ergueu o rosto para o barão, que no entanto disse:

— E o que Betty costuma fazer? Você se lembra? — Ele roçava os dedos no pescoço dela.

— De modo geral estou sentada num banquinho.

Petre puxou-a na direção de uma cadeira, fazendo com que Arabella tremesse novamente. Agora não havia dúvidas de que se tratava de excitação.

— Isto serve — ela falou, sentando-se. — Em seguida Betty desabotoa meu vestido. — Arabella sentiu nas costas os dedos ágeis do barão; deduziu que ele já havia feito aquilo antes, mas em vez de ciúme sentiu alívio, talvez até uma pontinha de orgulho, diante da destreza dele. — Ela desabotoa o vestido e desata o espartilho. Uma tarefa delicada, mas nada que possa intimidá-lo.

Petre se colocou atrás de Arabella e plantou as mãos nos ombros dela; acariciando a tez pálida do pescoço, firmou os polegares no oco das clavículas e, muito de leve, passeou os dedos nos morros que escapavam do espartilho. Arabella podia ouvi-lo ofegar, bem como o próprio coração que rufava. Queria tocar aquelas mãos, aquele rosto, mas ficou imóvel e se deixou dominar.

Por fim, Petre buscou o rosto dela e beijou-lhe a boca. Um beijo faminto, incontido, que em nada lembrava a moleza úmida dos outros que ela já havia experimentado. Arabella sabia que tanta competência só poderia ter origem na prática, mas, curiosamente, viu nisso uma fonte adicional de prazer. A segurança que havia notado nos modos do barão, tanto no andar quanto no falar, agora se voltava exclusivamente para ela. A impulsividade talvez um tanto excessiva em nada diminuía o sabor e o poder daquele beijo: lorde Petre estava claramente no comando da situação. Infectada por tanto desejo e ímpeto, ela se entregou por completo aos ardores do barão, que a puxou contra si e disse:

— Bell, você é a moça mais linda que já vi na vida. Quisera eu poder fixá-la para sempre tal como está agora. — Ele passou a mão sob o espartilho dela e explorou as curvas que encontrou ali, roçando as costelas. — Atenda esta minha súplica e não mude jamais.

Ele a encerrou num abraço forte, fazendo com que o mantô e as saias caíssem ao chão. Beijou-a novamente, e só então Arabella sentiu, perplexa, o volume do pênis dele. Nunca havia tocado o membro de um homem antes e, portanto, assustou-se com a tumidez. Mas não percebeu nenhum constrangimento por parte do barão, que agora a empurrava rumo ao quarto, obrigando-a a se desvencilhar da pilha de roupas a seus pés.

O quarto se encontrava bem mais agradável: o fogo havia sido atiçado, e uma vela ardia ao lado da cama. Decerto fora Jenkins quem a colocara ali antes de sair, concluiu Arabella. Petre carregou-a nos braços e deitou-a delicadamente sobre as cobertas. A caverna produzida pelas cortinas do dossel encontrava-se quente, aconchegante. Petre retirou as botas e subiu em seguida, ajoelhando-se ao lado dela, alisando-lhe a perna.

— Que seda delicada têm estas ligas, Arabella — ele disse, roçando os laços. — E como são fáceis de desatar — acrescentou, levantando os olhos para saber se tinha permissão para prosseguir. Na ausência de qualquer protesto, desfez os laços e lentamente pôs-se a tirar as meias de Arabella. — São muito bonitas, estas meias. Suponho que tenham fios de ouro. — Ele abriu um sorriso jocoso. — Melhor tirá-las logo; não há lugar para distrações neste momento.

Arabella sentiu um frêmito nas pernas quando os dedos do barão as tocaram. Jamais havia passado por experiência mais insólita, íntima ou prazerosa.

Lorde Petre afundou o rosto nas dobras das anáguas.

— São muito sedutoras — disse. — Por ora vamos deixá-las onde estão. — Ajoelhado diante de Arabella, achou graça no rubor e na expressão de ansiedade nos olhos dela. — E agora este espartilho infernal... — sussurrou, fingindo examiná-lo. — Santo Deus! Como consegue passar o dia inteiro num aperto desses? Vejamos... Não posso desatar os laços, já que você está deitada sobre eles. — Ele beijou-a no colo, logo acima dos seios. — Como são lindas as suas roupas brancas, Bell. Tanto quanto o vestido. Criatura mais adorável não haverá de existir.

Mal acreditando que de fato ele não tinha como desfazer os laços de espartilho, Arabella sentou-se na cama e começou a desatar a estrutura de barbatanas de baleia que lhe cerrava o tronco.

Concentrava-se tanto que o barão não pode deixar de sorrir. Depois de um tempo, ela levantou os olhos com malícia e disse:

— Pronto. Agora milorde pode terminar.

— Justamente o que pretendo fazer.

Então sobraram apenas as anáguas, que, enroscadas, pouco cobriam do corpo de Arabella. Sem qualquer tinta de pudor, ela encarou o barão e disse:

— Agora é milorde quem vai mostrar como tirar essas calças. — Assustada com suas próprias palavras, de um segundo a outro ela corou de vergonha. Pela primeira vez notou nos olhos do barão uma centelha de preocupação. Se com ela ou consigo mesmo, isso ela não soube dizer.

Petre sorriu e disse:

— Quer dizer que nunca tirou as calças de um homem?

Arabella, séria, fez que não com a cabeça.

Ele tomou as mãos dela e largou-as na própria cintura. Arabella deslizou os dedos sob a cauda da camisa, saboreando cada centímetro de pele que eles tocavam. Mas Petre tremeu de repente, tomado pelas cócegas.

— Vou lhe mostrar como se faz — disse. — Mas depois todo cuidado será pouco.

— Cuidado com o quê? — perguntou Arabella.

Petre encarou-a como se quisesse cravar os dentes no pescoço dela e devorá-la ali mesmo. Incapaz de continuar a esconder no peito o que de fato sentia, soltou o verbo e disse:

— Com a possibilidade de que eu lhe encaixe a pica até o talo, como gostaria de fazer, e a deixe de barriga.

Lorde Petre foi fiel à sua palavra, e naquela noite Arabella deixou a casa do barão com a castidade preservada. Voltou para a casa dos pais na carruagem dele e esgueirou-se para dentro, exultante com o que acabara de se passar. Chegando ao quarto, espantou-se que o fogo já tivesse se apagado e que o céu começasse a clarear num dos cantos da janela.

Enquanto Arabella relembrava a noite com um misto de alegria e estupefação, Lorde Petre remoía a surpresa que ele próprio havia tido. Quando a encontrara sentada na poltrona junto do fogo, surpreendera-se com o brilho de ansiedade e apreensão que vira nos olhos dela. De um segundo a outro, Arabella Fermor lhe parecera incrivelmente diferente daquela mulher soberba e segura que ele havia encontrado no baile e na ópera, cuja beleza o deixara tomado de desejo. De início ele não constatara o problema, chegara a pensar que ela estivesse doente... mas depois percebera, perplexo, que ela estava com medo. Para esconder de Arabella sua recente constatação, ele havia se afastado para servir o vinho, esperando que ela aproveitasse a oportunidade para se recompor. E assim ela o fizera, claro.

No entanto, por mais que a segurança e firmeza de Arabella apetecessem ao barão, aquele rápido momento de vulnerabilidade agora produzia nele emoções totalmente inéditas. Ele sentia o desejo de protegê-la, de privá-la de qualquer perigo: imaginava-se o campeão de Arabella Fermor, secretamente carregando a insígnia dela entre a armadura e o coração. Dando asas à fantasia, via a si mesmo voltando das pelejas do mundo para encontrá-la junto ao fogo, o sorriso altaneiro das ocasiões públicas dando lugar a uma doméstica e doce expressão de súplica. Essa nova imagem de Arabella, ao mesmo tempo a sereia que cantava para ele e a donzela que necessitava de cuidados, rapidamente conquistava espaço nas quimeras do barão, trazendo à tona novas dores de desejo, mais urgentes que as anteriores, porém de uma pungência estranhamente deliciosa. Dali a pouco, contudo, ele seria obrigado a pôr de lado suas dores e desejos.

Às onze horas da manhã seguinte, Petre foi acordado por Jenkins com a informação de que John Caryll, seu ex-tutor, havia chegado à cidade. Ele havia passado às dez, mas como não podia esperar instruíra Jenkins a dizer ao patrão que o encontrasse na White's ao meio-dia. Levantando-se a contragosto, o sonolento Petre vestiu o roupão que lhe dera o criado e calçou os chinelos que haviam sido deixados junto da cama.

— Suponho que não possa faltar — disse, e interpretou o silêncio de Jenkins como uma confirmação. — Mas não posso sair de casa sem desjejum — emendou. — Você me prepara umas torradas com bacon, Jenkins? Não quero saber de chocolate esta manhã. No lugar dele, uma bela caneca de cerveja.

Ele escolheu as meias e as calças, vestiu-as em seguida e pensou na casaca que deveria usar. Talvez a azul de sempre. O Sr. Caryll dificilmente notaria, e um encontro com Arabella seria pouco provável naquela manhã. Lembrando-se das madeixas dela, caindo sobre o rosto enquanto ela desatava o espartilho, Petre sentiu a virilha inchar com uma ereção. Mas Jenkins logo voltou com o bacon, e ele se acalmou novamente.

Chegando à confeitaria, ficou aliviado ao encontrar Caryll na companhia de um amigo, o Sr. Pope. Já deveria ter esperado por isso, refletiu, lembrando-se com certo embaraço daquele encontro em Ladyholt quando ele havia se espantado com a figura disforme do poeta. Suspeitava que, felizmente, ele não se lembrava de nada. Mas naquele momento não se importaria que o Sr. Pope tivesse orelhas de burro e rabo de macaco, desde que entretivesse Caryll com sua conversa.

Caryll levantou-se para cumprimentá-lo com tapinhas nas costas.

— Como está, milorde? Bem? Esplêndido... Está com ótimo aspecto.

Petre já havia se esquecido dos entusiasmos do ex-tutor, acostumado que estava aos rigores a que fora submetido durante o período de tutela.

— Lembra-se do meu jovem amigo Pope, não? — dizia Caryll. — Alexander Pope, o célebre poeta?

— Célebre, não — resmungou Pope, visivelmente constrangido. Petre condoeu-se dele, lembrando-se dos dias em que ele próprio era apresentado como barão de Ingatestone mesmo antes de herdar o título: protestava veementemente, mas ninguém lhe confiava a menor atenção, claro.

— Bobagem, Pope — devolveu Caryll. — Seu "Ensaio Sobre a Crítica" será posto à venda no mês que vem. Foi você mesmo quem disse que Tonson já prevê uma segunda edição.

Alexander franziu o cenho, contrafeito, e Petre precisou conter o riso.

— O que o traz à cidade, senhor? — Alexander perguntou a Caryll, que imediatamente ficou sério.

— Vim à procura de uma noiva para meu filho.

— Mas ele não está para se casar com a filha de lorde Arundell? — perguntou Petre irrefletidamente.

— No fim das contas, não aprovei a união — disse Caryll.

Assustado com a rispidez da resposta, Petre olhou curioso para o ex-tutor. Estranhava-lhe a amplitude do humor: ora efusivo e afável, ora frio como o gelo. Melhor não atiçá-lo, pensou, nem depender dele para o que quer que fosse. Por sorte, o Sr. Pope não precisava do amigo para o sucesso de seus projetos na cidade.

Mas Caryll se prontificou a explicar.

— Lorde Arundell não cedia quanto ao acordo, pensava apenas nos interesses da filha. Minha proposta era bastante justa, mas não havia meios de fazê-lo aceitar. Cortei relações com o pulha. Mas creio ter encontrado outra moça que se afina melhor a meu filho. A filha de lorde Throgmorton. Porventura milorde a conhece?

Petre fez que não com a cabeça e acenou para um garçom. John Caryll era um sujeito ganancioso, ele refletiu, não era difícil imaginá-lo extorquindo lorde Arundell nas negociações do acordo nupcial. Por outro lado, tinha lá os seus motivos: nada mais justo que pensasse no futuro da enorme quantidade de filhos que havia posto no mundo.

Para alívio de Petre, o ex-tutor virou-se para Alexander e disse:

— Trouxe uma carta de seu pai, senhor. Espero que abençoe sua permanência na cidade.

Alexander tomou a carta apressadamente e, com um sorriso nervoso, disse:

— Acho difícil, mas pelo menos espero que ele compreenda meu desejo de continuar aqui. — Apreensivo, ele quebrou o selo.

Lorde Petre estava prestes a formular uma pergunta sobre a mulher e os filhos de Caryll quando Pope exclamou:

— Justamente como eu havia previsto! Ele não gosta da idéia, mas dá sua permissão. Creio que devo agradecer-lhe por isso, senhor — ele disse a Caryll, que respondeu com um sorriso gracioso. Petre, por sua vez, achou improvável que Caryll fosse capaz de interceder a favor de quem quer que fosse, e muito menos do franzino Pope.

— Santo Deus! — continuou Alexander, correndo os olhos pela carta. — O homem era *mesmo* padre! — Petre e Caryll fitaram-no com surpresa.

— Do que está falando, Pope? — perguntou Caryll, imediatamente reagindo à menção de um católico, tal como pôde perceber o barão.

— O padre do baile de máscaras! O sujeito assassinado em Shoreditch!

Petre ficou mudo.

— Ele se chamava Francis Gerrard — prosseguiu Pope. — Um católico de Lancashire. O *Daily Courant* publicou uma nota. Meu pai é ávido leitor desse jornal — ele explicou ao barão.

— Francis Gerrard... — repetiu Caryll, rapidamente olhando a seu redor. — Eu o conhecia. De fato era padre. Costumava freqüentar a embaixada para tratar de assuntos da Igreja e naquela noite esperava passar despercebido como um convidado do baile.

Alexander e Petre o encararam surpresos. Onde ele poderia ter obtido aquelas informações?

— Gerrard era um antigo e fervoroso defensor da causa jacobita — continuou Caryll —, muito ativo à época da prisão de meu tio. Algum tempo atrás, creio, ele descobriu que havia traidores entre os agentes jacobitas em Londres. Fui informado de que, na noite do baile, ele havia ido contar tudo que sabia ao secretário do embaixador.

— O senhor *foi informado*? — disse Alexander. — Pois então já conhece toda a história! O padre foi deliberadamente morto? — Ele sentiu um repentino frio no estômago. Já havia esquecido o medo que sentira durante a primeira visita a Londres. Além disso, Martha o havia tranqüilizado, afastando com sensatez todas as suspeitas que recaíam sobre Petre. Mas bastava olhar para o rosto do barão agora para saber que essas suspeitas não eram de todo infundadas.

— Ninguém sabe ao certo — respondeu Caryll. — Nada mais foi descoberto com relação ao crime.

Petre tinha consciência de que havia perdido a cor.

— Mas como foi que soube de tudo isso, senhor? — perguntou.

Caryll mais uma vez olhou a seu redor.

— Por meio de um velho amigo — sussurrou. — Os jacobitas da geração de meu tio ainda têm vínculos muito fortes.

Petre brincava com os botões da casaca, pretensamente distraído com o que lhe dizia o garçom. Ficara chocado com a notícia de Caryll. Que significado isso poderia ter? Uma advertência, talvez? Cogitou se Douglass já estava a par da história. Se não estivesse, teria de ser informado o mais cedo possível. Aliás, era bem provável que Caryll tivesse orquestrado aquele encontro justamente para falar de Gerrard. Bobagem. O assunto havia sido encetado por Pope.

Seria possível que Caryll ainda estivesse ligado aos jacobitas? Petre contemplou-o à procura de algum sinal de cumplicidade; não encontrando nada, lembrou-se imediatamente de que o ex-tutor já havia sido preso por suspeita de traição: não estava em condições de correr novos riscos agora. Mais uma vez tentou buscar o olhar dele, mas Caryll já havia se virado para cumprimentar um conhecido recém-chegado.

Alexander ficou aliviado quando deixou a companhia de lorde Petre e John Caryll naquela tarde e seguiu a pé para a casa de Jervas. Não queria nenhum envolvimento com os jacobitas; embora duvidasse da participação de Caryll em qualquer espécie de conluio, agastara-se ao saber daquela história de informantes clandestinos e reuniões secretas. Jervas tinha toda razão: tratava-se de outro mundo, um mundo que ele julgava extinto havia muito.

Naturalmente, enquanto estivesse hospedado com Jervas, ele não teria nada a temer: sequer conseguia imaginar o amigo maquinando tramas com alguém de batina na calada da noite. Por outro lado, impressionara-se sobremodo com a expressão no rosto de lorde Petre quando o assunto de Gerrard veio à tona. Por mais que tivesse tentado disfarçar, o barão havia ficado absolutamente lívido. Caryll, ao que parecia, não percebera nada. Alexander não pôde deixar de sorrir ao constatar que pela primeira vez na vida tinha visto Petre numa situação de desvantagem. O barão havia irrompido na confeitaria pavoneando a espada como se fosse um cavaleiro voltando para o banquete depois de um dia de justas mui acirradas; mas desse mesmo banquete ele havia saído murcho, com o rabinho bem alojado entre as pernas, ciente de que não teria muitas justas pela frente caso lhe prendessem o corpo numa carroça e o partissem em quatro fatias mui ensangüentadas.

Capítulo 11

Vaidades de toda sorte e feição
Abastam-lhes a quitanda do coração.

— A saia de Arabella não tinha nenhum babado — informou Teresa à irmã numa conversa matinal, cerca de uma semana depois da ópera. Martha trabalhava nas costuras, e Teresa segurava uma carta.

— De quem é essa carta, Teresa? — perguntou Martha, ignorando o comentário da irmã, já inúmeras vezes repetido.

— Do nosso avô — ela respondeu. — Mas ele não tem nada a dizer. Quer saber apenas como estamos, se titia já se recuperou do resfriado, se Alexander tem vindo nos visitar. A essa altura é bem provável que Alexander já o tenha informado. Ele adora compor aquelas cartas longuíssimas, somente para citar os autores que anda lendo.

Teresa parou diante do espelho e aquilatou o próprio rosto, virando-o ora para um lado, ora para o outro.

— Sabe de uma coisa? — disse, mais para si mesma do que para a irmã. — Meu perfil é tão bonito quanto o de Bell. — Na véspera ela havia retornado triste da *levée* de Arabella, trancara-se no quarto por mais de uma hora. Quando Martha quis saber o que se passava, recebera isto como resposta: "Arabella tem novas amizades, gente que nunca vi antes. Decerto tem feito visitas sem me convidar." Talvez isso explicasse aquela obsessão pela ausência de babados no vestido da prima, concluíra Martha.

Teresa mais uma vez examinou o próprio perfil.

— Eu estava observando Arabella ontem, enquanto ela falava com Lady Salisbury — disse. — Bell tem um nariz arrebitado, mas se porta de tal modo que ninguém percebe.

— Que pacote é aquele em sua mesa? — perguntou Martha.

— Ah, algo de Alexander, suponho — ela respondeu sem se virar.

Martha lançou um olhar torvo na direção da irmã. Por certo, Teresa havia decidido que Alexander não tinha credenciais para freqüentar o novo círculo de Arabella; mais que isso, julgava que a prima jamais pudesse se interessar por um jovem e desconhecido poeta. Quanta ingenuidade, pensou Martha.

— De Alexander? O que é? — ela disse, e foi examinar o pacote.

— Não sei. Parece um livro. Decerto daquele francês, Boileau, que Alexander tanto quer que leiamos. Outro dia ele fez uma troça com o fulano, mas nem me dei ao trabalho de tentar entender. Falou que ia nos mandar um exemplar.

Martha tomou o pacote entre as mãos.

— Boileau? Não creio. Certamente é o novo poema dele. Alexander já havia dito que nos mandaria um exemplar, antes mesmo de o título chegar às livrarias.

— Pois ele bem que poderia ter esperado um pouco! Que sentido faz enfrentar cinqüenta páginas de poesia se ninguém mais estiver fazendo a mesma coisa?

Martha riu, exasperada, e disse:

— Teresa, quer sair da frente desse espelho?

Teresa continuou onde estava, mas viu o reflexo da irmã no espelho que defrontava o seu.

— Por que não abre logo o pacote, já que está tão curiosa? — sugeriu.

Tarde demais, pois Martha já havia voltado ao sofá para desfazer o embrulho. Deparou-se com o mesmo livreto que Tonson havia mostrado a Alexander algumas semanas antes.

— "Ensaio Sobre a Crítica" — ela leu. — Que lindo! Mas Alexander não colocou seu nome na capa. Uma pena.

— Talvez porque tenha consciência da absoluta falta de graça do nome que possui — retrucou Teresa, virando-se para a irmã. Mas logo se arrependeu do que disse. Noutros tempos elas teriam rido da observação. Martha costumava gostar quando ela zombava das fraquezas de Alexander, mas ultimamente parecia recriminá-la. O que poderia ter havido? Teresa se deu conta de algo e olhou curiosa para a irmã. Seria possível que ela, Martha, visse em Alexander um possível cunhado? Claro que não, concluiu, e inconscientemente balançou a cabeça para o reflexo da irmã no espelho.

Devolvendo-lhe o olhar, Martha repreendeu-a mais uma vez:

— Este é o primeiro livro que Alexander publicou por conta própria. As "Pastorais" simplesmente fizeram parte de uma coletânea de Tonson, mas se este "Ensaio" for bem recebido Alexander terá o reconhecimento que merece. Porventura não quer vê-lo famoso?

Teresa se deu conta de que a irmã sabia muito mais a respeito de Alexander e inferiu que eles vinham passando mais tempo juntos do que ela suspeitava.

— Faz anos que Alexander vem falando deste poema — disse. — Já estou farta. Por que ele não escreve algo que seja espirituoso e divertido?

— Trata-se de um trabalho sério, ambicioso — respondeu Martha. — Pode ser o início de uma brilhante carreira. Mas se não cair nas graças de John Dennis... Sei que Alexander está apreensivo.

Teresa não gostou de ouvir a irmã falando em nome de Alexander.

— Quem é John Dennis? — perguntou, ao mesmo tempo que examinava a bainha do vestido.

— Teresa! — exclamou Martha em resposta. — Não vá dizer que não sabe quem é John Dennis! É o crítico mais conhecido de Londres!

Teresa de fato não sabia quem era Dennis, mas não disse nada: preferiu deixar Martha pensar que se tratava de uma provocação. Até aquela conversa, não havia percebido quanto se distanciara de Alexander. Esquecera-se de que ele tinha um novo poema em vias de ser publicado — e de repente desejou ter-se lembrado. Calou-se por um instante; sabia que estava sendo injustamente ranzinza com a irmã. Era evidente que Martha e Alexander vinham se encontrando enquanto ela andava na companhia de Arabella. Mesmo assim, ressentia-se da amizade entre eles.

Martha abriu e leu o bilhete que Alexander enviara com o pacote.

— Alexander mandou-nos um *billet doux* — disse sorrindo. — É muito encantador.

Teresa imediatamente tomou o bilhete das mãos da irmã.

— Passe para cá! — disse. — Este bilhete é meu, Patty. Você não deveria ter lido.

— Está endereçado a nós duas, Teresa — retrucou Martha tranqüilamente.

Teresa distraiu-se, no entanto, quando viu o criado Jones entrar com um buquê nas mãos. De um pulo, pôs-se ao lado dele.

— Ah... — ela suspirou tão logo soube que as flores lhe pertenciam. — Como são lindas! De estufa, claro. Ainda é cedo demais para jacintos de jardim. Deixaram algum bilhete, Jones? — perguntou, mas o criado balançou a cabeça e se retirou, fechando a porta com estrépito.

Martha murchou. Dissera a Alexander que Teresa gostava de jacintos e concluiu que ele os havia mandado para acompanhar o poema. Alexander, claro, conhecia Teresa o bastante para saber que não seria admirado tão-só pelos versos. Entristecida, Martha se deu conta de que a predileção dele por Teresa em nada havia mudado.

— Quem será o remetente? — ela perguntou à irmã.

Teresa surpreendeu-a com uma resposta evasiva; deteve-se um instante para avaliar as possibilidades e só então disse:

— Não sei. De início pensei em James Douglass. Quando dançamos no baile, comentei que nossa casa ficava na King Street, próximo à de lorde Salisbury. — E com um repentino brilho no olhar, emendou: — Mas também é possível que ele tenha dito alguma coisa a lorde Petre. O barão sorriu para mim de um modo especialmente gentil quando saí da *levée* de Arabella ontem. Disse que era uma lástima que eu tivesse de ir tão cedo.

— Seja quem for, decerto sabe quais são as suas flores preferidas — disse Martha. E depois de um breve silêncio sugeriu: — Talvez sejam de Alexander.

— Alexander? Não creio. — Teresa desviou o olhar, esmaecida.

Vendo isso, Martha conteve o impulso de repreendê-la pelo episódio com o bilhete. Percebeu que as esperanças que a irmã nutria com relação ao barão eram tão vãs quanto as que ela própria nutria com relação a Alexander. Afinal, não teria ela, Martha, visto no livro os mesmos sinais equivocados que Teresa vira nas flores? O mais provável era que, ao endereçar o bilhete a ambas, Alexander não tivesse feito mais que obedecer aos ditames da polidez.

Essa não foi a primeira vez, desde que haviam chegado a Londres, que as irmãs optaram por se calar, incapazes de dividir uma com a outra as desilusões que tanto as afligiam.

Os encontros secretos de lorde Petre com Arabella não tardaram a acontecer. Naquela manhã da *levée*, em que Teresa se sentira tão deslocada, o barão havia comparecido na companhia de um grupo de amigos: o duque de Beaufort, Henrietta Oldmixon e Lady Salisbury. Esperava que aos poucos Arabella fosse incluída no pequeno círculo deles, o que daria ensejo a novos encontros. Arabella ficara entusiasmadíssima com o desenrolar dos fatos. Assim que o grupo do barão chegou, um criado os conduziu ao andar de cima, até o quarto dela. Arabella bebia seu chocolate à cama, apenas de camisola e mandrião, os cabelos ainda por fazer. Teresa já se encontrava lá, junto de duas outras moças que lorde Petre conhecia de vista. A mãe de Arabella havia passado para cumprimentar Teresa, mas com a chegada do barão e seu requintado grupo ela se retirou a fim de permitir que a filha desfrutasse livremente das novas amizades.

O bule de chocolate se encontrava num suporte de prata, e as xícaras, numa mesinha marchetada; flores frescas, enviadas de Covent Garden pelo barão naquela manhã, transbordavam de um vaso sobre o consolo da lareira. Cadeiras foram providenciadas para os recém-chegados, e o chocolate foi servido. A conversa se estendeu por cerca de uma hora.

Pouco depois do meio-dia, Betty entrou para anunciar que a carruagem da Srta. Blount havia chegado para buscá-la. Teresa despediu-se com visível relutância. Inferindo que ela havia providenciado a carruagem antes de saber que outros ainda estavam para chegar, lorde Petre sentiu uma ponta de remorso: talvez ele e Arabella não devessem usar a pobrezinha como álibi para seus encontros clandestinos.

Mas, uns dez minutos depois, Henrietta Oldmixon suspirou e disse:

— Infelizmente também preciso ir· o cabeleireiro está à minha espera. Pena que eu o tenha convocado tão cedo. Sua *levée* estava agradabilíssima, Srta. Fermor. Virei sempre que convidada.

Lady Salisbury também se levantou, dizendo:

— De fato, Srta. Fermor. Fico feliz que lorde Petre a tenha introduzido em nosso grupinho.

Arabella sorriu, inclinou-se na cama para os beijinhos de despedida e depois disse:

— Mas não vou suportar ficar sozinha, sem ninguém com quem conversar, enquanto Betty me arruma os cabelos. Lorde Petre... espero que o senhor e Sua Graça possam ficar uns minutinhos a mais.

O duque de Beaufort já ia aceitando o convite quando se deparou com o olhar repressor de Henrietta.

— É uma lástima, Srta. Fermor — disse —, mas não posso ficar. Um compromisso no clube. Quem sabe da próxima vez...

Com uma pequena reverência, lorde Petre interveio:

— Ainda me falta uma hora para o almoço no Locket's, Srta. Fermor. Será um prazer fazer-lhe companhia. — Ele esboçou um discretíssimo sorriso de cumplicidade.

Os outros saíram, e o barão fechou a porta do quarto.

— Betty ainda demorará uns vinte minutos — disse Arabella. — Fico feliz por tê-lo aqui para me entreter.

Ela se acomodou diante do toucador. A camisola solta permitiria às mãos baroniais amplo acesso ao corpo que ela encobria; do mesmo modo, não ofereceria nenhum obstáculo quando elas tivessem de recuar com a chegada de Betty.

Coube a Petre tomar as providências para o próximo encontro alguns dias depois.

— Vou precisar de sua ajuda esta tarde, Jenkins — ele disse ao criado enquanto se vestia pela manhã. Sabia que Jenkins o entenderia. Já havia contado com a discrição dele à época do envolvimento com Molly Walker e, mais recentemente, com Charlotte Castlecomber.

Jenkins curvou-se numa mesura e não disse nada.

— Mais tarde receberei a Srta. Fermor nos meus aposentos — continuou Petre —, mas não quero que minha família saiba que estou em casa. Diga à criadagem que estarei ausente a tarde inteira.

— Certamente, senhor — disse Jenkins, e esperou pelo guinéu que Petre já ia tirando do bolso. Antes de se retirar, sacou do libré uma carta e perguntou ao patrão se devia entregá-la.

— Ah, felizmente ela está com você — disse Petre. — Não me lembrava mais de onde a tinha deixado. — Ele vasculhou o bolso em busca de mais moedas. — Compre algumas flores no mercado quando estiver a caminho e entregue-as à Srta. Fermor, junto com a carta.

— Pois não, milorde — disse Jenkins, embolsando as moedas.

Petre saiu, e Jenkins tratou de cumprir suas ordens. Comprou as flores, as mesmas que o patrão quase diariamente vinha enviando a Arabella, mas não pagou por elas com o dinheiro recebido: debitou-as na conta de lorde Petre com o florista e guardou as moedas para si, como sempre fazia com os trocados que lhe eram dados para as pequenas compras. Via nisso uma das poucas vantagens que um criado podia ter sobre o patrão com o advento do crédito.

Semanas depois, Arabella fazia mais uma de suas visitas vespertinas aos aposentos de lorde Petre. Sentava-se numa poltrona junto à lareira, diante do sofá onde se espichava o barão. A certa altura, Petre levantou-se para atiçar o fogo e, enquanto remexia as brasas, admirou o *tableau vivant* a seu lado: Arabella lendo um volume de poemas franceses, o pescoço graciosamente arqueado sobre as páginas, os sapatinhos largados no chão, um deles tombado para o lado. Antes de voltar ao sofá, percebeu que o damasco de seda que os forrava tinha a mesma cor que o tecido da jaqueta. A cor do mar durante o inverno, pensou, e baixou para recolher um deles. Quantas horas ela deveria consumir diariamente para se aprontar, certificando-se de que todas as peças do vestuário se encontravam na mais perfeita ordem...

— São muito bonitos, Bell — disse, e ela levantou os olhos risonhos.

A camisa do barão escapava da cintura das calças, as mangas amplas cobrindo-lhe as mãos. Ele jogou o sapato de volta ao chão, e Arabella por pouco não se inclinou para endireitá-lo. Em vez disso, tomou uma das mãos de Petre e deslizou os dedos sob as rendas do punho.

— O que faz um barão o dia inteiro? — perguntou.

Petre jogou-se languidamente no sofá, puxando-a consigo.

— Ótima pergunta, Bell — disse, e cruzou as mãos atrás da nuca. — Mas a resposta é fácil: um barão não faz nada.

Arabella sabia que ele gostava de diminuir a si mesmo daquela forma, e também de ser contestado. Ela riu e disse:

— Mas... e quando está em Ingatestone? Por certo tem muito o que fazer por lá.

— Ah, bom, no campo tudo muda de figura. Pensei que estivesse falando da cidade. No campo estou sempre ocupado. No verão, pesco; no outono, atiro; e no inverno, caço. De modo geral as refeições são bem mais longas do que aqui, e não raro viajo mais de uma hora para comer na companhia de um vizinho. Agora que penso no assunto, vejo que mal sobra tempo para o carteado e a bebida.

Arabella não deu ouvidos à leviandade do barão, convencida de que nem ele acreditava nas próprias palavras.

— Aposto que não é tão vadio quanto afirma — disse.

— Tem razão, Arabella. Na segunda, jantei com James Douglass, e na terça, com Robert Harley. Semana passada fui assistir a um enforcamento em Tyburn. É um espanto que não esteja completamente exaurido.

— Foi assistir a um enforcamento? — repetiu Arabella.

— Claro — disse Petre, recostando-se no sofá, afetando displicência. — Para muitos é o espetáculo mais divertido da cidade. Mas a diversão não foi tão grande quanto prometido — emendou, com um risinho que resultou vazio. — O enforcado não morreu de pronto. A mulher e os filhos tiveram de puxá-lo pelas pernas a fim de poupá-lo das agonias de uma morte lenta. Francamente, não vi ali nenhum motivo para a presença de uma metrópole quase inteira.

Arabella estranhou que ele tivesse discorrido sobre um enforcamento que não lhe dera nenhum prazer. Talvez porque não quisesse passar por covarde; por outro lado, contara a história de modo tal que não havia como acusá-lo de empedernido. Surpresa com aquela contradição de caráter, Arabella permaneceu calada.

— Ora, Bell, não se amofine — disse Petre, interpretando erroneamente o silêncio dela. — Uns vão para o patíbulo enquanto outros vão almoçar; assim é o mundo.

Arabella fitou-o diretamente nos olhos.

— Eu sei, eu sei — disse. E depois de uma pausa, emendou: — Mas por que tanto segredo sobre o que você faz o dia todo?

Petre empertigou o tronco e, sem sorrir, encarou-a de volta.

— Ah... agora você está falando sério. — Mais uma vez ele foi até a lareira e reavivou o fogo. Em seguida, postou-se ao lado do sofá, ficou de joelhos e contemplou-a de um modo austero, intenso. Arabella sentiu o coração bater mais forte. — No presente momento estou envolvido numa empresa sobre a qual não posso falar — continuou Petre, esquivo. — Quando almoço com o Sr. Douglass, não é o que você pensa.

Arabella demorou um instante para perceber que não havia sido pedida em casamento como havia antecipado. Tão logo voltou a si, olhou perplexa para o barão: de que diabos ele poderia estar falando?

— Estou envolvido... por muitos meses, aliás... num projeto que... num projeto que visa ao bem do nosso país — ele concluiu.

Arabella ficou muda. Não compreendera nada, embora percebesse que o barão havia falado com sinceridade.

— Trata-se de um plano que envolve nossa rainha — continuou Petre. — Se chegar a bom termo, faremos da Inglaterra a nação mais poderosa de todo o planeta. E eu serei reconhecido por meus próprios méritos. Não porque sou o sétimo barão de Ingatestone, mas porque sou Robert Petre, cidadão inglês. — Falou com tanto arroubo que Arabella chegou a se arrepiar. — Trata-se, no entanto, de um assunto de Estado dos mais confidenciais. Não posso dizer mais nada, sequer deveria ter dito tanto. Posso contar com sua discrição?

Arabella, ainda sem entender nada, viu-se mais interessada do que havia imaginado. Não exatamente pelo teor do discurso, mas pelo entusiasmo e o idealismo com que ele fora proferido. Sob maneiras tão encantadoras, o barão escondia o desejo de se rebelar, de se tornar herói. Era essa, portanto, a natureza da relação dele com Douglass. Ambos eram agitadores.

Arabella estendeu as mãos para que Petre as apertasse. Por fim, pensou ter dele uma boa medida. Fitou-o com igual ardor, admirando-lhe a coragem, o idealismo. Viu-se tomada pelo mesmo entusiasmo, contagiada pela mesma paixão, rivalizando-o na ousadia. Inclinou-se para frente, a ponto de roçá-lo com o próprio hálito, e sussurrou:

— Vamos para a cama, Robert.

Petre ficou exultante ao constatar que suas confidências não haviam amedrontado Arabella. Pelo contrário, tinham-na insuflado! Com o hálito dela ainda no rosto, ele sentiu o coração troar. Queria ceder, mas hesitou. Era seu dever protegê-la, zelar por ela. Até então interpretara os próprios sentimentos como um violento desejo carnal, mas eles iam além. Eram um princípio de amor.

Diante daquela hesitação, Arabella recuou.

— Não tenho a menor dúvida de que você fodeu todas as mulheres casadas que passaram por sua cama — disse.

Petre ficou excitado ao ouvi-la falar assim. "Protegê-la!", lembrou-se, e rindo, retrucou:

— Mulheres casadas são outra coisa. São poucos os londrinos que têm como pai o marido da mãe. Ninguém espera castidade das mulheres casadas.

Mas Arabella não lhe deu ouvidos. Levantou-se, passou por ele e foi para o quarto.

Num momento de maior serenidade, isento daquela chama de rebelião e aventura, Petre certamente teria encontrado forças para se refrear, por mais que isso lhe custasse. Naquelas circunstâncias, contudo, havia pouco que ele pudesse fazer.

Consumado o ato, viu-se tomado de uma alegria até então insuspeita. Tudo havia sido de tal modo fácil que ele agora se perguntava por que havia tido tantos escrúpulos, tantos receios, ao decidir se devia ou não tomá-la como amante. A relação com Arabella em nada lembrava a que ele tinha com Charlotte, em que ambos podiam agir com naturalidade, já que não havia paixão que os incendiasse; tampouco lembrava o antigo *affaire* com Molly, de natureza exclusivamente física. No caso de Arabella, tratava-se de uma total absorção. Embora a tivesse amado minutos antes, ele ainda a desejava, sentia no peito o ardor de querer estar sempre ao lado dela.

Arabella, igualmente alegre, queria brincar. Os olhinhos cintilavam triunfantes, e o sorriso resplandecia mais que nunca. Erguendo-se na cama, ela disse:

— Muito me apraz esta cama, mas sugiro uma variação de cenário. Que porta é aquela à direita? Não a do quarto de Jenkins, a outra.

— Minha alcova — ele respondeu sorrindo.

— Ótimo! Eu esperava mesmo que você tivesse uma alcova! Podemos visitá-la? — ela perguntou.

— Suponho que sim — disse Petre, e com um tom severo acrescentou: — Mas você há de lembrar que a alcova é o santuário de um homem. Não quero ninguém mudando as coisas de lugar, tampouco censurando a desordem!

— Claro que não farei nem uma coisa nem outra! — disse Arabella, saltando da cama.

A alcova de lorde Petre tinha uma janela ao fundo e dois espelhos de moldura laqueada que conferiam ao cômodo uma claridade alegre durante as manhãs e um conforto aconchegante durante as tardes. Dispunha também de algumas cadeiras de espaldar alto, uma otomana e uma pequena escrivaninha. Prateleiras de carvalho estendiam-se por três das paredes, alojando a biblioteca do barão; telas, caricaturas e gravuras adornavam a quarta. Emoldurando a janela, cortinas de um exuberante brocado.

Arabella examinou as prateleiras.

— Vejo que Milton e Shakespeare estão bem colocados — disse —, de modo que os visitantes achem que o barão não lê outra coisa senão a boa literatura. — E correndo os dedos pelas sucessivas lombadas, emendou: — Mas não sou nenhuma tonta. Onde você esconde os panfletos franceses e os poemas de lorde Rochester?

Petre não respondeu; sentou-se numa das cadeiras e continuou seguindo Arabella com os olhos, prazerosamente.

— Aha! O que é isto? — ela disse. — *L'Académie des dames* e *L'École des filles*. Fala-se muito destas obras nos liceus femininos de Paris, e sempre com muita reverência. Mas eu nunca as tinha visto antes. — Ela abriu o volume e examinou o conteúdo, apoiando o ombro contra a prateleira, deixando o corpo se entrever sob o tecido fino da *chemise*. — Meu Deus! — exclamou, olhos arregalados para o barão. — O padre está fornicando com duas mulheres ao mesmo tempo!

Petre riu e disse:

— Já que descobriu este meu segredo, só me resta revelar os demais. Os *Poemas* de lorde Rochester estão na prateleira à sua direita.

— Eu sabia que você os tinha, pois citou alguns versos naquela carta. Mas não os fesceninos que fizeram de Rochester um dos mais célebres poetas do mundo. Por certo queria se fazer passar por um homem de boas maneiras.

Escanchando uma das pernas sobre o braço da cadeira, Petre deu um risinho e disse:

— Na verdade queria outra coisa: instigá-la a me fazer uma visita para inspecionar os versos de Rochester mais detidamente. Mas não contava com o enlevo da experiência. Ver você assim, sentada de *chemise* na minha cadeira de seda, com os *Prazeres imperfeitos* abertos sobre o colo... ah, isso supera qualquer uma das passagens mais picantes do conde. Por que não lê alguma coisa para mim agora?

— Pois bem — ela disse, e leu os primeiros versos do poema: — "Nua ela jazia, em meus ardores presa,/ eu tomado de amor, e ela, só lindeza."

— Há um trecho bem melhor, algumas linhas adiante — interrompeu Petre, juntando-se a Arabella.

— Onde? — ela perguntou.

Debruçado sobre o espaldar da cadeira, rosto contra rosto, ele apontou para os versos em questão.

— Ah, sim — disse Arabella, e prosseguiu na leitura: — "Em puro êxtase cá estou, molhado,/ O esperma de cada poro jorrado./ Obra desta mulher, qualquer pedaço:/ Mão, pé, semblante, tudo nela é vaso."

De onde estava, Petre podia ver através do decote de Arabella. Incapaz de se conter, sobraçou-a por cima e passeou a mão pelos seios dela, e em seguida pelo ventre.

— Está me excitando de novo — sussurrou, surpreso ao ver o despudor com que ela tremia a cada toque.

Arabella também se surpreendia com a própria excitação. Quando as amigas mexericavam sobre os escândalos da cidade, nunca falavam de prazer. E no entanto ela jamais havia se deleitado daquela forma. Ter-se entregue ao barão a havia transformado de maneira cabal: ela agora se deixava levar pelos instintos, pelos clamores do desejo. Algo parecido com os efeitos do vinho; não, melhor ainda. Os encontros com Petre tornavam suportável a monotonia da existência quotidiana. Para enfrentar os longos dias de convívio cortês, ela agora podia recorrer à lembrança das horas deliciosas que havia passado na companhia dele, bem como à imaginação das outras tantas que ainda estavam por vir. Não se tratava apenas de prazer físico, mas também do prazer da camaradagem, de ter encontrado alguém tão semelhante a si mesma. Por mais que a consciência lhe aconselhasse cautela, ela agora não teria forças para voltar atrás.

Já estava escuro, os lampiões ardendo nas ruas, quando Arabella perguntou:

— Tem alguma coisa para se comer aqui? Estou faminta.

— Nem uma migalha. Mas tenho uma idéia. Vou levá-la a um lugar em que nunca esteve antes, uma novidade para você contar às amigas na hora do chá. Mas teremos de sair pela cavalariça.

— É uma grande maçada termos de entrar e sair sempre pelos fundos — ela disse. — Seria ótimo se vez ou outra pudéssemos usar as vias adequadas.

— Ora, Bell, não acabamos de aprender com lorde Rochester que entrar pelas vias adequadas é o mesmo que entrar em lugar nenhum?

Ela riu e caminhou até a pilha de roupas que havia largado no chão; recolheu o espartilho e passou-o sobre a cabeça. Vindo por trás, Petre beijou-lhe o pescoço e disse:

— Basta de reclamações, Srta. Fermor. — Depois de atar as fitas, ele habilmente assentou o espartilho com um derradeiro puxão. — Vamos sair — anunciou, e foi buscar as calças.

Eles desceram pela escada dos fundos; Petre advertiu Arabella de que não fizesse muito barulho, para o caso de a mãe e a irmã estarem por perto. Não havia ninguém na cozinha, mas uma lanterna luzia sobre a mesa, iluminando no gesso do teto o nome de um dos criados, escrito com fumaça de vela ao lado das iniciais da amada. Vendo isso, Petre irritou-se e disse:

— É o mais jovem dos lacaios. Anda sempre apaixonado e costuma extravasar suas paixões aqui mesmo na cozinha, quando pensa que estamos fora.

No pátio da cavalariça, eles se depararam com uma altercação entre o mordomo e o carroceiro que passara para recolher os dejetos da fossa.

— Porque tive de passar no mercado antes, ora! — explicava-se o carroceiro.

— No mercado? — ecoou o mordomo. — Pois faça o obséquio de me dizer para quê.

— Para descarregar as *suas* verduras, e os *seus* tubérculos, antes de voltar para encher a carroça com a *sua* bosta!

— Nosso mordomo agora deu para falar assim, com essa insuportável afetação — comentou Petre ao passar pela dupla. —

Outro dia pedi a ele que proibisse os criados de carregar os urinóis pela escada principal quando tivéssemos visitas, e cheguei a pensar que ele fosse me corrigir a gramática. Mais um dos hábitos absurdos que a criadagem adquire nos cafés.

Petre ajudou Arabella a subir na carruagem e disse ao cocheiro que tocasse para a Chancery Lane.

— Espero um dia poder levá-la a um lugar mais luxuoso — falou —, mas posso garantir que não há comida mais saborosa do que essa que vamos comer.

Arabella deduziu que o barão havia escolhido um lugar onde eles não corressem o risco de encontrar conhecidos, embora tivesse ouvido dizer que outras moças saíam para jantar com seus respectivos moços mesmo antes do noivado. Mas geralmente em pequenos grupos, ela refletiu, e em estabelecimentos de melhor reputação. Quando viu o tal lugar, no entanto, deu-se conta de que lorde Petre havia escolhido o cenário perfeito para dar fim às aventuras daquela tarde.

Um bom número de pessoas se aglomerava diante da bodega, conversando e saboreando as refeições de um penny sob a luz das lanternas que pendiam de ganchos compridos. O calor que exalava dos fornos parecia dar boas-vindas aos passantes. Junto ao balcão que defrontava a rua, homens e mulheres entremeavam suas frases com bocadas na comida. Eram em grande parte comerciantes, artesãos e criados, com guardanapos em volta do pescoço para preservar os uniformes. As pessoas abriram caminho quando lorde Petre e Arabella desceram da carruagem. Duas ou três se dobraram numa reverência, e outras tantas murmuraram "milorde", "milady"; do zunzum geral sobressaiu-se um impertinente: "Atenção: sangue-azul no recinto."

Num dos cantos da bodega, cinco espetos de carne suavam sobre o fogo de uma grelha; do outro lado de uma bancada, o bodegueiro e sua mulher, Sr. e Sra. Thomas, freneticamente manipulavam facas, pães e potes de mostarda. Junto da grelha, um menino empapado de suor girava os espetos de quando em quando, e entrementes brincava com o cachorro local, cuja tarefa era manter limpas as lajes do chão. Debruçada sobre a bancada, a filha do bodegueiro bufava sempre que a mãe lhe dizia que recolhesse canecas e pratos das mesas, mas abria um largo sorriso quando um cliente do sexo masculino a rodeava com uma piscadela e um simpático "olá, Poll".

Petre conduziu Arabella até a bancada.

— Que lugar adorável! — ela disse, sorridente.

— Escolha a carne, e Thomas partirá o pedaço que você quiser — disse Petre. Thomas defrontava Arabella, peruca grudada à testa, as bochechas vermelhas exsudando feito duas peneiras a coar água. Ele ergueu o cintilante facão e o esfregou contra uma pedra de afiar. Arabella se assustou e instintivamente deu um passo para trás, mas se adiantou novamente, já um tanto vexada, quando viu Petre apertar a mão do bodegueiro e presenteá-lo com um xelim. — Quais são as carnes de hoje, Thomas? — ele perguntou.

O bodegueiro baixou a faca e secou a testa com o pano que trazia preso ao avental.

— Boi, cordeiro e uma excelente vitela, milorde — ele foi anunciando, orgulhoso, ao mesmo tempo que apontava para os espetos. — Porco caseiro, muito macio, e por último, boi de novo. — As carnes, regadas amiúde, reluziam e gotejavam nas chamas, produzindo um festivo chiado que se misturava ao crepitar das partes mais tostadas.

— Porco para mim, Thomas — disse Petre. — E vitela para a senhorita — ele emendou, assim que Arabella fez sua escolha.

— Mais duas garrafas de cerveja, Poll — gritou alguém dos fundos do salão. — E sem demora!

Petre virou-se para ver quem era.

— Freguês da casa, Thomas? — perguntou informalmente, enquanto o bodegueiro fatiava as carnes.

— Toda semana está aqui, milorde, e sempre de casaca nova. — Petre virou-se outra vez para observar os trajes do sujeito. — Segundo dizem, fez fortuna com os escravos. Mas sempre vem na companhia de algum estrangeiro imundo para cuspir no chão limpo da minha loja. Hoje é um francês comedor de lesmas; semana passada foi um holandês muito gordo, fedendo a queijo.

A Sra. Thomas silenciou o marido com uma cotovelada e em seguida disparou:

— Não ouviu o cavalheiro, Poll? Cerveja, vamos! E você, Peter, cuide bem desse fogo. Não vá dar carne boa ao cachorro, ouviu bem? Sr. Watkins! Em que posso servi-lo, afinal?

Thomas habilmente despejou as copiosas fatias de carne numa salva de madeira, espargiu-as com um pouco de sal e acrescentou colheradas da mostarda. Num prato separado, despejou quatro ou cinco pãezinhos, acompanhados de um naco de manteiga.

Recostada numa das paredes, próximo a um barril de cerveja, Polly conversava com uma moça que Arabella não teve dificuldade em reconhecer: era Molly, da loja de luvas. Percebendo o olhar furibundo que a Sra. Thomas lançava à tal Molly, Arabella deduziu que a caixeira costumava freqüentar a bodega, mas que a amizade dela com Polly não era bem acolhida pela bodegueira. As moças riam sem parar e, sempre que um cliente pedia algum refresco, os risinhos desandavam em gargalhadas. Quando Molly se virou para olhar um rapaz que havia chamado do outro lado do salão, fez com que o vestido se abrisse sobre as saias, deixando ver que estava grávida.

Era por isso que a Sra. Thomas reprovava a amizade entre as moças, pensou Arabella. Naturalmente não queria que a filha sofresse a mesma desdita. Era estranho pensar que Polly Thomas tivesse pais para decidir que Molly Walker representava má in fluência ou para proibir que a filha se demorasse na rua. Arabella jamais fora orientada pelos próprios pais daquela forma. Talvez porque se esperasse das moças de seu estrato saber por si mesmas a maneira correta de se comportar, ela concluiu. Chegou a pensar como seriam os pais de Betty, mas foi despertada de suas fantasias quando Petre a tomou pelo braço e a conduziu até uma das mesas.

Polly veio servi-los em seguida, displicentemente largando duas canecas de cerveja sobre a mesa. Recebeu a moeda de Petre e lançou um olhar malcriado para Arabella, que a ignorou e disse:

— Comer com as mãos... Que inusitado! É encantador este lugar.

— Porque você está presente — retrucou Petre, admirando-a com novo alento. — É uma espelunca para quem come aqui ao meio-dia, vindo do Exchange com os amigos. Agora posso me lembrar de você sentada aqui, neste mantô de seda turquesa, comendo vitela engordurada com os dedos e bebendo cerveja de uma caneca. Doravante serei mais feliz neste canto do que em qualquer outro de Londres, pois foi nele que você me ensinou a felicidade.

Nesse instante Arabella se deu conta de nunca havia comido carne mais suculenta, nem bebido cerveja mais saborosa, pois, ao ouvir aquelas palavras, tivera certeza quanto ao amor do barão.

Mais tarde, já à porta da bodega, eles avistaram duas figuras conhecidas: Charles Jervas e Alexander Pope, que vinham conversando animadamente pela calçada. Arabella pôde ouvir Alexander dizendo:

— ...mas se chegar a uma segunda edição, terei de encontrar um meio para fazer que outras livrarias, além da de Tonson, comecem a estocá-lo.

De início ela achou que eles passariam direto, mas Jervas a viu e disse:

— Boa noite, Srta. Fermor! Felicitações pela coragem de vir comer aqui, façanha raríssima entre as mulheres! Aposto, no entanto, que foi devidamente recompensada. — Ele esperou pela mesura de Arabella e só então se dirigiu a Petre: — Como vai, milorde? Vejo que a Srta. Fermor foi muito bem amparada em sua aventura.

Alexander, um tanto afastado, deu um passo à frente e reverenciou diante do barão.

— Boa noite, milorde — disse.

— Pena que já estejamos de partida — desculpou-se Petre. — Teria sido um grande prazer tê-los à mesa conosco. — Açulados pelo vaivém de clientes, ele e Arabella fizeram suas despedidas e seguiram adiante.

Uma vez na carruagem, Arabella disse:

— Já que não pudemos escapar dos conhecidos, fico aliviada que tenham sido aqueles dois. O Sr. Jervas será discreto, suponho, e Alexander Pope não terá ninguém com quem se abrir senão as minhas primas.

— Bem, *eu* não me importaria se o mundo inteiro soubesse que jantei na bodega de Thomas com a Srta. Arabella Fermor. — Petre abriu um sorriso enfatuado. — Quem a vê já está a meio caminho de se apaixonar. E, se fui eu quem teve a sorte de levá-la para jantar, tanto melhor. O franzino do Sr. Pope decerto ficou encantado com sua beleza e se mordeu de ciúme! — Arabella riu ao contemplar essa possibilidade.

Mais tarde, já em casa e sozinho, Petre finalmente teve a oportunidade de refletir sobre os acontecimentos do dia e fixar na memória o mais importante de todos: a gloriosa sedução de Arabella. As cenas menores vieram a seguir: o episódio com o mordomo e o carroceiro; o homem berrando por cerveja na bodega; o comentário do Sr. Thomas sobre o tal estrangeiro, o francês comedor de lesmas, que ele, Petre, tinha a estranha impressão de conhecer de algum lugar. Estranho também havia sido ver Arabella e Molly Walker mais uma vez sob o mesmo teto. Ele agora sentia um orgulho possessivo com relação a Arabella — e total indiferença com relação a Molly. Nenhum resquício do antigo *frisson* quando eles cruzaram olhares na bodega. Aquele *affaire*, felizmente, era coisa do passado. Molly parecia prestes a explodir: decerto faltava pouco para que ela fosse parar o confinamento aguardar pela chegada da criança. Petre se perguntou quem poderia ser o pai da criança. Pensou em Fitzjames, com quem ela havia se enrabichado logo depois do término do caso entre eles. E, dando rédeas à imaginação, cogitou se Douglass também andava freqüentando a cama da caixeira.

Douglass, claro! Era do Exchange que ele se lembrava do tal francês! O amigo que acompanhava Douglass naquele dia: Dupont, o mercador de escravos! "A carga que ele transporta é tão negra quanto o carvão", dissera Douglass a certa altura, talvez não exatamente com essas palavras. E o sujeito havia jantado na bodega com outro mercador, o homem das casacas novas. Petre repreendeu-se por não ter ligado os fatos antes. Bobagem, pensou em seguida, constatando que dificilmente teria apresentado Dupont a Arabella — mesmo assim não pôde deixar de rir ao imaginar a conversa que sobreviria caso o tivesse feito. A imagem fez com que ele desejasse rever Arabella o mais cedo possível.

Capítulo 12

Mas olhos senão para ela havia.

Várias semanas se passaram. Março fez-se abril, e abril, princípio de maio. O céu já havia recolhido sua lona encharcada para revelar o pálido azul da primavera, uma delicada rede de nuvens altas, enfunadas pela brisa. As relvas voltavam a respirar; passarinhos voejavam de galho em galho; o rio corria caudaloso. Nas bordas das amplas praças que se espalhavam pelo parque, assim como nos campos e prados, as árvores pariam suas primeiras folhas, retalhos amarfanhados de um tenro verde. Narcisos sacudiam a cabeça, as orelhas sopradas para trás pelo ar primaveril. Florezinhas salpicavam as copas feito flocos de neve, caindo aqui e acolá, tecendo no chão um tapete de perfume celestial. Janelas se abriam; casacos eram arrancados do corpo. Veados saltitavam, cincerros tilintavam. O verão estava a caminho.

Era uma manhã em fins de maio. O sol nascera forte e quente sobre o parque de St. James, que já se encontrava em plena floração. As trilhas regurgitavam de damas e cavalheiros da corte, agrupados em trios e quartetos. Rodinhas de mulheres brilhavam feito tulipas em seus vestidos de seda, enquanto os cachorrinhos de colo corriam de lado a outro feito borboletas; os homens, por sua vez, admiravam a exuberância da vegetação como se fossem jardineiros orgulhosos de seu zeloso cultivo.

Arabella convidara as irmãs Blount para um passeio naquela manhã. Sugerira o parque de St. James porque sabia que Henrietta Oldmixon e os Salisbury estariam lá, junto com lorde Petre. Martha dissera que, por coincidência, ela e Teresa haviam combinado o mesmo passeio com Alexander e Jervas.

As moças já caminhavam por uns vinte minutos quando avistaram Alexander e Jervas junto a um arvoredo. Alexander falava com animação, alheio ao fato de que eles iam de encontro às ramas baixas de um grande olmo. Jervas desviou-se delas, mas o pequenino Alexander seguiu adiante, facilmente atravessando aquela pérgula natural, continuando a falar com um Jervas que àquela altura já não estava mais a seu lado. Arabella riu do espetáculo.

Mas calou-se de súbito, pois viu Alexander seguir ao encontro de lorde Petre, que vinha na outra direção, acompanhado de lorde e Lady Castlecomber. O barão usava uma casaca de seda em tons de creme, bordada com tulipas de um vermelho fechado — bem diferente da casaca do Sr. Pope, ela observou, cortada num tecido azul que estivera em moda, apenas brevemente, uns dois anos antes. Eles trocaram reverências: lorde Petre, com a elegância e desenvoltura de sempre, e Alexander, com sua lamentável falta de jeito. Decepcionada, Arabella constatou que Henrietta e os Salisbury sequer estavam por perto. Aproximando-se, pôde ouvir o barão dizer a Pope:

— Vejo que permaneceu na cidade, senhor, com ou sem as bênçãos do senhor seu pai. — E dali a pouco ele emendou: — Mas, Sr. Pope, quando é que escreverá um poema sobre os amigos? Queremos todos ler belos versos sobre nós mesmos!

Pope abriu um largo sorriso, visivelmente orgulhoso de que o barão o tivesse na conta de amigo. Respondeu com um galanteio qualquer, e Arabella chegou a sentir pena dele. Desejou que o miúdo Sr. Pope se desse conta de que o barão só estava sendo simpático, de que a relação entre eles jamais passaria da cordialidade social.

Nesse instante, ela e Lady Castlecomber cruzaram olhares, e Charlotte se aproximou para cumprimentá-la. Arabella perguntou como ela estava e, percebendo certo ar de superioridade na resposta, mas não o próprio ciúme, decidiu rebater com uma alfinetada.

— Não a vi na *levée* de Lady Salisbury semana passada. Porventura não eram amigas íntimas até bem pouco?

— E ainda somos — disse Lady Castlecomber, sem se deixar afetar. — Mas eu estava com meu marido na Irlanda. Lorde Castlecomber viaja muito — ela acrescentou, e depois: — Também costuma viajar, Srta. Fermor?

— Estudei em Paris por muitos anos — respondeu Arabella.

— Ah, portanto não esteve por lá ultimamente — contra-atacou Charlotte, sorrindo ao ver lorde Petre se aproximar.

Ele olhou de relance para Charlotte, num sinal de advertência, e ofereceu o braço a Arabella.

— Quem precisa de Paris quando tem o parque de St. James na primavera? — disse, e saiu com Arabella.

Alexander vinha acompanhando com interesse o pequeno colóquio. Estranhara a retirada abrupta do barão, mas agora admirava a rapidez com que ele havia entrado em ação. Além disso, sentia uma inédita comiseração por Arabella: mesmo ela precisava ser resgatada de vez em quando. Lembrou-se da expressão no rosto dela à porta da bodega: desde então, julgara impossível que a altaneira Arabella Fermor pudesse um dia se deixar desconcertar.

Aparentemente ela havia ocupado o lugar da política nos interesses do barão, pensou Alexander. Lorde Petre, ao cumprimentá-lo minutos antes, não havia demonstrado nenhum resquício da aflição que deixara evidente durante a conversa com John Caryll na confeitaria. Além disso, não prestara nenhuma atenção a Douglass, que também estava no parque naquela manhã. Alexander sentiu uma súbita gratidão por Martha por tê-lo impedido de contar a Teresa sobre o passado jacobita da família Petre.

Teresa vinha bordejando o grupo do barão, obviamente na espreita de uma oportunidade para se intrometer na conversa dele com Arabella. Mas com a partida da dupla foi abandonada com seus botões e agora olhava ao redor para ver se sua exclusão havia sido percebida por alguém. Alexander se adiantou para resgatá-la.

— Que tal um passeio pela Trilha das Limas? — sugeriu.

— Alexander! — ela exclamou agradecida. — Que prazer vê-lo aqui! — Estava prestes a lhe dar o braço quando uma voz masculina disse algo às costas deles. Alexander virou o rosto e se deparou com Douglass, a poucos centímetros de distância.

— Nada disso. Venha comigo para um passeio na Avenida das Limeiras! — Douglass comandara a Teresa.

Dividida entre os dois convites, ela hesitou. Mas então percebeu o olhar de Arabella, pendurada ao barão a poucos metros dali, e enfim se decidiu.

— Será um prazer, Sr. Douglass — disse, e tomou o braço estendido à sua frente. Pouco depois, no entanto, desvencilhou-se e foi ter com Alexander: — Sinto muito — desculpou-se —, eu queria ir com você, mas...

Douglass tamborilava os dedos sobre a perna, impaciente.

— Você se importa? — continuou Teresa. — Veja, aí vem a nossa Patty! — disse aliviada. — Por que não caminha com ela?

Assustada, Martha disse:

— Não vim pedir a ninguém que...

Mas foi interrompida por Alexander:

— Bobagem, Patty. A manhã está bonita demais para perdermos tempo com minudências. Que tal um passeio pelo jardim aquático?

Com um sorriso que a um só tempo denotava resignação e alegria, Martha aceitou o convite de Alexander e saiu de braços dados com ele.

A essa altura, Arabella e lorde Petre mal podiam se conter de tanta ansiedade. Arabella já havia notado que as outras mulheres a vinham observando, curiosidade e inveja estampadas no rosto de cada uma. Ao resgatá-la do pequeno embate com Lady Castlecomber, o barão havia publicamente declarado seu posto como defensor da donzela desprotegida.

— Vejo que nossos amigos nos abandonaram — ele observou com um sorriso irônico, tão logo eles se viram suficientemente afastados. — Difícil saber o que lhes motiva: malícia ou generosidade. Mas, pelo que conheço deles, eu apostaria na primeira.

— O que vamos fazer? — perguntou Arabella. — Perambular pelo parque como fazem os personagens de lorde Rochester?

— Perambular não é exatamente o que eles fazem — disse Petre.

— Tampouco o que eu tinha em mente — devolveu Arabella.

Petre arqueou as sobrancelhas, surpreso.

— O que acha de caminharmos pela avenida, à sombra das árvores? — sugeriu.

— Há tanta gente por aqui hoje... Parece que estamos em Covent Garden numa manhã de segunda-feira. Talvez as campinas sejam mais... bucólicas.

— Se nos isolarmos, minha imaginação será invadida pelos prazeres do campo.

— Quanto a mim, nunca tirei nenhum prazer do campo — retrucou Arabella. — Imagino, no entanto, que milorde esteja pensando nas indulgências rústicas dos campônios e suas ninfas, e não nas visitas matinais aos parentes católicos.

— Seus parentes católicos decerto não aprovariam se soubessem que a senhorita anda vagando pelas campinas do parque de St. James — argumentou Petre. — Aliás, pelo menos duas primas estão próximo o bastante para reprovar com veemência qualquer desvio destas trilhas familiares. Fosse eu um cavalheiro, devolveria a senhorita às mãos delas antes que qualquer menção adicional aos hábitos rurais me levasse a derrubá-la aqui mesmo, à vista de todos.

As vastas campinas em torno do parque eram usadas como pastagem para as vacas leiteiras; estendiam-se para além da Buckingham House até o vilarejo de Chelsea, e ao norte, para além de Piccadilly, até onde os campos do Hyde Park se juntavam aos Pasture Grounds, próximo à St. James's Street. De manhãzinha e no entardecer, os rebanhos eram recolhidos para a ordenha nas cabanas que pintalgavam o parque; entre uma coisa e outra, nessas mesmas cabanas, ordenhadeiras de toucas e aventais brancos trabalhavam na produção de manteiga, creme e queijo fresco.

Petre e Arabella caminharam por uns quinze minutos até que se defrontaram com um olmo de copa esparramada.

— Ah, por fim chegamos — disse o barão. — A Srta. Fermor há de se acomodar neste banquinho de ordenha e se preparar para os prazeres do campo.

Ele se aliviou da casaca, ficando apenas de camisa, colete e calções.

— Mas a área é tão *aberta*, milorde... Não creio que seja o melhor lugar para um descanso.

— O lugar é perfeito. Uma idílica paisagem rural. Veja! Uma ordenhadeira vem vindo logo ali! Quem sabe não gostará de se juntar a nós?

Achando graça na expressão de susto nos olhos de Arabella, ele saiu ao encontro da moça e conversou com ela em voz baixa. A ordenhadeira, sorrindo sempre, anuiu com a cabeça, recebeu as moedas que o barão lhe deu, e por fim sumiu no interior de um pequeno curral. Minutos depois, ressurgiu e entregou a Petre um balde de lata com leite fresco até as bordas.

Arabella riu, e o barão voltou à sombra do olmo.

— Você não pensou que eu tivesse algum motivo escuso, pensou? — ele disse sorrindo.

— Claro que sim! — ela respondeu. — Saiba que de milorde sempre espero o pior!

Arabella e Petre ficaram ali, saboreando o leite espesso e quente, até que a ordenhadeira voltou para buscar o balde e o banquinho. Só então eles retomaram a caminhada, e pouco depois se depararam com um pequeno depósito de feno. Petre espiou através da porta e entrou; Arabella entrou em seguida, cautelosamente examinando os fardos de capim seco. Sem nenhuma advertência, Petre agarrou-a pela cintura, girou-a para que eles ficassem frente a frente e, caprichando na dramaticidade, jogou-se para trás sobre as almofadas de feno. Arabella gritou e riu ao mesmo tempo, com igual estridência. O barrete que ela usava rapidamente caiu ao chão, assim como o chapéu de Petre. O barão se inclinou para beijá-la, mas antes que pudesse fazê-lo, recebeu no rosto o punhado de feno que Arabella havia arremessado.

— É proibido fornicar no parque de St. James, sabia? — ela disse.

Cuspindo ruidosamente, ele recolheu seu próprio punhado de feno e deu seqüência à guerra intencionalmente provocada por Arabella. Já eram dois maltrapilhos, ele e ela, quando por fim a fornicação deu sinais de que estava por começar.

Petre beijava a boca e o pescoço de Arabella quando se deteve um instante para fitá-la nos olhos: a corrente de atração entre eles era quase palpável. Em seguida foi escorregando a mão entre as coxas dela, ao mesmo passo que Arabella ia abrindo as pernas, excitando-o ainda mais com sua despudorada entrega. Mordendo os lábios de Petre, ela retorcia os quadris como se quisesse apressar o curso daquela mão errante. Foi então que, sôfrego, Petre empurrou-a contra o feno, levantou-lhe as pernas até avistar o contorno sinuoso das nádegas e cravou-lhe o malho com ímpeto, caindo para frente e prendendo no alto os braços estirados de Arabella, imobilizando-a.

Depois de um tempo, lambeu o vale salgado de suor entre os seios dela, beijou-lhe a boca e sussurrou:

— Não posso soltar dentro de você.

— Se parar agora, vou gritar — ela sussurrou de volta, fazendo com que ele a estocasse com força ainda maior. Arfando, ela chegou aonde queria, e pouco depois ele também, beijando-a no rosto e nos lábios, extasiado.

— Seus cabelos são lindos, Bell. Um de seus maiores atributos.

— Betty levou uma hora e meia para arrumá-los hoje cedo. Uma grande peleja.

— Em nome de uma ótima causa. Já disse hoje que você é uma criatura adorável?

— Assim é melhor. Ultimamente milorde tem recorrido um tanto demais ao linguajar de lorde Rochester.

— E a senhorita tem adorado, não tem? — ele retrucou, e beijou-a na testa. — Mas posso recitar algo mais adequado a este nosso momento, se preferir. Que tal um pouco de Donne? — Sem esperar pela resposta, ele declamou: — "Bom dia, então, às nossas almas despertas,/ que se entreolham, mas sem agonia./ Pois o amor devora a ânsia de mais terras/ E faz da nossa alcova pradaria."

Ouvindo esses versos, que saíam da boca do jovem e garboso barão deitado a seu lado, Arabella se viu novamente tomada de êxtase. Em parte, claro, porque tais versos faziam parte de "The Good Morrow", uma das grandes pérolas da lírica em língua inglesa, cuja virtuosidade ela soubera intuitivamente apreciar. Mas também porque, assim como Alexander havia previsto mais cedo, ela já via Triunfo assomar no horizonte, a bordo de sua biga dourada, puxada por uma parelha de cavalos brancos.

O retorno à carruagem de Petre, no entanto, não correspondeu exatamente às expectativas. Eles tiveram de voltar às pressas pelos campos, sofrendo com o calor e a falta de fôlego, sem falar nas coceiras provocadas pelo feno, muito mais irritantes do que poderia ter praguejado Teresa. A fim de evitar que fossem vistos pelos conhecidos, seguiram ao largo da avenida principal, procurando abrigo atrás das árvores. Quando enfim alcançaram a carruagem, foram rapidamente acolhidos pelo paciente Jenkins, que embolsou mais um guinéu do barão e instruiu ao cocheiro que tocasse diretamente para a casa da Srta. Fermor.

Alexander e Martha dobravam na direção do jardim aquático quando perceberam a escapada de Petre e Arabella rumo às campinas. Observando as passadas firmes e o sorriso seguro do barão, Alexander sucumbiu à inveja e desejou que fosse ele quem àquela altura se afastava na companhia de uma bela jovem, tomado de excitação e sorrindo de orelha a orelha, para a infelicidade dos rivais. Mas logo se arrependeu, dando-se conta de que não saberia o que fazer naquelas circunstâncias: envergonhava-se sobremodo do corpo deformado. Cogitou, no entanto, se uma corcunda teria a mesma importância caso fosse ele o barão, e Petre, o filho do vendedor de tecidos. E praguejou contra a senhora Fortuna, sempre tão cruel na distribuição de suas cartas. Virando-se para o lado, constatou que Martha também não apresentava o melhor dos humores.

— Aonde quer que estejam indo — disse —, estou certo de que não estão se divertindo tanto quanto nós.

Martha ficou radiante com o cumprimento.

Alexander refletiu sobre o tema sugerido por lorde Petre para um novo poema. Aquela cena certamente se prestava a uma bela sátira. Um cavaleiro corcunda levando pelo braço sua donzela, ambos olhando com inveja para o lorde heróico que conduzia sua dama para um idílio nas campinas. Ele sorriu e mentalmente arquivou a imagem. Lembrou então, preocupado, que havia passado dois dias inteiros sem ao menos olhar para seus escritos. As semanas corriam céleres, e o mês de junho já batia à porta. Perguntou-se como iam as vendas de seu "Ensaio". Tonson provavelmente havia estocado os exemplares no fundo da loja. Seria preciso passar por lá e pedir a ele que os colocasse nas vitrinas.

— Jamais desista de perseguir a fama, Alexander — disse Martha de inopino, para espanto de Alexander. Como ela poderia saber o que ele vinha pensando? — Lembre-se de que na intimidade as pessoas são bem diferentes do que aparentam ser em público. Lorde Petre, suponho, é um homem sério, sensato na avaliação das coisas, a despeito de como se porta ao lado de Arabella. E o mesmo vale para os demais que você conhece, disso tenho certeza.

— Minha querida Patty — disse Alexander —, receio que você tenha razão numa coisa: minha reputação depende, em última análise, do juízo de homens como lorde Petre. A boa sociedade se espelha nos ricos para formar uma opinião; ninguém sequer se lembra de que o barão de Ingatestone é um católico romano.

— O mundo se dispõe a perdoar todas as falhas de quem tem dinheiro...

— Bem, caso eu venha *mesmo* a escrever um poema sobre meu círculo de amizades, todos deverão ser retratados na melhor ótica possível. Os tempos atuais não são lá muito favoráveis à candura.

Martha riu e disse:

— Talvez não na poesia. Na vida, entretanto, um pouco de candura até que viria a calhar. Algumas palavras firmes com minha irmã, por exemplo, dizendo a ela que não é aconselhável andar sozinha com homens como esse tal de James Douglass.

— Douglass... Um patife falastrão, é isso que penso desse sujeito.

— Cuidado, Alexander! — preveniu Martha. — Talvez ele esteja mais próximo do que você imagina. Já estamos na Trilha das Limas.

Alexander estava prestes a dizer algo quando Martha o interrompeu, exclamando:

— Lá está ela! Naquele banco mais adiante. E parece que está chorando! O que terá acontecido? — Deixando Alexander para trás, ela correu ao encontro da irmã.

Alexander olhou para Teresa. Ela se sentava à sombra pintalgada das limeiras, o vestido de seda matizado de um delicado verde pela luz que vazava das copas. Amarfanhava a fita da *bergère* de palha e abas largas, e seu modo de sentar-se lembrou Alexander daquele dia no jardim de Whiteknights, já distante de uma eternidade. Ele sabia que não seria recebido com fogos de artifício.

Martha sentava-se ao lado dela, a mão pousada sobre a da irmã.

— O que houve, minha querida? — perguntava. — Que foi que lhe fizeram?

— Pensei que você estivesse no jardim aquático — respondeu Teresa, soluçando.

— Onde está Douglass?

— Foi embora. Ainda há pouco. Disse a ele que precisava descansar um pouquinho. Estou muito cansada.

— Mas, Teresa, vocês caminharam não mais que meia hora — argumentou Martha —, e à sombra! Você não pode estar cansada! Por que o Sr. Douglass não esperou por você?

— Assim que saímos para caminhar, ele falou: "Aposto que neste instante a senhorita preferiria estar na pele da Srta. Fermor." Você sabe como ele é. Respondi alguma tolice, e depois ele começou a me cobrir de elogios, dizendo que eu era infinitamente superior a Arabella... ora, gostei de ouvir tudo isso. Não é justo que Arabella seja o único alvo das atenções masculinas. Mas algumas das observações do Sr. Douglass foram um tanto indecorosas, e eu, claro, tive de pedir que ele parasse.

A angústia de Teresa reavivou em Alexander uma gama de velhas emoções: carinho, afeição, esperanças frustradas. Emoções que desde muito o afligiam, mas que haviam se transformado, já fazia algum tempo, numa espécie de hábito, muito mais que uma real compulsão. Agora, no entanto, elas voltavam a arder em seu peito, lembrando-o de que o amor por Teresa era parte integrante de sua pessoa, tanto quanto a corcunda e a saúde frágil.

— O Sr. Douglass fez muitas promessas, Patty — dizia Teresa. — E de modo muito sedutor. Portanto, quando fui convidada para ir embora na carruagem dele, pensei que pudesse ser uma aventura. Mas então ele disse que Bell é amante de lorde Petre! — A voz ia escalando cada vez mais para o agudo. — Falou que... — mais soluços e lágrimas — falou que eu deveria desistir do barão, pelo menos até que ele se canse da Bell! E depois disse uma coisa terrivelmente obscena, Patty, sobre o que poderíamos fazer na carruagem... Recuei, claro, e foi então que ele partiu.

Alexander despertou de seus devaneios. Lorde Petre e Arabella! Quanto rebuliço essa dupla ainda provocaria antes do término da estação! Ele se aproximou de Teresa e lhe ofereceu a mão, dizendo:

— Deve ficar orgulhosa, Teresa, por ter resistido aos avanços do Sr. Douglass. Demonstrou grande força de caráter. Muito mais, ao que parece, do que sua prima, a Srta. Fermor.

Martha fitou-o com gratidão.

— No lugar de Arabella — disse Teresa, recompondo-se —, eu jamais cederia ao barão. Preservaria minha castidade, isso sim. — Mas logo voltou a soluçar. — Está vendo, Patty? Alexander também acredita nessa história de amantes! E se lorde Petre se casar com ela? Arabella será esposa de um barão!

— Mesmo que ele tenha prometido casamento — salientou Alexander —, receio que sua prima não tenha levado em conta as objeções da família Petre. E até que esse obstáculo seja transposto, Teresa, ela continuará sendo a mesma Srta. Fermor de sempre.

— Se Arabella se tornou amante do barão — acrescentou Martha —, é com o coração dela que devemos nos preocupar, *não* com o dele.

Diante do silêncio da irmã, Martha decidiu:

— Vamos voltar para casa agora mesmo. Alexander, você faria a gentileza de nos acompanhar até a carruagem?

Depois de despachar as moças, Alexander voltou ao parque e se pôs a refletir sobre os sentimentos que os fatos daquela manhã haviam trazido à tona. Ao longo das últimas semanas, ele vinha cada vez menos pensando em Teresa e cada vez mais buscando refúgio na companhia de Martha. Mas ao ver Teresa chorando constatara que ainda tinha por ela o mesmo amor límpido e forte que tivera na infância. Era possível, então, que esse amor jamais o abandonasse — mesmo nos momentos de raiva, a raiva seria aquela que só o amor é capaz de provocar. O afeto que ele tinha por Martha fundava-se no respeito e na compreensão. Mas depois de tantos sentimentos por Teresa, como ele poderia dar preferência à irmã? Se o fizesse, estaria sendo desonesto com ambas.

Caminhando pela avenida principal que se estendia até as pastagens a oeste, Alexander viu lorde Petre e Arabella voltando furtivamente de seu idílio. Pareciam ofegantes, incomodados, e fiapos de feno pendiam do vestido e dos cabelos da Srta. Fermor. O barão ajudou Arabella a subir na carruagem, e, enquanto Alexander os observava, todas as sutilezas de suas reflexões foram postas de lado em favor da inveja. E do mais puro desejo.

Arabella já estava na carruagem do barão quando se lembrou de que deveria ter chegado em casa meia hora antes, tal como havia solicitado a mãe. Estava de tal modo acostumada à desatenção dos pais que mal registrara o pedido ao recebê-lo, mas agora se lembrava de que a mãe havia convocado uma professora para ensiná-la a trinchar carnes. Aulas semelhantes faziam parte da formação de qualquer inglesinha de boa família, mas Arabella se esquivara delas ao ser enviada, aos 12 anos, para estudar em Paris. Embora tardiamente, cumpria-lhe agora dominar a antiqüíssima arte. Perguntando-se o que levara a mãe àquela decisão, concluiu que finalmente ela havia notado a situação da filha, que passara três estações em Londres sem nenhuma oferta de casamento em vista. Arabella sorriu ao se dar conta de que àquela altura o expediente das aulas já era desnecessário. Mas não de todo inútil: mesmo na qualidade de esposa de barão, ela teria de trinchar carnes durante as refeições.

Ao entrar em casa, ouviu a mãe gritar da sala de visitas:

— Arabella, é você? Está atrasada para a aula! E seu pai deseja lhe falar imediatamente!

Sem responder, ela sorriu maliciosamente para o lacaio e levou o indicador aos lábios, pedindo que ele não dissesse nada. Já subia a escada sorrateiramente quando ouviu a mãe berrar outra vez:

— Arabella? Arabella! — A Sra. Fermor foi ao vestíbulo à procura da filha, mas logo em seguida voltou à sala.

Dez minutos depois, Arabella desceu em novas roupas e foi ao encontro da mãe, que passava uma descompostura no mordomo.

— ... sei muito bem que após as refeições os criados voltam com o sal derramado à mesa para a despensa e no dia seguinte servem o mesmo sal — ela ia dizendo. — O lugar está cheio de migalhas, e isso é inadmissível! Tem mais: os talheres devem ser recolhidos *antes* da toalha, e não embrulhados nela. Outro dia, vi você sacudindo a toalha na rua de modo que os mendigos pudessem comer os restos de pão e carne. Não vejo nenhum problema nisso, mas você também não precisa dar a eles os meus talheres!

— Que seriam bastante úteis, você há de convir — interveio o pai de Arabella, e a Sra. Fermor o fulminou com o olhar. Eles sempre se portavam desta forma diante dos criados: a mãe rugindo ordens, o pai fazendo mofa do que ouvia. Arabella chegou a sentir certa pena da mãe ao ver o mordomo bocejar para abafar o riso.

No entanto, sem perceber nada, a Sra. Fermor prosseguia com instruções para a recepção do dia seguinte:

— Como primeiro prato, filé de vitela, fricassê de cordeiro, ervilhas e uma salada de ervas. Em seguida teremos bifes de carne de boi e uma torta de carne de caça, além de aspargos e...

— Querida, imagino que nossos convidados vão estranhar se servirmos ervilhas e aspargos numa mesma refeição — interrompeu o Sr. Fermor. — Vão achar indigesto. Outro peso de carne será bem melhor.

Ignorando o marido, a Sra. Fermor continuou:

— As ervilhas e os aspargos deverão ser comprados no mercado amanhã bem cedo. Cuide para que haja três pombos inteiros em cada torta, caso contrário a receita fica pobre. Para a sobremesa, *syllabub*,[6] creme de laranja e morangos frescos.

Assim que o mordomo saiu, ela se voltou para o marido e, em tom acusatório, disse:

— Você estava limpando os dentes com os dedos durante o jantar oferecido por lorde Leicester na terça-feira. — Desconsiderando a careta do Sr. Fermor, disse ainda: — Foi a Sra. Molyneaux quem viu e chamou minha atenção. Além disso, não é nada educado servir-se duas vezes do mesmo prato. Notei que o duque de Bedford foi duas vezes ao ragu, mas isso não serve como desculpa. Arabella, pare de se coçar!

— Não estava me coçando, senhora — retrucou Arabella, tentando ignorar os fiapos de palha que lhe fincavam as costas. Lembrou-se do rosto de Petre ao receber o punhado de feno na cara e sorriu. Mas o Sr. Fermor se dirigiu a ela num tom severo.

— Arabella, soube pelo mordomo que você anda encomendando garrafas de água de Islington — disse. — O que pretende fazer com tanta água?

— Bebê-la, senhor.

— Beber? Que disparate é esse agora?

Arabella deu-se conta de que já deveria ter previsto a objeção dos pais quanto à novidade da água. Coçou-se novamente, e mais uma vez foi repreendida pela mãe:

— Pare com isso, menina!

Deixou escapar um muxoxo. Precisava encontrar um meio de fazê-los entender que aquela água era de primeiríssima necessidade. Sem ela, que seria de sua reputação como uma dama sempre atenta aos ditames da moda?

---

[6]*Syllabub*: sobremesa fria, popular na Inglaterra desde o século XVI, preparada com chantili engrossado com gelatina e batido com vinho ou suco de frutas. (*N. do T.*)

— Lady Salisbury bebe água trazida das termas todos os dias — disse. — Contou que nunca esteve em tão boa saúde.

— Quem precisa beber água quando tem uma despensa repleta de cerveja fraca? — perguntou o Sr. Fermor em tom de escárnio.

— Falando nisso — disse a Sra. Fermor ao marido —, esse hábito que o senhor adquiriu, o de despejar bebida na boca como se através de um funil, é muito mais adequado a um artista de circo que a um cavalheiro da boa sociedade.

Mais uma vez o Sr. Fermor não se dignou a responder. Virou-se para a filha e foi peremptório ao dizer:

— Se Lady Salisbury acredita que beber água lhe faz bem, tanto melhor para ela. E quando *você* se casar com um barão e tiver a própria casa, poderá beber quanta água lhe aprouver. Mas por ora seguirá a dieta que por vinte e cinco anos manteve sua mãe e a mim na mais perfeita saúde.

Arabella sorriu com ironia. Mal sabia o pai que, de fato, muito em breve ele teria por genro um barão.

— Além disso, minha filha — acrescentou a Sra. Fermor —, gostaria que você se dedicasse com mais afinco a essas aulas que providenciei. Na sua idade eu já costumava trinchar as carnes de um jantar inteiro, duas ou três vezes por semana, e para muitas pessoas.

— Nos dias de hoje, minha mãe, as moças não seguem esses hábitos do mesmo modo que faziam no passado. São hábitos antiquados.

— Ao contrário do que você pensa, Arabella, os hábitos da vida matrimonial não obedecem à moda. A moça que quiser fazer um bom casamento terá de ser bonita, refinada e casta, além de muito prendada na administração de um lar. Homens não gostam de mulheres preguiçosas, nem mesmo neste ano de 1711.

Arabella não se deixou afetar pela reprimenda: sabia que a mãe estava enganada. Convencida de que seu casamento superaria largamente o dos pais em termos de afeto e liberdades, pediu licença e se retirou para a importantíssima aula de trinchar carnes.

No dia seguinte, Alexander foi fazer uma visita às irmãs Blount, pois queria saber como elas haviam passado. Informado de que as moças não se encontravam em casa, disse ao lacaio que esperaria pela volta delas e foi sentar-se na sala. Pediu uma folha de papel: receava esquecer uma idéia que lhe ocorrera pouco antes e por conseguinte precisava anotá-la. O lacaio fitou-o com um olhar de surpresa, decerto tomando-o por um excêntrico, mas Alexander não lhe deu confiança.

Dali a pouco, como previsto, ouviu uma carruagem parando na rua e o ecoar de vozes no vestíbulo. A porta da sala se abriu de repente, e Teresa entrou esbaforida.

— Olá, Alexander! — foi logo dizendo. — Esperávamos mesmo encontrá-lo aqui. Sempre escrevendo, não é? Quanta afetação! — Ela largou os pacotes no chão e entregou o toucado ao lacaio. — Sabia que meia hora atrás vimos seu amigo Jervas saindo do *bagno* próximo a Covent Garden? Estava sozinho, então pensamos: Alexander ou se afogou no banho quente ou foi nos fazer uma visita matinal.

— Vejo que recobrou o ânimo, Srta. Blount — ele disse em tom de censura, desapontado ao constatar que a mansidão da véspera já não estava mais lá.

— Completamente! — ela exclamou, jogando-se numa poltrona e abanando o leque com vigor. — Que manhã adorável tivemos hoje! — Falou de um jeito que Alexander jamais tinha visto antes, muito mais próximo à lânguida melopéia da prima. —

Martha comprou luvas, e eu, rendas. Encontramos diversos amigos. Já esqueci por completo o episódio com o Sr. Douglass, se lhe interessa saber. Ainda temos muita diversão pela frente, ora! Aliás, fico feliz por ter descoberto o pulha que ele realmente é, pois quando nos vimos hoje, e ele me cobriu de galanteios, não fiquei nem um pouco impressionada. Com ele estavam Henry Moore, o Sr. Chettwin e o duque de Beaufort. Lorde Petre também estava lá, encantador como sempre. Faremos um piquenique no Hyde Park amanhã, todos nós.

— Falando assim — disse Martha —, você dá a impressão de que o passeio foi arranjado para nós. Mas eles já faziam planos quando os encontramos — ela explicou a Alexander. — Foi o barão quem nos convidou para fazer parte do grupo. Muito gentil da parte dele. Talvez tenha convidado o Sr. Jervas também.

— Lorde Petre levará o champanhe — informou Teresa.

Alexander não se demorou na visita. A caminho de casa, lastimou que os dissabores de Teresa no parque não a tivessem curado daquela ilimitada capacidade de acalentar esperanças vãs. Ao que tudo indicava, o otimismo rebrotava perpetuamente no coração dela. Teresa nunca estava feliz, mas sempre às vésperas de uma grande felicidade. Achando que a idéia podia render uma bela parelha de versos, ele tirou o papel do bolso e anotou-a. A visita não fora de todo infrutífera, afinal.

Mais tarde naquele mesmo dia, Alexander trabalhava em sua poesia quando Jervas irrompeu na sala e anunciou:

— Temos um piquenique no Hyde Park amanhã, Pope! Lorde Petre pediu que eu levasse você comigo. Na verdade — ele acrescentou com um sorriso cordial —, desconfio que me convidou apenas para garantir a presença do digníssimo poeta! Tem grande admiração pelos seus versos, Pope, e está determinado a ajudar no que for preciso para torná-los famosos. — Foi até a bancada e se serviu de uma taça de vinho. — Mas sugiro cuidado. A nobreza está sempre alardeando aos quatro ventos que vai fazer a fama desta ou daquela pessoa. No seu lugar, eu não daria muito crédito ao que diz o barão. Mas ele quer lisonjeá-lo, disso você pode estar certo.

Com um sorriso irônico, Alexander agradeceu Jervas pelas palavras de incentivo e voltou ao trabalho.

Capítulo 13

Às juras, desdém; ao amor, negaças;
E no lugar do vazio, sonhos pomposos.

O piquenique no Hyde Park foi bastante animado. Acompanhado de Jenkins, lorde Petre chegou cedo pela manhã e vagou pelas campinas durante uma meia hora, instruindo o lacaio a depositar as cestas ora aqui, ora acolá, até que se decidiu por uma simpática colina. Jenkins trouxera consigo dois auxiliares, um cavalariço e um cozinheiro: munidos de martelos e estacas, os cinco se incumbiram de levantar um toldo para o conforto dos convidados do barão. Em seguida armaram mesas de cavalete, distribuíram cadeiras, cobriram as mesas com toalhas de damasco e dispuseram pratos, taças, guardanapos e talheres de prata. Lorde Petre buscou ele mesmo a caixa de champanhe na carruagem e deitou as garrafas no chão, sobre a própria palha que as embalara durante a viagem desde a França. Jenkins havia passado pelo mercado de Covent Garden para comprar cestos de morangos e agora arranjava as frutinhas vermelhas sobre um leito de folhas e flores. Para as mulheres havia coalhada, torta de ameixa, pão e manteiga; para os homens, lombo assado; e para todos, duas pirâmides de frutas.

Alexander chegou na companhia de Jervas, Martha e Teresa. Lorde Petre, assim que viu a carruagem, abandonou a conversa com o duque de Beaufort e irrompeu do toldo para cumprimentar seus primeiros convidados. Já se encontrava um tanto amarfanhado em razão da faina daquela manhã, madeixas castanhas escapando da fita que lhe prendia os cabelos à altura da nuca. Aos olhos de Alexander, parecia um aristocrata marchando através de suas terras com tetrazes sobre os ombros, mas felizmente não trazia consigo nenhum pássaro de verdade. Reverenciou a todos, ofereceu os braços a Martha e Teresa e conduziu o grupo até a tenda.

— Podem ver que não se trata de uma festa formal — disse, mostrando o cenário a seu redor. — Diversão e conforto são as normas de hoje. Posso lhe servir uma taça de vinho, Srta. Blount? Temos morangos em abundância... ouvi dizer que as moças gostam muito deles. Ah, e cerejas também. Uma cereja para a Srta. Blount!

Maravilhada com as atenções do barão, Teresa admirou os arranjos sob a tenda e abriu um sorriso largo e complacente, tal como vira Arabella fazer no parque de St. James.

— Poucas moças podem se gabar de gozarem da amizade não só do pintor mais famoso como também do poeta mais eminente desta cidade! — continuou Petre, por pouco não piscando os olhos para Alexander, que observava o diálogo com satisfação. Teresa não pulou de alegria com o que ouviu, mas sorriu com delicadeza, reconhecendo certo mérito em ser a favorita do poeta. O famoso pintor, por sua vez, já havia notado o lombo assado e agora se servia de um belo naco enquanto conversava com o duque de Beaufort, cujo retrato ele havia pintado alguns meses antes.

Abandonando as moças por um instante, o barão se virou para Alexander e disse:

— De fato, é uma honra tê-lo conosco hoje, senhor. Fontes dignas de crédito me informaram que seu "Ensaio" chega a superar o de Dryden sobre a poesia dramática.

Alexander se perguntou que fontes poderiam ser essas; embora visse no comentário do barão o mesmo exagero que ele próprio costumava usar nas brincadeiras com Martha, agradeceu-lhe com uma cordial mesura.

Petre puxou uma cadeira para Alexander e disse:

— Posso lhe buscar um vinho? Um pouco de carne, talvez? Ou quem sabe um prato de morangos? Por favor, não deixe de experimentar os morangos.

Alexander aceitou a cadeira oferecida e se refestelou nela; divertia-se muito mais do que havia previsto.

— Como estão doces estas cerejas! — exclamou Teresa. — Nunca comi melhores! Tome, Alexander, experimente uma.

Satisfeito, Alexander se virou para receber o prato de cerejas. Mas, vendo que Teresa havia ignorado a irmã sentada entre eles, preferiu dizer:

— Não, Teresa, muito obrigado. Espero, no entanto, que Martha aceite uma. Vamos, Patty, você não comeu nada até agora. Posso buscar uma fatia de torta também, se quiser.

Martha sorriu e pôs-se a comer as cerejas.

— A que se deve tanta afabilidade por parte do barão esta manhã? — ela perguntou com ironia.

Antes que pudesse responder, Alexander ouviu uma voz desconhecida atrás de si. Tratava-se de uma dama que ele julgava já ter visto em algum lugar, mas não sabia exatamente onde.

— Lorde Petre o tem na conta do mais eminente poeta de Londres, Sr. Pope — ela dizia. — Escreve sátiras? Espero que não seja um daqueles engraçadinhos que fazem troça de todos, mas nunca de si mesmos.

Surpreendido com o comentário, Alexander logo ficou de pé

e se deparou com uma mulher elegantemente vestida, mas de tal modo simpática e jovial que não chegava a intimidar. Olhando com mais atenção, viu que ela não era apenas bonita: era deslumbrante. Fez o que pôde para lembrar o nome dela, mas, fracassando, disse:

— Fique tranqüila, *madame*. Sou guiado pela necessidade. Se não fizesse troça de mim mesmo, não teria nada sobre o que escrever, e isso, mais que tudo, daria ensejo ao riso. Dez mil homens não seriam capazes de inspirar tanta sátira quanto dez minutos de reflexão sobre minhas próprias bizarrices.

— Ah! Mas dez mil mulheres talvez dessem conta do recado — ela retrucou sem titubear.

— Vejo que *madame* também é afiada nas sátiras! — Absortos na conversa, eles foram aos poucos se afastando da mesa. Alexander esperava que o tête-à-tête prosseguisse pelo menos até que ele tivesse a chance de descobrir a identidade de sua interlocutora. — É mais mordaz que dois terços dos homens que tiram o sustento da própria mordacidade!

— Apenas obedeço à moda... o que talvez dê no mesmo — ela disse, claramente saboreando a conversa em igual medida.

— Está dizendo que também tira seu sustento da mordacidade?

— Claro! E, como a maioria dos satíricos, vivo além das minhas posses. — Eles cruzaram olhares, e, para deleite de Alexander, ela sorriu.

— Decerto com muito mais folga que a maioria dos satíricos que conheço. Nunca vi humor igual!

— Um cumprimento e tanto, vindo do célebre Alexander Pope. — Ela se dobrou numa mesura, mais à maneira de um homem que à de uma mulher.

— Já que *madame* conhece meu nome — disse Alexander —, suplico que me dê a conhecer o seu.

— Sou Mary Pierrepont.

Mary Pierrepont! A filha do conde de Kingston. Alexander deu um passo atrás e disse:

— Felizmente não o soube antes, milady, caso contrário não teria tido a ousadia de prosseguir nesta conversa.

— Não me parece um homem tímido, Sr. Pope.

— É que escondo bem a timidez. Apesar de toda fanfarrice, sou bem acanhado.

— Tolice! — ela retrucou de pronto. — A timidez está nos modos, não no caráter.

Alexander curvou-se numa vênia, impressionado com a rapidez do raciocínio.

Depois de refletir um instante, ela emendou:

— Talvez o senhor seja... reservado. Seria esse o caso, Sr. Pope?

— Perfeitamente, milady.

À medida que se desenrolava a conversa, Lady Mary ia demonstrando entusiasmo cada vez maior: as bochechas iam ficando vermelhas, e os olhos quase sempre buscavam os de Pope. Ela se comportava de um modo adoravelmente ímpar. Confiava não apenas na própria inteligência, o que talvez tivesse agastado Alexander, mas no prazer que essa inteligência era capaz de proporcionar. A reputação de "intelectual" seguramente não lhe fazia jus: para Alexander, o encanto de Lady Mary se devia a uma equilibrada mescla de beleza, energia e inteligência.

Eles foram interrompidos quando uma carruagem ostentando o brasão da família Salisbury parou não muito longe de onde o grupo se reunia. Lorde Salisbury, que viera a cavalo ao lado da comitiva, apeou e se postou junto do carro, esperando pela descida da mulher e suas amigas. Dois lacaios abriram a porta, e os convidados de lorde Petre se viraram para observar o desembarque.

Lady Salisbury foi a primeira a descer, dando o braço ao marido, uma pluma de avestruz oscilando no topo do toucado. Henrietta Oldmixon veio em seguida; num vestido de seda verdemaçã, ricamente brocado em folhas douradas, ela entregou o cachorrinho de colo para que um dos lacaios o levasse até a tenda. E por fim surgiu a terceira integrante do grupo: Arabella, sorrindo enquanto esperava para ser amparada na descida. Lorde Petre havia providenciado para que ela viesse na carruagem dos Salisbury.

Petre e o duque de Beaufort acorreram prontamente. Arabella aceitou a ajuda de ambos, beijou-os assim que saltou ao chão e seguiu para a tenda na companhia das outras moças. Na esteira delas seguiram os três homens e, a uma respeitosa distância, os dois lacaios.

Henrietta falava sobre a dificuldade que eles haviam tido para localizar o piquenique, a voz límpida flutuando no ar, sem nenhum destinatário em especial.

— Sua Graça disse "à sombra de dois carvalhos" — ela ia dizendo, quase cantarolando —, o que dificilmente basta como indicação para um encontro no parque! — As moças riram, ecoadas pelos homens.

— Pois eu estou surpreso que *madame* tenha saído da cama em hora tão desumana — retrucou o duque. — A senhorita ainda jogava cartas quando saí da nossa reunião, às quatro da madrugada.

Revirando os olhos, Henrietta respondeu:

— Sair da cama não me custou nada, disso Sua Graça pode ter certeza. Estou ávida por uma xícara de café com torradas... embora não seja prudente contar com tanto luxo numa cabana destas. — Mais risadas. Virando-se para o lado, Alexander constatou que Lady Mary havia se afastado dos recém-chegados. Desejou que Teresa fosse capaz do mesmo desdém, pois ela apertava as mãos, aflita, mal conseguindo disfarçar a vontade de ser notada.

— De fato, uma cabana! — zombou lorde Salisbury. — Não vejo mais que duas dúzias de champanhe, trinta metros de damasco e metade da prataria de Londres.

— Posso lhe servir uma taça de champanhe, Srta. Oldmixon? — ofereceu o barão.

— Já que não temos outra coisa... — respondeu Henrietta, arqueando as sobrancelhas, esborrachando-se na cadeira providenciada por um dos lacaios.

Martha observava tudo, perplexa com o espetáculo proporcionado por Arabella e suas novas amigas. Decerto eram essas as pessoas que Teresa havia visto na *levée*, pensou, e concluiu que o mais recente costume entre as moças de prol era recusar-se a demonstrar qualquer surpresa ou prazer com seu entorno, por mais extraordinário que ele fosse. Enquanto se acomodavam no luxuoso cenário preparado por lorde Petre, elas prosseguiam na conversa com total displicência, como se não fizessem mais que andar do sofá até a mesa de chá na residência de uma delas. Falavam das festas a que haviam comparecido, das pilhérias que tinham ouvido, dos comentários que haviam feito, tudo sempre muito divertido — diversão da qual os outros convidados eram sutil porém deliberadamente excluídos. Lady Salisbury e Henrietta Oldmixon traziam do berço essa técnica da indiferença, mas Martha não pôde deixar de admirar o desempenho de Arabella. As risadas implacáveis, os sorrisos de enfado, a ar de menoscabo: a prima os havia incorporado com absoluta maestria.

Os três protagonistas da reunião a circundavam.

— Aceita alguma coisa para beber, Srta. Fermor? — perguntou lorde Salisbury.

— Posso lhe trazer algum refresco? — ofereceu o duque de Beaufort.

— Temo que a senhorita esteja se expondo demais ao sol — disse lorde Petre, com um sorriso irônico. — Há algo mais que possamos fazer para garantir seu conforto?

Observando aquela ostensiva bajulação, Alexander rapidamente imaginou uma cena hilariante: Arabella pedindo aos homens que deslocassem a tenda de modo que ela pudesse apreciar melhor a paisagem. Se tivesse pedido, refletiu, seguramente seria atendida. Mas ela disse apenas:

— Uma taça de vinho, Excelência. E alguns morangos, milorde — acrescentou, olhando não para Petre mas para lorde Salisbury. — Sem creme, por favor — pediu ainda, segundos depois de vê-lo despejar uma colherada sobre as frutas.

Martha se divertia ao mesmo tempo que se espantava com o comportamento dos homens, que corriam feito ratos silvestres para realizar os caprichos de Arabella. Sabia que a prima possuía uma beleza que eles julgavam especialmente atraente, mas nunca fora capaz de entender a natureza dessa atração. Naquela manhã, contudo, percebeu o que significava descrever uma mulher como "terrivelmente bonita". Não havia na expressão nenhum sentido figurado. Diante de Arabella, os homens ficavam não só aturdidos como também aterrorizados, receando não encontrar forças para dizer "não" caso ela pedisse algo.

Sentado ao lado de Martha, Alexander cogitava que juízo faria Lady Mary daquele trio. Aparentemente não tinha a menor intenção de transformá-lo em quarteto: sentava-se do outro lado da tenda, conversando com um desconhecido. Alexander voltou os olhos para Arabella. Não viu nela nenhum resquício do desconcerto imposto por Lady Castlecomber durante o encontro no parque de St. James; viu, ao contrário, uma segurança ainda mais fortalecida. Todavia sua opinião quanto à causa de tanto magnetismo não coincidia exatamente com a de Martha. Não se tratava apenas de uma questão de beleza, mas sobretudo da consciência de que um dia essa mesma beleza perderia o fio — de que o poder em suas mãos, por mais formidável que fosse, tinha um curto prazo de validade. Era isso que infundia nas ações dela aquele vigor extraordinário, aquela pressa que nenhuma encenação de enfado ou indiferença era capaz de empanar por completo.

Mas tais sutilezas, percebidas por Martha e Alexander, sequer eram aventadas por Teresa, que ainda se recuperava do golpe sofrido com duas descobertas recentes. A primeira era a de que Arabella a havia excluído da nova amizade com Lady Salisbury e Henrietta Oldmixon. E a segunda, aparentemente insignificante, mas de absoluto relevo para Teresa, era a de que todas as três haviam chegado ao piquenique em trajes de montaria. Inacreditável! Arabella havia deixado bem claro que só andava de garupa quando estava na cidade, ao passo que ela, Teresa Blount, havia sido apontada na mesma conversa como exímia amazona. Aquela poderia ter sido sua única oportunidade de fazer sombra à prima, e no entanto ninguém a havia advertido de que um passeio a cavalo fazia parte da programação. Via nisso tudo uma intolerável injustiça e se amargurava ainda mais quando via os círculos concêntricos de admiradores aristocratas que se acumulavam ao redor da prima.

Enquanto as irmãs Blount e Alexander davam rédeas a seus pensamentos, lorde Petre conversava com lorde Salisbury — ambos haviam sido apartados das moças pelo duque de Beaufort, que a todo custo tentava salvaguardar seu próprio bocado de atenção.

— O senhor tem interesses em Barbados, não tem? — perguntou Petre.

— Açúcar — respondeu lorde Salisbury, com um sorriso afetado, ao mesmo tempo que colhia um punhado de cerejas. Abocanhou algumas, cuspiu os caroços nas mãos e os largou displicentemente sobre a mesa, perto de onde se encontrava Martha. Ignorando o olhar de censura dela, prosseguiu: — Amealhei uma bela fortuna, e sem nenhum esforço da minha parte.

— Verdade? — exclamou Petre. — E como foi que milorde conseguiu essa façanha? — Percebendo o desconforto de Martha, ele abriu um sorriso solidário e afastou os caroços de cereja.

— Nunca vou lá — engrolou lorde Salisbury, a boca estorvada pelas cerejas. — Meus escravos vêm de um mercador confiável, que vai pessoalmente buscá-los na África. Sempre consegue homens excelentes; mulheres também, creio. A *plantation* não me dá o menor aborrecimento e custa uma ninharia se comparada ao que custa manter uma propriedade na Inglaterra.

— Mas ouvi dizer que escravos podem ser bem caros — disse Petre, afetando conhecimento de causa. — "Marfim negro", não é assim que são chamados? — Felizmente ele havia se lembrado da expressão utilizada por Douglass.

Lorde Salisbury recebeu com desconfiança o enfrentamento do barão.

— É uma questão de encontrar o mercador certo — ele respondeu irritado. — Edward Fairfax me apresentou a um esquema por lá. Pagamos ao mercador, e ele nos entrega os escravos diretamente, sem nenhum intermediário ganancioso para nos ludibriar entre uma coisa e outra. Segundo Fairfax, esse é o segredo.

Lady Mary Pierrepont, que também ouvia a conversa, perguntou:

— Mas e se algo acontecer ao carregamento dele?

Lorde Salisbury fulminou-a com o olhar, mas Lady Mary ignorou-o solenemente, nem um pouco interessada na opinião dele.

— Nada acontece ao carregamento! — retrucou o agastado lorde. — Pagamos por trezentos escravos, e trezentos escravos nos são entregues. Na verdade, uns duzentos e cinqüenta, já que perdemos muitos durante a viagem.

— Vocês perdem escravos? — devolveu Lady Mary, rindo. — Perdem onde? Entre a África e Barbados?

— Alguns morrem ao longo do caminho — ele explicou. Mas de um modo um tanto vago, pensou Petre, duvidando de que até então alguém o tivesse questionado a respeito do arranjo. —

Por certo já estavam doentes ao embarcar no navio. Mas o capitão joga os corpos ao mar, de modo que as doenças não se espalhem.

— A manobra me parece excelente — disse Petre. — Mas há um detalhe neste seu relato que me deixa intrigado. Como é possível alojar trezentos homens num navio negreiro? Uma façanha e tanto, a meu ver.

— Ah, eles ficam enfileirados, como livros numa prateleira — respondeu lorde Salisbury, cheio de si. — Não precisam de muito espaço. São acorrentados uns aos outros, claro, para evitar qualquer tumulto. Suponho que os tripulantes tenham camas, provavelmente penduradas aos caibros, ou algo assim.

— Meu Deus! — exclamou Lady Mary. — Trezentos homens lado a lado, cinqüenta deles à beira da morte. A fedentina deve ser infernal.

— Bem, os mercadores são regiamente pagos pelo trabalho que fazem — defendeu-se lorde Salisbury. — Ficam muito ricos, todos eles.

Lorde Petre estava prestes a apontar a inconsistência entre os baixos custos de uma *plantation* e a régia paga dos mercadores quando a conversa foi interrompida por Henrietta Oldmixon, que se levantou bruscamente e se dirigiu ao duque.

— O champanhe está me deixando inquieta — ela anunciou. — Vossa Graça nos prometeu um passeio a cavalo. Acompanha-me até o Ring?

— Com muito gosto, *madame* — prontificou-se o duque. — Foi justamente pensando nisso que trouxe um segundo cavalo, já selado para uma dama. — E lá se foram eles.

Lorde Salisbury imediatamente ofereceu o braço à mulher e com ela saiu na direção de seus próprios cavalos; um segundo animal, claro, havia sido trazido para Lady Salisbury. E com isso lorde Petre ficou sozinho com Arabella, sob o olhar curioso de todos os demais. Alexander notou que Lady Mary já havia se retirado para sua própria carruagem, estacionada nas imediações.

— Eu não cometeria a sandice de lhe oferecer um cavalo, Srta. Fermor — disse o barão. — É sabido de todos que a senhorita nunca monta quando está na cidade. Mesmo assim gostaria de me oferecer como seu cavaleiro e convidá-la para ocupar minha garupa.

Teresa ainda nutria a esperança de que lorde Petre se lembrasse de que, na mesma conversa a que ele fizera alusão, suas habilidades de amazona também haviam sido mencionadas. Petre, no entanto, não se lembrou de nada ou optou por não se lembrar.

Os três casais cavalgaram rumo ao Ring, tal como eram chamadas as pistas concêntricas que o parque oferecia para o exercício da equitação ou os passeios de carruagem. Jervas, Alexander, Martha e Teresa permaneceram à sombra das árvores, em meio a uma dezena de garrafas de champanhe vazias e uma pequena mixórdia de convidados. Jervas se desdobrava para animar as moças, mas os prazeres da manhã já haviam perdido seu alento. Teresa propôs uma caminhada pela alameda que ligava o parque aos jardins do Palácio de Kensington; todos concordaram, e Alexander ofereceu o braço a Teresa, radiante ao ver o sorriso de gratidão que ela descerrou ao tomá-lo.

Quando Arabella e lorde Petre chegaram ao Ring, depararam-se com uma variegada aglomeração de carruagens e *équipages*. Brasões reluziam sobre o esmalte das portas; sedas e plumas coloriam o desembarque das elegantes senhoras; lacaios de libré cumpriam prontamente suas ordens, sorrindo altivamente para as demais comitivas.

Em meio a todo esse esplendor, Arabella e seu cavaleiro entraram nas pistas, seguros de que ali não havia ninguém que os rivalizasse no garbo, cientes da inveja que provocavam. Petre virou-se para fazer um comentário qualquer, tão-somente para roçar o rosto da companheira e pavonear a intimidade que desfrutava com ela. Arabella apercebeu-se disso, mas soube refrear a autoconfiança: embora soubesse que era observada por todos, fazia questão de se mostrar indiferente à atenção pública.

Depois de algumas voltas em torno do circuito, eles apearam para ir ao encontro dos amigos. Lady Salisbury e Henrietta Oldmixon os saudaram com sonoras gargalhadas, ainda empoleiradas em seus respectivos animais; lorde Salisbury e o duque de Beaufort se aproximaram a pé, acompanhados dos conhecidos que haviam encontrado durante o passeio. Todos conversavam animadamente quando Petre, levemente tocando o braço de Arabella, disse:

— Pode me desculpar um instante? Vejo que meu amigo Douglass está logo ali, do outro lado das pistas.

Olhando para onde apontava o barão, Arabella viu que Douglass os observava atentamente.

— Claro! — ela disse, apesar do incômodo que lhe causava o olhar fixo e penetrante de Douglass. Inferindo que o encontro tinha alguma relação com o plano que Petre havia mencionado naquela tarde memorável nos aposentos dele, virou-se preocupada para os demais: receava que lhe perguntassem o motivo do afastamento do barão. Mas, distraídos com os amigos do duque, ninguém havia percebido nada.

Lorde Petre sabia desde o início que Douglass estaria ali naquela tarde. Eles haviam combinado de se encontrar e vinham trocando olhares discretos desde a chegada de Petre e Arabella nas pistas. Pela primeira vez o barão se deu conta de que não queria vê-lo. Detestava ter de deixar Arabella, percebendo de repente que, ao envolvê-la naquele encontro secreto, ele a havia exposto a um perigo desnecessário. Mas sabia que precisava ouvir o que Douglass tinha a dizer.

Ao ver o barão se aproximar, Douglass disse:

— Milorde escolheu uma bela montaria hoje.

Petre ignorou o sarcasmo.

— Faz muito que está esperando? — perguntou.

— Desde a hora combinada. Passei o tempo cortejando Lady Sandwich. Já que ela nunca recebeu mais que dez minutos da atenção de um homem, suponho que não tenha acreditado muito na sinceridade dos meus avanços. — Douglass riu da própria crueldade. — Pensei que a Srta. Fermor jamais se cansaria de cavalgar na garupa de milorde e sorrir para a platéia. — Por fim, subitamente sério, ele disse: — Hoje recebi uma mensagem de Lanchashire.

— Notícias da França? — perguntou Petre, circunspecto.

Douglass já ia respondendo quando, de um segundo a outro, a expressão em seu rosto se turvou: ele havia percebido a aproximação de alguém às costas do barão. Rapidamente disse:

— Voltamos a nos falar hoje à noite. No Pen and Hand, em Shoreditch. Às nove. — E se foi.

Virando-se para trás, Petre deparou-se com Lady Castlecomber, que esperava para receber o braço dele.

— Milorde parecia de excelente humor ainda há pouco — ela disse.

— Olá, Charlotte — ele retrucou, desconcertado com a repentina aparição. — Não vi que estava aqui. — Receou que ela tivesse ouvido a conversa dele com Douglass.

— Tanto entusiasmo só pode ser obra da Srta. Fermor, não deste seu amigo no cavalo castanho. Pois imagino que você tenha vindo ao encontro dela, e não ao dele.

Aliviado, Petre decidiu não responder diretamente.

— A companhia de James Douglass é mais agradável do que você supõe — falou.

— Ah, então este é James Douglass. Meu marido pensa que ele ainda está na África. Sinto arrepios só de imaginar o que ele faz por lá.

— Faz meses que voltou à Inglaterra. As notícias demoram a circular.

— Umas mais do que outras, você há de convir. De qualquer modo, não posso deixar de reprovar essa sua amizade com o Sr. Douglass. Custa-me crer que tenha amigos tão detestáveis.

Petre fitou-a com seriedade, mas, analisando o olhar dela, concluiu que o comentário não encerrava significado mais importante.

— Esse não era meu costume no passado, você sabe — ele disse.

— Queira Deus que não o seja no futuro também — ela retrucou. — Digamos que sua situação presente não passe de um infeliz interlúdio.

— Posso perguntar se você está se referindo a algo além de minha relação com o Sr. Douglass?

— Não se quiser que eu responda com franqueza, Robert.

Petre sorriu e disse:

— É sempre um prazer revê-la, Charlotte.

— Igualmente, meu amigo. Mas não pretendo conceder que estou com saudades: nossa amizade é tal que não há de se abalar com a necessidade de interrupções periódicas.

— Lady Castlecomber sempre encontra as palavras certas para se expressar — arrematou Petre, e eles voltaram ao grupo onde se encontrava Arabella.

Teresa e Martha deixaram a área do piquenique aos pares: a primeira com Alexander, e a segunda com Jervas, alguns passos a reboque. Martha não era capaz de andar tão depressa quanto a irmã, tampouco estava com a mesma pressa para ir embora; assim sendo, ela e o acompanhante aos poucos foram ficando para trás.

Aliviada por ter quem lhe desse o braço, Teresa já não via a hora de sair dali. Ainda não conseguia digerir a visão de Petre e Arabella cavalgando juntos. Não sabia ao certo qual era a natureza da relação entre eles, mas estava claro que eram íntimos. Precisava, portanto, se desiludir: ela jamais seria o alvo das atenções do barão. Remoía-se ainda mais ao admitir que deveria ter dado o braço a torcer muito antes.

Bem mais dócil que de costume, começou a repassar as páginas mais recentes de sua história com Alexander. Lembrou-se daquele dia fatídico no parque de St. James, quando ele a resgatara justo no momento de maior solidão, ao vê-la desprezada por Arabella e lorde Petre. E se envergonhou com a lembrança: reconheceu que não deveria ter aceitado tão prontamente o convite de James Douglass. Além disso, quando desandara a chorar no banco, bem à vista de Alexander, sentira-se ainda mais humilhada por saber que não havia agido corretamente com ele. Agora relembrava com alívio o modo gentil com que lorde Petre havia recebido Alexander no piquenique; os elogios que proferira decerto eram sinceros, e Alexander merecia pelo menos isso.

O que teria acontecido àquela velha e fácil amizade entre eles? Teresa foi obrigada a reconhecer que havia se comportado mal em quase todas as ocasiões desde que eles haviam chegado à cidade. Ao receber a visita de Alexander no dia seguinte ao episódio com Douglass, ela o havia destratado, cheia de empáfia só porque o barão, num arroubo de hospitalidade, a havia convidado para o piquenique. Alexander por certo ficara magoado, mas apesar disso continuava a seu lado, sem um único e mísero olhar de reprovação.

Teresa foi despertada de suas tristes reflexões quando Alexander disse:

— Imagino que o barão nunca tenha tido o prazer de vê-la montando um cavalo.

— Não, nunca — disse Teresa, assustada. — Mas como você sabe?

— Se tivesse, não abriria mão da oportunidade de vê-la montando outra vez.

— Você é muito gentil, Alexander — ela disse com sinceridade. Calou-se um instante e, num tom de voz muito diferente do habitual, acrescentou: — De fato, monto muito bem, e fico feliz ao ouvi-lo dizer isso. Mas creio que seja impossível conseguir um mínimo de atenção quando minha prima Bell está por perto. Ela simplesmente não permite. — Mais um intervalo de silêncio. — Por outro lado, Arabella é tão linda, tão vivaz... Quem não haveria de preferir a companhia dela?

Ciente de quanto havia custado a Teresa dizer aquilo, Alexander condoeu-se dela e decidiu recorrer ao chiste:

— Os fulgores da Srta. Fermor são demasiado fortes para minha saúde. Sequer me aproximo, por medo de morrer incinerado. Além disso, ela tem cabelos demais.

Teresa riu, afinal, mas argumentou:

— Os cabelos da prima geralmente são muito admirados.

— Nem a cabeleira da Srta. Fermor nem qualquer outro aspecto da fisionomia dela têm para mim um décimo do encanto da sua pessoa, *madame* — ele replicou.

Teresa quase podia ouvi-lo prendendo a respiração. Encabulada, disse:

— Obrigada pela gentileza, Alexander.

— Uma bagatela — ele disse, fitando-a nos olhos. — Sou como aquele pobretão que presenteia o senhorio ricaço com uma ninharia qualquer, apenas na esperança de receber em troca um presente de valor infinitamente maior.

Teresa hesitou, sem saber ao certo o que dizer. Por fim, respondeu:

— Seu presente é bastante valioso para mim.

Sem nenhum motivo especial, eles interromperam a caminhada e viraram o rosto à procura de Martha e Jervas. Não os encontraram, pois a dupla havia sentado num banco à entrada do caminho. Teresa olhou para Alexander. Vendo aqueles traços tão familiares à sua frente, num momento em que tanto precisava ser admirada, ela sentiu um repentino nó na garganta. Mas como eram complexos e contraditórios os sentimentos que produziam aquelas lágrimas incipientes!

Eram lágrimas de gratidão, ela admitia. Gratidão por ele não a ter abandonado apesar das inúmeras provocações. Mas também eram lágrimas de piedade. Não seria realmente digno de dó alguém que persistia daquela forma depois de tantos desaforos? Alexander permanecia a seu lado como uma criança precoce: dividido entre a humilhante dependência e o implacável brio. Teresa chorava ainda por decepção: consigo mesma e com Alexander, em igual medida. Sabia que devia amá-lo apesar da fragilidade física; na verdade, devia amá-lo *por causa* dela. Mas não se via capaz disso. Mal conseguia imaginá-lo: o corpo deformado de Alexander lhe causava repulsa; a possibilidade de um abraço a deixava gélida.

— Oh... onde será que se meteram aqueles dois? — ela disse.

Alexander contemplou-a placidamente. Diante da mudança no comportamento de Teresa, sentiu no peito o espevitar quase involuntário das chamas da esperança. Receou que fossem, como sempre, esperanças vãs. Mesmo assim não encontrou forças para afugentá-las.

— Vejo que não perguntará que espécie de presente você poderia me dar em troca — disse.

Teresa enrubesceu, já arrependida de ter permitido que a conversa chegasse àquele ponto. Voltando às rusgas de praxe, disse:

— Desde muito aprendi que sua inteligência não é para ser replicada, Alexander. Você a exibe do mesmo modo que um colecionador exibe uma borboleta ou um inseto revestido em âmbar. Uma preciosidade a ser admirada. Eu jamais ousaria rivalizá-la com um espécime da minha própria coleção.

Para alívio de Teresa, a resposta aparentemente serviu para dissipar as pretensões românticas do amigo, que depois de uma breve reflexão, disse:

— A imagem de um inseto revestido em âmbar é bastante apropriada. Você tem toda razão. Minha inteligência é exatamente como um inseto: nem complexa, nem rara. Apenas causa espanto por não sabermos de onde ela saiu. — Mais uma pausa, e depois: — Você é única entre as mulheres, Teresa.

A insipidez desse último comentário não teve outro efeito senão inflamar Teresa ainda mais.

— Por favor, Alexander — ela disse, ríspida. — Não suporto mais tanta falsa modéstia! Pare já com essa serrazina, caso contrário nós nos separamos aqui mesmo!

— Não faça isso. Vamos andar mais um pouco. Prometo que falarei apenas das minhas qualidades.

Eles seguiram adiante. Teresa esperava deixar para trás aquele momento de irritação, decerto provocado pelo excesso de emoções daquele dia. Depois de alguns minutos, a paz já restabelecida, Alexander perguntou se ela estava cansada, e Teresa sugeriu que eles voltassem ao encontro de Martha. Tranqüilizada ao constatar que a crise realmente havia chegado ao fim, ela comentou:

— Como Londres é linda durante o verão... Apesar disso, deixa-me aflita. Em agosto voltamos para a casa do nosso avô em Whiteknights.

— Esta cidade será um deserto na sua ausência — devolveu Alexander, voltando aos galanteios jocosos de sempre. — Mas por que partir em agosto?

— A *levée* de verão da rainha, em Hampton Court, está prevista para o fim de julho; Martha e eu pretendemos comparecer. Só então vamos embora. Mas, se tivesse meios para tanto, eu ficaria em Londres até o fim do ano.

— Pois quando *eu* ficar rico, viverei num canto bem bucólico próximo ao rio, de onde poderei escolher entre a cidade e o campo ao sabor da minha vontade.

— Está muito seguro do seu sucesso, Alexander.

— O sucesso é muito mais acessível para quem está seguro dos seus talentos do que para quem é de fato talentoso — foi o que ele respondeu. — Mas, se isso conta a meu favor ou não, deixo para você decidir.

Ela sorriu, e eles continuaram a caminhar tranqüilamente.

Dali a pouco Alexander retomou a palavra.

— Sua irmã está acenando para nós — disse —, e em poucos minutos estaremos na companhia dela. Como gosto de estar com você, Teresa! Meu único desejo é poder contribuir de algum modo para que você se estabeleça.

Apesar do coração, que voltara a palpitar, Teresa respondeu com firmeza:

— Você faz tudo que pode para cuidar de nós, Alexander.

— Poderia fazer mais — ele disse de pronto. — Poderia lhe oferecer um lar. Poderia prometer quantas viagens a Londres você quisesse. Poderia lhe dar uma vida fácil, além de segurança para Martha.

Sem fitá-lo, Teresa perguntou:

— E como pretende operar tais milagres? — Ela rogou a Deus que ele não dissesse nenhuma tolice que o fizesse se arrepender depois.

— Proferindo meu amor sincero e pedindo sua mão em casamento.

Ainda incapaz de fitá-lo nos olhos, mas roçando a ponta do sapato no cascalho do chão, ela disse com serenidade:

— Então não foi um erro dizer que milagres seriam necessários.

Alexander contemplou-a estupefato.

— Está duvidando da minha sinceridade? — perguntou.

— De modo algum. Mas tenho certas dúvidas quanto às suas habilidades de amante. — Diante das circunstâncias, Teresa deixou escapar um risinho nervoso.

— Então duvida de minha pessoa inteira — ele insistiu —, pois até agora só me conheceu como alguém que a ama.

Sabendo tratar-se de uma verdade, Teresa irritou-se e disse com frieza:

— Caso não o conhecesse desde muito, Alexander, tomaria por insulto este último comentário. Jamais teria permitido qualquer avanço de sua parte se por um único instante tivesse duvidado de suas intenções.

Por fim, ele deixou de lado os galanteios; encarou-a e disse com rispidez:

— Teresa, não me insulte fingindo que não compreendeu o que falei.

Sem saber o que responder, e ainda mais agastada com aquela bravata inoportuna, ela olhou vagamente a seu redor antes de dizer:

— E o senhor não insulte *a mim* ao sugerir a existência de qualquer acordo entre nós.

— Insultá-la? — rebateu Alexander, incrédulo. — Que insulto poderia haver em tomá-la pela mulher mais adorável que já conheci em toda vida?

Cedendo à raiva, ela desferiu:

— Agradeço a lisonja, mas preferiria que não fosse assim. Até onde sei, vim para Londres desobrigada de qualquer laço afetivo. Totalmente livre para escolher... ou para ser escolhida. Via a mim mesma como uma mulher isenta de compromissos, e pensava ser assim que todos me viam também.

Alexander arregalou os olhos, aturdido, o que serviu apenas para açular Teresa.

— Mas agora constato que você me tem como sua — ela prosseguiu, a garganta começando a apertar. — Desconfio até que ande se gabando disso com os amigos, espalhando pela cidade que já estou compromissada. Que presunção é essa, Alexander, de falar na qualidade de meu consorte sem jamais ter recebido permissão para tanto? — Embora tivesse plena consciência de que não havia um grão de verdade no que agora ia dizendo, Teresa seguiu em frente: — Jamais lhe dei um dedo de esperança, Alexander. Chego a sentir arrepios só de cogitar a idéia de um compromisso, de um enlace, com alguém que... com alguém como...

— Com alguém como *eu* — completou Alexander, estranhamente sereno.

O que desencadeou em Teresa um acesso de autocensura:

— Você me toma por cruel, insensível, egoísta... um milhão de coisas, eu sei. — Ela sabia que precisava segurar a língua e não envolver a irmã no assunto, mas agora era tarde demais. — Por que não se casa com Martha? — exclamou desesperada. — Seria muito feliz ao lado dela! Mas não atrapalhe as *minhas* chances de ser feliz ao se arvorar meu amante, sobretudo entre pessoas como estas!

— Está se referindo ao barão, suponho — disse Alexander. — Será uma tola, Teresa, se não enxergar que lorde Petre a vê com absoluto desprezo. — Ele parou para sopesar as palavras. Mesmo naquelas circunstâncias, soube ser generoso: — Não porque você seja desprezível, mas porque *ele* o é.

— O barão? Como ousa pensar que sabe o que ele ou qualquer outro cavalheiro pensa ou sente a meu respeito? — ela rugiu. — Não sabe nada dos homens nem do mundo, Alexander! É um aleijão, tão franzino das idéias quanto do corpo! Enxerga e ouve só aquilo que está logo ali, bem rente ao chão!

Ele deu um passo atrás, mal acreditando no que acabara de ouvir.

— Então não pode me culpar, *madame*, por ter devotado tantas atenções, e por tanto tempo, à sua pessoa.

Eles já estavam suficientemente próximos de Martha e Jervas para serem ouvidos. Martha encontrava-se lívida de tanta agonia, e Jervas fincava as pernas no chão como se a qualquer instante tivesse de correr para segurar Alexander. Por um interminável e terrível instante, os quatro permaneceram mudos.

Foi Martha quem por fim quebrou o silêncio.

— Fiquei cansada com o sol e com dores de cabeça em razão da claridade — ela disse. — O Sr. Jervas fez a gentileza de se sentar um pouquinho comigo, mas agora preciso ir para casa.

— Já ficamos aqui muito mais do que devíamos — emendou Teresa bruscamente, e ofereceu o braço à irmã: — Vamos, Patty. Venha comigo para a carruagem.

— Eu acompanho as senhoritas — interveio Jervas antes que Alexander pudesse abrir a boca.

Mas Teresa foi sucinta ao responder:

— Preferimos ir sozinhas. — Ela se afastou com a irmã, puxando-a, e Alexander precisou deter Jervas para que ele não saísse no encalço delas.

Fúria, tristeza e decepção foram os principais sentimentos da tarde. Alexander não havia se preparado para tanto amargor, sobretudo porque não havia se preparado para aquela conversa. Sabia perfeitamente que suas declarações não seriam bem acolhidas. Sequer havia pensado em fazê-las. Pelo contrário: horas antes, percebera que Teresa ocupava um lugar cada vez menor em seus pensamentos. Por que fizera aquilo, afinal? Sabia que sua oferta de casamento seria recusada; mais que isso, sabia que ficaria dividido caso ela fosse aceita. Deixara-se levar por uma estranha e perversa vaidade, uma espécie de orgulho às avessas. Mesmo sentindo minguar aquela doentia atração por Teresa, ele havia sucumbido à tentação de trazer à luz todas as declarações que o antigo ardor de seus sentimentos havia mantido às ocultas.

E fora punido por isso. Quanta crueldade naquela resposta! Era como se Teresa o odiasse. Mas não poderia ser ódio o que ela sentia. Ódio de quê? Ainda que nas profundezas da alma, ela por certo nutria por ele a mesma afeição. Tais pensamentos, contudo, precisavam ter fim. Ele não poderia ficar se perguntando a todo instante se ela o amava ou não. Jamais a teria como esposa. Deparara-se com uma Teresa fria, cruel, egoísta, azeda. Não poderia continuar a admirá-la. Dali em diante, ele também seria frio.

Teresa, por sua vez, jamais havia cogitado que tantos dissabores pudessem sobrevir a uma proposta de Alexander e agora se surpreendia com os próprios sentimentos. Lamentava que ele tivesse aberto o coração, que aquela cena tivesse acontecido. Desejava não ter se exaltado tanto, não ter dito tantas coisas nas quais sequer acreditava. Mas não se dispunha a se retratar e correr o risco de reabrir a mesma discussão. Estava triste, vexada, mas não se permitiria nenhuma espécie de remorso.

No entanto, apesar disso tudo, lamentava o fim da corte de Alexander. Desde muito trazia na ponta da língua o "não" que diria a ele na hipótese de uma oferta. Mas saber que era admirada por alguém tinha o efeito de um inestimável consolo, ainda que inconfesso. Agora que havia proferido sua recusa, restava-lhe apenas a consciência de que até então ninguém a havia pedido em casamento. Portanto, nada mais natural que Alexander, depois de provocar tão incômoda reflexão, se tornasse merecedor de ressentimento ainda maior.

Uma semana se passou sem nenhum contato entre Pope e as irmãs Blount. Durante esse período, a maior parcela de infelicidade coube a Martha, que não dispunha de nenhuma indignação que a distraísse da tristeza. Ela havia sido alheada de seus dois melhores amigos, que desde então haviam deixado de procurá-la para trocar confidências ou desabafar. Não sabendo ao certo o que havia acontecido, temia o pior: que Teresa e Alexander cortassem relações para sempre e a obrigassem a escolher entre uma e outro.

Fechada em seu quarto, refletindo sobre o lamentável estado das coisas, Martha exalou um longo suspiro. Sabia que na verdade não tinha nenhuma escolha a fazer: deveria tomar o partido de Teresa e pronto. Por que a vida tinha de ser sempre assim? Quando chegaria o dia em que ela poderia agir, ou mesmo falar, de acordo com o que realmente sentia? Embora recriminasse a irmã pela rispidez com que respondera a Alexander, tinha consciência de uma recôndita satisfação: dali em diante Alexander jamais teria dúvidas sobre quem era a melhor das irmãs. Ele tivera a oportunidade de ver a Teresa real, virulenta e egoísta. Triste, talvez, e merecedora de carinhos e cuidados, mas caprichosamente cruel com as pessoas que mais a amavam.

Pensando no papel de Alexander na crise que se instalara, Martha ficou surpresa consigo mesma. Deu-se conta de que o recriminava também. Se tivesse parado para refletir, ele teria antevisto que um rompimento com Teresa acarretaria o fim da amizade com ambas as irmãs. Claro estava que ele não havia pensado em nada disso. No passado, semelhante negligência teria resultado apenas em mágoa. Mas o que ela sentia agora era raiva. Por mais inteligente que fosse, Alexander havia se comportado como um tolo.

Às nove horas daquele dia do piquenique, lorde Petre foi se encontrar com James Douglass na taberna Pen and Hand. O lugar ficava numa rua escura e suja de Shoreditch, a certa distância de onde Jenkins havia estacionado a carruagem.

— Que idéia foi essa de me trazer a esta parte da cidade? — perguntou o barão. Mal pudera conter a apreensão enquanto seguia pelas ruas desertas, temendo que alguém o observasse de um beco qualquer.

— Seus amigos papistas celebram missas no porão deste lugar às altas horas da noite. Fico surpreso que milorde não soubesse disso.

— Católicos de qualidade não vêm aqui para rezar. Prefeririam morrer esfaqueados. Você deveria ter escolhido outro lugar para o nosso encontro.

— Estou esperando um agente mais tarde.

Petre não disse nada.

— Daqui a sete ou oito dias — prosseguiu Douglass, sussurrando —, quatro de nossos homens entrarão na cidade pelo Norte. Outro virá sozinho pela água. Chegará à sua casa por volta das duas ou três da madrugada. Acha que pode recebê-lo?

— Claro — disse Petre sem hesitar, já refeito da irritação.

— Trará documentos da França. Milorde deverá protegê-lo durante dois dias, até que ele possa pegar o barco de volta.

— Não posso alojá-lo em casa, mas Jenkins o levará para um local seguro.

Douglass assentiu com a cabeça.

— E aquele outro assunto? — perguntou, falando ainda mais baixo.

Petre tirou do bolso um pacote contendo trezentas libras e passou-o a Douglass, que esquadrinhou a taberna antes de guardá-lo no sobretudo.

— Muito cuidado com essa gente — advertiu Petre. — Sabe que há traidores entre nós.

— Os amigos ricos continuam enchendo a cabeça de milorde com caraminholas, não continuam?

Petre sabia que aquela indiferença de Douglass era afetada. Vira-o empalidecer ao ouvir, meses atrás, a notícia do assassinato de Francis Guerrard.

— Traidores nas nossas fileiras! — dissera Douglass à época. — Guerrard certamente contou a Caryll antes de morrer.

— Não diretamente — corrigira Petre. — Mas a um de nossos líderes. Na noite em que foi morto, na embaixada. — Ele ainda se lembrava da expressão de pânico no rosto do amigo.

Mas agora Douglass parecia não dar muita importância ao fato.

— Faz meses que Guerrard foi assassinado — disse. — Nada aconteceu desde então. Seu amigo Caryll por certo fez algum tipo de confusão. Não precisamos nos preocupar com essa história de traidores.

Petre arrastou a cadeira para trás, novamente agastado.

— Caryll não fez confusão nenhuma — chiou. Douglass podia ser tão displicente quanto quisesse com a própria segurança, mas o dinheiro não saía do bolso dele. Petre não tinha a menor intuito de doar suas libras em vão.

— Calma, milorde! — sussurrou Douglass, olhando ao redor. — Lembre-se de onde está. E desculpe a besteira que disse agora há pouco — acrescentou, vendo que o barão já se recompunha. — A palavra de Caryll é mesmo confiável, e as conexões de milorde, fundamentais para a nossa causa. Não poderíamos seguir em frente sem a sua ajuda.

Tranqüilizado, Petre apertou a mão dele e saiu.

Capítulo 14

Paus, ouros, copas, em mixórdia revelados.

Henrietta Oldmixon havia planejado uma festa com dança, jogos de cartas e jantar. As reuniões de Henrietta eram famosas: no ano anterior, ela havia organizado um banquete romano para o qual os convidados haviam se vestido de senadores e imperadores, esparramando-se em divãs para comer. No inverno oferecera uma festa medieval em que um bando de estorninhos havia sido libertado do interior de uma torta para dar início à ceia, e acrobatas e malabaristas haviam sido contratados para se apresentar entre os casais durante o baile. A festa desta noite, nove dias depois do piquenique de lorde Petre, seria uma mascarada. No entanto, já que todos os convidados seriam conhecidos uns dos outros, não haveria motivo para a apreensão que geralmente acompanhava os bailes públicos.

Arabella seria a convidada de honra, a mais nova integrante do seleto grupo de amigas de Henrietta. Os expoentes da fina ironia e do intelecto haviam sido convocados para a ocasião, Charles Jervas e Alexander Pope entre eles. E, em razão do parentesco com Arabella, as irmãs Blount haviam sido convidadas também.

Até o piquenique, Teresa e Martha vinham esperando ansiosas pela festa. Mas a atrapalhada declaração de Alexander, as atenções do barão para com Arabella e a descoberta de Teresa sobre as novas amizades da prima haviam contribuído sobremaneira para o desânimo de ambas. Mesmo assim elas haviam confirmado sua presença; seria impensável faltar a um evento de tamanho porte. A carruagem de Jervas as buscou pouco antes das nove horas, já que Arabella não se oferecera para levá-las, e o trajeto até a festa, na companhia de Jervas e Alexander, revelou-se um suplício. Mesmo Martha, que nessas ocasiões sempre se prontificava a pôr panos quentes, permaneceu muda durante toda a viagem, tomada de orgulho.

Tratava-se de uma festa particular, e portanto os convidados usavam trajes formais em vez de fantasias. Teresa e Martha usavam vestidos de brocado com máscaras venezianas sobre o rosto; chegando à reunião, constataram que as demais mulheres haviam feito o mesmo. Algumas das máscaras eram mais elaboradas: animais e figuras de carnaval, acompanhadas de jóias exuberantes ou plumas à cabeça. Três pessoas, contudo, usavam fantasias completas, pássaros todas elas: falcão, pavão e cisne. Via-se claramente que Henrietta Oldmixon era o falcão, e Lady Salisbury, o pavão; Arabella, desnecessário dizer, era o cisne.

Por três noites antes da festa, lorde Petre passara muitas horas na cavalariça de sua residência na Arlington Street, esperando pela chegada do tal agente, que não apareceu, muito embora não se tivesse notícia de nenhuma prisão nem qualquer outro sinal de que o plano havia desandado. Assim sendo, Petre estava convencido de que deveria continuar esperando. Mas começava a se cansar daquelas vigílias solitárias, ansiava por rever Arabella, e portanto decidiu comparecer à festa de Henrietta. Voltaria para casa pouco antes da meia-noite: daria a impressão de que estava se recolhendo para dormir e desceria furtivamente à cavalariça para dar seqüência à espera. Tão logo o visitante chegasse, Petre planejava alojá-lo na casa dos Jenkins, católicos fervorosos e totalmente confiáveis.

Todos os convidados de Henrietta já haviam chegado quando uma bateria de fogos de artifício espocou no pátio de baixo, e os mascarados correram às janelas para observar. Terminado o espetáculo, Teresa deu-se conta de que Arabella se encontrava a seu lado, e dali a pouco Henrietta se juntou a elas.

— Você conhece a Srta. Oldmixon, claro — Arabella disse a Teresa.

Teresa estranhou a simpatia com que foi cumprimentada pela anfitriã, que até então não se dera ao trabalho de oficializá-la como parte de seu círculo de conhecidos.

— Uma festa encantadora, Srta. Oldmixon — ela disse, claramente emulando o ar de pouco-caso das companheiras.

— Fico feliz em que tenha vindo. Espero que a senhorita e sua irmã se divirtam. Porventura não eram vocês duas que vi outro dia na reunião organizada por lorde Petre no parque? Não sabia que eram conhecidas do barão.

— Lorde Petre é amigo da família. Nosso irmão vai sempre a Ingatestone — mentiu Teresa, satisfeita com o sorriso que Henrietta abriu à guisa de resposta.

— Suponho que ninguém tenha se demorado muito no parque depois que eu e lorde Petre nos ausentamos — disse Arabella. — Ah, mas as primas estavam acompanhadas do Sr. Pope e do Sr. Jervas, não estavam? Decerto ficaram mais um pouquinho.

Antes que pudesse responder, Teresa foi interrompida por Henrietta, que disse:

— Bem, não posso deixar de observar que *você*, Arabella, foi embora um tanto apressadamente. E quando Arabella Fermor age assim, devemos concluir que o entusiasmo é a mais recente moda, e que a indiferença já é coisa do passado. A Srta. Blount por certo conhece a reputação da prima como farol dos novos costumes na cidade!

Teresa estava certa de que ouvira uma ponta de sarcasmo nas palavras de Henrietta, e portanto decidiu levá-lo adiante.

— Até no campo sabemos disso!

Arabella deixou-as com um inconfundível ar de irritação, lançando um olhar embravecido para Henrietta enquanto se afastava. Teresa mais uma vez se surpreendeu. Como era bom saber que o ciúme que ela sentia da prima encontrava eco no panteão de moçoilas da cidade! Convencida de que a sorte passara a lhe sorrir, deu início a um novo passeio pelo salão, agora bem mais confiante. Avistando lorde Petre ali por perto, de máscara no rosto e roseta no chapéu, percebeu-se bem menos intimidada do que antes. Talvez até abrisse um sorriso quando o defrontasse, lembrando-se dos sentimentos que ele nutria por Arabella e das falsas amizades que esses mesmos sentimentos haviam acarretado à prima.

Teresa seguiu na direção de Martha, disposta a se redimir pelo menos parcialmente da desatenção dispensada à irmã nos últimos dias. Martha, no entanto, sabendo que Teresa a procurava apenas quando precisava de consolo, recebeu-a dizendo:

— Henrietta Oldmixon fez alguma indelicadeza com você?

— Claro que não! — cuspiu Teresa. — Você não precisa se preocupar *comigo*, Patty.

— Ah, eu sei — devolveu Martha, rapidamente percebendo o estado de espírito da irmã. — Eu estava a caminho da sala de jantar. Você me acompanha?

— Se você quiser... — disse Teresa, que no íntimo agradecia a Deus pela presença de Martha ali. Elas deixaram o salão de festa e seguiram rumo ao hall de entrada. Chegando lá, Martha viu um cisne emplumado disparando escadaria acima e acompanhou-o com os olhos. Teresa fez o mesmo. Seguiu-se um breve silêncio entre as duas.

— Decerto ela conhece a casa — observou Teresa.

Minutos depois, no entanto, um homem alto, de máscara preta e chapéu de roseta, tomou a mesma direção. Sequer as cumprimentou, pois voltava os olhos para cima, interessadíssimo no trajeto do cisne. Martha virou-se para a irmã: ambas estavam convictas de que Arabella e o barão haviam combinado aquele encontro.

Alexander havia acompanhado de longe o breve diálogo de Teresa com Henrietta, e depois com Martha, ainda no salão principal. Seguira na esteira das irmãs até a sala de jantar, a todo instante buscando o olhar delas. Não se surpreendeu quando por fim Teresa o fitou com frieza. Mas ficou chocado quando Martha lhe deu as costas: teve a impressão de que havia recebido um golpe mortal. Jamais poderia ter imaginado aquilo! Seu primeiro impulso foi correr na direção dela; Martha, no entanto, havia encetado uma conversa com Jervas e parecia absorta no que ele ia dizendo. Alexander perdeu o chão.

Foi então que Richard Steele e John Gay surgiram a seu lado. Gay perguntou como ele vinha passando, e Steele lhe ofereceu uma das fatias de presunto com que pouco antes abastecera o prato. Alexander mal podia ouvi-los, já que não conseguia tirar da cabeça a repulsa de Martha. Sabia, no entanto, que precisava se recompor. Steele e Gay vinham falando da produção de *Dick Whittington e o gato*, a que ambos haviam assistido recentemente no teatro da Drury Lane.

— Excelente, não achou? Um sujeito esperto, folgazão, esse tal de Whittington.

— O gato, por sua vez, não se destacou muito na noite em que vi o espetáculo — salientou Gay. — Raramente deu as caras ao ser chamado pelo dono, talvez por causa da profusão de ratos nas coxias!

— Ouvi dizer que o gerente do teatro quase perdeu o juízo, mas não há nada que ele possa fazer. Pope! — exclamou Steele de repente. — Você deveria escrever algo nesses mesmos moldes para a cidade. Providenciaríamos uma grande fanfarra na *Spectator*.

Alexander precisou fazer um esforço para reprimir uma careta de desgosto.

— Muita gentileza sua, senhor — ele disse —, mas não tenho nenhuma história que se preste à inclusão de gatos ou ratos. Prefiro os dramas que tratam dos humanos. Mas talvez o público londrino se ressinta de tanta proximidade.

Alexander ouviu risadas a seu redor, mais numerosas do que havia antecipado. Notou que muitas pessoas o observavam, sorrindo e trocando comentários à boca miúda. Perguntou-se por quê. Tinha a impressão de que era admirado. Seria possível que aquela gente tivesse ouvido falar de seu "Ensaio Sobre a Crítica"? Percebeu que Henrietta Oldmixon vinha a seu encontro, puxando consigo o duque de Beaufort, com quem conversava.

O duque havia retirado a máscara, e Alexander via no rosto dele a expressão de um animalzinho peludo e assustado, recentemente surpreendido por uma ave de rapina. Henrietta, claro, não o trazia pelo bico, mas o porte murcho e ligeiramente desalinhado do duque denotava com clareza as nuanças da relação entre eles.

— Sr. Pope! — exclamou Henrietta. — Não se fala de outra coisa em Londres que não seja seu "Ensaio". É uma honra ter em minha festa o escritor mais célebre da cidade.

Alexander reconheceu o exagero do cumprimento, mas decidiu recebê-lo pelo valor de face. Fez uma mesura e disse:

— Muito agradecido, *madame*. Fico especialmente feliz por merecer o apreço de uma especialista na arte de entreter: a anfitriã mais célebre da cidade.

O duque de Beaufort, que apresentava o lamentável aspecto de alguém subitamente largado das alturas, recompôs-se e disse:

— Minhas felicitações, Sr. Pope, pelo sucesso alcançado. Muitos louros ainda estão por vir.

Alexander agradeceu-lhe com uma reverência.

— Sua Graça tem toda razão, Pope — interveio Steele. — Sua pena está cada vez mais afiada. Porventura já se fala de uma segunda edição?

— Não creio — respondeu Alexander, sorrindo de orelha a orelha. A essa altura, vários convidados haviam se juntado em torno dele, curiosos por ouvir o que tinha a dizer o ilustre poeta. — Tenho recebido numerosos cumprimentos pelo poema, mas sobretudo de pessoas que seguramente não o leram, e muito menos se dignaram a comprar um exemplar. — Mais risadas. — Palavras não custam nada, segundo dizem — ele continuou —, e por isso as pessoas se servem delas sem nenhum pejo. O que para a fama é muito bom, mas para o bolso é uma tragédia. — Por um instante Alexander chegou a pensar que seria ovacionado. Jamais havia recebido tanta atenção. A triste ironia era que Martha não estivesse a seu lado para compartilhar aquela alegria e testemunhar o sucesso que ela própria havia previsto tantas vezes.

Richard Steele falou:

— Uma pessoa, contudo, *realmente* leu seu poema. E está fazendo tudo que pode para evitar que ele gere frutos.

Alexander imediatamente deduziu que o periodista se referia a John Dennis, que havia publicado uma virulenta crítica sobre o "Ensaio". Por mais que tivesse se antecipado a isso, ficara muito mais abalado do que poderia ter imaginado. Preferia que Steele não tivesse tocado no assunto.

— Suponho que o senhor esteja falando de John Dennis — disse. — O ensaio que ele escreveu foi bastante acerbo, mas confesso que não me surpreendeu. — E a fim de deixar claro que pouco se lixava para a opinião do crítico, emendou: — Ademais, as calúnias do Sr. Dennis são daquelas que contribuem muito mais para promover o caluniado do que para derrubá-lo.

Enquanto falava, Alexander percebeu que Teresa havia se aproximado do grupo.

— Fico surpresa que não tenha se deixado afetar, Sr. Pope — ela disse. — As palavras do Sr. Dennis foram contundentes o bastante para serem lembradas. Como foi mesmo que ele abriu o ensaio? Ah. "Do mesmo modo que não há criatura mais peçonhenta, nada há de mais estúpido e inócuo que um sapo corcunda..." Não foi isso que ele disse?

Embora não soubesse ao certo quantas pessoas a tinham ouvido, Alexander deu um passo atrás, envergonhado. Que motivo teria Teresa para tripudiar daquela forma? Ele sabia que não podia recriminá-la de todo, mas, relembrando a frieza de Martha, deixou-se levar pela raiva e disse:

— Creio que não seja necessário lembrar *à senhorita* de que, pelo menos nesse ponto, o Sr. Dennis se equivocou. Uma criatura não pode ser ao mesmo tempo peçonhenta e inócua. O animal peçonhento há de ser temido justamente porque não hesita em atacar.

Steele interveio mais uma vez, claramente arrependido do comentário que fizera antes.

— Dennis é um parvo, todos nós sabemos disso. Não precisa se preocupar com ele, Pope.

E Henrietta disse:

— Estamos loucos por saber o que escreverá em seguida, Sr. Pope. Uma tragédia? Um épico?

— Talvez eu me aventure na sátira — respondeu Alexander, vendo a seu redor um cenário rico de inspirações.

Aliviado, ele percebeu que as pessoas já haviam retomado suas conversas particulares, e a sala rapidamente se preenchia com o burburinho interrompido pelo interlúdio com Teresa, afastada da roda pelos curiosos que haviam se aproximado para ver de perto aquele homem tão prodigamente elogiado pela anfitriã. Embora não visse motivo nenhum para popularidade tão repentina, teve a impressão de que todos o conheciam. Agradeceu a generosidade do destino e, em seguida, viu-se tomado de uma jubilosa confiança nos próprios talentos.

Levantando os olhos, viu que Lady Mary Pierrepont havia se aproximado também.

— Soube pelo Sr. Steele que o senhor está pensando em fazer uma tradução da "Ilíada" — ela disse. — Quanta coragem! O maior poema de todos os tempos! Quero saber de tudo: como está se preparando, os métodos que pretende utilizar, a abordagem que escolheu. Vai refletir de antemão sobre cada passagem ou seguir traduzindo livremente, ao sabor dos versos de Homero?

Extasiado, Alexander disse:

— Pretendo fazer justiça ao grande poeta, mas receio que não esteja à altura da empresa.

— Que nada, Sr. Pope! — ela retrucou. — Estou certa de que o senhor não tem receio nenhum. Pensa que está ombro a ombro com Homero... e por que não deveria pensar? Jamais alcança a glória aquele que teme os gloriosos que o precederam!

Alexander mal podia se conter de tanta alegria. Via que a aproximação de Lady Mary durante o piquenique não havia sido um impulso passageiro: ela tinha a intenção de dar continuidade ao convívio entre eles. O comportamento de Teresa e até mesmo o de Martha já não o agastavam tanto. Uma legítima integrante da nobreza — a mulher mais inteligente de Londres! — o havia procurado.

— Quero saber quais são os trechos de Homero de que o senhor mais gosta — ela disse. — Meu preferido é aquele em que...

Mas antes que pudesse terminar Lady Mary foi interrompida por um homem cuja presença Alexander ainda não havia percebido. Encarando-a, o recém-chegado afastou Alexander com o corpanzil e, peremptório, disse:

— Assim que terminar com este cavalheiro, *madame*, venha falar comigo.

— Não conhece o Sr. Pope, Sr. Wortley? — disse Lady Mary, com um tremor na voz que para Alexander não se coadunava com a sua personalidade forte.

Então esse era Edward Wortley, o homem com quem, segundo diziam, Lady Mary estava secretamente comprometida. Wortley sorriu para Alexander e, sem se dar ao trabalho de velar o sarcasmo, disse:

— Felicitações pelo "Ensaio", Sr. Pope. Espero que as pessoas leiam o poema antes dos comentários que o Sr. Dennis fez sobre sua deformidade.

— Dennis poderia, ele também, seguir este seu conselho — respondeu Alexander, recorrendo ao humor. — São tantos os ataques à minha pessoa que no ensaio dele pouco espaço sobra para o poema em si.

Wortley sobreolhou Alexander de modo exagerado, como se quisesse mostrar que estava diante de alguém tão insignificante que mal podia ser visto do alto.

— Espaço não faltou para que ele o acusasse de jacobita — tripudiou.

A afronta serviu apenas para estimular Alexander a caprichar ainda mais nas boas maneiras a fim de mostrar a Lady Mary o bronco petulante que ela tinha como pretendente.

— Ao fazê-lo, o Sr. Dennis revela a inclinação que tem para a fábula, além daquela que tem para a crítica — ele disse. — Nem minha pessoa nem os meus escritos dão fundamento para tal acusação.

Mas Wortley estava determinado a fazer Alexander sofrer.

— Uma acusação perigosa para os dias de hoje — ele fez questão de ressaltar.

— Não tenho nada a temer, senhor — retrucou Alexander, esperando dar fim à conversa. E, com efeito, Wortley deu o assunto por encerrado.

— O Sr. Wortley pode esperar por mim naquele sofá junto à janela — disse Lady Mary.

Alexander ficou perplexo com o tom submisso com que aquelas palavras haviam sido proferidas. Esperava que Lady Mary demonstrasse diante do pretendente a mesma liberdade de espírito que tanto o havia encantado. Apesar do olhar feroz, Wortley não disse mais nada, e Alexander tampouco. Depois de um instante, ele se retirou para o pequeno sofá e ali ficou, acintosamente espiando Lady Mary.

— O senhor há de desculpar os modos do Sr. Wortley — ela disse baixinho, temendo ser ouvida. — É que... tínhamos arranjado de nos falar esta noite e... ele achou que eu havia me esquecido. Não é assim que costuma se comportar. Quando tiver a oportunidade de revê-lo, Sr. Pope, decerto o encontrará bem mais afável.

— Deve ir ao encontro dele, *madame* — disse Alexander, ainda surpreso com aquela inesperada submissão.

Lady Mary aquiesceu, mas depois de alguns passos virou-se para trás e, com laivos do brilho usual, disse:

— Quando nos falarmos outra vez, espero ver trechos da *Ilíada* já devidamente traduzidos pela sua mão, Sr. Pope.

— Certamente os verá, *madame* — devolveu Alexander.

Voltando para a ceia, ele foi cumprimentado por mais pessoas que nunca tinha visto antes. Até então havia desejado que seus escritos lhe rendessem uma espécie de fama invisível, de modo que ninguém precisasse saber de sua deformidade física. Mas agora se dava conta de que gostava daquela atenção. Uma atenção que talvez se devesse ao ataque de Dennis: eram aquelas palavras, repetidas por Teresa, que haviam incitado a curiosidade alheia. O Sapo da Grub Street. Era na pele de tal criatura que ele chegaria aos píncaros da glória.

Depois da ceia, os convidados se dirigiram a outro salão, no primeiro pavimento da casa, para rodas de carteado e conversa. Quando Alexander desceu, o lugar já se encontrava repleto. Velas luziam do alto de todas as peanhas, e nos cantos da sala urnas enormes transbordavam de flores frescas: tulipas listradas, papoulas vincadas, angélicas e jasmins, que exalavam um perfume forte. Embora as janelas se encontrassem abertas, não havia brisa para refrescar o ambiente.

Todos observavam atentos o jogo de cartas do qual participavam Henrietta Oldmixon, o duque de Beaufort, Arabella, lorde Petre e, para surpresa de Alexander, Lady Mary Pierrepont. Do outro lado do salão ele avistou Martha, que dessa vez não lhe virou o rosto. O primeiro impulso de Alexander foi correr ao encontro dela, mas algo o deteve. Ainda envergonhado de seu comportamento no parque, receou ser recebido apenas com censuras e desafeto.

Eles jogavam Hombre. As três mulheres envolvidas na partida seguravam suas respectivas cartas; os dois homens ladeavam Henrietta e Arabella, prontos para fazer apostas em nome delas. No centro da mesa, um montículo de cédulas preenchidas à mão sinalizava que quantias consideráveis já haviam sido apostadas pela platéia. A partida começou, e Henrietta, à esquerda do *hombre*, autorizou o início das apostas.

— No sucesso da Srta. Oldmixon, aposto cem libras — anunciou o duque, e com um amplo sorriso passeou os olhos pela sala, certificando-se de que sua prodigalidade havia sido notada.

— Cubro a aposta de Sua Graça com duzentas libras a favor da Srta. Fermor — replicou o barão sem hesitar.

Fez-se um alvoroço na sala. Os convidados começaram a cochichar entre si, aproximando-se ainda mais da mesa para ver o que estava por vir. O grupo foi se aquietando, a não ser por uns e outros que ainda insistiam em suas respectivas conversas.

Um silêncio nervoso instalou-se afinal quando as atenções se viraram para Lady Mary, a última a apostar. Alexander notou que Edward Wortley havia deixado a sala discretamente, talvez para não ter de meter a mão no bolso, ele inferiu.

— O barão e o duque jogam com ousadia em nome das senhoritas — disse Lady Mary com sua voz límpida. — Mas cubro ambas as apostas com trezentas libras, na certeza de que sairei vencedora desta rodada. — Sem a menor tinta de ansiedade ou apreensão, ela jogou a cédula no centro da mesa. Alexander ficou pasmo.

Uma vez reveladas as cartas, Lady Mary saiu vitoriosa, mas não demonstrou nenhum sinal de exultação.

— Achei mesmo que tinha o melhor jogo — disse apenas, e enquanto o carteador limpava a mesa virou-se para lorde Petre e emendou: — Sua aposta foi um tanto imprudente, milorde.

— Trata-se apenas de um jogo de cartas — retrucou o barão com o máximo de indiferença que pôde reunir. — O que se perde numa noite é facilmente recuperado noutra. Assim procede a Senhora Fortuna. Por mais caprichosa que seja, zela por nós com a mesma freqüência com que nos dá as costas. — Mas quando *ele* deu as costas para Lady Mary logo tratou de enxugar a testa ensopada de suor.

Aparentemente inabalada pelo fato de que seiscentas libras haviam sido apostadas no resultado de uma única partida de cartas, Henrietta Oldmixon retomou a conversa interrompida pouco antes.

— Mas que extraordinária notícia, a morte do duque de Newcastle! — ela disse a Arabella. — A fortuna foi toda para a filha, Lady Henrietta Cavendish Holles. À esposa coube muito pouco, claro.

Alexander notou que Arabella havia chegado razoavelmente pálida ao fim do jogo, estarrecida que lorde Petre tivesse apostado tão grande soma a seu favor. Mas ela já não exibia nenhum traço de aflição nos olhos quando se virou para Henrietta e, destilando ironia, disse:

— Outro dia ouvi dois cavalheiros tecendo loas à beleza e à sagacidade de Lady Henrietta. Deduzi de imediato que o duque estava doente. Mas não julguei que já estivesse morto. — Alexander não pôde deixar de admirar o autocontrole dela, ainda que abominasse a frieza do comentário.

— Caiu do cavalo e morreu na mesma hora — continuou a Srta. Oldmixon, prosaicamente. — A filha até que é simpática, mas feiosa, como você mesma disse. Espero que não lhe arrumem um pretendente asqueroso.

Foi então que Lady Mary se levantou da mesa e disse aos homens que o dinheiro das apostas deveria ser entregue em sua casa na manhã seguinte. Alexander adiantou-se para cumprimentá-la pela ousadia da jogada.

— Eis o Aquiles dos novos tempos! — disse. — Para que traduzir Homero se batalhas épicas são travadas tão amiúde nas mesas de carteado?

Para decepção de Alexander, ela foi arredia ao retrucar:

— Fico feliz em que tenha aproveitado a noite. — E se afastou sem mais dizer.

Alexander remoeu-se por ter falado mais do que devia. Novamente fora ingênuo, achando que podia dar por certa aquela amizade tão pouco substancial. Encantado com tanta inteligência e vivacidade, esquecera-se desde o início de que se tratava da filha de um conde. Mary Pierrepont tinha toda a liberdade para falar com ele, e gostava de fazê-lo, regalando-se na oportunidade de afrontar as convenções. Decerto o havia abordado mais cedo com o único propósito de provocar ciúmes no Sr. Wortley. Quanta tolice não ter percebido isso a tempo! E isto também: por mais insatisfatório que Edward Wortley se revelasse como pretendente, a intimidade que ele tinha com Lady Mary tinha bases sólidas e dificilmente seria desbancada pelo filho de um católico importador de tecidos. A noite havia ministrado um bom número de lições aos insensatos. Todavia, mesmo sabendo que deveria ter se precavido, Alexander não conseguia abafar a tristeza que lhe causava o desdém de Lady Mary: a bajulação generalizada daquela noite havia açulado suas ambições. Agora que por fim havia sido notado, ele não suportaria a idéia de se tornar invisível outra vez.

Martha vinha acompanhando com interesse o desenrolar dos acontecimentos. Vira Arabella empalidecer com a vitória de Lady Mary, assim como vira Lady Mary coletar a aposta do barão sem o menor traço de constrangimento. A disparidade entre a reação delas inspirara-lhe a seguinte reflexão: mesmo que lorde Petre estivesse apaixonado por Arabella, o abismo entre a nobreza e a plebe era grande demais, talvez maior do que aquele entre católicos e protestantes. Martha se perguntara se Arabella possuía a frieza de que precisaria para vingar no mundo do barão. Mas então vira a prima deixar a mesa de jogo, rindo enquanto Lady Salisbury a conduzia pelo cotovelo, o olhar fixo à sua frente. Talvez tivesse mesmo o estofo necessário.

Ela ainda esquadrinhava a sala quando Alexander se dirigiu a Mary Pierrepont e disse algo. Mas foi recebido com frieza, e portanto recuou, envergonhado e confuso. Martha não pôde deixar de sentir um aperto no coração: vendo o esgar de autocensura no rosto do amigo, deduziu que ele se arrependia amargamente do que acabara de fazer.

Algo na expressão de Alexander fez com que ela percebesse que não podia mais levar aquele rancor adiante. Ainda que fosse um tolo, um egoísta, um orgulhoso, Alexander também era o mais severo crítico de si mesmo. Naquela mesma noite tentara fazer contato para se desculpar, e fora ela, Martha, quem desviara o olhar. Mesmo assim, não haveria de ser ela quem daria o primeiro passo no sentido de restabelecer a amizade. Dispunha-se a lhe dar uma nova chance, mas esperaria que ele a procurasse.

Martha começou a sentir a cabeça latejar em razão do calor. Em busca do ar fresco da noite, foi sentar-se num sofá que havia sido colocado junto de uma das janelas abertas. Por mais divertido que fosse o espetáculo na sala, achou que não faria mal afastar-se dele por um tempo. Já estava ali por alguns minutos quando Alexander notou a expressão de desconforto no rosto dela e imediatamente foi ao bufê buscar uma taça de vinho, voltando sem demora. Tão logo percebeu a presença dele, Martha levantou os olhos, ligeiramente corada. E Alexander abriu um sorriso tímido, tão envergonhado quanto ela.

Sem pedir permissão, ele se sentou e entregou a taça. Martha bebeu do vinho, mas só depois de um instante disse:

— Obrigada, Alexander.

— Como está agora?

— Bem melhor — respondeu Martha, recusando-se a admitir quanto estava alegre com a presença dele. — Mas acho que devo ficar aqui mais um pouco.

— Claro. Será um prazer fazer-lhe companhia.

Apesar da hesitação, ciente de que estava prestes a imprimir uma mudança na relação entre eles, Martha fez um esforço e trouxe à tona o assunto de Teresa.

— Minha irmã parece aborrecida hoje, não acha?

— Parece. Talvez porque não seja capaz de se entregar à felicidade. Teresa nunca está verdadeiramente em paz.

Preocupada com a reação que poderia provocar, Martha precisou buscar coragem para dizer o que tinha em mente:

— E no entanto está mais feliz do que você supõe. Às vezes, Alexander, você se recusa a enxergar que os prazeres de Teresa e os seus são de ordens bem diferentes.

Alexander fitou-a surpreso. Não esperava semelhante observação por parte dela. De início pensou em discordar com veemência, mas soube se conter.

— Num aspecto, contudo, somos muito parecidos — disse. — Teresa, assim como eu, seria bem mais feliz se não dependesse tanto da admiração de pessoas que sequer merecem o respeito dela. Pessoas incapazes de agir ou pensar sem nenhum interesse oculto.

Martha suspeitava desde muito que Alexander fazia esse juízo a respeito de Teresa. Sabia que não poderia perder a chance de extravasar seus sentimentos.

— É muito importante para minha irmã sentir-se parte integrante da boa sociedade. De um modo curioso, chego a invejar a coragem dela. Teresa jamais admitirá qualquer sentimento de inferioridade em relação à nossa prima Bell ou a qualquer uma das outras moças. Não a recrimino; pelo contrário, admiro muito essa faceta do caráter dela.

— Trata-se, no entanto, de uma coragem que advém do medo — insistiu Alexander.

Martha fincou o pé.

— Mas não seria a superação do medo o que constitui a própria coragem? — ela perguntou com candura.

E num tom de voz cordato Alexander retrucou:

— Nos assuntos do coração, estou começando a perceber que Teresa está determinada a escolher ao invés de ser escolhida.

— Mas espero que seja *escolhida*, pois isso é de vital importância para ela!

— Você, Patty, nunca se deixa levar por caprichos ou paixões fugidias — observou Alexander depois de certa reflexão. — Por que essas coisas recaem tão unilateralmente sobre sua irmã? Por que tanta sensatez numa das Blount e tanto desatino na outra?

— Teresa não é tão tola quanto você julga — respondeu Martha, séria. — Também não pretendo escolher. Prefiro ser escolhida. — Ela sabia que respirava sofregamente. O silêncio já ia se tornando insuportável quando Alexander disse afinal:

— Ah, bom. Nesse caso, basta que você se arme de inesgotável paciência e infinita sabedoria.

Martha receou ter lido nas entrelinhas uma chacota, mas foi com absoluta seriedade que Alexander emendou:

— Lembre-se de que um homem dá valor apenas ao prêmio que teve de batalhar para receber. Nada daquilo que vem fácil merece ser perseguido. Para seu infortúnio, Patty, você é justamente esse tipo de prêmio. Portanto, há de esperar com paciência até que seu herói, um doidivanas cegueta e fanfarrão, perca o caminho uma boa centena de vezes até encontrar, uma eternidade depois, a rota para sua heroína. Poucas mulheres têm estômago para digerir tamanha morosidade, e as que não têm acabam se precipitando e tomando as rédeas do próprio destino. Sei que esse não é o seu caso.

Martha inicialmente se animou ao ouvir o que ia dizendo Alexander, porém murchou a meio caminho.

— Trata-se de uma maneira gentil de dizer que, caso eu conceda em esperar, devo aceitar a possibilidade de ser a última a ser escolhida — ela retrucou. Mas não queria dar alento à tristeza. — Você há pouco se comparou a Teresa — prosseguiu —, mas não o vejo como um bajulador. Fico surpresa ao saber que busca a admiração daqueles a quem não admira. Não sei se acredito em você, Alexander.

— Quando estou na cidade, Patty, não tenho outra escolha senão agir dessa forma — ele disse, sacudindo os ombros. — Em

Londres, os homens estão por toda parte, exceto em casa; dão fé de tudo, menos do que lhes diz respeito; beijam todo mundo, a não ser as próprias mulheres. Assim é a moda. Consumo meu tempo fazendo só o que não devo e passo dias inteiros conversando com homens por quem não tenho qualquer apreço.

A conversa prosseguiu tranqüila por mais um tempo. Martha já estava bem mais relaxada quando disse:

— Sabia que Teresa e eu voltamos para o campo no fim do próximo mês?

— Soube por sua irmã — respondeu Alexander. — Disse a ela que pretendo seguir vocês duas bem de perto.

Martha sabia que aquilo não passava de um galanteio, pois Alexander já havia mencionado que pretendia escrever um novo poema antes de voltar para casa.

— Mas em muitos aspectos a cidade lhe favorece mais que o campo — ela disse. — Você não é talhado para as diversões rurais.

— De fato não sou nenhum caçador, mas tenho grande admiração pelo esporte. É uma lástima que a saúde, ou a falta dela, não me permita caçar. Nem beber, claro.

— Justamente os dois maiores prazeres do campo! Pena que você ande sempre tão adoentado...

— Pena que o resto do mundo ande sempre tão saudável!

Martha riu e disse:

— Falando em caçadas, fico triste ao pensar que muito em breve o verão chegará ao fim. As tardes agora são bem compridas; ainda está claro quando vamos dormir. Mas logo, logo, os dias hão de se encolher novamente.

— Então precisamos fazer o tempo parar — disse Alexander. — Tive uma idéia, Patty, veja se é boa. Por acaso já viu os hortelões de Lambeth à beira do rio pela manhã, trazendo seus produtos para vender no mercado?

— Não, ainda não.

— Ouvi dizer que é um espetáculo e tanto: barcas e mais barcas, repletas de frutos e flores. Se não chover esta madrugada, o dia já estará claro quando eles chegarem. O que acha de irmos até o rio assim que o sol nascer?

O rosto de Martha se iluminou.

— Ah, faz semanas que venho pensando em ver a chegada dos hortelões! — ela respondeu animada. Mas refletiu um pouco e disse: — E sua saúde? Não deve se arriscar, Alexander. Pode pegar um resfriado. Não é prudente.

— Talvez não. Mas estou guardando toda prudência para o dia em que estiver de tal modo definhado que não possa sequer sair de casa. Não estamos na idade de sermos prudentes, Patty! Agora é meia-noite. Passo para buscá-la às cinco. Quatro horas de sono são mais do que suficientes para qualquer um com menos de 25 anos!

Capítulo 15

Só o que receio é deixá-la para trás.

As irmãs Blount já haviam partido da festa, com Jervas e Alexander. Lorde Petre também não se encontrava mais lá. Com efeito, os únicos convidados que ainda restavam eram os jogadores inveterados, amigos do irmão da Srta. Oldmixon, que haviam se acomodado para seguir jogando madrugada afora. Henrietta, Arabella e Lady Salisbury sentavam-se em torno do que havia sobrado da mesa do chá, felicitando a anfitriã pelo grande sucesso da reunião. Henrietta havia convidado Arabella de antemão para passar a noite, mas a conversa já ia minguando, entremeada de muitos bocejos.

— Sabe, Henrietta, acho que vou dormir em casa, afinal — disse Arabella. — Gostaria muito de ficar, mas minha fantasia será um estorvo pela manhã, e não quero impor o incômodo de mandar alguém buscar outras roupas a esta hora. Pedirei a um dos lacaios que providencie uma liteira.

— Mas seus pais foram avisados de que você passará a noite aqui! — protestou Henrietta, sempre infensa a quem alterasse os planos estabelecidos por ela própria. — A casa estará trancada! Já é quase uma hora!

— Um criado está sempre de prontidão durante a noite — insistiu Arabella. — Não terei problemas para entrar. Pelo menos minha prima Teresa não me acordará logo cedo, pensando que estou aqui. Sempre pede que eu a acompanhe nas visitas da manhã ou nos compromissos com a modista. Uma canseira. *Quase* chego a sentir saudades do campo, onde não há nada para fazer.

Ela pediu a liteira e se levantou, ajeitando as plumas que haviam perdido a forma durante o tempo em que passara sentada. A liteira chegou, despedidas foram trocadas, e Arabella se foi.

Os liteireiros seguiram na direção de St. James's, mas a poucas quadras da residência dos Fermor, Arabella bateu na parte externa da porta e pediu que eles desviassem para a Arlington Street, onde moravam os Petre. Chegando lá, a liteira foi carregada para a cavalariça. Os fundos da casa se encontravam imersos na escuridão, mas, ouvindo os passos dos liteireiros, Jenkins saiu ao pátio com uma vela entre as mãos.

— Srta. Fermor! — ele sussurrou com espanto.

Arabella se perguntou quem mais ele poderia estar esperando àquela hora: o mais provável era que o prestativo Jenkins estivesse no aguardo de sua própria amante. Conduzida pelo criado, ela entrou na cozinha e subiu pela escadaria dos fundos, já tão habituada ao caminho que sequer precisava da luz. Ambos evitavam fazer qualquer barulho, Arabella pulando os degraus que sabidamente rangiam. Jenkins empurrou a porta do quarto de lorde Petre, que se adiantou sobressaltado.

— Arabella! — ele exclamou, e de um segundo a outro o sobressalto deu lugar ao júbilo. Satisfeita com o que viu, Arabella achou por bem não interpelá-lo a respeito da apreensão anterior. — Você está aqui, minha doce criatura! — prosseguiu o barão. — Pensei que jamais viesse. — E assim que viu Jenkins dar as costas, tomou o rosto dela entre as mãos e beijou-a com voracidade. — Como eu queria ter-lhe encaixado naquela festa! Aquela galeria escura, você naquelas penas todas, por um triz não consegui conter o meu ardor.

Arabella recuou e acarinhou-lhe o rosto, varrendo as madeixas que acortinavam os olhos.

— Tivesse eu permitido que você seguisse em frente — ela disse sorrindo —, Sir Anthony Vandyke teria despencado diretamente sobre nossas cabeças. O quadro estava bem às minhas costas quando milorde me empurrou contra a parede. É por isso que não devemos nos aventurar no escuro em casa alheia.

— É, não devemos. Mas não consigo me controlar quando vejo estes olhos.

— Mentira. Milorde não via nada.

— Mas agora vejo. E portanto vou tomá-la a bem ou a mal, o que for mais rápido. — Petre empurrou-a na direção da cama, tentando despi-la ao longo do caminho. — Se fôssemos atentar para a mitologia, *eu* deveria ser o cisne, e você, uma donzela nua. Foi assim que Zeus apareceu a Leda antes de violentá-la. — Ele a jogou sobre as cobertas. — Mas pelo menos uma parte do engano nós podemos corrigir — disse, mordendo-a no pescoço. — Fora com este cisne!

Arabella desandou a rir, reclamando da violência com que ele lhe tirava a fantasia.

— Está arrancando as penas! — disse, e se levantou para facilitar as coisas. Virando-se de costas, advertiu: — Cuidado com a seda, senão vai rasgá-la. Assim. Isto. — O vestido veio abaixo, e a *chemise* logo depois.

— Agora, sim — disse o barão. — No entanto minha Leda estava tão adorável nestas roupas que Zeus a teria tomado de qualquer jeito, penas e tudo.

— Quer que eu as vista de novo? — perguntou Arabella em tom de mofa, recebendo no torso o peso do corpo dele.

— De jeito nenhum — sussurrou o barão, recebendo na cintura o enlace das pernas dela.

Mais tarde, na penumbra do quarto, na calma de um terno e prolongado abraço, o silêncio foi interrompido quando Petre disse baixinho:

— Volto daqui a pouco.

Arabella retrucou algo incompreensível, mas o barão não se deteve: foi para a camarinha de Jenkins, vestiu-se e desceu ao encontro do criado na cavalariça.

O sonolento Jenkins, que montava guarda no pátio, assustou-se com a chegada do patrão e imediatamente ficou de pé.

— Nada ainda, milorde — informou.

— São quase três horas. Fico aqui com você. — Petre sacudiu o corpo num espasmo.

— Está com frio, milorde? — perguntou Jenkins.

— Um pouquinho, você não? — disse Petre, sorrindo sem nenhum ânimo.

Minutos depois, ambos se assustaram com um ruidoso tinido na escuridão, seguido de risadas distantes e xingamentos engrolados.

— No pátio vizinho — deduziu Jenkins. — O cavalariço bêbado deixou cair uma lanterna.

O silêncio se refez.

Por fim eles ouviram os passos trôpegos de alguém desacostumado à irregularidade das pedras que calçavam a rua. Sinalizando para que Jenkins ficasse onde estava, Petre ficou de pé e viu um desconhecido entrar no pátio escuro.

— Quem está lá? — perguntou.

— Mensageiro para o barão.

— Quem é você, e de onde vem? — Petre levantou a lanterna contra o rosto do homem, obrigando-o a proteger os olhos com a mão.

— Menzies, milorde — ele respondeu, esquivando-se da luz ofuscante. — Recém-chegado da Escócia.

— Sou eu o barão.

Menzies entregou-lhe um envelope.

— Aí estão os nomes dos outros e os detalhes do plano. As tropas do rei já estão na costa, e os bandos do Norte, a caminho. Há certeza de que a rainha estará presente na ocasião?

— Sim, há.

— A tarefa de milorde está descrita aí também.

Petre assentiu com a cabeça.

— Ainda esta noite milorde terá notícias da prisão de outros agentes, vindos do Norte. Nenhum deles possui documentos de valor. Estas são as instruções verdadeiras. Vim pelo rio a fim de evitar qualquer risco. Devo pernoitar aqui?

— Meu criado o acompanhará a outro lugar — disse Petre —, onde você contará com nossa proteção durante dois dias.

— Muito bem. Boa sorte, milorde. Em nome do rei.

— Em nome do rei.

E dali a pouco o escocês saiu escoltado por Jenkins.

Petre voltou a seus aposentos e trancou o envelope na gaveta da escrivaninha. Mal podia acreditar que a rebelião eclodiria, afinal. Sentiu um arrepio ao pensar no papel central que ele, logo ele, teria de desempenhar. Ansiava por saber os detalhes da empresa, mas as informações haviam sido escritas em código, e ele não poderia se ausentar da cama pelo tempo de que precisava para decifrá-las. Só de camisa, deitou-se novamente ao lado de Arabella, nua e já entregue ao sono. Eram quase quatro horas.

Pouco antes das cinco, incapaz de dormir, Petre acordou-a com um sacolejo e acendeu uma vela.

— Não... decerto ainda é cedo — ela resmungou. — Está escuro. Meus pais pensam que estou na casa de Henrietta.

— Tenho uma surpresa para você — ele disse. Não suportava mais a solidão daquele resto de madrugada e tampouco queria continuar pensando nos acontecimentos que estavam por vir.

Arabella entreabriu um dos olhos.

— De que tipo? — perguntou desconfiada.

— De um tipo que demandará sua boa vontade para sair da cama — ele respondeu, puxando-a para perto.

— Não consigo... — ela disse de volta, repelindo-o, mas sem nenhuma convicção.

— Daqui a pouco vai amanhecer. Vamos sair de barco pelo Tâmisa para ver o sol nascer. Mas precisamos ir enquanto todos ainda dormem.

— Não tenho nada para vestir além da fantasia de cisne! — insistiu Arabella, sentando-se na cama e esfregando os olhos.

— Pois então vá de cisne. Poderá se cobrir com uma capa quando chegarmos ao barco.

Assim que lorde Petre voltou ao quarto, depois do encontro na cavalariça, Jenkins conduziu Menzies ao casebre dos pais nos arredores da cidade. E de volta à residência dos Petre encontrou à sua espera mais um dia de trabalho: não havia dormido um minuto sequer. Subiu aos aposentos do barão para reavivar o fogo e viu que os amantes já haviam partido. Irritou-se ao notar a miríade de penas brancas esparramadas junto da lareira; levaria pelo menos meia hora para recolhê-las e decerto se atrasaria para as demais tarefas. O mordomo, invejoso de seu posto como lacaio do barão, certamente não perderia a chance de lhe passar uma descompostura. Pisando duro, Jenkins se aproximou do fogo e começou a jogar os punhados de penas contra as chamas. Já ia jogando o último deles quando mudou de idéia e guardou-o no bolso do casaco. Esboçou um sorriso e saiu.

Chegando da festa, Alexander perguntou a Jervas se poderia tomar emprestada a carruagem para o passeio com Martha até o rio. Jervas protestou, dizendo que o ar da madrugada seria desastroso para a saúde do amigo.

— As pessoas insistem em me transformar num inválido — argumentou Alexander —, mas só darei o braço a torcer quando minha hora chegar. Você, Jervas, que goza da mais perfeita saúde, pode se dar ao luxo de bancar o valetudinário de vez em quando. Eu, por outro lado, que sofro de quase todas as enfermidades conhecidas, não posso arruinar com receios bobos os raros momentos em que me sinto bem.

Jervas cambaleou até a bancada e se serviu de um drinque.

— Está bem, meu caro Pope — disse. — Mas vá se deitar imediatamente. Quanto a mim, fico mais um pouco na companhia deste vinho.

Voltando à sala pouco antes da aurora, Alexander encontrou o anfitrião roncando na poltrona, o fogo já apagado, uma garrafa vazia abandonada sobre o tapete.

Faltavam quinze minutos para as cinco; com menos de quatro horas de sono, Martha não recebeu de bom grado a criada que a despertara para anunciar que o Sr. Alexander Pope já havia chegado e aguardava na rua. Todavia desceu muito mais rapidamente do que Alexander havia imaginado e entrou na carruagem com um ar sonolento, melancólico. Alexander passou-lhe um cobertor, pois a madrugada estava fria, e eles saíram pelas ruas penumbrosas.

Depois de alguns bocejos, Martha disse:

— Confesso que nesta manhã não sinto na pele o doce orvalho da juventude. Sinto algo mais parecido com uma névoa.

— Na alvorada — concordou Alexander, esfregando os olhos —, temos a impressão de que a juventude é superestimada pelos poetas. A juventude nada mais é que uma devoradora da vida humana, embora mais gentil que a velhice.

Assim que a carruagem dobrou uma curva, eles foram agraciados com uma ampla visão do Tâmisa e, apesar do cansaço, ambos exclamaram:

— Meu Deus, como é lindo!

E de fato era. O rio serpenteava na direção da cidade, as margens cintilando à luz da manhãzinha. Fiapos de sombra entremeavam as marolas, que pareciam fremir numa constante agitação. Nos aterros, os flancos das construções reluziam feito espelhos. Aléias estivais saudavam a aurora com seus amplos braços verdes, amainando a vista, transformando a paisagem num enorme jardim público, pleno de vida nova. O céu era um gigantesco pálio azul pintalgado de nuvenzinhas preguiçosas; parecia recém-lavado, como se mãos divinas o tivessem borrifado com um translúcido vapor.

Deixar as ruas áridas e escuras da cidade para se deparar com vista tão maravilhosa revelou-se uma extraordinária experiência. A carruagem logo freou com um sacolejo, e a dupla saltou, ávida por tomar um dos barquinhos parados à margem para o transporte de passageiros. Alexander ajudou Martha a embarcar e se acomodou em seguida.

— Para Greenwich! — ele instruiu o barqueiro, e lá se foram os três, pela corrente cintilante.

Em torno deles, o ar se deslocava com tamanha leveza, tamanha brandura, que mal podia ser chamado de brisa. No entanto acariciava-lhes as mãos e o rosto como se fosse o sopro do próprio Verão, ao mesmo tempo caloroso e refrescante, sussurrando pequenas delícias, sugerindo a passagem do tempo. O barquinho talhava célere as águas do rio, que naquele momento não se mostravam nem turbulentas nem plácidas, mas crispadas numa perfeita medida.

E como estava cheio o Tâmisa! Era como se a vegetação exuberante das margens, agora fortalecida pela generosidade do verão, invadisse as barcas à medida que elas iam passando. Caixas de alfaces, pepinos, aspargos e alho-poró; cebolas, cenouras, ervas e feijão; cerejas, morangos e melões maduros, cujo perfume se espalhava na atmosfera feito incenso. Também havia flores, que pareciam sacudir a cabeça na direção do sol: rosas e ervilhas-de-cheiro; capuchinhas, esporinhas e cravos; peônias plenamente desabrochadas, tingidas de carmim, ou ainda fechadas em botão, pequenos novelos de pétalas brancas.

Os hortelões berravam uns com os outros quando se cruzavam, amigos que se cumprimentavam, concorrentes que trocavam insultos jocosos. A manhã instilava em todos a sensação de que eles haviam entrado num paraíso, de que o dia e suas delícias constituíam um segundo Éden.

Alexander e Martha estavam maravilhados e, por um tempo, se entregaram a um alegre silêncio.

Eles passaram por uma barca atulhada de rosas, junto da qual uma embarcação menor havia acostado. Um senhor comprava um buquê para sua senhora e, quando o hortelão levantou as flores no ar, espargiu um chuvisco de orvalho que se dissipou em vapor sob o sol.

— Ah, Alexander! Obrigada por me mostrar isto aqui — exclamou Martha.

— Eu jamais havia imaginado que um lugar desses pudesse existir — respondeu Alexander, embevecido —, muito menos na cidade. A atmosfera brilha como se um milhão de espíritos invisíveis nos cercasse, batendo as asinhas sob a luz da manhã.

— Você fala como se estivesse fabricando versos, Alexander.

— Minha imaginação vai registrando cada tela que a manhã nos apresenta; está quase saturada, mas ainda quer mais. Vou rabiscando mentalmente algumas linhas, o mais rápido que posso, do mesmo modo que um artista tenta esboçar uma idéia passageira ao mesmo tempo que outra lhe ocorre. Cada descoberta se esvai num segundo, e conto apenas com a memória para armazenar uma cópia chinfrim do glorioso original.

Depois de mais um momento de silêncio, Alexander falou de súbito:

— Faz tempo que tenho a intenção de escrever um poema sobre um paraíso terrestre, e este cenário é tão maravilhoso que nem mesmo a incomparável imaginação de Milton seria capaz de fabricá-lo. Pois acabo de ter uma idéia sobre quem poderia habitar esse paraíso: criaturas mortais, como no de Milton, mas seres divinos também. Anjos são grandiosos demais para meu gosto. Imagino espíritos de ordem inferior, ninfas que povoam o ar, tão delicadas e mágicas quanto esta manhã. Pode ter certeza — ele disse, solene —, Milton não há de me ofuscar.

Martha observava-o sem dizer palavra. Sabia que, caso estivesse ali, Teresa teria zombado de tanta seriedade. E de fato havia algo de risível no comportamento de Alexander: a ansiedade dos gestos, o brilho e a inquietude do olhar. Mas, ao desafiar Milton, ele havia falado com plena convicção. O mundo estava repleto de poetas que ambicionavam escrever uma obra tão grandiosa quanto o *Paraíso perdido*, mas... e se Alexander fosse o único deles com talento suficiente para realizar a façanha? Ao cogitar essa extraordinária possibilidade, Martha sentiu um arrepio, como se tivesse espiado através de uma porta e se deparado com algo bastante insólito.

Alexander aparentemente leu os pensamentos dela; inclinou-se para frente e, atropelando as palavras, falou:

— O que acha disto, Patty? Uma descrição dos espíritos invisíveis do Tâmisa: alguns, qual insetos, descerram as asas sob o sol; pairam na brisa ou campeiam as nuvens do arrebol. Vultos ralos, demasiado finos para olhos crus, corpos fluidos e semidissolvidos em luz. Das vestes diáfanas, enfunadas pelo vento, espargem orvalho brilhante e fumacento. Banham-se em paletas de matizes invulgares, onde a luz recreia em mesclas versicolores, e os raios despedem novas e volúveis cores, que mudam, efêmeras, ao sabor dos adejares...

Enquanto ele falava, Martha teve a impressão de que o ar havia se inundado de sons mágicos, a música etérea de uma poesia que não era exatamente deste mundo. Olhou para Alexander numa espécie de transe. Sabia, com um distanciamento tranqüilo que não tinha nada a ver com o fato de que se tratava de um amigo de infância, que o homem à sua frente estava fadado a ocupar um lugar de destaque no panteão da poesia. Alexander não era apenas talentoso: era um gênio. Novamente ela se arrepiou. Fitando os olhos faiscantes e longínquos de Alexander, percebeu que ele também tinha consciência desse destino, e só então encontrou a explicação para aquela qualidade extraterrena do amigo. Esforçando-se por ordenar as idéias, disse:

— Alexander, penso que... a bem verdade não sei o que dizer — ela admitiu. — Tenho a impressão de que recebi um presente e agora quero muito mostrá-lo aos outros. No entanto trata-se de uma jóia preciosa que só eu jamais verei. Sua genialidade o conduzirá à fama, Alexander, não há nada que possa impedi-lo. — Algo a induziu a prosseguir. — Mas sei que seremos sempre especiais um para o outro.

A descrição que Alexander fizera dos espíritos do Tâmisa lhe havia destravado a língua. Ela havia falado com uma facilidade que jamais imaginara possível: deixara o coração transbordar, trouxera à luz os pensamentos mais secretos. Receava, contudo, que esse encantamento tivesse curta duração.

— Especiais um para o outro! — exclamou Alexander. — Patty, hoje percebo que sua amizade é o que há de mais especial em minha vida. Não poderia viver sem ela. Certamente você tem consciência disso, já que é uma das pessoas mais observadoras e sensatas que conheço.

Martha derreou a cabeça, incapaz de fitá-lo diretamente. Já havia imaginado uma centena de vezes essa conversa, ou pelo menos uma versão dela, e agora via o imaginado se transformar em realidade. Encabulada, disse:

— No entanto, por mais que eu o observe, Alexander, nem sempre consigo compreendê-lo.

Aquilatando o rosto da amiga, Alexander ficou surpreso com o que viu. Pela primeira vez compreendeu perfeitamente o que Martha sentia por ele. Abriu a boca para dizer algo, fazendo o coração dela palpitar, mas conteve-se de repente. Martha sabia que ele procurava as palavras certas para responder. Seguiu-se então um momento aparentemente interminável de silêncio. Até que por fim Alexander disse:

— Sabia que mantenho um retrato de Milton por perto quando escrevo? Para manter a modéstia. Não posso me deixar levar pela empáfia, pelo deleite com minha própria inteligência.

Martha suspirou decepcionada: ele ainda se recusava a abrir o coração. Por que insistir na poesia, em *Milton*, naquele momento tão angustiante? Por crueldade, talvez? Não, impossível.

— Sei, sim, Alexander — ela respondeu sem nenhum ânimo. — Mas o que isso tem a ver com o que acabei de dizer?

— É que me lembrei de uma passagem do *Paraíso perdido* — ele respondeu. — Quando Eva descobre que deve abandonar o Jardim. A culpa é dela própria, o que não a impede de se lamentar com profunda tristeza.

— Não me recordo.

Alexander recitou os versos que tinha em mente.

— "Como hei de partir, e até onde descer, errando, no submundo?/ Afeita aos frutos imortais, como hei de sorver ar Menos Puro?"

Martha mal pudera respirar ao ouvi-lo declamar a lamúria de Eva. Irremediavelmente triste, permaneceu calada por um tempo. Sempre acreditara que a irmã era o obstáculo para a realização daquele amor; mais que isso, acostumara-se a buscar consolo, e até prazer, nas migalhas que respingavam do afeto que Alexander dedicava a Teresa. Mas agora percebia que o obstáculo estava em outro lugar: na poesia.

A constatação não poderia ter sido mais amarga. Martha sentiu-se terrivelmente solitária. Repassando os últimos momentos daquela manhã, teve vontade de chorar. O glorioso encantamento; a percepção de que o gênio de Alexander deixaria uma marca indelével no mundo; o êxtase em ouvir aqueles versos recém-nascidos. Seria possível que versos tão lindos servissem apenas para deixá-la sozinha e desconsolada enquanto Alexander descortinava novos horizontes?

— Está dizendo que se habituou a frutos imortais, Alexander? — ela perguntou o mais casualmente que pôde, ciente da angústia que lhe escapava da voz.

Alexander fitou-a nos olhos. Intuindo que ele pretendia falar com sinceridade, Martha buscou forças e fitou-o também.

— Começo a perceber que, para seguirmos no devido caminho da poesia, precisamos abrir mão de pai e mãe, bem como de todos os outros amores mortais, para nos dedicarmos exclusivamente a ela — disse Alexander. — Para sobressair-me como poeta, não posso vagar livremente por este mundo, mesmo sabendo que ele está repleto de delícias capazes de fazer a felicidade de qualquer um. Acreditará em mim, Patty, se eu confessar que muito me dói lhe dizer tudo isso?

— Acredito, sim, Alexander — ela respondeu, represando as lágrimas. — Mas você há de me visitar com freqüência: não posso passar sem sua amizade.

Ele tomou a mão dela e disse com carinho:

— Quanto a isso você não precisa se preocupar. — E num tom mais firme, emendou: — De qualquer modo, Patty, minhas últimas experiências de vida deixaram-me bastante cético quanto aos vínculos da paixão. O verdadeiro afeto resiste bravamente até o fim, pois não exige muito da natureza humana. Mas os laços românticos, como os amores violentos, começam com teimosias, resvalam para o ciúme e terminam em animosidade.

Martha riu estoicamente, piscando os olhos para despachar uma derradeira lágrima. Eles se aproximavam de um desembarcadouro nas imediações dos mercados de Covent Garden. Eram oito e meia.

Alexander largou a mão da amiga e passeou os olhos pelo cais.

— Que tal descermos aqui e tomarmos nosso desjejum no mercado? — perguntou. Sorriu para Martha, cautelosamente, e com a habitual ironia acrescentou: — Sei que deveria estar com a cabeça nas alturas, nos hexâmetros de Virgílio ou nos símiles de Homero, mas neste instante não consigo pensar em outra coisa que não seja uma bela caneca de chocolate, rosquinhas quentes, café, ovos e bacon.

Martha assentiu, estampando no rosto o máximo de entusiasmo de que era capaz. Já bem próximo do desembarcadouro, ela exclamou, perplexa:

— Alexander, veja! Não fomos os únicos a ter esta idéia! É minha prima Bell... e ela está com *lorde Petre*!

Alexander virou-se para olhar. E de fato lá estavam eles, prestes a desembarcar no mesmo ponto: Arabella segurava um ramalhete de rosas sobre o colo e sorria lampeiramente para o barão; não se dava conta de que era observada, mas Petre decerto os tinha visto. Martha baixou os olhos, encabulada por ter pilhado a prima num passeio tão acintosamente ilícito. Talvez eles estivessem noivos, cogitou. No entanto, que motivo teriam os Fermor e os Petre para manter em sigilo uma novidade dessas? Ela olhou apreensiva para Alexander, que observava o casal com um sorriso frio e irônico entre os lábios.

Quis o destino que os dois barcos alcançassem a plataforma quase ao mesmo tempo. Para surpresa de Martha, mas nem tanto de Alexander, o barão os saudou mesmo antes de atracar.

— Srta. Martha Blount! Sr. Alexander Pope! Que manhã magnífica, não acham? A Srta. Fermor e eu chegamos ao rio ainda antes do alvorecer e portanto acompanhamos o espetáculo desde o início. Viemos direto da festa da Srta. Oldmixon. Por insistência minha. A Srta. Fermor ainda não tinha visto a chegada dos hortelões de Lambeth.

— Não dispomos de tanta energia assim, milorde — devolveu Alexander. — Recorremos previamente a umas horinhas de sono para nos revigorar. Passei às cinco para buscar a Srta. Blount.

— Então receio que tenham perdido a parte mais bela da manhã! Aquele breve intervalo entre a escuridão e a aurora, quando o sol desponta sobre o rio.

— E porventura a Srta. Fermor não sofreu com esta plumagem? — perguntou Alexander. — Mesmo o cisne, embora adaptado às temperaturas aquáticas, costuma se aconchegar aos companheiros para se proteger do frio nas primeiras horas da madrugada.

— A Srta. Fermor não passou frio nenhum — respondeu Petre. — É muito forte, e além disso tomei a precaução de trazer uma capa: luxo a que poucos cisnes podem se dar.

Arabella não gostou do que ouviu. Petre parecia determinado a chamar atenção ainda maior para a ridícula fantasia, que o insolentezinho daquele poeta não pudera deixar de notar, bem como para a improbabilidade de eles terem seguido direto da festa. E por que mencionar a capa? Estava mais do que claro que eles não haviam chegado ao rio antes do amanhecer! Arabella também não gostou da maneira como Pope a encarava, dando a impressão de que compreendia as circunstâncias muito melhor do que ela própria. Por outro lado, ele também estava passeando com uma mulher: a irmã de Teresa, logo quem! Ora, se Martha Blount podia ser vista sozinha com um homem, decerto não haveria ali nenhum motivo de escândalo.

O encontro imprevisto fez com que ela se sentisse nua e exposta. E se Martha adivinhasse que ela e Petre eram amantes? O que não chegava a ser um problema, claro, já que o barão decerto a pediria em casamento. Mas o espanto de Martha, que perdera as cores do rosto e agora procurava escondê-lo sob as dobras do capuz, deixara-a subitamente tímida. Mais que isso. Deixara-a humilhada.

Alexander e Martha vinham olhando para ela desde o comentário de Petre, mas Arabella não encontrava a coragem necessária para fitá-los de volta: parecia ávida por sair dali o mais rápido possível, apesar dos claros sinais de contentamento que pouco antes havia dado.

— A bem da verdade, milorde, agora sim estou com muito frio — ela disse rígida. — Gostaria de voltar para casa imediatamente. Logo o sol estará alto, e meus pais ficarão preocupados com minha demora. Eu não havia previsto que nosso passeio seria tão longo.

Arabella despediu-se rapidamente de Martha, ignorou Alexander por completo e disparou rumo a carruagem que esperava próximo ao cais. O barão, por sua vez, despediu-se com cerimônia infinitamente maior e seguiu no encalço dela.

Agastada e taciturna, Arabella foi deixada na casa dos pais. Petre lastimava o fim melancólico que tivera o esplêndido passeio no rio, mas sabia que aquele não era o momento de se preocupar com episódio de tão pouca monta. Teria tempo suficiente para se desculpar depois. Chegando em casa, subiu direto ao quarto e dormiu. Levantou-se no fim da tarde, comeu uma torta de aspargos nos próprios aposentos e se preparou para ler os papéis de Menzies. Agora cumpria tratar dos assuntos mais sérios. Ele mal havia iniciado a leitura quando Jenkins entrou no quarto. Pé ante pé, o criado acendeu as velas, abriu as cortinas, mas não saiu ao terminar. Em vez disso, parou ao lado da escrivaninha e perguntou:

— Milorde pode me dar um minuto de sua atenção?

— Claro, Jenkins — respondeu Petre sem levantar os olhos. — O que foi?

Jenkins permaneceu calado.

Olhando de través, Petre viu que o criado estava sério, beliscando nervosamente as rendas do libré.

— Algum problema, Jenkins? — perguntou, depondo a caneta e ligeiramente afastando a cadeira da mesa. Preocupou-se ao supor que algum revés tivesse acontecido a Menzies.

Jenkins limpou a garganta e disse:

— Gostaria de lhe falar sobre minha irmã, senhor.

— Sua irmã! — retrucou o barão, suspirando aliviado, quase rindo. — Por acaso está precisando de trabalho? Sinto muito, Jenkins, mas no momento nosso quadro está completo.

— Não é isso, senhor — respondeu Jenkins de imediato. — Minha irmã não está à procura de emprego. — Nervoso, ele cruzou as mãos atrás das costas, descruzou-as, e enfim recruzou-as à frente. — É que... — titubeou, a essa altura já completamente enrubescido.

— Vamos logo, Jenkins, o que foi? — insistiu o barão, começando a se impacientar.

— Minha irmã está pejada, milorde — disse o criado, afinal. — Logo, logo entrará em resguardo.

Petre recostou-se na cadeira e fitou Jenkins com a expressão de um tio prestes a aconselhar o sobrinho.

— É casada? — perguntou, sentindo-se na pele de um vigário preocupado com os maus passos dos paroquianos.

— Não, milorde — respondeu o criado.

Claro que não, pensou Petre, contendo-se para não rir.

— Na verdade, creio que o senhor a conheça — emendou Jenkins, deixando escapar certa irritação.

Petre resmungou internamente. Estava próximo de seu limite. O que Jenkins poderia estar querendo? Um patrono para a família?

— Quem é sua irmã? — disse.

— Molly Walker, senhor.

Molly Walker? Santo Deus! As perguntas começaram a brotar na cabeça do barão. Jenkins por acaso não sabia do caso entre eles? Claro que sabia! Já os tinha visto juntos muitas vezes. Mais que isso, ajudara a marcar boa parte dos encontros. Por que diabos nenhum deles havia dito nada à época? Talvez Jenkins tivesse vergonha do destino da irmã. Petre ficou horrorizado com a revelação. Ainda confuso, perguntou:

— Por que o sobrenome de Molly não é Jenkins?

— Walker é o nome do primeiro marido de nossa mãe — veio a explicação.

Mas Petre sequer ouviu. Lembrou-se de que Molly já estava visivelmente grávida naquele dia na bodega. Seria possível que Jenkins o pediria para duelar com o sedutor de Molly? Quanto despropósito! Foi então que outra idéia, mais terrível ainda, lhe ocorreu: e se ele, Petre, fosse o pai da criança? Não, isso não seria possível. Agora era fim de junho, e o caso com Molly havia terminado no último agosto.

Como se tivesse lido os pensamentos do patrão, Jenkins disse:

— Minha irmã afirma que o bebê é de milorde.

Petre levantou-se de um pulo.

— Você *sabe* que isso não é possível, Jenkins! Minha intimidade com sua irmã terminou muito tempo atrás. Por que não disse nada antes? Você, mais do que qualquer outro, sabe que estou dizendo a verdade! Tem a obrigação de me defender!

— Minha obrigação é para com minha irmã, milorde — respondeu Jenkins.

— Mas ela está mentindo! — exclamou o barão, sem deixar de notar a ira nos olhos do lacaio. Num tom mais ameno, emendou: — Não vejo a Srta. Walker desde o último mês de agosto. — E sentou-se novamente.

— Molly diz que o bebê é de milorde — repetiu Jenkins com frieza. — Exige que o senhor assuma a responsabilidade por ele.

Observando o criado, Petre suspeitou de algo: era bem possível que Jenkins e a irmã tivessem arquitetado aquela história para enredá-lo. No entanto estava determinado a manter o controle sobre a conversa.

— Não posso fazer isso, Jenkins — falou com firmeza. — Lamento muito a condição de sua irmã, mas a criança não é minha. — Ele já tinha ouvido histórias semelhantes, de caixeiras que fabricavam pais nobres para seus bebês, mas jamais havia imaginado pilhar-se vítima de uma delas. — Sinto muito, mas você e sua irmã estão se aproveitando da posição que você ocupa nesta casa — arrematou, estranhando que a acusação viesse justo naquele momento em que Jenkins compartilhava segredos tão perigosos.

— Minha irmã não é nenhuma mentirosa, senhor — disse Jenkins, irredutível.

Lorde Petre encarou-o com frieza.

— E eu não sou nenhum tolo — devolveu.

Todavia, observando a expressão do criado, percebeu que estava seguindo pelo caminho errado. Molly decerto havia enleado o irmão. Jenkins era um sujeito decente, o tipo de homem que jamais deixaria a família em apuros. Uma imagem de Molly brotou de inopino na mente do barão: aquela postura orgulhosa e provocante da caixeira. Se ela havia chegado àquele ponto, decerto já começava a sucumbir ao desespero. Petre subitamente se arrependeu do que havia dito.

— Espere um instante, Jenkins — ele disse ao ver o criado sair na direção da porta. — Darei cem libras à sua irmã. Mas não posso assumir a responsabilidade por uma criança que não é minha. — Hesitou um instante e depois disse: — Além do mais, é bem provável que eu me case muito em breve.

A contragosto, Jenkins deu meia-volta e recebeu o dinheiro.

— Muito obrigado, milorde.

— Quanto a seu emprego, não se preocupe — acrescentou o barão. — Este assunto está encerrado.

Jenkins fez uma mesura, traindo no rosto a raiva que sentia no peito. Assim que ele partiu, Petre pôs-se a refletir sobre o que acabara de acontecer. O episódio, apesar de incômodo, o havia impelido a articular seu desejo de desposar Arabella. No entanto, por mais que essa idéia o deixasse exultante, ele precisava esquecê-la e voltar à leitura dos papéis sobre a escrivaninha.

Capítulo 16

Ah, mortais incautos! sempre cegos ao destino.

Na manhã seguinte, Alexander e Jervas tomavam seu desjejum em meio a uma conversa um tanto desconexa; um lia a correspondência enquanto o outro devorava a comida.

— Ainda bem que meu apetite voltou — dizia Jervas, cravando os dentes numa torrada lambuzada de manteiga. — Quase verti as vísceras depois da festa dos Oldmixon. Aquele ponche estava mais forte do que eu imaginava.

— Desculpe, Jervas, não percebi que você passava mal — retrucou Alexander, rachando a casca de um ovo quente até então coberto por um paninho para não esfriar. — Também passei o dia inteiro na cama.

— Eu avisei, Pope, que era descabida aquela sua idéia de passear no rio. Esse tipo de exercício vigoroso, sobretudo em hora tão absurda, só é permitido a quem está com a saúde rigorosamente em dia.

Alexander molhou um pedaço de torrada no ovo e mudou de assunto.

— Estou lendo uma carta de John Caryll — disse. — O primogênito finalmente vai se casar. Com uma certa Mary Mackenzie, filha de Kenneth Mackenzie, o primeiro marquês de Seaforth.

Jervas mastigou às pressas e depois disse:

— Caryll decerto está aliviado por se livrar de pelo menos um da sua prole. — Ele bebeu do café. — São tantos naquela família... nem as filhas são bonitas, nem os filhos, ricos. Estranho. Pensei que o jovem Caryll fosse se casar com uma das irmãs Throgmorton.

— Sim, mas a moça tinha forte vocação religiosa — explicou Alexander. — Caryll duvidava que ela se dispusesse a dividir a cama do filho, temia que ela quisesse ir para um convento na França.

Jervas riu e disse:

— De fato, uma esposa nada ideal. Mas, por mais terrível que seja a vida de marido e mulher, qualquer coisa é preferível a um convento francês! — Ele mordeu uma fatia de bacon.

— Bem, agora é tarde: outro arranjo já foi feito — disse Alexander. — Caryll virá a Londres muito em breve para selar o acordo. Na verdade, vejo aqui que esta carta foi entregue em outro endereço antes de chegar a mim. É bem provável que Caryll já esteja na cidade.

— Kenneth Mackenzie, marquês de Seaforth — disse Jervas. — Deve ser um homem importante... Será que o casal de pombinhos precisa de um artista que lhes pinte o retrato?

Alexander sorriu e disse:

— Eu não contaria com isso, meu amigo. A família é nobre, mas sem recursos. O marquês é jacobita.

— Jacobita! Meu Deus, o que será que deu em Caryll? Pensei que finalmente ele havia conseguido se livrar da pecha de traidor, herdada do tio.

— Caryll diz que os Mackenzie não são espiões nem conspiradores, Jervas. Apenas apóiam a causa jacobita. Mas, para dizer a verdade, também não entendo. Talvez ele tenha desistido de encontrar coisa melhor. — Alexander terminou o ovo. Olhando pensativamente para o oco da casca, ressaltou: — Pelo menos espero que eles não sejam espiões nem conspiradores, já que Caryll pede aqui que eu acompanhe o casal de Londres até Ladyholt no fim de julho. Não gostaria nem um pouco de ser preso a caminho de casa. — Ele riu. — Papai, no entanto, ficaria feliz da vida.

Jervas riu também.

— Claro, veria realizar seu mais terrível pesadelo. E depois não teria nada mais a almejar.

Alexander refletiu sobre a viagem. Talvez fosse uma boa idéia, afinal, voltar para Binfield. Ele não havia produzido quase nada desde que chegara a Londres, e o poema que começara a escrever no rio implorava para ser escrito. Cogitou se deveria surpreender os pais com uma chegada repentina.

Só voltou a atenção para Jervas ao perceber que o anfitrião havia se levantado e agora andava de lado a outro pela sala, dizendo:

— Se insiste em ir para o campo com o jovem Caryll e sua noiva jacobita, fará a eles um grande favor, mas nenhum a si próprio.

— Os Caryll são velhos amigos. Não posso faltar a eles por um pretexto meramente político — explicou-se Alexander, muito embora desse certa razão a Jervas.

— Pretexto tão bom quanto qualquer outro para faltar aos velhos amigos — devolveu Jervas, sentando-se novamente. — Mas como você pode ver, Pope, já estou me coçando de ansiedade. Que tal darmos uma passada na confeitaria para sabermos das novidades?

Eles não foram os primeiros a chegar à confeitaria naquele dia. Logo à entrada, Alexander foi cumprimentado pelo editor Tonson, que tomava um café na companhia de Jonathan Swift e John Gay. No lado oposto do salão encontravam-se Tom Breach e Harry Chambers, amigos de Jervas, que ficaram de pé e o chamaram à mesa. O burburinho estava mais alto que de costume, sentia-se no ar uma excitação quase palpável, e Alexander intuiu que algo importante havia acontecido. Enquanto observava Jervas caminhar na direção dos amigos, viu que James Douglass também estava lá. Eles cruzaram olhares; Douglass arqueou uma das sobrancelhas, mas Alexander virou o rosto e desviou a atenção para Tonson, que havia se levantado para dizer:

— Ei, Pope, já soube da novidade? — Ele brandia uma cópia do *Daily Courant* numa das mãos. — Um grupo de jacobitas foi preso enquanto tentava entrar na cidade ontem à noite.

Involuntariamente, Alexander olhou de volta para Douglass, que ainda o encarava. Seria possível que ele soubesse de suas suspeitas? Talvez Douglass e Petre *de fato* o tivessem visto naquela noite da mascarada. Caryll havia contado a Petre a verdade sobre Francis Gerrard, e decerto o barão repetira a história para o amigo Douglass. E se ele, Petre, tivesse mencionado que Alexander também estivera na confeitaria naquela manhã? Mas Alexander deixou de lado as especulações e respondeu a Tonson prosaicamente, na esperança de mudar o assunto.

— Um projeto curioso, o dessas pessoas — ele disse, olhando para o jornal. — Se alguém quer morrer na forca, há meios muito mais fáceis do que a traição para se chegar lá. Um roubinho de nada, por exemplo, colocará o infeliz no cadafalso num piscar de olhos, e com muito menos aborrecimentos para o criminoso.

— Ah — interveio John Gay —, mas nos dias de hoje qualquer nobre ou político na Inglaterra tira seu sustento do roubo. Chamam a isso de "cair em dívida". Trata-se até de um sinal de boa linhagem. Não: para um homem de berço e caráter, a traição é o único caminho que resta para o enforcamento.

Mas Tonson não se mostrava inclinado a largar o osso.

— Os jacobitas voltaram à ativa — disse. — Deve ter sido um golpe duro perder tantos homens numa única operação.

Alexander se perguntou que juízo faria Tonson de uma possível rebelião. O velho editor tinha um especial talento para escamotear as opiniões que tinha sobre a política.

Tonson interrompeu suas conjeturas e sugeriu:

— Por que não escreve uma sátira sobre o escândalo, Pope?

Avaliando a expressão no rosto do velho, Alexander percebeu que ele falava a sério. Talvez estivesse tentando dizer, mais uma vez, que não considerava "A Floresta de Windsor" boa o bastante para ser publicada. Ou quem sabe ainda se ressentia de Alexander ter recorrido a outro editor para a publicação do "Ensaio"?

— A sátira depende de comparações faceciosas — respondeu Alexander, abrupto. — Ora, uma facção desesperada de traidores trama para trazer Jaime Stuart de volta à Inglaterra. São presos, mas as pessoas ainda acreditam que há outros à solta. Isso inspira uma tragédia, não uma sátira.

— Inspira a curiosidade e o interesse do público — retrucou Tonson sem titubear — e por isso merece um poema.

— São os escândalos da corte e dos salões que atraem os leitores — argumentou Alexander. — Ninguém há de se interessar pelas estripulias de um punhado de escoceses obscuros que muito em breve perderão a cabeça.

— Escute o que estou dizendo, Pope — insistiu Tonson. — Este é o caminho para a fama e a fortuna.

— E o senhor, Dr. Swift, o que acha dessa conversa sobre tramas de parte a parte? — quis saber Alexander.

— É mais adequada à freguesia deste estabelecimento do que as conversas de costume — veio a resposta. — Aqui geralmente se fala de literatura, um assunto nada recomendável para homens de pouca ou nenhuma informação. Mas ninguém tem a menor intimidade com os fatos quando a conversa gira em torno de espiões e traidores. O que poderia ser melhor do que isso?

Alexander riu e disse:

— Mas os fregueses desta confeitaria têm a reputação de serem os mais bem informados e os maiores conhecedores de literatura de toda a cidade.

Os olhos de Swift cintilaram quando ele respondeu:

— Isso, meu senhor, é simplesmente outro modo de expressar o que penso deste antro: foi aqui que tive de tolerar as piores conversas da minha vida.

Do outro lado do salão, Jervas ainda conversava com Douglass, Tom e Harry. Supondo que eles falassem da prisão dos jacobitas, Alexander ficou curioso para saber o que Douglass tinha a dizer a respeito. Sabia que não podia confiar na memória de Jervas para saber dos detalhes da conversa depois, e portanto abandonou impulsivamente o colóquio com Tonson para se juntar ao grupo do anfitrião.

— Eles foram presos ontem à noite, Charles — dizia Harry, aparentemente menos preocupado agora do que semanas antes, quando Lady Purchase se recusara a recebê-lo. Ele deu um demorado gole no café. — Não há dúvida nenhuma de que o destino deles será a árvore fatal.

Douglass mais uma vez encarou Alexander quando ele se sentou.

— Quanta ingenuidade, Harry! — exclamou. — Aposto cem libras que estes três foram presos apenas a título de espetáculo. O governo quer convencer as pessoas de que tem os jacobitas sob controle, mas não tem. A rebelião seguramente está por vir.

— Ah, os jacobitas não vão durar muito — interveio Tom, lacônico. — Não têm nem o dinheiro nem o contingente de que precisam.

— O fracasso deles pode ser dado como certo, claro — retrucou Douglass. — Quando as pessoas se dispõem a doar qualquer coisa em nome de suas crenças, geralmente são trapaceadas.

Tom bufou uma risada.

— Se você tivesse coragem de agir tão inescrupulosamente quanto fala, Douglass, já estaria rico desde muito! — ele disse. — Conheço sua laia! Os princípios sempre levam a melhor no final.

Douglass respondeu com ironia:

— Se a falta de escrúpulos fosse o único pré-requisito para a riqueza, esta confeitaria transbordaria com os lordes mais patacudos da Inglaterra. Ocorre que o sucesso nas finanças requer algo mais: digamos que seja a boa sorte.

Alexander saiu da conversa mais confuso do que havia entrado nela. Douglass não tivera o menor pejo de profetizar a rebelião! O homem tinha o dom de se mostrar cada vez mais opaco quando dava as caras. Era companheiro de escola de Jervas, membro de uma família respeitável e aparentemente rico. No entanto ainda era uma figura nebulosa, nada podia ser afirmado com absoluta certeza acerca dele. Como era possível que alguém de presença tão marcante não deixasse nenhuma pista concreta a respeito do próprio caráter?

Lorde Petre também se mostrava bastante interessado na notícia das prisões. Sabia que elas haviam sido arquitetadas a fim de desviar a atenção das manobras verdadeiras. Já havia lido os documentos que Menzies lhe havia passado, sabia que as tropas jacobitas começavam a se reunir a norte e a sul da cidade, e que ainda naquela semana ele deveria entregar a Douglass mais quinhentas libras, dinheiro que seria usado para arregimentar uma guarda para escoltar o rei da costa até Londres. As coisas não tardariam a acontecer. As instruções eram bastante claras. Ele deveria ir ao encontro dos demais agentes em Greenwich dali a uma semana, quando seria dado o comando de mobilização dos exércitos. Fora instruído para rastrear o paradeiro da rainha até o fim da estação. Mas ainda não sabia ao certo que papel caberia a ele no assassinato propriamente dito. Essa parte do plano ainda o deixava apreensivo. Faltavam detalhes, e Douglass ainda se mostrava tão obscuro quanto no primeiro encontro entre eles, muito tempo antes: evadia-se sempre que era pressionado para dar mais informações, alegando que não passava de um intermediário para os comandos da liderança. Mas Petre já estava cansado de tantas lacunas. Decidiu que pressionaria Douglass mais uma vez, tão logo possível.

Na noite anterior à data marcada para a entrega das quinhentas libras, Petre voltou mais cedo para casa depois de uma rodada de cartas no clube. Estava cansado, exagerara na bebida, e portanto subiu rapidamente ao quarto, esperando que nenhum dos familiares o procurasse para conversar.

Mas quando entrou em seus aposentos deparou-se com um homem sentado próximo à lareira e parou onde estava.

— Quem está aí? — perguntou ainda à porta.

O homem se virou para trás. John Caryll.

— Caryll! — exclamou Petre, estupefato. Sem se levantar para cumprimentá-lo, o antigo tutor fitou-o silenciosamente da cadeira. Não dava nenhum sinal da cordialidade demonstrada no último encontro entre eles. — Como foi que entrou aqui? — perguntou o barão, subitamente preocupado.

— Cheguei do campo esta tarde — respondeu Caryll, demasiado calmo. — Passei a noite na companhia de sua mãe.

— Estou surpreso em vê-lo — redundou Petre.

— Vim tratar de um assunto importante. — A penumbra do quarto conferia um aspecto sinistro a Caryll, sentado ali naquela cadeira, tão atento quanto um gato. — Por favor, feche a porta.

Petre fez o que ele pediu e, nervoso, aproximou-se da lareira. Já ia se sentando quando Caryll, com toda tranqüilidade e segurança, afirmou:

— Quinhentas libras em cédulas bancárias estão na gaveta de sua escrivaninha.

Petre ficou imóvel. Mas não se dispunha a entregar o ouro.

— Posso perguntar por que andou vasculhando minhas coisas? — perguntou. — A escrivaninha está sempre trancada.

— Estive com sua mãe — disse Caryll. — Atendi a um pedido dela. Foi Jenkins, seu criado, quem abriu a escrivaninha para nós. Aparentemente ele sabia que o dinheiro estava ali.

Lorde Petre tentou entender o que se passava. Seria John Caryll um dos agentes envolvidos no plano? Mas caso ele tivesse vindo para se revelar, por que se comportava daquela maneira tão fria? E por que não havia dito nada antes? E a baronesa? Era inconcebível que também estivesse envolvida, pois tinha horror dos jacobitas. Petre sentiu um calafrio. Que diabos estaria acontecendo?

— Não é de costume guardar tanto dinheiro em casa, milorde — salientou Caryll. Sua calma chegava a intimidar.

— Eu não sabia que meus assuntos pessoais eram passíveis de escrutínio — devolveu Petre. — O dinheiro é para pagar uma dívida de jogo.

— E a quem milorde deve essa soma? — Caryll abriu um sorriso frio. — Talvez eu possa ajudar na entrega...

— Não preciso de ajuda para pagar minhas dívidas. — Petre fez uma pausa, cogitando o que podia fazer para forçar Caryll a abrir o jogo. — Devo esse dinheiro a James Douglass, que o senhor não conhece.

— Douglass! — exclamou Caryll, irônico. — Vejo que o gosto de milorde na escolha de amizades não é tão apurado quanto em outras searas. Por que deve quinhentas libras a James Douglass?

Caryll conhecia Douglass, afinal.

— Como já disse, é uma dívida de jogo — respondeu Petre, tentando ganhar tempo. Caryll ainda o encarava. Até mesmo dava a impressão de que se divertia com aquele colóquio, sorrindo à medida que ia atiçando os nervos do barão.

— Peço que não minta para mim, milorde — ele disse. — Vou direto ao ponto: sabemos que você está envolvido com os jacobitas.

Petre sentiu o coração tombar às botas. Sua mãe sabia de tudo. Como eles haviam descoberto?

— Milorde parece assustado com a notícia — disse Caryll —, e é assim mesmo que deveria estar. Trata-se de uma grande imprudência. Mas o pior ainda está por vir. Soubemos que você está metido num plano para assassinar a rainha. Mal pude acreditar quando soube.

— E como foi que ficou sabendo? — Petre fazia o possível para manter a calma. — Ainda está associado aos jacobitas?

— Claro que não! — respondeu Caryll. — Foi seu criado quem me contou.

Jenkins! Então ele o havia traído. Mas Jenkins também era jacobita; dificilmente abandonaria a causa, muito menos num momento como aquele.

— Jenkins, lealista... Difícil de acreditar! E naquele dia na White's... — resmungou Petre consigo mesmo. Deduziu então que tudo aquilo só podia estar relacionado com a gravidez de Molly. Mas ele já havia dado à moça um bom dinheiro! — O senhor sabia sobre Francis Gerrard — continuou. — Pensei que se tratasse de uma advertência para nossos homens. O senhor por acaso é um agente?

Os olhos de Caryll faiscaram de irritação.

— *Eu*, agente? — ele rugiu. — Milorde sabe muito bem dos dissabores que minha família sofreu simplesmente porque meu tio era suspeito, *suspeito*, de traição. O episódio marcou a vida dos meus filhos para sempre, sem falar na minha própria. Seria uma insanidade da minha parte buscar qualquer tipo de associação com os jacobitas. E no entanto foi isso que milorde fez com sua família. Submeteu sua mãe e sua irmã ao mais grave de todos os perigos.

— Então como foi que o senhor soube sobre Gerrard?

— Você sempre foi muito ingênuo, Robert. Minhas conexões com os jacobitas são históricas. São homens da geração de meu tio. Amigos de longa data. Mas não sou nenhum traidor.

Petre permaneceu calado.

— Milorde colocou em risco todo o patrimônio da família Petre — prosseguiu Caryll. — E cometeu a sandice de confiar nesse tal de Jenkins.

Petre ainda se espantava com a descoberta.

— Não posso entender o que levou meu criado a fazer o que fez — disse.

— Jenkins é muito mais astuto do que você tem sido — retrucou Caryll. — Não o ameaçou diretamente porque teve medo do que você poderia fazer para silenciá-lo. Então veio a mim. Fazendo isso, garantiu não só a própria vida como a da irmã também.

— Mas ao mesmo tempo colocou em risco nossa rebelião!

— Jenkins colocou os interesses da família acima das ambições políticas — observou Caryll. — Não há dúvidas de que pretende chegar às últimas conseqüências.

— Mas essa criança que Molly Walker está esperando não é minha! — explodiu Petre. — Trata-se de uma inescrupulosa mentira!

— Esse é o único aspecto da história em que tomo seu partido — disse Caryll. — No entanto, como Molly Walker bem sabe, a paternidade dessa criança é o que menos interessa. Jenkins denunciará o plano dos jacobitas, e sua participação nele, a não ser que milorde assuma a responsabilidade financeira pelo filho da moça.

— O plano já foi posto em ação — disse Petre, a voz embargada de emoção. — Não pretendo trair meus companheiros.

Impassível, Caryll disse:

— Mas infelizmente é isso mesmo que terá de fazer. Se for para salvar a família Petre, não hesitarei em denunciá-lo.

Petre não disse nada. Deu-se conta de que Caryll o havia encurralado. Foi o ex-tutor quem quebrou o prolongado silêncio. Como se tivesse lembrado algo no último minuto, disse:

— Sua mãe tem um pedido a lhe fazer.

Petre levantou os olhos, aterrorizado.

— Escolheu uma noiva para você — informou Caryll.

— Uma noiva? — repetiu Petre, incrédulo.

Foi então que a baronesa entrou no quarto. Fora uma linda mulher na juventude e agora exibia o aspecto distinto e imponente de alguém acostumado a fazer valer sua vontade. Com o filho, sempre fora distante. Mas era muito ligada à filha, Mary, que agora corria o risco de perder tanto a reputação quanto a possibilidade de qualquer casamento no futuro. Petre sabia que, aos olhos da mãe, o maior problema residia justamente aí.

Ele e Caryll haviam se levantado para recebê-la, mas agora já estavam novamente sentados, e Caryll prosseguiu com o que ia dizendo:

— O casamento deverá ser com alguém cujas relações familiares resistam ao mais severo escrutínio.

— E como vocês pretendem encontrar essa pessoa? — perguntou o barão.

— Já encontramos, Robert — disse a mãe. — O acordo já foi selado.

Petre ficou lívido.

— E posso saber de quem se trata? — disse.

— Trata-se da Srta. Catherine Walmesley — respondeu a baronesa. — Tem 15 anos de idade e é muito devota. Além disso, faz jus a uma fortuna avaliada em cinqüenta mil libras.

— Catherine Walmesley! A senhora só pode estar brincando! — exclamou Petre, desesperado.

— Nunca falei tão sério em minha vida — disse a baronesa.

Só quando ouviu o nome da futura noiva foi que Petre se deu conta de que a relação com Arabella poderia ser afetada por tudo aquilo. Caryll e a baronesa tinham a intenção de destituí-lo de tudo. Ele se arrepiou com a constatação.

— Mas esse arranjo é objetável em todos os aspectos! — suplicou. — A moça pertence a uma família de bárbaros! A própria Srta. Walmesley, quase uma criança, não tem nenhuma educação, nenhum refinamento, nenhum charme pessoal!

— De fato não é lá muito bem-apessoada — disse a Sra. Petre. — Mas isso só ajudou quando fomos negociar com o tutor dela.

— William Dicconson! — rosnou o barão. — Todo mundo sabe que espécie de homem ele é! Mamãe, a senhora e Caryll estão jogando sujo comigo. Arquitetaram esse arranjo tendo em vista a fortuna de Catherine Walmesley, e estão se aproveitando de minhas dificuldades para impor um casamento que de outra forma eu jamais aceitaria!

A baronesa encarou-o sem dizer palavra. Não via nenhuma necessidade em concordar com aquela descrição de suas ações.

— Isso é inadmissível! — desferiu Petre.

Mãe e filho se calaram. Mais uma vez coube a Caryll quebrar o silêncio.

— Corre à boca pequena — ele disse —, muito embora eu não tenha ouvido nada diretamente, que milorde anda se encontrando com a Srta. Arabella Fermor.

Petre só faltou espumar.

— Não há nada de impróprio na minha relação com a Srta. Fermor — disse. — Trata-se de uma calúnia infame, seguramente disseminada por invejosos.

— Foi o que pensamos, claro — interveio a baronesa. — Mas o Sr. Dicconson exigiu que alguma medida seja publicamente tomada no sentido de deixar bem claro que essa relação não terá nenhuma continuidade após o casamento.

— Medida? Que medida? Ele quer que eu humilhe a Srta. Fermor em praça pública, é isso? — Petre lembrou-se da malícia com que o despudorado Dicconson, referindo-se a uma conversa com o sogro, dissera no baile de máscaras: "Senhor, sua filha se excede na putaria..." Foi assim que ele havia se referido à própria mulher. E agora assestava a mesma malícia contra ele, Petre, cujo sucesso decerto invejava. — O que exatamente o Sr. Dicconson quer que eu faça?

— Uma bobagem! — respondeu a baronesa, com uma risada que Petre custou a digerir. — Um simples gesto para provar que você e a Srta. Fermor não têm nenhuma intimidade, nem nunca terão. Uma brincadeira apenas. Ela não se importará nem um pouco, se de fato não for sua amante.

— Eu me recuso a comprometer a Srta. Fermor! — sentenciou o barão.

— Receio que seja tarde demais — disse Caryll. — Há um porém. Uma circunstância infeliz. Seu criado informou que guarda consigo um trunfo que colocaria você, Robert, numa situação delicadíssima, caso ele seja forçado a mostrá-lo a Dicconson.

— De que diabos o senhor está falando?

— Não faço a menor idéia do que isso possa significar — respondeu Caryll —, mas Jenkins mostrou-me uma caixa de penas, segundo ele encontradas na sua cama e ao redor dela. Não sei de onde vieram. Parecem penas de cisne.

Petre derreou o rosto entre as mãos. Concluiu que havia sido a cobiça que fizera Jenkins abandonar a causa jacobita e recorrer a Caryll. Lembrou-se das cem libras que dera ao criado, do olhar torvo que ele havia lançado ao recebê-las. Quem poderia dizer desde quando Jenkins vinha planejando tudo aquilo?

— Maldito! — ele chiou. — Malditos todos vocês! — E levantando-se, declarou: — Não farei nada para prejudicar a Srta. Fermor.

— Não estamos pedindo que você a prejudique — disse a baronesa. — Um ato público sequer arranhará a reputação dela caso não haja nenhuma relação entre vocês.

Petre golpeou o consolo da lareira e disse:

— Abro mão de meus laços com os jacobitas sem hesitar! Mas não posso me casar com a Srta. Walmesley. Tenho um compromisso de honra com a Srta. Fermor. Estamos praticamente noivos. Não posso arruiná-la dessa forma!

Acintosamente fria, a baronesa observou:

— A hora é adiantada demais para sentimentalismos.

— Mas eu amo Arabella! — insistiu o barão.

— Como assim, você a ama? — retrucou Lady Petre, surpresa. — O amor não tem nada a ver com o assunto. Um barão não se casa por motivos de afeto, você bem sabe disso! Seu pai e eu mal suportávamos olhar um para o outro, e mesmo assim nos casamos. — Com isso ela encerrou a conversa e se retirou na companhia de Caryll, deixando o filho sozinho com seus pensamentos.

Na manhã seguinte, por volta de dez horas, Petre pediu para falar aos dois novamente.

— Pensei muito na minha situação — ele foi dizendo, procurando demonstrar serenidade — e concluí que não tenho outra escolha senão ceder ao que me foi pedido. Cortarei todos os laços com os jacobitas e me casarei, sim, com a Srta. Walmesley. Mas em troca peço uma coisa: lidar com Arabella à minha própria maneira.

— Não é isso que temos em mente — respondeu a baronesa. — Sua maneira não tem se revelado muito eficaz nos últimos tempos.

Caryll interveio:

— Há outro assunto sobre o qual eu gostaria de lhe falar. Um conselho, depois do qual poderei dar por encerradas minhas obrigações de tutor. Quanto dinheiro milorde deu a Douglass até agora?

Pálido, o barão sussurrou:

— Setecentas libras.

— Pois sugiro que não dê mais nem um tostão — disse Caryll. — Dificilmente verá esse dinheiro de volta.

Petre riu com escárnio.

— Mas nunca esperei receber nada de volta! — disse. — Esse dinheiro é para custear um pequeno exército aliado ao rei.

Caryll aparentemente não o ouviu.

— Já lhe disse que Francis Gerrard sabia da existência de traidores entre os jacobitas. Ele ouvira dizer que a causa vinha perdendo dinheiro para um grupo de comparsas, homens que se faziam passar por lealistas. Roubos dessa natureza não podem ser levados a juízo, claro, já que as operações jacobitas são clandestinas. Trata-se de uma grande esperteza. Sou capaz de apostar que James Douglass está envolvido numa falcatrua dessas.

— Douglass não é ladrão, senhor! — protestou Petre. — Ficou tão chocado quanto eu ao saber de Gerrard.

Mas Caryll não respondeu; simplesmente apertou-lhe o ombro num gesto paternal e saiu acompanhado da baronesa.

Tão logo se viu sozinho, Petre pôs-se a andar de um lado para o outro, e assim ficou durante muitos minutos, a indignação borbulhando no peito. Os sonhos de heroísmo já haviam se dissipado, o que já era uma conseqüência terrível. Ao pensar em Arabella, contudo, não pôde conter as lágrimas. Agora teria de abrir mão da mulher que amava, como se não bastassem tantos infortúnios. Lembrou-se então da imagem que lhe vinha à cabeça sempre que pensava nas batalhas que estavam por vir: a figura de Arabella, sentada junto à lareira, levantando os olhos do bordado para dar boas-vindas ao herói recém-chegado. Ele havia perdido tudo, mas sabia que havia agido corretamente ao defender Douglass da acusação de Caryll.

Tirou da gaveta as cédulas bancárias e apertou-as nas mãos, determinado a se desincumbir daquela última tarefa. Pelo menos isso ele poderia fazer. Olhando para as notas, lembrou-se da noite do baile de máscaras, quando entregara a Douglass as primeiras quinhentas libras. Dissera-lhe que apagasse a lanterna, mas ele ainda não havia terminado de contar o dinheiro. Desde então recriminava-se por ter aberto a porta da carruagem tão precipitadamente: era bem possível que alguém tivesse visto a luz no interior da cabine.

Petre hesitou um instante e mais uma vez relembrou os acontecimentos daquela noite, sobretudo a expressão de Douglass ao contar o dinheiro. Ocorreu-lhe então uma dúvida. *Por que* ele havia contado as cédulas na carruagem? Por que não as recebera em confiança? Eles trabalhavam juntos para resgatar o homem que julgavam fazer jus ao trono. Na ocasião, Petre ficara de tal modo preocupado com a lanterna que não dera nenhuma atenção ao fato. "Perdendo dinheiro para um grupo de comparsas..." Só agora ele se dava conta de que pouco ou nada sabia sobre o destino que Douglass dava ao dinheiro recebido, e muito menos sobre os motivos de tanta urgência para aquela contribuição de quinhentas libras.

Quanto mais pensava no assunto, mais desconfiado ficava. Lembrando-se da reação de Douglass ao saber que Gerrard havia identificado os traidores, inicialmente concluíra que ele se preocupava com a causa, mas agora suspeitava que a preocupação era com a própria pessoa. E quem era o tal Dupont? Que necessidade teriam os jacobitas da ajuda de um mercador de escravos francês? Douglass havia dito que o sujeito seria responsável pela travessia marítima do rei, mas os documentos de Menzies não faziam nenhuma menção a isso. Percebendo que temia encontrar Douglass mais uma vez naquela tarde, Petre mudou de idéia quanto à nova doação.

Resolveu então mandar-lhe uma carta, dizendo que suas finanças haviam subitamente desandado e que ele não seria capaz de produzir o dinheiro, nem tampouco desempenhar o papel que lhe cabia na etapa seguinte do plano. A carta foi entregue numa confeitaria na Leadenhall Street, onde Douglass recebia toda sua correspondência, mas Petre não obteve nenhuma resposta. Um ou dois dias depois, John Caryll acompanhou-o a um encontro com William Dicconson e Catherine Walmesley, e os planos para o casamento foram postos em andamento.

Nos dias que se seguiram, lorde Petre curiosamente dedicou pouca atenção ao movimento jacobita e ao papel heróico que pretendia para si. Tampouco pensou em Jenkins e Molly Walker. Arabella, no entanto, não lhe saía da mente. Ele não sabia o que fazer. Só agora, assombrado pela idéia de perdê-la, ele se dava conta de quanto a amava. Mas estava de pés e mãos atados. Caíra numa diabólica armadilha e não via meios de sair dela.

Desejava rever Arabella, mas temia que Jenkins informasse a baronesa. Por fim, arranjou um encontro numa tarde em que o lacaio o havia deixado no clube. Na surdina, chamou um coche de aluguel e dirigiu-se à residência dos Fermor.

— Pensei em surpreendê-la — foi o que ele respondeu ao ser indagado por que não havia chegado na própria carruagem. — Vamos para Hackney-Hole, numa espécie de passeio dominical.

— Mas hoje não é domingo! — protestou Arabella.

— O que tornará nosso passeio ainda mais agradável — ele argumentou. — As estradas estarão desimpedidas.

Assim que se viu sozinho com a amada, Petre não pôde se conter: tomou o rosto dela entre as mãos e beijou-a com volúpia, amassando-lhe os cabelos, afagando-lhe o pescoço, os ombros, as curvas dos braços, as mãos muito brancas. Novamente apertou-a no rosto e beijou-lhe os olhos, a boca. Então alçou-a para o próprio colo e passou as mãos sob as saias, dizendo:

— Minha doce Arabella, a maior das minhas bênçãos.

Por fim possuiu-a com uma urgência, um ardor, um transbordo de sentimentos que Arabella jamais havia visto.

Dali a pouco, já mais calmo, voltou a ser o Robert de sempre, aquele com quem Arabella já estava acostumada. Tocou-a no pescoço e disse:

— Posso lhe pedir um mimo? Uma espécie de lembrança de seus encantos?

— Não darei mimo nenhum! — ela respondeu, repelindo-o, muito embora traísse no sorriso as reais intenções. — Uma mulher não quer que seus encantos sejam lembrados, mas ativamente venerados!

Ele sorriu e tentou beijá-la. Mas Arabella repeliu-o novamente, sem saber ao certo até que ponto ele havia falado a sério.

— Caso a senhorita não me conceda este pequeno agrado, serei obrigado a resvalar no roubo — ele disse, enroscando os dedos nos caracóis dos cabelos dela. — Não acha que seria um gesto romântico presentear-me com uma madeixa destas?

— Um gesto ridículo — ela disse com certa frieza. — Por que uma mulher sacrificaria a própria *toilette* para presentear alguém com algo tão inútil? — De fato estava assustada. Estranhava o comportamento do barão. Não era possível que ele não tivesse consciência do despropósito que estava pedindo. Madeixas eram trocadas apenas nos rituais de sedução dos muito castos ou muito jovens.

Arabella lembrou-se de quando, lá com seus 15 anos, ela havia enviado uma mecha dos próprios cabelos a um rapaz que conhecera durante um baile no campo. Recebera de volta um singelo soneto composto por ele e, à época, julgara-se muito sofisticada; o rapaz era três anos mais velho e pouco depois se casaria com a terceira filha de um marquês. Ela e o barão, entretanto, já haviam ultrapassado em muito o momento para mimos dessa natureza. O que se esperava dele agora era algo bem mais radical. Arabella não compreendia o que estava se passando.

Petre deixou de lado o assunto da madeixa, e Arabella não se esquivou quando, dali a pouco, ele a tomou novamente nos braços.

— Como você me cativa, Arabella — sussurrou o barão, beijando-a.

E o passeio terminou assim como havia começado: em silêncio.

Nesse intervalo, James Douglass havia se dirigido à mesma bodega em que o casal de apaixonados havia comido meses antes. O fogo sob os espetos de carne, que se revelara tão aconchegante naquela tarde de inverno, exalava um calor e um mau cheiro infernais nesta noite de verão. O Sr. Thomas e seus familiares reluziam de tal modo em razão do suor que mal se distinguiam dos suculentos nacos de carne. Espiando através da penumbra do salão, Douglass constatou que M. Dupont, o mercador de escravos, já se encontrava à sua espera.

Douglass sentou-se à mesa dele e pediu uma caneca de cerveja à esmorecida Polly Thomas. Assim que a bebida chegou, Dupont disse:

— Quer dizer então que seu homem perdeu a cabeça... E o dinheiro?

— Sumiu — respondeu Douglass, furibundo. — E o barão junto com ele. Suponho que esta parte da conspiração já tenha sido descoberta. A operação inteira deverá ser abortada.

Dupont, por sua vez, tinha pouco ou nenhum interesse nos assuntos jacobitas.

— Então você não trouxe nada hoje — ele disse.

— Nem um tostão — repetiu Douglass, e deu um gole na cerveja. — Nem hoje nem nunca, pelo que tudo leva a crer. Meu conselho para você, Dupont, é o seguinte: esqueça as quinhentas libras e saia já da Inglaterra.

— Quando nos encontramos naquele ponto de coches, quando eu estava a caminho de Liverpool, você disse que o homem tinha uns dois mil para nos dar. Que diabos aconteceu?

— Não sei. O plano era bom. Ele apoiava a causa fervorosamente, e nem de longe suspeitava de mim.

Ouvindo esta última parte, Dupont riu e disse:

— Então o sujeito era um imbecil! Por outro lado, quem senão um imbecil daria duas mil libras a um bando de loucos que nunca viu, para salvar um rei que viu menos ainda?

— Você não sabe nada dos jacobitas — cuspiu Douglass.

— Tampouco você, ora.

— Nem um mísero vintém teria chegado a seu bolso, Dupont, caso ele não tivesse acreditado que eu era fiel à causa. Mas tenha cuidado, meu amigo: fui informado de que Francis Gerrard revelou seu segredo antes de morrer.

Sacudindo os ombros, Dupont disse:

— Nosso plano foi por água abaixo. O padreco não estava mentindo aquela noite, quando nos disse que era tarde demais. Você o matou em vão.

— Foi *você* quem matou Gerrard!

— Foi *você* quem me entregou a faca! — devolveu Dupont.

Douglass ficou de pé e disse:

— Você precisa deixar a Inglaterra. Quanto a mim, sigo para Liverpool ainda hoje.

— Vai para a Jamaica? — perguntou Dupont.

Douglass fez que sim com a cabeça.

Enquanto deixava a bodega, imaginou que decerto ainda voltaria a ver Dupont. Tratava-se afinal de um plano muito esperto, concebido por ele, claro, mas que não podia ir adiante sem a ajuda do francês: Douglass não tinha os contatos necessários para levá-lo a cabo sozinho. Além disso, sabia que Dupont era um homem cruel. Lembrou-se novamente da noite em que eles haviam assassinado o padre; Dupont havia lacerado a garganta de Gerrard como se estivesse abrindo uma saca da farinha.

O problema com o francês era que ele não dispunha lá de muita inteligência. Fora Douglass quem havia pensado no truque do ingresso para o baile de máscaras. Voltara à ruela para encontrar o corpo de Gerrard enquanto Dupont corria na direção oposta. Tirara o ingresso do próprio bolso para depois colocá-lo meticulosamente no de Gerrard. Não havia sido fácil, com o peso do cadáver lhe estorvando as pernas. Mas com isso eles haviam ganhado tempo. Gerrard ainda era tido por todos como o infeliz que comparecera à mascarada.

Caminhando no breu da noite, Douglass deu de ombros. Pouco se importava com o fracasso do plano com lorde Petre. Já estava cansado da Inglaterra e ansiava por ares estrangeiros outra vez.

Capítulo 17

O ímpeto forte do aço consentido.

Menos de uma semana depois chegou o dia marcado para a *levée* da rainha Ana no Palácio de Hampton. Tratava-se do evento mais importante do calendário social do verão, aquele pelo qual Teresa vinha esperando tão ansiosamente, razão pela qual ela e Martha haviam permanecido na cidade. As pessoas passariam o dia tomando chá, jogando cartas e conversando sobre os prazeres da estação. Sua Majestade faria uma breve aparição durante a tarde, cercada dos cortesãos com os quais desfrutava de relações mais próximas. Trajes formais eram exigidos para a ocasião; Teresa e Martha usavam vestidos novos de seda em tons de rosa e verde-claro, as cores de um arbusto de magnólias no ápice de seu esplendor primaveril. O vestido de Arabella era de damasco branco, com pássaros e flores bordados em ouro nas saias, e os sapatos adornavam-se de delicadas tirinhas de fio de ouro; nas mãos, o regalo de penas de avestruz que ela havia encomendado a Molly Walker muitos meses antes.

Os convidados chegavam ao palácio pelo rio. Arabella seguia pelo Tâmisa na companhia de Henrietta Oldmixon e Lady Salisbury, com as quais havia se encontrado no embarcadouro da Strand Street mais cedo pela manhã. O dia estava ensolarado, porém ainda fresco, e as três amigas usavam xales leves de verão em torno dos ombros. Os assentos do barco haviam sido cobertos com almofadas de seda a fim de não machucar os vestidos das mulheres, e os encostos também contavam com almofadas e tapetes. Um toldo havia sido providenciado para proteger do sol a tez delicada das passageiras.

Elas mal haviam embarcado quando Henrietta perguntou:

— O que vamos fazer para fisgar lorde Petre? Ele está escorregadio demais!

— E de que anzol você está falando? — perguntou de volta Lady Salisbury, languidamente.

— Já é hora de o barão propor casamento a Arabella — declarou Henrietta. — Penso que seria bastante adequado se ele pedisse a mão dela hoje.

Arabella não queria aquele tipo de conversa. Ainda estava confusa com o estranho pedido de Petre na carruagem.

— Nosso flerte está agradável demais para que ele ou eu pensemos em casamento — ela disse. — Lorde Petre seria um tolo se pedisse minha mão justo agora, quando enfim alcançamos intimidade tão tranqüila.

Lady Salisbury abriu o leque com estrépito.

— Ah! — exclamou. — Quer dizer então que está à espera da proposta dele!

— Claro que sim! — interveio Henrietta. — Estão sempre juntos, esses dois!

Sentada na borda do assento, tanto quanto permitia a inclinação do barco, Arabella corrigiu-a:

— Nós nos vemos, sim, mas apenas uma vez a cada quinzena.

— Em público, querida — disse Lady Salisbury, mas não em tom de confronto. — Henrietta está se referindo aos encontros privados.

Arabella não disse nada, incerta quanto à resposta que devia dar ao comentário. Tomando o silêncio dela como uma confissão tácita, Lady Salisbury prosseguiu, abanando-se com o leque:

— Bem, Arabella, fico feliz em saber que você ainda espera uma proposta, pois acabei de saber que lorde Petre está para se casar com Catherine Walmesley. E nenhuma de nós quer ter *Catherine Walmesley* como amiga, claro.

— A tutelada de William Dicconson? — perguntou Henrietta, estupefata. — Mas a moça não deve ter mais que uns 16 anos! Decerto o barão está de olho na fortuna dela. — E virando-se para Arabella, que já havia perdido todas as cores do rosto, ela emendou: — Não se preocupe, minha cara. A Srta. Walmesley pode valer sete mil libras anuais, mas em todos os demais aspectos é infinitamente inferior a você.

Sem saber o que dizer, Arabella ficou aliviada quando Lady Salisbury falou:

— Espero que o barão não cometa essa sandice. Você, Arabella, foi uma excelente aquisição que fizemos para o nosso grupo este ano. Será uma lástima se tivermos de perdê-la.

Arabela abriu um sorriso à guisa de resposta, um sorriso reluzente, porém frio, como o sol daquela manhã. Viu Henrietta e Lady Salisbury trocarem um olhar sorrateiro. Disposta a mostrar que pouco se importava com tudo aquilo, preguiçosamente sobraçou a borda do barco para acariciar a água com os dedos. Mas constatando que a superfície do rio estava fora de seu alcance recolheu a mão num gesto brusco e perdeu o equilíbrio, bem como toda a dignidade da pose ao se ver obrigada a agarrar as laterais do banco para não cair. Não deixou de notar que as amigas riam à socapa, fingindo admirar a paisagem.

Ficara chocada com a notícia dada por Lady Salisbury. Não podia ser verdade; lorde Petre seguramente teria dito algo durante o último encontro entre eles. Isto, no entanto, era bem verdade: Catherine Walmesley valia muitos milhares de libras por ano, ao passo que ela, Arabella, não valia mais que quatro mil ao todo. Por outro lado, embora nunca a tivesse visto, sabia que a moça era tida como insípida, e nem um pouco bonita. Lorde Petre sempre dava a entender que a beleza física não ocupava um lugar de destaque em seu catálogo de virtudes, mas Arabella não lhe dava nenhum crédito. Tratava-se de uma encenação que ele empreendia apenas quando estava cercado de belas mulheres. Além disso, já havia confessado seu amor. Uma proposta de casamento decerto não tardaria a chegar.

Quando o grupo de Arabella chegou ao palácio, os jardins já regurgitavam de homens e mulheres da corte. Eles se exibiam em franjas, rendas e plumas, com tanto talco nos cabelos e pó no rosto quanto era possível sem obscurecer a própria identidade. Pavões eram pardais em comparação.

Acompanhada das amigas, Arabella desembarcou e logo se viu frente a frente com lorde Petre.

Ele a saudou com uma demorada mesura e, para que todos ouvissem, declarou:

— Srta. Fermor! Sua beleza é o zéfiro que num dia tórrido traz alívio e refresco ao fatigado viajante.

Arabella não gostava quando ele se portava assim. Além disso, a conversa no barco a deixara apreensiva.

— E o que poderia ter causado tanta fadiga a milorde? — ela perguntou, seca. — Porventura seu remador faleceu a meio caminho, obrigando milorde a remar com os próprios braços até Hampton Court?

Ela reconheceu o riso que na forma de uma centelha se insinuou no olhar do barão. Mas Petre se conteve e respondeu tão-somente com uma segunda mesura. Virando-se para Henrietta, disse:

— A Srta. Fermor é assaz espirituosa, não acha, Srta. Oldmixon? — Henrietta fitou-o com surpresa, e estava prestes a dizer algo quando foi interrompida pelo barão: — A senhorita me parece contrafeita. Devo acrescentar que, tanto na beleza quanto na espirituosidade, ela nada fica a dever à amiga.

E sem mais dizer ele se foi, adiantando-se para cumprimentar Lady Mary Pierrepont e a irmã, que haviam surgido nas imediações.

De início, Arabella interpretou o comportamento do barão como algo corriqueiro, lembrando-se da importância que ele costumava dar à opinião alheia; nada mais natural, portanto, que naquela ocasião, a mais pública de todas, ele evitasse as liberdades que geralmente se dava quando cercado apenas de amigos íntimos. Ela não incluía a firmeza de caráter entre os traços mais proeminentes do amante. Todavia, ao observá-lo pouco antes, percebera uma hesitação e um desconforto que destoavam sobremaneira da autoridade e do controle com que ele costumava se apresentar. De modo geral, quando a via em público, Petre buscava o olhar dela, insinuando o amor secretamente dividido entre eles. Seria ótimo, pensou Arabella, se agora eles encontrassem um meio de se falar em particular.

Olhando de soslaio, ela viu o barão seguir ao encontro de Teresa e Martha. Achou estranho: ele não costumava dispensar muita atenção às irmãs Blount, a não ser quando o Sr. Pope, amigo delas, estava por perto. O que agora não era o caso, ela constatou aliviada. Vendo Petre reverenciar diante de Teresa, que decerto ficaria satisfeitíssima com a cortesia, deduziu que ele queria apenas alardear a intimidade que tinha com linhagem tão antiga quanto os Blount, muito embora todos soubessem das dívidas que pesavam sobre a família.

— Quanto prazer em vê-la aqui! — Petre disse a Teresa, e beijou cada uma das irmãs. — Aliás, faz poucos dias que falei da senhorita para um amigo que decantava as belezas de Mapledurham. Disse a ele que, por mais adorável que seja, a propriedade sequer chega a rivalizar com os encantos das proprietárias: as Srtas. Teresa e Martha Blount

Martha olhou apreensiva para a irmã, já esperando que ela se desmanchasse com tamanha bajulação. No entanto surpreendeu-se ao vê-la responder com um sorriso cauteloso, dizendo:

— Infelizmente, milorde, não somos proprietárias de nada. Mapledurham agora pertence a nosso irmão.

Martha interpretou a resposta de Teresa como sinal de que ela finalmente havia aceitado a impossibilidade de qualquer interesse por parte do barão. Desejou que Alexander estivesse ali para assistir ao espetáculo e cogitou qual teria sido a reação dele. Pope compreendia o barão muito melhor do que ela.

Teresa não esperou a resposta de Petre para seu último comentário; em vez disso, falou:

— Estou tão desacostumada a ver milorde sem a Srta. Fermor que cheguei a pensar que minha prima estivesse acamada. Todavia lá está ela, a poucos metros de distância. — E então deixou escapar um risinho tilintante, não muito diferente daqueles que Arabella costumava dar.

Petre aparentemente se afligiu.

— Ora, a Srta. Fermor e eu temos uma amizade tão sólida que seria um enfado se eu ficasse gravitando em torno dela numa ocasião como esta — ele disse. — Ninguém deseja ser estorvado por um velho amigo quando está à procura de novos. — As moças arregalaram os olhos, acintosamente perplexas. Percebendo isso, Petre emendou: — As senhoritas não vieram com o Sr. Pope hoje. Uma lástima. Gostaria muito de aprofundar minha amizade com ele. Suponho que se arrependerá de ter faltado a uma festa que tanta diversão poderia proporcionar à sua pena. — Ele riu para si mesmo, aparentemente alheio à mudez das interlocutoras. Martha chegou a pensar que ele estivesse bêbado.

Assim que Petre se afastou, ela olhou de relance para Arabella, que desviou o rosto tão logo se viu observada. Mesmo assim, pôde perceber claramente que algo afligia a prima.

A atenção das irmãs mais uma vez se voltou para o barão, que agora era interpelado pela voz clara e inconfundível de Lady Mary Pierrepont.

— Fico surpresa em ouvi-lo falar da Srta. Fermor como uma velha amiga, milorde — ela ia dizendo. — É o consenso de todos que a relação entre vocês é de natureza bem diferente.

Teresa sorriu ao ver o rosto de Petre diante da observação; não pela primeira vez lamentou que não fosse, ela também, filha de um conde. Petre olhou para os lados a fim de verificar se eles haviam sido ouvidos; depois se recompôs e, com laivos de sua habitual firmeza, retrucou:

— A Srta. Fermor ficaria desolada se soubesse da circulação de rumor tão escandaloso. Uma mulher de beleza e encantos tão incomparáveis jamais permitiria qualquer associação com alguém tão inconstante e tão incerto quanto eu.

Lady Mary fitou-o diretamente nos olhos.

— Mas a expectativa geral — disse — é que um acordo entre vocês seja firmado muito em breve.

Visivelmente assustado, Petre respondeu:

— A Srta. Fermor merece sorte e consorte bem melhores. — Com isso encerrou o assunto e rapidamente se subtraiu da conversa.

Teresa viu quando ele se juntou a um grupo de moças, embrulhadas em seda azul-clara e lilás, bem mais jovens do que ela e a prima. Não as conhecia, mas lembrava-se de ter visto uma delas numa *levée* à qual havia comparecido com a mãe. A menina dera a impressão de ser bastante tola. Entretidas por lorde Petre, elas gargalhavam à solta, os agudos estridentes misturando-se ao inconfundível barítono do barão.

— Os comentários de lorde Petre estão me deixando confusa — disse Martha à irmã, ambas acompanhando os passos dele. — Arabella parecia segura quanto a uma proposta de casamento, não pode ter se enganado. Talvez ela própria tenha instruído o barão para se comportar assim até que o noivado entre eles seja publicamente anunciado.

— Não creio — replicou Teresa. — Nem mesmo Arabella gostaria de se acreditar tão bonita a ponto de afugentar o barão.

Elas foram interrompidas pela chegada afoita de Margaret Brownlow, que tinha novidades urgentes a contar.

— Soube por Eliza Chambers que Catherine Walmesley está para se casar com lorde Petre! — ela exclamou ofegante. — Mas disse a ela que só podia ser um engano. Por acaso o barão não está noivo da Srta. Fermor?

Martha engoliu em seco; Teresa também, mas rapidamente se refez.

— Isso depende de a qual dos dois você pergunta — ela respondeu com malícia.

— Acreditávamos que um arranjo estava para ser firmado entre eles — interveio Martha, tentando compensar pela falta de modos da irmã. — Os Fermor vinham esperando por isso, assim como nós. Mas caso lorde Petre venha a se casar com outra, espero que as pessoas não achem que nossa prima foi tratada com vileza.

— Ora, Arabella Fermor não tem motivo nenhum para se preocupar — observou Margaret. — Todos os rapazes de Londres são loucos por ela. Mas a Srta. Walmesley... Quanta sorte tem essa menina!

Arabella, que começava a se preocupar muito mais do que Margaret era capaz de supor, passeava pelos jardins do palácio entre Lady Salisbury e Henrietta. Sabia que as pessoas vinham falando dela e desejava encontrar um meio de fazer com que Lady Salisbury deixasse de lado o assunto do barão.

Lady Salisbury, entretanto, sequer tomou o cuidado de baixar a voz ao dizer:

— Caso lorde Petre não obtenha a permissão da família para o enlace, vocês ainda podem se casar secretamente. Um acordo financeiro sempre poderá ser feito mais tarde.

Percebendo que não conseguiria calar a amiga, Arabella respondeu com igual estridência:

— Jamais consentiria numa coisa dessas! Um casamento secreto dá a impressão de que a noiva tem algo a esconder! Apenas uma circunstância justificaria tal solução: quando a mulher rejeita o marido escolhido pela família e se casa com outro para impedir a união.

Claro estava, no entanto, que as amigas não se dispunham a discutir os aspectos gerais do matrimônio. Preocupavam-se em particular com a relação de Arabella com lorde Petre, e estavam determinadas a prosseguir no assunto tão indiscretamente quanto possível.

— Lorde Petre está especialmente cortês hoje — observou Henrietta. — Olhem só para ele, flertando com a Srta. Williamson e as amigas! Está adulando as moças... Vejam, a Srta. Williamson está toda vermelha! — Mas Arabella, que já havia percebido a cena, não se virou novamente para olhar. — Decerto será ainda mais galante com você, Arabella — emendou Henrietta.

Arabella precisou buscar forças para se controlar.

— Eu, de minha parte, não tenho a menor intenção de ficar vermelha — respondeu, e mais uma onda de gargalhadas se fez ouvir em torno do barão. — Quanto barulho fazem essas moças! Jamais supus que lorde Petre pudesse ser tão divertido.

*

Por mais estrondosa que fosse, a gargalhada do barão era no entanto tão forçada quanto poderia ser a de Arabella naquelas circunstâncias. Durante toda a manhã, sempre que ele a avistava, sentia uma lancinante pontada de angústia. Ao mesmo tempo que distribuía galanteios entre as moças, envergonhava-se do próprio comportamento. E tão logo percebeu a mágoa nos olhos da amada sentiu por ela uma desmedida ternura, comparando-a a uma gazela que, apesar de ferida, não perde o brio nem a agilidade ao tentar fugir do tiro fatal. Como ele queria poder se abrir com ela, contar toda a verdade sobre o que havia acontecido... Mas nesse caso correria o risco de fazê-la abandonar a *levée*, e a promessa feita a Lady Petre e Caryll permaneceria por ser cumprida.

Então disse a si mesmo que estava sendo forte ao manter Arabella no escuro quanto ao destino que lhe estava reservado, e pouco a pouco foi se convencendo disso. Sua convicção não era aquela de um homem disposto a lutar pela amada, mas derivava de um instinto de autopreservação que, no peito nobre de um aristocrata, tinha raízes muito sólidas. Ele acreditava que morreria na forca caso não se curvasse à família, e tinha tanta aversão a esse fim que não se deteve muito para sopesar as possibilidades. Não havia outra escolha: cumpria-lhe abandonar Arabella. Assim sendo, ele agora a contemplava com os olhos de um Enéias setecentista prestes a abandonar sua Dido, seu verdadeiro amor, para enfrentar sozinho as águas revoltas do destino. Sabia muito bem para que lado pendia o seu dever.

Quando colocou os fatos para si mesmo, naturalmente não o fez com ironia. Acreditava que, em prol da família e da causa jacobita, ele deveria romper publicamente com Arabella. Em nenhum momento havia parado para pensar que, ao fazê-lo, estaria tão-somente trocando uma traição por outra. Mas já começava a achar que merecia alguma espécie de recompensa pelo próprio sacrifício. Já que havia sido obrigado a abrir mão dos sonhos de heroísmo e concordado em se casar com Catherine Walmesley, por que não poderia manter Arabella como seu tesouro particular? Ele era a vítima de uma barganha com o diabo. Arabella era ousada, mundana, gostava de desafiar as convenções sociais. Por que não poderia continuar sua amante depois do casamento? Por que ele não deveria receber esse consolo?

Seus pensamentos foram interrompidos por Sir George Brown, um dos integrantes da rodinha em que agora ele se encontrava.

— Veja, a Srta. Fermor e as amigas estão olhando para nós. Se milorde continuar flertando tão acintosamente com as outras moças, levará a Srta. Fermor a crer que perdeu seu grande admirador.

Petre percebeu que havia chegado o momento oportuno para dar à conversa o rumo necessário.

— A Srta. Fermor não perde admiradores, senhor — retrucou —, só os acumula. Se estiver sempre ao lado dela, serei tomado por um sujeito arrogante, que se crê o único homem digno da atenção de tão bela mulher. Mas se o senhor quiser que eu flerte com ela, fá-lo-ei com muito gosto.

Clarissa Williamson, que obviamente não queria nada disso, deu uma bela sacudida nos cabelos e tomou a palavra:

— Quer dizer então, milorde, que são infundados os rumores de que o senhor e a Srta. Fermor estariam noivos?

Ele olhou do alto para ela com um sorriso entre os lábios.

— Sou apenas um mortal! — respondeu, também sacudindo as madeixas com dramaticidade. — Não sou tolo a ponto de pedir a mão de uma deusa em casamento. Receberia apenas uma sonora gargalhada como resposta.

— Não acredito que milorde tenha tanto medo dela assim — redargüiu a Srta. Williamson, com um risinho simpático. — Já os vi juntos em mais de uma ocasião. Mas proponho um teste para pôr à prova os brios de milorde. Sir George! O que poderíamos fazer para obrigar lorde Petre a demonstrar seu valor?

Sir George tossiu nervosamente, imaginando que Clarissa Williamson pudesse estar flertando com ele.

— Céus! — exclamou, tamborilando a caixinha de rapé. — Que tal despacharmos Sua Senhoria para bem longe? — propôs, sentindo pela primeira vez o que era tomar parte, ainda que secundariamente, de uma batalha retórica. — Ora, como hei de flertar com a Srta. Williamson e suas adoráveis amigas com Vossa Senhoria por perto? — perguntou. — Milorde deverá assestar seus encantos contra outra mulher enquanto tento minha sorte com estas aqui!

— Disponho-me a cortejar quem o senhor quiser — respondeu o barão, sorrindo.

— Então que seja a Srta. Fermor! — disse Sir George. — Vossa Senhoria deverá provar que não tem medo dela, tal como suspeita a Srta. Williamson.

A Srta. Williamson, por seu lado, ficou um tanto desapontada com o resultado da conversa; porém, depois de se fazer passar por uma moça de coragem e personalidade forte, viu que não teria como recuar.

— Isto mesmo, milorde! — ela disse. — Queremos ousadia! Ordeno que Vossa Senhoria desafie a deusa Arabella Fermor ainda esta tarde.

Lorde Petre sabia que aquele era exatamente o pretexto de que precisava para se desincumbir da promessa feita à mãe. Temendo que Clarissa voltasse atrás, afastou-se do grupo, aproveitando-se do fato de que Lady Mary Pierrepont passava por perto.

— Milady! — ele exclamou. — Desde a reunião da Srta. Oldmixon que venho querendo cumprimentá-la pela ousadia na mesa de jogo.

Lady Mary olhou para ele, surpresa com a repentina intervenção.

— Sou ousada em qualquer parte, milorde — respondeu.

Petre fez uma mesura em sinal de concordância.

— Mas fiquei particularmente impressionado com a monta de sua aposta — disse. — Não estou acostumado a ver tanta valentia numa mulher, sobretudo quando joga sozinha.

— Quando as apostas são altas, é sempre preferível jogarmos sozinhos — ela devolveu. — Sou da opinião de que os parceiros raramente são dignos de confiança. E milorde, o que acha?

Petre não respondeu.

À tarde os convidados já haviam se dirigido para o interior do palácio. Alguns jogavam cartas enquanto outros conversavam em pequenas rodas. Clarissa Williamson aproximou-se de lorde Petre, que se encontrava junto de uma janela grande, apartado dos conhecidos.

— O que está contemplando com tanta melancolia, milorde? — ela perguntou, olhando na mesma direção que ele. — Ah! A deusa Fermor, ainda no jardim. Espero que Vossa Senhoria não se esquive do desafio

Por um instante ele permaneceu calado, perdido nos próprios pensamentos. Mas depois voltou a si e respondeu:

— De modo algum. Estou apenas escolhendo o melhor estratagema.

William Dicconson, que estava por perto, ouviu este último comentário. Então se adiantou na direção deles.

— Está com medo de uma mulher, milorde? — perguntou com sarcasmo.

Petre pôde sentir o bafo doce de álcool que lhe escapava da boca. Deu um passo atrás e olhou de relance para Clarissa, cogitando se a pergunta encerrava uma provocação.

— A Srta. Williamson me propôs um desafio, senhor — respondeu. — Mais cedo falei que temia flertar com uma mulher tão bonita quanto a Srta. Fermor.

— E eu disse que ele deveria flertar abertamente com ela a fim de dar provas de sua coragem — interveio Clarissa.

— Porventura milorde já sabe o que fazer para dar cabo de missão tão ousada? — perguntou Dicconson, beirando a agressividade.

— Tenho um plano em mente — respondeu o barão.

— Então sugiro que o execute sem demora — arrematou Dicconson no mesmo tom desagradável. — Ou o dia chegará ao fim, e então será tarde demais.

Arabella seguiu sozinha para o palácio, pois Lady Salisbury e Henrietta haviam permanecido no jardim, dispostas a fazer um passeio pelo *parterre*. Elas não haviam convidado a amiga. Assim que Arabella pisou no salão, várias pessoas se viraram para fitá-la, desviando o olhar à medida que ela as fitava de volta. Martha e Teresa sentavam-se num sofá próximo à porta, e Martha convidou a prima para se juntar a elas. Arabella aquiesceu e rapidamente se sentou. Teve a impressão de que as risadas em torno de lorde Petre haviam engrossado desde sua chegada, mas preferiu não alimentar a imaginação.

Ouviu Martha dizendo algo sobre Alexander e ficou aliviada ao constatar que o assunto não lhe dizia respeito: faltava-lhe a energia necessária para dar seqüência a uma conversa. Viu Lady Mary Pierrepont cochichando algo para Lady Castlecomber, sentadas não muito distante, e achou que elas também lhe haviam dado as costas.

— Lorde Petre tinha toda razão — ela ouviu Martha dizer, e automaticamente se virou para a prima, talvez num reflexo associado ao nome do barão. Percebendo que Teresa havia pilhado sua reação, lastimou não ter sido capaz de disfarçar o interesse. — ... quando disse que Alexander teria gostado muito deste espetáculo — concluiu Martha, e Arabella baixou os olhos desapontada. —

Pena que não foi convidado. Vamos atentar a todos os detalhes para depois contar a ele.

Teresa estava prestes a dizer algo quando uma torrente de risadas particularmente ruidosa eclodiu em meio ao grupo de Clarissa Williamson, e as três moças se viraram para olhar. Viram que, com muita fanfarra e dramaticidade, lorde Petre começava a se afastar de sua roda. Ele parou um instante e olhou para trás, certificando-se de que era observado por todos. Arabella viu Clarissa levantar o braço e apontar em sua direção, baixando-o ao se ver percebida. As risadas haviam momentaneamente interrompido todas as conversas ao redor, e as pessoas procuravam identificar de onde vinha tanta diversão. Seguiu-se um hiato de silêncio, mas o burburinho foi recomeçando aos poucos, e com ímpeto cada vez maior.

Martha e Teresa já haviam retomado a conversa quando Arabella constatou que lorde Petre vinha a seu encontro. Precisou fazer um esforço para não fitá-lo. Intuía que os movimentos dele eram seguidos pelos companheiros de roda, e que Mary Pierrepont e Lady Castlecomber o observavam também.

Por um átimo pensou que ele estivesse vindo para lhe falar em particular, mas depois se deu conta de que isso não seria possível. Petre andava com firmeza, já estava quase chegando. Teresa e Martha, que vinham falando baixinho, inconscientemente se calaram.

Embora voltasse os olhos para o próprio colo, Arabella podia ver através dos cílios que Petre a havia alcançado afinal. Buscando forças para levantar o rosto, viu que o barão sorria para ela: aquele velho e conhecido sorriso, emblemático do segredo que eles compartilhavam. Exalou com gosto, aliviada, e olhou de relance para as primas, constatando que elas sorriam também. O salão havia emudecido de repente. Os segundos pareciam se arrastar enquanto ela esperava. Foi então que o barão se colocou de joelhos.

Arabella percebeu que Lady Salisbury e Henrietta haviam acabado de entrar, tão curiosas e sorridentes quanto os demais. Sentiu-se nos píncaros da glória, arrependida por ter-se preocupado com tão grandes bobagens. Todos os olhos a miravam, mas agora ela nem se importava.

Então era assim, pensou triunfante, que se sentia a mulher de um barão.

Petre levou a mão ao bolso e de lá tirou algo. Embora ele apertasse o objeto entre os dedos, Arabella pôde ver a pontinha reluzente de uma lâmina. Ele se inclinou para frente e pousou a mão fechada contra o pescoço dela, num gesto tantas vezes repetido. Apesar disso, Arabella se assustou. Sentiu algo frio contra a pele. Algo parecido com o aço.

Por um breve e terrível instante, pensou que se tratava de uma faca e que o barão estava prestes a matá-la. Deixou escapar um berro: no pânico em que se encontrava, mal dava fé do que lhe saía da boca. Ouviu o tilintar de duas lâminas afiadas batendo uma contra a outra, e em seguida sentiu despencar um caracol dos cabelos.

Lorde Petre apanhou-o do sofá e anunciou:

— Eis aqui meu prêmio! Um troféu de Arabella Fermor! Roubei uma madeixa da deusa Diana!

Para surpresa dela, os circunstantes começaram a aplaudir. Um tremendo alarido entremeado de risos, tímidos de início e despudorados depois. Confusa, Arabella baixou os olhos para as próprias mãos. E mais uma vez precisou reunir forças para encarar Petre: ele brandia a madeixa ao mesmo tempo que lançava um sorriso idiota para a Srta. Williamson, que aplaudia e guinchava. Arabella via a seu redor apenas uma névoa de faces ridentes. Mau grado seu, estampava no rosto tudo que sentia: constrangimento, vergonha, medo.

As risadas arrefeceram, e a voz de Clarissa se destacou das demais ao dizer:

— Nem mesmo a deusa da castidade é capaz de resistir ao aço intrépido do barão!

Arabella murchou diante da crueldade do comentário. Santo Deus, ela pensou, a fantasia de Diana. Como havia sido arrogante ao se pavonear daquela forma, apresentando-se como a deusa da castidade. Agora se arrependia amargamente.

Em voz baixa, mas não tão baixa que Arabella não pudesse ouvir, Henrietta comentou:

— Por que diabos milorde não escolheu parte menos visível para obter sua mecha?

Seguiram-se mais risos e aplausos. Arabella tentou rir também, mas não conseguiu. Não queria chorar, mas já sentia os olhos marejarem. Levantando a mão para apalpar o local onde Petre havia metido a tesoura, deparou-se com uma lacuna sob os tocos de cabelo que lhe espetavam os dedos. E percebendo a angústia de Martha e Teresa, murmurou:

— Uma bobagem. Nada de muita importância.

Por mais alguns minutos, que se confundiam com horas, teve de suportar nova onda de gargalhadas. Até que afinal as pessoas começaram a refazer suas rodinhas e a trocar histórias tão prosaicamente quanto antes, como se nada tivesse acontecido entre uma coisa e outra. Arabella espantou-se com o descaso delas. Acabara de passar pelo pior momento de sua vida, mas agora, ao que tudo indicava, ninguém dava a isso a menor importância. Até mesmo o barão já havia retomado sua conversa com Clarissa Williamson, esquivando-se do seu olhar. Acreditando que enfim já tinha ânimo bastante para se levantar, ela ficou de pé.

Foi caminhando na direção da porta sob o olhar curioso das pessoas, que abriam sorrisos bem-intencionados, mas para ela cruéis. Arabella sorria de volta com os lábios trêmulos. Por um instante relaxou o rosto, mas, pressentindo as lágrimas, voltou a sorrir.

Por fim saiu à galeria. Martha e a amiga, Margaret Brownlow, estavam a seu lado.

— Você está bem, Arabella? — perguntou Martha, preocupada. Viu a prima tatear à procura de um assento e conduziu-a pelo braço até um banco, onde as três se acomodaram, Arabella ao centro.

— Pronto, Srta. Fermor! — disse Margaret. — Fique tranqüila, pois ele certamente a pedirá em casamento. Prova mais clara não poderia haver. Roubar uma madeixa de cabelos... só pode ser o prenúncio de passo muito maior.

Arabella ficou agradecida pela ingenuidade da moça. Apesar disso, sentindo os músculos da face tremerem, ela disse:

— Jamais pedirá coisa alguma. Caso contrário, não teria anunciado ao mundo que somos amantes.

As moças ficaram chocadas, mas Arabella pouco se importou. Decerto ficaria arrependida depois, mas só o que desejava agora era que as duas continuassem a seu lado. Não tinha como voltar ao salão.

Martha contemplava a prima com olhos arregalados. Até então não tinha muita certeza quanto à veracidade dos rumores que Teresa ouvira de James Douglass e de outras moças na cidade. Ao vê-los no rio, constatara que a prima e o barão vinham passando mais tempo juntos do que era recomendável; adivinhara que havia entre eles uma intimidade inconseqüente, tal como costumava permitir a maioria das mulheres. Mas a descoberta de que ela havia chegado às vias de fato, sem qualquer promessa de noivado, deixara-a desconcertada. Não censurava a prima, mas não podia deixar de se espantar com a ingenuidade dela. Arabella havia se revelado ainda mais insensata do que Teresa, pensou. Imaginava, no entanto, que o comportamento do barão não deixaria grandes cicatrizes. O assunto logo seria esquecido, e Arabella sairia ilesa dele. Ao contrário da prima, não interpretava o acontecido como um ato cruel de repúdio, e supunha que os outros tivessem a mesma opinião.

Elas ficaram ali por uns quinze minutos, Arabella mal abrindo a boca para dizer o que quer que fosse. Por fim, Martha sugeriu que elas fossem embora. Arabella concordou, mas, recobrando parte do brio habitual, disse:

— Antes quero voltar ao salão. Ninguém há de pensar que fui destruída.

Depois que Arabella saiu às galerias, Lady Castlecomber, que ainda conversava com Lady Mary Pierrepont, observou:

— Se eu fosse a Srta. Fermor, pediria aquela madeixa de volta.

— Ah, mas até os cabelos têm lá suas limitações — retrucou Lady Mary. — Uma vez cortados, não podem ser colados de volta.

Do outro lado do salão, Lady Salisbury sorrateiramente conduzia Henrietta para o sofá recém-vagado por Arabella.

— No lugar da Srta. Fermor, eu estaria furiosa — ela ia dizendo. — O que será que deu no barão? Agora todos sabem que eles são amantes. Um golpe fatal para a honra dela.

Henrietta mal prestara ouvidos, preocupada que estava com o próprio vestido:

— Cuidado! Você quase me fez derrubar o chá. Não quero manchar meu brocado novo. — Só então ela registrou parte do que havia dito a amiga. — O que foi que você disse sobre a honra de Arabella?

— Será marcada para sempre — repetiu Lady Salisbury. Fez uma pausa dramática e depois, quase berrando, emendou: — *Sabe o que acabei de descobrir, Henrietta?* — Assim como ela havia previsto, todos no salão puderam ouvi-la. — Lorde Petre *em nenhum momento* pensou em se casar com Arabella. Ainda há pouco William Dicconson confidenciou que os rumores sobre sua tutelada são absolutamente verdadeiros! Faz semanas que lorde Petre está noivo de Catherine Walmesley!

Arabella havia voltado ao salão segundos antes, a tempo de ouvir a notícia. Pálida, caminhou na direção das amigas, que a receberam com frieza, sequer abrindo espaço no sofá para que ela se sentasse também.

— Ah... eu não sabia que ainda se encontrava aqui, Srta. Fermor — disse Lady Salisbury.

Arabella abriu a boca para dizer algo, mas não proferiu uma única palavra. Ficou imóvel por um bom tempo, e depois tentou dar meia-volta para sair outra vez. Desmaiou antes de dar o primeiro passo.

Todos os homens no salão acorreram, e as mulheres se aglomeraram por perto. Henrietta e Lady Salisbury permaneceram sentadas, assistindo à cena com desdém. Lorde Petre foi o primeiro a alcançá-la. Ajoelhou-se ao lado dela, alçou o corpo desfalecido entre os braços e carregou-o até uma poltrona. Recebeu o leque que uma das mulheres lhe passou e com ele ventilou Arabella. Com visível doçura, afastou os cabelos do rosto dela e instintivamente deslizou a mão rumo à fita do espartilho, mas refreou-se a tempo. Levantando os olhos, viu que William Dicconson o observava.

As pessoas se adiantavam para oferecer rapé, vinho e chá. Mas Arabella continuava inerte.

Por fim ela começou a recobrar os sentidos. Piscando os olhos de modo hesitante, ouviu um zunzum ao seu redor ao mesmo tempo que sentiu a aproximação de muitas pessoas. Deu-se conta de que havia desmaiado e, assustada, agarrou os braços da poltrona. Teria perdido a pose ao cair no chão? Perguntou-se como havia chegado até ali. Abrindo os olhos com firmeza, viu que Lorde Petre se encontrava a seu lado e imaginou o que havia acontecido:

ele a havia carregado até a poltrona como se a encerrasse num abraço. Foi então que as palavras de Lady Salisbury reverberaram em sua cabeça: "Faz semanas que lorde Petre está noivo de Catherine Walmesley!" Arabella receou sufocar com a própria vergonha. Quanta ousadia do barão, tocar o corpo dela naquelas circunstâncias! Como se não bastasse toda a humilhação que ele mesmo havia provocado.

Arabella fez um esforço para se levantar, esquivando-se de qualquer ajuda do barão.

— Deixe-me em paz — ela disse com firmeza. — Não tenho a menor intenção de receber sua cortesia.

Agora foi a vez de Lorde Petre empalidecer; ele esboçou um esgar de perplexidade, como se estivesse meramente sendo cortês. Ficou de pé e, aflito, olhou ao redor para ver quantas pessoas haviam presenciado a cena.

Martha ajoelhou-se junto à prima.

— Um barco está a nossa espera no rio — sussurrou; ajudou Arabella a se levantar e foi saindo com ela.

Teresa, no entanto, não fez nenhuma menção de segui-las.

Há pessoas que, por mais que tenham sonhado em ver a humilhação de um rival, sentem-se pouco à vontade quando o sonho se faz espetáculo. Teresa Blount não era uma delas. Os reveses da prima não a comoviam. No passado, Arabella também havia testemunhado as aflições *dela*, Teresa, e nem por isso havia amenizado o temperamento ou esboçado qualquer tentativa de generosidade. Teresa não chegava a pensar que lorde Petre a teria cortejado caso Arabella não existisse. Em nada mudaria o rumo dos acontecimentos caso agora se condoesse dela. Ambas sabiam que pertenciam a um mundo que não ligava qualquer importância a virtudes como força moral, altruísmo e humildade. No entanto, nenhuma das duas jamais havia se sentido tentada a trocá-lo por outro.

Assim sendo, quando Martha se virou para a irmã e discretamente falou que elas deviam acompanhar a prima até em casa, Teresa respondeu:

— Não há necessidade de irmos as duas, há? Quero ser apresentada a Sua Majestade.

Martha tentou convencê-la fazendo alusão ao infortúnio de Arabella. Mas Teresa balançou a cabeça com veemência e disse:

— *Eu* não pretendo abrir mão deste meu último dia de prazeres na cidade só porque Arabella não conseguiu o que queria com o barão. Qualquer um poderia ter dito a ela que as coisas teriam esse desfecho. Vá com ela se quiser, mas saiba que não receberá nenhum agradecimento depois.

Capítulo 18

Pois é em tais labirintos que o amor
Tantos súditos abandona e confina,
E com calceta tão boba e tão fina,
Aferra corações de augusto valor.

No dia seguinte, Martha relatou a Alexander o que havia acontecido.

— Uma história e tanto, Patty — disse ele ao fim da reportagem. — O que eu não daria para ter visto a expressão no rosto da Srta. Fermor quando o barão lhe surrupiou os cabelos! Ou a da sua irmã ao vê-la desmaiar. Que belo espetáculo não deve ter sido!

— Mas foi um tanto insensível da parte de Teresa não ter acompanhado a prima Bell até em casa — disse Martha, certificando-se de que Alexander havia atentado para esse detalhe.

— Talvez não tenha sido tão insensível assim, Patty — ele observou. — É possível que Arabella não quisesse a companhia de Teresa também. Decerto é daquelas que nunca se deixam ver pelas rivais quando está se revirando na Gruta das Lamentações.[7]

[7]Alusão ao Canto IV do poema "A Violação da Madeixa" (publicado no Brasil pela editora Nova Alexandria, na coletânea *Alexander Pope — Poemas*), onde é descrita a *Cave of Spleen*, gruta no centro da Terra para onde desce o espírito Umbriel, numa paródia aos submundos visitados por Odisseu e Enéias. (N. *do T.*)

— Gruta das Lamentações? — ecoou Martha. — Você às vezes fala de modo tão obscuro... Arabella de fato estava muito triste ao voltar para casa. Se eu não o conhecesse melhor, Alexander, poderia achar que está com pena de Bell.

— Seria hipocrisia de minha parte se me condoesse dela agora, é verdade. Mas ninguém quer ver a Srta. Fermor no estado em que se encontra: a angústia não se coaduna com o caráter que ela projeta para o resto do mundo.

— Nunca vi você defendendo a prima antes — salientou Martha. Olhando com desconfiança para Alexander, perguntou: — O que teria provocado essa mudança em seu coração?

Alexander olhou de volta para a amiga com cautela.

— Mudança? Não, não tem mudança nenhuma — disse. — Mas havia algo de impecável na postura da Srta. Fermor. Ela fazia da própria beleza o mesmo uso que um cavaleiro faz da armadura. Não achei que essa postura pudesse ser tão facilmente abalada.

Martha riu e, buscando inspiração na irmã, zombou:

— Grutas, mulheres caídas, cavaleiros... Meu Deus, Alexander, quanta confusão essa história provocou na sua cabeça! Bastaria acrescentar uma batalha épica à sua narrativa para que, numa única manhã, você desafiasse Homero, Spencer e Milton! — Percebendo uma centelha de entusiasmo nos olhos do amigo, chegou a pensar que Alexander se levantaria naquele mesmo instante para buscar pena e papel. — Não vá se esquecer de me dar o devido crédito, ouviu bem?

Martha começava a gostar daquele novo patamar que sua amizade com Alexander havia alcançado. Mais uma vez se perguntou o que poderia haver no caráter dele que tanto induzia as pessoas à mofa. Talvez os ambiciosos fossem todos iguais, refletiu. Ou os bem-sucedidos, corrigiu-se; afinal, por mais gratificante que fosse zombar de Alexander ou Arabella, não havia nenhum prazer a ser tirado das esperanças frustradas de Teresa.

Dois dias depois, Martha e Teresa deixaram Londres com destino a Mapledurham. E na semana seguinte, Alexander partiu também. Seu *adieu* a Jervas foi proferido com um misto de alívio e tristeza.

— Não me afino com a melancolia, Pope — retrucou Jervas, à sua maneira. — Não gosto de me sentir triste. Portanto não direi que vou sentir sua falta, mas sim que espero ansioso pela sua volta.

Alexander apertou a mão do amigo e agradeceu-lhe sinceramente por tudo.

— Voltarei assim que tiver um poema a vender — arrematou.

Jervas despediu-se com um vigoroso aceno.

Após os acontecimentos no palácio, Arabella achou que jamais voltaria a dar as caras em público novamente. Não se envergonhava apenas do repúdio do barão; a natureza arriscada do romance entre eles sempre havia servido como um lembrete de que talvez ela não alcançasse seu fim. No entanto, embora tivesse previsto o rompimento, imaginara-o como um *affaire* privado, provocado pela interdição da família ao casamento. Lágrimas e angústia por parte dele; tristeza e dignidade por parte dela. Mas supunha, claro, que Petre afrontaria quem fosse preciso para ficar ao lado dela.

Pensando em tudo que havia acontecido, teve certeza de que a família do barão havia exigido um rompimento público, uma garantia de que a relação entre eles jamais pudesse renascer das cinzas. Perguntou-se que tipo de argumento poderia ter sido usado como instrumento de coação. Um argumento forte, sem dúvida alguma. Arabella acreditava integralmente na sinceridade da paixão de Petre no passado e portanto não podia entender como ele havia sido capaz de agir com tanta frieza e crueldade. Uma coisa não batia com a outra.

Todavia, com o passar do tempo, a raiva decorrente da traição foi dando lugar a um inesperado alívio. Ela se deu conta de que todos já sabiam de seu caso ilícito com o barão; ainda que o rompimento tivesse sido efetuado entre quatro paredes, ela teria sido o alvo da comiseração alheia, a boboca que havia caído na lábia de um rico e charmoso barão. Mas, tal como as coisas se deram, era *ele* quem agora merecia o desprezo de todos, já que, covardemente, precisara buscar a proteção de uma festa palaciana para realizar seu vil intento. Caso tivesse lutado pelo casamento, teria dado provas de sua real nobreza, revelando-se rico o bastante para privilegiar o amor e suficientemente seguro para desposar criatura tão singular quanto Arabella Fermor. Ela esperava que a sociedade interpretasse a união com Catherine Walmesley como uma manobra pusilânime, uma simples tentativa de reforçar os cofres da família mediante o casamento com uma mosca-morta.

Se jogasse com sabedoria, decerto se tornaria ainda mais cobiçada. Decidiu então sair de Londres, passar a temporada em Bath, e só voltar à capital no ano seguinte, tempo suficiente para que lorde Petre e Catherine Walmesley dessem início à maçante tarefa da procriação.

Tais reflexões, bem como a decisão de viajar, deixaram-na mais animada. No íntimo, porém, ela não podia deixar de sentir certo pesar. E foi a natureza desse pesar que a tomou de surpresa. Arabella havia se convencido de que seu interesse pelo barão derivava exclusivamente da vontade de se casar com um nobre, da aventura que isso poderia representar. Mas, pensando melhor, deu-se conta de que o *affaire* havia sido prazeroso, não por causa da nobreza ou riqueza de Petre, mas em razão de sentimentos mais complexos. O afeto entre eles era recíproco. Ela jamais havia precisado recorrer a fantasias românticas para estar ao lado de Petre: eles se compreendiam e se gostavam.

No entanto, tão logo reconheceu o que realmente sentia, Arabella subitamente se sentiu livre de um peso. Espantou-se. Como era possível que, ao se descobrir apaixonada, ela tivesse se livrado do remorso e do desejo que naturalmente deveria estar sentindo? Pela primeira vez na vida, assombrou-se com os mistérios da alma humana. Mas a despeito dessas constatações recentes, num importante aspecto ela permaneceu fiel à sua antiga natureza: jamais falaria do episódio, tampouco dos sentimentos provocados por ele, com as amigas que agora se boquiabriam com seu ânimo inabalável, com a coragem demonstrada ao retomar o trato social. Desinformadas quanto ao que se passava no coração de Arabella, elas viam na incapacidade de sentimentos profundos a única explicação possível para tão rápida recuperação.

Arabella ficou aliviada ao deixar a cidade na companhia dos pais. Para eles, apenas um recuo estratégico naquela temporada daria à filha alguma chance de sucesso na temporada seguinte.

As emoções de lorde Petre eram de outra ordem. As saudades de Arabella só faziam aumentar. Como era irônico que ele, o mais invejável de todos os seres, tivesse de sofrer a injustiça de perder seu único e verdadeiro amor! Apesar de tudo, Petre decidiu que não voltaria a procurar Arabella depois do casamento com a Srta. Walmesley: abandonaria temporariamente o projeto que vinha acalentando de tê-la como amante. Disse a si mesmo que deixaria a ela a opção de dar o primeiro passo, e que procuraria se conformar caso ela não o desse.

Com o tempo, teria notícias de que Arabella havia voltado triunfalmente à vida em sociedade, mais linda do que nunca, e isso daria estofo adicional à idéia que ele fazia de si mesmo: a de um herói abandonado no exílio e condenado ao amor não correspondido. A paixão dela decerto havia sido de natureza superficial. Na hipótese de um reatamento, eles não se portariam mais como deus e deusa, mas como reles mortais, e lorde Petre tinha lá certo medo das exigências que a mortalidade costumava fazer. Intuindo que Arabella se afastava cada vez mais, e sem qualquer espécie de remorso, jurou a si mesmo que para o resto da vida consagraria a ela o posto de grande amor da sua vida, mesmo que um dia ele se visse nos braços de outra amante.

Por ora, no entanto, voltaria com a família para Ingatestone, a fim de dar início aos preparativos do casamento.

A caminho de casa, Alexander parou na residência de John Caryll em Ladyholt, onde seria buscado pela modesta carruagem do pai. Na manhã seguinte, após o desjejum, Caryll convidou-o para um passeio na propriedade. Tão logo atravessou a sebe bem cuidada dos jardins e vislumbrou o delicado *tableau* estival de pastagens salpicadas de vacas, Alexander sentiu-se agraciado com uma espécie de bálsamo. Passara tempo demais confinado na cidade. O cenário também o lembrou do poema "A Floresta de Windsor", dos versos que aguardavam sua atenção em Binfield, bem como do término iminente do verão. Tinha a intenção de mandar um novo poema a Tonson no outono. Impacientou-se, portanto, com os passos lentos e errantes de Carryl, aterrorizado com a idéia de que fosse produzir tão pouco no campo quanto havia produzido na cidade.

Por fim, Caryll começou a falar.

— Soube recentemente de uma triste história — ele disse.

Alexander deduziu que o anfitrião o havia convidado para aquele passeio justamente para contá-la. Mas não disse nada.

— O assunto diz respeito a duas famílias que me são muito caras — prosseguiu Caryll. — Os Petre e os Fermor. Duas de nossas mais antigas linhagens. Devotos, claro.

Alexander ficou extremamente curioso: queria saber qual era a versão de Caryll para os fatos. Mas não confessou que já sabia de toda a história; preferiu dar rédeas à língua do amigo, supondo que ele tivesse mais informações sobre os motivos que haviam levado àquele desfecho.

Caryll sabia que Alexander vinha pensando em escrever uma nova obra e esperava que o jovem poeta deixasse um registro público sobre os acontecimentos.

— As duas famílias sempre foram muito ligadas — ele começou. — Houve rumores de um possível noivado entre a mais velha das meninas Fermor e meu tutelado, o barão. A fortuna dela não é lá muito grande, e além disso a moça tem sete irmãs com um futuro ainda por ser garantido; apesar disso, sempre vi com bons olhos a união de duas casas tão tradicionais. Recentemente, contudo, instalou-se certa frieza entre elas. — Ele fez uma pausa e depois se corrigiu: — Mais do que frieza. Os Fermor estão agastados com os Petre, talvez de modo irremediável. E por motivo tão bobo! Lorde Petre, num lapso de juízo, roubou uma madeixa dos cabelos da Srta. Arabella Fermor. A brincadeira foi levada demasiadamente a sério e por fim resultou no afastamento das duas famílias, apesar da antiga amizade entre elas.

— Fico triste em sabê-lo — retrucou Alexander. — Como o senhor mesmo disse, é muita injúria por conta de um vintém. — Ele ainda suspeitava de que Caryll soubesse mais do que estava disposto a revelar. Pensou em pressionar por mais detalhes, mas se conteve.

— Assim é o amor — disse Caryll. — Geralmente desperta a sanha das pessoas. Mas acredito que você, Pope, possa fazer algo para remediar tudo isso.

— Eu, senhor? Fazer o quê? — Alexander ficou apreensivo com o pedido iminente.

— Um poema que faça troça de toda a história. Estou certo de que, rindo do assunto, as duas famílias voltarão a se entender.

Alexander sentiu o coração palpitar. A idéia era excelente!

— Um poema sobre a madeixa roubada da Srta. Fermor... — ele repetiu com vagar. Temia que uma reação mais esfuziante induzisse Caryll a se perguntar o porquê de tanto entusiasmo. — O tema é um tanto trivial — acrescentou.

— Mas talvez você encontre um meio de fazê-lo render mais do que a princípio imagina — sugeriu Caryll discretamente. Alexander recebeu de bom grado a sugestão, e mais uma vez refreou a vontade de cobri-lo de perguntas. Que importância tinha se Caryll sabia algo mais sobre o roubo da madeixa? Afinal, seria ele, Alexander, quem deitaria o episódio ao papel.

— Tenho grande apreço pela Srta. Fermor e sua família — continuou Caryll. — Gostaria muito de vê-la feliz outra vez. Especialmente levando-se em conta a ninharia que deu origem a tanta desavença.

— Como o senhor mesmo acabou de observar — disse Alexander —, é exatamente isso que confere ao assunto um interesse todo especial.

Caminhando de volta para a casa, ele agradeceu John Caryll pela sugestão e prometeu pensar nela com carinho. Mas então sentiu uma pontada de culpa. Caryll vivia longe da corte e da cidade; apesar das constantes viagens a Londres, gostava da vida pacata do campo, do aconchego proporcionado pela família e pelos velhos amigos. Ao propor o poema, decerto havia pensado apenas em ajudar pessoas que tinha na conta de católicos devotos e respeitáveis proprietários de terra. Alexander cogitou se deveria contar ao amigo que os protagonistas daquela história haviam ido bem mais longe do que ele pensava; talvez isso mudasse por completo sua avaliação dos fatos. Mas optou por deixá-lo no escuro.

Não queria que Caryll mudasse de idéia quanto à composição do poema, como decerto faria se viesse a saber da verdade.

Caryll vinha observando Alexander atentamente. Chegara a pensar que ele o contemplava de modo estranho, como se adivinhasse seus segredos. Mas depois o jovem poeta relaxou o rosto, evidenciando sua ignorância dos fatos. Caryll já havia decidido que não lhe contaria nada. Sabia que Alexander ambicionava a fama, decerto ficaria tentado a transformar a história num escândalo, e era exatamente isso que ele, Caryll, queria evitar. Mais uma vez olhou para o amigo com benevolência. Seus medos eram infundados: Alexander seguramente não sabia de nada.

Alexander demorou três semanas para terminar o primeiro esboço do poema. Passava horas no quarto, tentando não dar ouvido aos barulhos que a todo instante ameaçavam roubar-lhe a atenção: a criada que subia e descia a escada com esfregão e vassoura em punho, a cozinheira e o ajudante que trocavam berros no quintal, a mãe e o pai que conversavam em cômodos diferentes da casa. Ele interrompia o trabalho para as refeições, grato pela oportunidade de deitar a pena e ao mesmo tempo ansioso por voltar à escrivaninha tão logo possível. Os piores momentos da composição vinham ao início de cada parelha, quando tudo que ele tinha eram duas palavras ou pedacinhos de frase que precisavam rimar. Pelejava para lembrar o que lhe havia ocorrido quando Martha relatou o episódio da madeixa. Andava de um lado para o outro no quarto, deitava-se na cama por longos períodos, lia e relia os versos já escritos até misturá-los numa única confusão. Ao terminar o primeiro canto do poema e encetar o segundo, deu-se conta de que não conseguia mais se lembrar de quais versos haviam sido engraçados ao lhe brotar na mente, e se arrependeu de não ter anotado as palavras que lhe haviam parecido particularmente inspiradas.

Todos os dias ele empreendia longas caminhadas com o pai, mas, ao mesmo tempo que andava, ia aventando idéias e tentando encontrar um meio de se lembrar delas depois.

Certa manhã, o pai lhe perguntou qual era o tema do novo trabalho.

— É uma sátira, senhor — respondeu Alexander, receoso de como o velho reagiria à notícia. — Sobre a corte e as pessoas da boa sociedade — acrescentou, na esperança de que isso viesse a alterar o que certamente estava por vir.

— Uma sátira! — surpreendeu-se o pai, mal disfarçando o desgosto. — Você disse que escreveria um hino sagrado intitulado *O Messias*.

Pope hesitou. Lembrava-se de ter mencionado algo assim ao escrever para o velho pedindo permissão para prolongar sua permanência na cidade. Jamais imaginara que o pai prestasse atenção ao que ele andava fazendo, mas deveria ter antecipado que, desse detalhe em particular, ele certamente se lembraria.

— Eu vinha trabalhando no *Messias*, senhor — respondeu Alexander, tentando dissimular a culpa. — Mas o Sr. Caryll pediu que eu o pusesse de lado para escrever esses versos que agora me ocupam. Espera que eles ajudem na reconciliação de duas famílias católicas.

— O Sr. Caryll! — exclamou o pai de Alexander. Calou-se um instante e, mais apaziguado, emendou: — Creio que ele não o induziria a nada de errado. — Mais uma pausa. — Que famílias são estas?

Alexander sabia que ali estava o seu coringa.

— Os Petre e os Fermor — respondeu.

O velho meneou a cabeça como se saboreasse os dois nomes. Alexander riu internamente, mas não pôde deixar de sentir a consciência doer.

A título de expiação, decidiu revelar algo que havia decidido guardar para si.

— Tenho pensado, senhor... — ele começou. — Refletindo sobre tudo o que vivi em Londres, constatei que não me encaixo muito bem no mundo da cidade. Talvez nunca venha a me encaixar. Sou muito diferente de Charles Jervas, de Richard Steele... e de lorde Petre também, claro.

— Bem, não é filho de barão, isso lá é verdade.

Alexander olhou para o pai e viu que ele parecia envergonhado de algo, evitando devolver-lhe o olhar. Até então não havia cogitado que a condição social deles, ou falta dela, havia sido o real motivo para a resistência do velho ao ingresso do filho na boa sociedade. Remoendo-se pela negligência, Alexander devolveu:

— Tampouco gostaria de ser, senhor.

O Sr. Pope permaneceu calado por um tempo, e Alexander pensou que fosse ser repreendido por dar tão pouca importância ao prestígio social. Em vez disso, trazendo à luz os pensamentos, o velho falou:

— Espero que um dia você tenha uma casa só sua, Alexander. E quando esse dia chegar há de ser uma data muito especial. — Surpreendido pela candura do pai, Alexander não disse nada. — Mas não faça pouco-caso daquilo que o distingue de seus pares — continuou o Sr. Pope. — Se copiá-los no aspecto, no pensamento e nas roupas, ninguém se lembrará de quem você é. Eu sempre soube que tinha um filho acima do ordinário. — E arrematou: — Já é hora de você sabê-lo também.

Alexander estava quase terminando o novo poema quando recebeu uma carta de Bernard Lintot, célebre editor de Londres e maior rival de Jacob Tonson. Lintot dizia que havia gostado muito das "Pastorais" e do "Ensaio Sobre a Crítica", lamentava não tê-los publicado ele mesmo e perguntava se porventura Alexander não tinha algum material novo para lhe enviar. Embora soubesse que Lintot pagava melhor do que qualquer outro, Alexander já havia tacitamente prometido sua nova obra a Tonson e achou por bem não trocar de editores naquele momento: não tinha o menor desejo de ser tachado de encrenqueiro. Mas depois pensou melhor. Talvez fosse exatamente assim que ele gostaria de ser tachado. Além disso, Lintot oferecia para incluir o novo trabalho num volume que estava preparando, o qual teria circulação muito maior do que qualquer uma das obras anteriores de Alexander havia tido.

Mas Alexander ainda não tinha um título. Até então vinha pensando em "Versos Sobre uma Jovem Recentemente Subtraída de um Tesouro", mas isso não serviria. Um título absurdo e prolixo. Então ele decidiu que o novo poema deveria se chamar "O _____ de _____" ou "A _____ de _____". Era assim que se arranjavam os melhores títulos: "O Mercador de Veneza", "O Judeu de Malta", "O Modo do Mundo". Mas talvez eles soassem tão bem só porque eram conhecidos.

Além disso, o novo título deveria ser bom o bastante para atrair o interesse dos estudantes preguiçosos dos séculos futuros. Alexander chegou a pensar em "O Barão e a Beldade", mas se viu pedindo desculpas a cada vez que o mencionasse. Nenhum liceano consagraria dois minutos de seu tempo para ler algo assim.

O poema permaneceu por cerca de uma semana em sua escrivaninha, sem título e sem destino. Mas o tempo urgia, e Alexander começava a recear que, na ausência de uma providência rápida, Lintot publicasse a tal *Miscelânea* sem a sua contribuição. Vasculhou os livros em busca de inspiração, mas não a encontrou; pediu sugestões aos pais, mas naturalmente eles não as tinham para dar.

Por fim uma idéia lhe ocorreu no meio da noite, uma idéia brilhante que precisava ser anotada imediatamente. No entanto, chegada a manhã, o brilhantismo já não estava mais lá. Tratava-se de um título pomposo, histérico, que sugeria um poema tão empolado quanto qualquer coisa escrita por John Dennis. Mas os dias não paravam de passar, e Alexander ainda não conseguia pensar em nada melhor. Então desistiu e despachou o poema com seu título absurdo, na esperança de que Lintot o retocasse devidamente.

Alguns dias depois, Bernard Lintot recebeu a correspondência da manhã e foi com ela para a confeitaria Will's. Havia cerca de uma dezena de cartas, além de vários pacotes mais polpudos: manuscritos, ele pensou, todos endereçados ao Sr. Bernard Lintot, em Cross Keys, entre os dois Temple Gates da Fleet Street. Tomando seu café, ele examinou os pacotes até se deparar com um envelope contendo umas quinze ou vinte páginas meticulosamente manuscritas, além de uma carta assinada por "A. Pope". Lintot lembrou-se do cliente corcunda de Tonson, a quem havia mandado um bilhete algumas semanas antes. Retirou o poema o mais rápido que pôde e começou a lê-lo.

Dali a pouco, saltou da cadeira brandindo no alto as páginas de poesia.

"Santo Deus!", pensou. "Isto aqui renderá uma fortuna!"

Os fregueses da confeitaria levantaram os olhos, sorrindo e cumprimentando o grande Sr. Lintot. Imaginavam, ou deliravam, que de algum modo ele havia botado as mãos nas baboseiras rabiscadas por um deles e percebido a genialidade delas.

— Alexander Pope mandou-me sua nova sátira! — ele exclamou triunfante. Os demais poetas baixaram os olhos novamente, decepcionados. "Alexander Pope...", pensaram com rancor. "O sapo corcunda e peçonhento." O mais prudente, no entanto, seria tratá-lo com cortesia da próxima vez que o encontrassem.

Charles Jervas encontrava-se entre a clientela daquela manhã. Desde o retorno de Alexander para o campo, ele não sabia muito bem o que fazer com o tempo livre que lhe restara nas mãos; fora ao encontro de Harry Chambers e Tom Breach, que recentemente haviam elegido a confeitaria como cenário para seu ócio matinal. Vendo o entusiasmo do editor, Jervas correu na direção dele para se apresentar como velho amigo de Alexander; Tom e Harry seguiram atrás.

Lintot apertou a mão de Jervas como se estivesse diante do próprio Alexander.

— É o primeiro poema a ser escrito no gênero! — exclamou, vigorosamente estapeando as costas do recém-chegado e virando-se em seguida para cumprimentar os demais. — Agradeço a Deus por não ter deixado que Tonson metesse as mãos nele antes! — declarou. — Foi muito sensato de seu amigo enviá-lo a mim. E o título é esplêndido! "A Violação da Madeixa". Só isso venderá uns mil exemplares!

Lintot afastou-se para escrever a Alexander, e Jervas foi abandonado à conversa com os velhos amigos de escola. Os três se sentaram novamente, e Harry trouxe à tona um novo assunto.

— O que acha deste problema em Barbados, Tom? — perguntou.

— Barbados? — repetiu Tom, surpreso. — Não faço a menor idéia do que seja. Mal tenho tido tempo para me manter a par dos mexericos sobre a *levée* de Lady Sandwich na semana passada. Não há horas suficientes no dia para pensar nos problemas alheios.

— Mas garanto que deste você vai gostar, já que envolve lorde Salisbury. Sei que não tem muita simpatia por ele.

— Homem enfadonho... — confirmou Tom. — Não me esqueço de uma noite em que quase dormi ao ouvi-lo contar uma terrível ladainha sobre escravos. Que foi que houve com ele agora?

— Infelizmente, mais uma história com escravos — disse Harry, um tanto desapontado ao constatar que o amigo talvez já a conhecesse. — Outro dia o *Daily Courant* publicou um artigo sobre o assunto. Lorde Salisbury foi vítima de uma tramóia.

— Ótimo. Mas de que natureza? — perguntou Tom, sorrindo.

— Ele costumava comprar escravos de um mercador recomendado por Edward Fairfax — começou Harry.

— Sei — disse Tom. — Já o ouvi gabando-se disso.

— Bem, acontece que o tal mercador cobrava dele um barco inteiro de escravos trazidos da África e ficava com umas cinqüenta cabeças para si, para depois vendê-las a outra pessoa. Dizia a Fairfax e Salisbury que os homens haviam morrido durante a viagem.

— A julgar pela descrição que Salisbury faz desses barcos, não é de espantar que muitos escravos morram. Parece que é infernal.

— Alguns de fato morriam, claro — retrucou Harry. — Mas não tantos quanto alegava o mercador. Ele vendia as cabeças roubadas para outro intermediário, que as recebia ainda em alto-mar. Portanto, lorde Salisbury andou pagando para que um desconhecido pudesse comprar escravos a custo bem mais baixo. Está soltando fogo pelas ventas, como você pode imaginar.

— Bem-feito. Mas como foi que descobriu a fraude?

— Ah, o segundo mercador, o intermediário que comprava os escravos "mortos", é um velho trapaceiro de Barbados. Um francês chamado Dupont. Pelo que soube, já havia trabalhado como capataz de uma *plantation* até ser despedido por roubo de açúcar.

— Um francês — disse Tom. — Lorde Salisbury já deveria ter imaginado que coisa boa não era.

— O plano de Dupont era muito bem urdido — disse Harry depois de uma breve pausa. — Ele tinha um comparsa em Londres que preparava todo o terreno, levantando capital e identificando os proprietários de *plantations* que tinham interesse em comprar escravos nas Índias Ocidentais. Mas alguém descobriu tudo e contou a Fairfax.

— Logo vi que não foi Salisbury quem desbaratou a falcatrua — observou Tom. — Não é inteligente o bastante.

— Pena que James Douglass não esteja presente — interveio Jervas. — Decerto ia gostar de ouvir essa história.

— Gostar? — exclamou Harry. — Ia ficar fulo da vida por não ter pensado nela antes! É bem o tipo de enredo em que ele costuma se meter. Por acaso Douglass não andou pela África durante um tempo?

— Quem sabe *James Douglass* não é o homem de Dupont em Londres? — aventou Tom, exultante. — Afinal, não faz muito tempo que ele sumiu!

— Douglass está sempre sumindo e reaparecendo. É um otimista incorrigível: sempre acha que vai fazer fortuna com sua próxima jogada. Um sujeito estranho, mas muito simpático.

— De fato — concordou Jervas. — A cidade fica meio morna sem ele.

Meses se passaram. Verão fez-se outono; outono, inverno. Por fim a primavera voltou, e "A Violação da Madeixa" foi publicado. Alexander foi a Whiteknights para dar a Martha uma cópia do poema. Sabia que a encontraria sozinha; Martha dissera numa carta que Teresa passava a estação com Arabella em Bath. Alexander ficara surpreso ao saber que a amizade entre as duas perdurava, mas concluíra que Arabella agora dependia da companhia da prima, antes supérflua, e que um inverno passado no campo havia proporcionado à Teresa a perspectiva necessária para perdoar os agravos de Arabella durante a última estação.

— Você talvez seja a última pessoa a quem eu devesse presentear com este poema — Alexander disse a Martha enquanto eles caminhavam nos jardins —, uma vez que já conhece toda a história dos cabelos roubados. Mas não posso faltar com a promessa que fiz no ano passado; não seria perdoado por tamanha negligência. — Ele sorriu e depois disse: — O volume demorou de tal modo a sair que os encantos da Srta. Fermor decerto já haviam desvanecido pela metade enquanto o poeta os homenageava e o editor se preparava para publicá-los. Sugiro, no entanto, que você não relate à prima essa última observação.

— Estou felicíssima com o presente, Alexander — disse Martha. — Mas sua presença em Whiteknights é quase tão preciosa quanto os versos em si.

— Pois deveria ser mais, Patty — ele disse. — As taxas do correio teriam me custado duas vezes o preço do livro. Embora Lintot esteja enchendo as próprias burras com a publicação, as minhas continuam vazias. Mas caso não goste do meu poema, Patty, você decerto gostará dos outros nesta *Miscelânea*. Parece que certas passagens são de fazer corar as moças.

— Bem, corar não é lá muito difícil para mim, Alexander, como você bem sabe — retrucou Martha, as bochechas dando provas do que ela acabara de dizer.

A réplica de Alexander seria dita com seriedade, mas o sorriso que ele insinuava nos lábios deixava claro que uma chacota estava por vir.

— Já que os rubores se afinam mais à sua pessoa do que a qualquer outra neste país — ele disse —, sou eu quem incorre na maior parcela de perigo, simplesmente por ter de mirar criatura tão linda. Pronto: agora fiz você corar ainda mais, e lá vamos nós outra vez.

— Alexander! — ela exclamou, rindo. — Serei obrigada a proibir suas visitas caso você venha apenas para me cobrir de elogios. Jamais precisarei sair de casa outra vez se permanecer nela for sempre tão agradável assim! Nesse caso, o que será do meu futuro?

Alexander estava adorando essa nova Martha tão aprimorada no humor quanto no aspecto. Olhou carinhosamente para ela e disse:

— Seu futuro? Bem, doravante hei de me revelar tão desagradável nas visitas que você ficará se coçando toda para sair de casa. E as visitas serão tantas, Patty, que você começará a se dizer ausente sempre que souber da minha aproximação. O arranjo há de funcionar à perfeição! — Ele hesitou por uma fração de segundo antes de continuar. Mas então sorriu e disse: — Com efeito, as pessoas começarão a nos ver como um casal de marido e mulher.

Martha baixou os olhos.

E novamente sério, Alexander disse:

— Conto voltar a vê-la muito em breve, minha querida Patty. Por favor, não deixe de cumprimentar sua irmã por mim. Espero que ela esteja bem.

Diante disso, Martha parou e convidou-o a sentar-se num banco próximo. Desde muito vinha esperando que Alexander perguntasse por Teresa, e lhe aprazia que ele não o tivesse feito. Mas já havia decidido que responderia a qualquer pergunta sobre a irmã sem qualquer sinal de embaraço ou decepção.

— Faz tempo que não a vejo tão bem — disse. E com ironia acrescentou: — Pela primeira vez na vida Teresa se encontra em vantagem com relação a Arabella. Desconfio até que esteja agradecendo a Deus por ter sido tão desprezada por lorde Petre. Agora pode dizer que nunca se deixou enganar pelo barão, que sabia exatamente o tipo de homem que ele era. — Refletiu um instante, bufou um risinho e arriscou: — Talvez soubesse mesmo.

Depois de alguns minutos de silêncio, Alexander disse:

— Espero que você não se esqueça de mandar minhas saudações a Teresa da próxima vez que lhe escrever. E sobretudo que ela não as receba com desgosto.

Mais uma vez Martha derreou a cabeça e não disse nada. Percebendo o desconcerto da amiga, Alexander ficou de pé e se colocou diante dela.

— Patty, gostaria que você soubesse que por fim venceu a disputa com sua bela irmã — ele disse com um sorriso. — É verdade: talvez não seja considerada tão formosa quanto ela — emendou —, mas *só* porque você é mulher e, portanto não *se acha* tão bonita. Para mim, seu senso de humor e sua sensatez são de um encanto irresistível. Veja só! Minha Patty está toda escarlate outra vez e eu, prestes a superá-la!

Ele estendeu a mão, e Martha se levantou para lhe dar o braço. Eles seguiram de volta para casa e acenaram juntos quando viram Sir Anthony junto à sebe de teixos, à espera de ambos.

Epílogo

O poema de Alexander foi um enorme sucesso. Nas confeitarias, salões e bailes de Londres não se falava de outra coisa que não fossem "A Violação da Madeixa" e seu brilhante autor. Mas Alexander não estava satisfeito. Quanto mais pensava no poema, e no episódio que o inspirara, tanto mais desejava ter escrito uma peça de maior alento, aventurando-se para além dos fatos a fim de satisfazer plenamente suas ambições. A primeira tiragem foi de tal modo bem-sucedida que ele dava por certo uma segunda; decidiu, portanto, que a nova versão seria duas vezes maior e publicada separadamente num volume próprio. Começou a trabalhar nela, mas tanto se demorava para reescrever os versos que dois anos se passariam, a contar da festa no palácio, até o dia marcado para a leitura do novo poema na confeitaria Button's. O lugar pertencia a Joseph Addison, um dos colaboradores de Steele, e Alexander esperava que o sucesso do evento lembrasse a ele da promessa de promover o poema nas páginas da *Spectator*.

Chegando à confeitaria na tarde da leitura, Alexander deparou-se com uma multidão. Imediatamente avistou Richard Steele, sentado na companhia de John Gay e Jonathan Swift. Deu-se conta de que reconhecia quase todos os presentes e percebeu que alguns falavam dele a meia-voz. Com orgulho, e também com a irrefreável timidez, seguiu direto para a mesa dos amigos.

John Gay saudou-o efusivamente:

— Enfim, ei-lo! Nosso Pope chegou!

Levantando-se também, Richard Steele bradou:

— Meu caro amigo! Vejo que está em ótima forma! Eu, de minha parte, sofro terrivelmente com mais uma crise de gota, mas sei que logo, logo vai passar!

Swift, igualmente de pé, apertou-lhe a mão e puxou-o para uma cadeira; Addison logo tratou de providenciar um refresco. Do outro lado do salão, Alexander avistou os poetas Ambrose Philips e Thomas Tickell, sentados com o dramaturgo William Wycherley, seu ex-mentor, e se adiantou para cumprimentá-los. Foi recebido por um Wycherley soturno, mas Philips e Tickell o saudaram com alegria.

— Todos agora o têm na conta do grande gênio da nossa época — afirmou Philips calorosamente. — A idéia deste poema foi brilhante, e não passo um dia sequer sem me morder por não ter pensado nela antes. Mas sou capaz de apostar que neste salão não há quem não padeça do mesmo mal.

Alexander virou-se para Wycherley e apertou-lhe a mão.

— Uma sátira muito inspirada — Wycherley disse a ele. — Muito apropriada aos tempos modernos. Vinte anos atrás não teria sido compreendida, mas nós desbravamos o caminho para você.

Alexander não ficou especialmente surpreso com o azedume do comentário, mas viu o mal-estar que ele havia causado na dupla de poetas. Estava prestes a se subtrair do grupo quando outro sujeito, aparentemente da mesma idade que ele, se aproximou com um sorriso simpático. Tratava-se de Edward Young, um camarada de bom coração, mas de humor um tanto instável: Alexander ouvira dizer que ele era dado a acessos de grande euforia seguidos de períodos de impenetrável tristeza. Sabia que o rapaz tinha veleidades poéticas.

— O senhor escreveu um poema tão jovial, tão garrido! — exclamou Young. — Os versos fluem com facilidade e transbordam de inteligência. Tenho grande admiração pelo senhor... e inveja também, em partes iguais. — Ele riu tão generosamente que Alexander não viu nenhum motivo para recriminá-lo.

— Fico muito agradecido, senhor — disse. — Espero que tenha progredido em seus próprios versos.

— Recentemente escrevi um poema sobre a morte de Lady Jane Grey — informou Young. — Uma peça grandiosa, melancólica... Mas receio que não vá agradar. Algo mais bem-humorado talvez fosse melhor. Talvez eu devesse me arriscar na sátira. Por outro lado, creio que sou mais talhado para gêneros mais sombrios.

— As pessoas gostam de se entristecer tanto quanto gostam de rir — replicou Pope. — Se hoje estão rindo, hão de querer chorar amanhã. Não deixe a melancolia de lado, Young. A hora dela ainda vai chegar.

Alexander voltou à mesa dos amigos, e Swift sinalizou para que ele se sentasse a seu lado.

— Esta nova versão é uma obra-prima! — disse o irlandês, deixando Alexander todo inchado. — Você decerto já ouviu falar de meu célebre desgosto pela humanidade. Mas neste caso tal desgosto há de ter alguma serventia: se digo que você é um gênio, por certo não estarei mentindo. — Ele esperou que Alexander parasse de rir e em seguida perguntou: — Mas por que resolveu apelidar a Srta. Fermor de Belinda no poema?

— Achei que devia escamotear a identidade dela — respondeu Alexander —, muito embora não o tenha feito de modo cabal, já que as amigas da Srta. Fermor a chamam de Bell. O nome é invenção minha — ele emendou, com um gesto autodepreciativo —, mas espero que entre em voga.

— Vi a verdadeira Srta. Fermor apenas uma vez; não me recordo se a beleza dela está à altura da de sua Belinda.

— É extremamente bonita — asseverou Alexander. — No entanto, sempre fui da opinião de que os cabelos, motivo de inveja da maioria das moças, eram exuberantes demais.

— Pois então a posteridade o aclamará por ter corrigido a única falha da moça, providenciando-lhe um corte. Quem poderia imaginar que uma madeixa daria azo a tanta sátira? Se me permite dizer, apenas uma única objeção pode ser feita a seus novos versos. As pessoas quererão saber como foi que soube dos detalhes da história. O poema sugere que havia um romance secreto entre o herói e a heroína; sugere também que uma conspiração jacobita estava associada à intriga. Os leitores se perguntarão o que lhe permite ter certeza da veracidade desses fatos. Sempre achei uma temeridade, para um escritor, ser leviano com a verdade. Isso dá ensejo para que as pessoas lhe apontem os erros.

Alexander já havia dedicado boa dose de reflexão ao assunto. Tinha uma resposta na ponta da língua.

— Ah! Espero que ninguém tome meu poema por uma reportagem absolutamente fiel aos fatos — ele disse despreocupado. — A verdade não passa de uma criatura frágil e enfermiça: é rapidamente esquecida. Afinal, a beleza da Srta. Fermor há de passar um dia, e o atual lorde Petre será barão apenas por um período limitado. Os jacobitas insistirão nas suas manobras rebeldes, e quem pode dizer quem sucederá a rainha? Embora meu poema falte com a verdade aqui e ali, espero que ele se revele... como posso dizer? Que ele se revele um registro mais *duradouro*. Afinal, ninguém se importa realmente com a verdade, não é, Dr. Swift?

— Sabe de uma coisa, Pope? Creio que tem razão — respondeu Swift, balançando a cabeça. — O problema com a verdade é que ela invariavelmente resulta em grandes decepções.

Alexander e Swift encerravam seu colóquio quando ouviram alguém recitar a parelha final do *Roubo*, seguido de um sonoro "hurra!"

— "Pois a Musa esta madeixa à Fama brinda,/ E no céu estelante traça: Belinda!"

Isso fez com que outro grupo de entusiastas propusesse um brinde "a Belinda e ao barão, os heróis românticos da era moderna!".

Alexander viu quando Richard Steele sobraçou o rapaz sentado a seu lado e cochichou:

— O correto mesmo seria brindar à Srta. Arabella Fermor!

Antes que Alexander pudesse silenciar o periodista e evitar novas indiscrições, o tal rapaz perguntou a um amigo:

— Quem é essa Arabella Fermor?

— Como hei de saber? — devolveu o outro. — Uma beldade qualquer, suponho.

O rapaz repetiu a pergunta a um segundo companheiro.

— Quem é Arabella Fermor?

— Não faço a menor idéia — veio a resposta. E o respondente, depois de dar um copioso gole na cerveja, repassou a pergunta a um terceiro, que disse:

— Farmer?[8] Não conheço. Será uma pessoa de verdade?

— Quem pode saber? — retrucou o outro. — Seja como for, um brinde a Belinda, a moça mais formosa de Londres, e ao poeta que a criou!

Steele já ia corrigindo os vizinhos de mesa quando Alexander sinalizou para que ele se calasse.

— Arabella não poderia ser a beldade reinante de Londres por toda a vida — disse o periodista, festivo. — Que tal darmos uma chance à nossa Belinda?

---

[8]O nome Fermor, no século XVIII, era pronunciado "Farmer" e, portanto, homônimo imperfeito de *farmer* (fazendeiro, fazendeira). (*N. do T.*)

Alexander por fim se levantou para fazer a leitura e sentiu no ar a ansiedade dos presentes. Todos voltavam os olhos para ele: alguns com admiração, outros com inveja; alguns com carinho, outros com frieza. Quanta variedade naquela platéia, ele refletiu. Que mundo cruel era aquele, como era breve o instante de notoriédade reservado a cada um. Daquela mixórdia, quem seria lembrado para sempre?

Apesar disso tudo ele sentiu uma repentina alegria. Por mais que desprezasse o universo da Grub Street, sabia que estava diante de novos horizontes, ainda por ser explorados. Os habitantes desse universo — os donos das casas editoras, os editores propriamente ditos, os donos de jornal — eram pessoas novas, bem como as atividades que cada um deles exercia: a compra e a venda de livros, a edição de periódicos, a consagração e a destruição de escritores, ensaístas e críticos. Para alcançar o sucesso, ele precisaria de uma cabeça firme e nervos de ferro, mas o desafio era instigante.

O burburinho logo se dissipou quando Alexander leu os versos iniciais de seu poema:

Quanta injúria do amor advém,
Quanta sanha à conta de um vintém

Levantando os olhos, ele viu que todos o observavam em êxtase, como se enfeitiçados. Não ouvia sequer um suspiro além da própria voz. Então se abandonou a uma frenética alegria. Alcançara seu intento: escrever um poema que fizesse dele o mais célebre poeta de toda a Inglaterra.

Posfácio

Alexander Pope de fato se tornou o mais célebre poeta da Inglaterra. A segunda versão de "A Violação da Madeixa", de 1714, vendeu 3 mil exemplares na semana seguinte à impressão e hoje integra o currículo de qualquer curso de graduação em literatura inglesa. É o primeiro poeta na história daquele país a se tornar financeiramente independente com a venda dos próprios livros. Em 1719, construiu uma luxuosa *villa* às margens do Tâmisa, em Twickenham, nas imediações de Londres, para a qual projetou um dos mais belos jardins do país.

Arabella Fermor viu sua fama e beleza serem eclipsadas pela fama bem maior da personagem nela inspirada, Belinda. Estava com 25 anos de idade quando se casou com Francis Perkins, dono de uma propriedade relativamente modesta em Berkshire — praticamente uma solteirona para os padrões da época.

Lorde Robert Petre casou-se com Catherine Walmesley em 1712, mas morreu de varíola menos de dois anos depois, às vésperas da publicação da reescritura de "A Violação da Madeixa". Dez semanas após a morte do barão, Catherine deu à luz o herdeiro de

Petre. Mais tarde se casou novamente e se tornou uma conhecida filantropa na área da educação.

Martha Blount continuou a ocupar o posto de melhor amiga de Pope. Rumores sempre circularam de que eles haviam se casado em segredo, mas ninguém pode afirmar ao certo. Em 1743, Pope, que sempre incentivara Martha a morar sozinha, comprou uma casa para ela na Berkeley Street de Londres. Ao morrer, deixou-lhe todos os bens móveis e imóveis, apontando-a como beneficiária vitalícia da renda de sua propriedade.

Teresa Blount teve com Pope, e também com os membros da própria família, uma relação instável durante boa parte de sua vida adulta. Pope sempre a manteve financeiramente, beneficiando-a em 1718 com uma pensão vitalícia. A relação dela com Martha era frágil, mas as irmãs sempre se mantiveram próximas. Teresa nunca se casou, mas por volta dos 40 anos iniciou uma duradoura relação com um homem casado, o capitão Bagnall. Martha e Alexander a censuravam com veemência.

John Caryll por fim conseguiu se aliviar da responsabilidade pela numerosa prole, enviando os filhos para diversos mosteiros e conventos na França. O primogênito, o único a se casar, alcançou considerável prosperidade. Caryll também conseguiu se dissociar da suspeita de filiação ao movimento jacobita e terminou seus dias tranqüilamente em Berkshire, na companhia da querida mulher.

Charles Jervas tornou-se um dos mais requisitados retratistas de seu tempo, conquistando a patronagem do primeiro-ministro, Sir Robert Walpole. Em 1723, tornou-se o retratista oficial do rei Jorge I e, em 1726, casou-se com uma rica herdeira, cujo dinheiro permitiu que ele mantivesse uma casa de campo, além da casa de Londres em que na juventude havia hospedado Alexander Pope.

Mary Pierrepont fugiu para se casar com Edward Wortley Montagu em 1714, abrindo mão da fortuna a que fazia jus. Em 1716, foi para a Turquia, para onde Wortley havia sido nomeado embaixador, e publicou os registros de sua viagem numa conhecida coletânea intitulada *Cartas da embaixada turca.* Fruto de sua experiência na Turquia, em 1721 introduziu a vacina contra a varíola na Inglaterra. Ela e Pope tiveram uma grande amizade, mas depois de um sério desentendimento, tornaram-se inimigos implacáveis. Na década de 1730, Lady Mary abandonou o marido e foi viver na Itália e na França, tornando-se uma renomada, excêntrica e pouco convencional mulher das letras.

Jonathan Swift publicaria em 1726 *As viagens de Gulliver,* um de seus livros mais conhecidos e provavelmente a sátira mais famosa de todos os tempos. Até 1714, trabalhou como redator e conselheiro para o governo tory, na esperança de que o posto lhe rendesse uma colocação no alto clero da Igreja Anglicana. Mas com a morte da rainha Ana e a introdução de um poderoso governo Whig, viu-se obrigado a voltar para a Irlanda, onde se tornou deão da igreja de St. Patrick em Dublin. Lá ficou até a morte, celebrizando-se pela defesa ferrenha dos interesses da Irlanda, muito embora os visse com certa ambivalência. Ele e Pope permaneceram grandes amigos.

Richard Steele é lembrado como o co-autor e editor (com Joseph Addison) das gazetas *Tatler* e *Spectator,* publicações revolucionárias e precursoras das revistas *New Yorker, Harper's Magazine, The New Statesman* e *The Spectator* (descendente direta do jornal de Steele).

John Gay mais tarde escreveu *The Beggar's Opera*, outra das mais importantes e inventivas obras da literatura inglesa. A peça foi um enorme sucesso: permaneceu em cartaz por mais tempo do que qualquer outra antes dela, inspirou uma enxurrada de produtos de merchandising e rendeu ao autor uma verdadeira fortuna.

Agradecimentos

Para mim é uma extrema sorte ter como agentes Toby Eady, em Londres, e Jennifer Joel, em Nova York. Sem Toby, jamais teria tido a segurança necessária para começar este livro, e sem Jenn, para terminá-lo. Sinceros agradecimentos também são devidos a Laetitia Rutherford, Samar Hamman e Jamie Coleman, da Toby Eady Associates, e a Katie Siegelman, da ICM New York, por tudo que fizeram ao longo do caminho.

Deixo registrados aqui minha profunda gratidão e apreço pelos conselhos, sensatez e experiência de Nan Graham, editora da Scribner, e Alison Samuel, editor da Chatto & Windus. Foi uma bênção ter podido contar com eles. Muito obrigada a Samantha Martin, editora-assistente da Scribner, pela inestimável ajuda; a Rachel Cugoni, da Vintage, pelo estímulo e pela orientação; a David Parrish, da Random House UK, pelo apoio; a Suzanne Dean; e a Suzanne Balaban, Susan Moldow e Katherine Monaghan, da Scribner.

Meus professores em Harvard e meus colegas em Princeton ensinaram-me a refletir sobre a literatura inglesa, sobre a história e sobre o mundo retratado neste livro. Ressalto especialmente a influência de Barbara Lewalski, James Engell, Marjorie Garber,

Stephen Greenblatt, Philip Fisher, Claudia Johnson, Nigel Smith, Michael Wood, Diana Fuss, James Richardson, Oliver Arnold e Jeff Nunokawa.

Diversos estudos acadêmicos se revelaram indispensáveis na feitura deste romance. Tanto para informações quanto para insight histórico, recorri aos seguintes textos: *Alexander Pope: A Life*, de Maynard Mack; *Women's Place in Pope's World*, de Valerie Rumbold; *The Social Milieu of Alexander Pope*, de Howard Erskine-Hill; e *Lady Mary Wortley Montagu: Comet of the Enlightenment*. Também me vali amplamente das edições da Twickenham dos poemas de Pope, e da Claredon das correspondências.

Por fim, gostaria de ressaltar o apoio, carinho e ajuda que recebi de minha mãe, Liz Gee, e de minha irmã, Harriet Gee.

Este livro foi composto na tipologia
Electra LH Regular, em corpo 11/15, e impresso
em papel off-white 80g/m² no Sistema Cameron
da Divisão Gráfica da Distribuidora Record.